AF304086

Nadine Stenglein hatte schon in der Kindheit das Bedürfnis zu schreiben. Neben Fantasy schreibt sie auch sehr gerne Thriller, Krimis, Liebeskomödien, Liebesromane, Songtexte und Gedichte sowie Kurzgeschichten. 2015 veröffentlichte sie ihren Debütroman *Aurora Sea* bei Feelings (Droemer Knaur). Darauf folgten ihre Vampire Romance *Rubinmond* und ein Krimi mit dem Titel *Doubt – Zu wahr, um schön zu sein.*

Backstage KISSES

SONGS FÜR VIOLET

NADINE
STENGLEIN

Übrarbeitete Neuausgabe Oktober 2020

© 2020 dp DIGITAL PUBLISHERS GmbH

Made in Stuttgart with ♥
Alle Rechte vorbehalten

Backstage Kisses

ISBN 978-3-96087-380-1
E-Book-ISBN 978-3-96087-201-0

Copyright © 2019, dp Verlag, ein Imprint der dp DIGITAL
PUBLISHERS GmbH,
Dies ist eine überarbeitete Neuausgabe des bereits 2019 bei dp
Verlag, ein Imprint der dp DIGITAL PUBLISHERS GmbH erschiene-
nen Titels *Violet Blue Sky* (ISBN: 978-3-96087-774-5).

Umschlaggestaltung: Vivien Summer
Unter Verwendung von Motiven von
shutterstock.com: © seksan wangkeeree, © djero.adlibeshe
yahoo.com: © dekazigzag, © ventdusud
Lektorat: Sofie Raff
Satz: dp DIGITAL PUBLISHERS
Druck und Bindung: Books on Demand GmbH, Norderstedt

Jenseits der Welt

Es ist traurige Gewissheit – nach dem Absturz des Flugzeugs von Popstar Kevin Jordan Sky gibt es keine Überlebenden. Die Cessna war am Montag der vorherigen Woche kurz vor Sonnenuntergang bei einem Flug von Chicago nach Detroit über einem Feld abgestürzt. Neben dem Piloten Trevor Swanson war auch die langjährige Managerin des Sängers und dieser selbst an Bord der Maschine. Der 45-jährige Engländer war mit Brady und seinen Bandmitgliedern auf einer Werbetour gewesen. Der Rest der Band Skylane Avenue hielt sich bereits in Detroit auf. Schuld an dem Unglück soll ein Defekt an der Maschine gewesen sein. Die Plattenfirma SoundMagic von Kevin Jordan Sky bestätigte nun den Tod des bekannten Popstars und Angelina Bradys. Der Leichnam des Stars ist inzwischen überführt. Den genauen Termin der Beerdigung möchte die Familie geheim halten, bedankt sich aber für die öffentliche Anteilnahme.

Auch Skys letztes Solo-Album „Hope Island" und das ein paar Monate zuvor erschienene Bandalbum „Ma-

gic in the Sky" waren ein weltweiter Erfolg. Aus Insiderkreisen wurde laut, dass ein weiteres Album bereits in Planung war. Seit einigen Jahren trat Kevin auch als Solokünstler auf. In einem Interview sagte er dazu, er wolle sich verstärkt selbst verwirklichen. Immer wieder gab es deshalb Gerüchte über Differenzen mit der Band, die von beiden Seiten jedoch jedes Mal vehement dementiert wurden.

Eine Sprecherin von Skylane Avenue sagte, Kevins Tod habe ein tiefes Loch in ihre Herzen gerissen. In Gedanken seien sie bei den Angehörigen Skys, sowie bei denen seiner Managerin Angelina Brady. Die 50-jährige Angelina Brady hinterlässt ihren Ehemann. Besonders betroffen zeigte sich auch Thelma Matthews, die Cousine Skys. „Ich werde Kevin nie vergessen und immer im Herzen tragen, genau wie seine Musik", sagte sie auf einer Pressekonferenz. Die weiteren Familienmitglieder des Sängers baten ausdrücklich um Ruhe. Insider berichten, dass die Familie in tiefer Trauer sei.

Violet McLovely atmete tief durch und drehte das Radio leiser. Sie lehnte sich nachdenklich in ihrem Schaukelstuhl zurück, der am Fenster ihres kleinen Zimmers stand. Regentropfen trommelten gegen die Scheibe, als würde auch der Himmel über den Tod von Kevin Jordan Sky weinen. Ihre Mutter hätte es mit Sicherheit getan. Sie war immer ein großer Fan von Sky gewesen. Vielleicht konnte sie ihn nun im Himmel treffen, dachte Violet. Der Gedanke brachte sie zum Lächeln. Sie war glücklich, dass sie ihrer Mutter vor deren Tod mit dem Besuch eines Konzertes von Sky in London einen letzten großen Wunsch erfüllen konnte. Vom ersten bis zum letzten Ton war Melody hin und weg gewesen. „Ich glaube, dieses Mal ist er wirklich von dem Teufelszeug weggekommen", rief sie ihrer Tochter über die dröhnenden Bässe ins Ohr. „Ich wünsche es dem gutaussehenden Mistkerl." Sie hatte gelacht und ihre Augen hatten geschimmert wie feuchte Perlen.

„Alles gut, Mum?", hatte Violet gefragt.

„Ja, alles gut. Mach dir keine Sorgen."

Melody hatte gelächelt, ihrer Tochter tief in die tannengrünen Augen geblickt und mit ihrer weichen Stimme hinzugefügt: „Du bist etwas ganz Besonderes, Violet. Lass dir nie was anderes einreden. Okay?"

„Ich versuche es, Mum!"

Ein halbes Jahr später war Melody gestorben. Immer wieder beschlich Violet seitdem das Gefühl, dass ihre Mutter ihr noch etwas Dringendes hatte sagen wollen. Ihre Augen hatten so müde gewirkt, als sie sie das letzte Mal gesehen hatte. Der Krebs hatte die Macht über ihren zierlichen Körper übernommen und Melody konnte ihm letztendlich nicht standhalten. Doch die Erinnerungen, die Violet an ihre Mutter hatte, konnte er ihr nicht nehmen. Sie beide waren immer ein unschlagbares Team gewesen und hatten einander Halt und Stärke gegeben. Wenn sie zusammen waren, war es Violet leicht gefallen, die kleinen Dinge des Lebens zu genießen, einen Spaziergang durch den Hyde Park etwa oder eine Fahrt im London Eye. Auch wenn sie nie viel Geld hatten und Melody nur Verkäuferin in einem Modegeschäft gewesen war, hatte sie immer versucht, ihre Tochter zu verwöhnen. Die kleine Wohnung am nördlichen Rande Londons, in der sie zur Miete gewohnt hatten, war eine richtige Wohlfühloase gewesen.

Es war Violet schwer gefallen, ihr Zuhause nach Melodys Tod zu räumen. Doch alleine hätte sie die Miete dafür niemals aufbringen können, denn nach ihrem Schulabschluss hatte sie nur einen Kellnerinnenjob ergattern können. Doch das war immerhin besser als kein Job, sagte sie sich. Von dem Erbe, das ihr ihre Mutter hinterlassen hatte, hatte sie gerade mal die Beerdigung bezahlen können. Sie biss die Zähne zusammen und versuchte die neu heranschwappende Welle des Schmerzes auszubremsen.

Seit ein paar Monaten wohnte Violet nun bei den einzigen Verwandten, die sie noch hatte. Das waren ihre Tante Angela und ihr Onkel Marcus. Die beiden hatten eine kleine Dachgeschosswohnung in Shoreditch, im East End Londons. Nach Melodys Tod hatten Angela und Marcus Violet widerwillig bei sich aufgenommen, da Melody sie darum gebeten und Violet versprochen hatte, einen Großteil der Haushaltsdienste zu übernehmen und sich an den Lebenshaltungskosten zu beteiligen. Das war immerhin weniger, als sie für eine Wohnung oder ein WG-Zimmer hätte zahlen müssen. Das kleine Zimmer in der Wohnung ihrer Tante und ihres Onkels, das sie bewohnte, reichte ihr, bis sie einen richtigen Job gefunden hatte, oder vielleicht sogar eine Ausbildung als Konditorin beginnen konnte. Dann wollte sie sich auf jeden Fall etwas eigenes suchen.

„Aufstehen, Schlafmütze, oder willst du deinen Job verlieren?", rief Angela und klopfte gegen die Tür.

Seufzend strich sich Violet zwei Strähnen ihres kurzen, kastanienbraunen Haares aus der Stirn und warf einen Blick auf ihre Armbanduhr. Es war noch genug Zeit. Außerdem war sie schon seit zwei Stunden wach. Doch um einer Diskussion aus dem Weg zu gehen, rief sie: „Danke, ich komme gleich!"

Schnell schaltete Violet das Radio ab, erhob sich aus dem Schaukelstuhl, ging zu ihrem Schreibtisch hinüber und strich über das Bild ihrer Mutter, das dort in der Ecke stand. Ihre sanften grünbraunen Augen schienen selbst auf der Fotografie strahlend zu leuchten. Wie Violet hatte sie ein zartes, schmales Gesicht gehabt, mit einem Grübchen auf der rechten Wange, wenn sie lächelte.

„Du hast die gleichen weichen Gesichtszüge wie deine Mum", hatte Violets Tante einmal gesagt. Violet wollte sich schon freudig für das Kompliment bedanken, als Angela höhnisch hinzugefügt hatte: „Du müsstest dir nur endlich mal die Haare wachsen lassen und dir andere Klamotten zulegen. So siehst du fast aus wie ein Junge! Na ja, du warst schon immer etwas seltsam, schon seit deiner Geburt. Ich meine, du kamst praktisch aus dem Nichts. Melody hat keinem von ihrer Schwangerschaft erzählt und dich eines Tages plötzlich mitgebracht. Davor war sie monatelang untergetaucht. Mich würde wirklich interessieren, wer ihr das Ei ins Nest gelegt hat."

Violet hatte so getan, als hätte sie nichts gehört.

Auch wenn das Wetter noch scheußlich war, zog Violet schwarze Shorts und ein neongelbes Shirt aus dem kleinen Schrank und ging in das Gemeinschaftsbad am Ende des Flures. Die Wände waren mit Blumenkacheln gefliest und erinnerten an die Hippiezeit der 70er.

Violet starrte in den Spiegel und spritzte sich eiskaltes Wasser ins Gesicht, das, wie sie hoffte, ihre Augenringe mildern würde. Wieder einmal war sie letzte Nacht unter Tränen eingeschlafen.

„Du fehlst mir, Mum", flüsterte sie.

Sie musste an die Beerdigung denken. Wenn sie ehrlich mit sich war, hatte sie bis zuletzt gehofft, ihr Vater würde dort auftauchen und sie könnte ihn endlich kennenlernen. Doch Melody hatte seinen Namen mit ins Grab genommen. Nur einmal hatte sie angedeutet, dass er von ihr, seiner Tochter, wusste. Vielleicht hatte Violet es aber auch falsch verstanden. Nur bei einer Sache war sie sich sicher, dass ihre Mutter bei ihren Entscheidungen immer ihr Bestes im Sinn gehabt hatte.

Das kleine Café in Shoreditch war brechend voll. Violet hatte Glück gehabt, sie kam gerade noch rechtzeitig. Elisabeth Lightly, Betty genannt, die Inhaberin des *Graffiti-Rooms,* duldete keine Schlamperei und hasste Unpünktlichkeit wie die Pest. Obwohl Violet schon seit einiger Zeit für sie arbeitete, bei den Gästen beliebt war und noch nie einen Teller oder eine Tasse zerbrochen hatte, wurde sie von der dicklichen, rothaarigen Betty von der Theke aus mit Adleraugen beobachtet. Sicher jonglierte Violet das Tablett voller Kaffeetassen und Wassergläser zwischen den Tischen. Die Zeit verging schnell, denn sie hatte alle Hände voll zu tun. Sie wusste trotz Bettys kritischem Blick, dass sie ihren

Job gut machte, doch tief in ihrem Inneren hatte sie andere Träume und sehnte sich nach einer besseren Zukunft.

Nach ein paar Stunden, in denen sie fast ununterbrochen hin und her gerannt war, entdeckte sie aus dem Augenwinkel Jack vor der großen Fensterwand des Cafés, der ihr zuwinkte. Jack Ripper, Spitzname *Jack the Ripper*, war zwei Köpfe größer als Violet, schlaksig und hatte Augen, deren Blau dem Gefieder eines Eisvogels glichen. Außerdem war er schwul und für sie der beste Freund der Welt. Wie immer hatte er seine Gitarre geschultert, ohne die er selten das Haus verließ. Es war nicht das einzige Instrument, das er beherrschte. Jack konnte auch verteufelt gut Keyboard spielten.

Lächelnd zwinkerte Violet in seine Richtung und servierte einem älteren Ehepaar zwei Cappuccinos mit kakaobestäubten Herzen.

„Wie hübsch", sagte die Dame und bedankte sich.

Auf dem Weg zurück zur Theke sah sie noch einmal nach Jack, der auf seine Armbanduhr tippte. Heimlich warf sie einen Blick zur Glastür, über der eine große Uhr vor sich hin tickte. Kurz vor drei. Ihre Schicht war also bald zu Ende, und sie bedeutete Jack mit einem Fingerzeichen, dass sie gleich kommen würde. Schon den ganzen Tag freute sie sich auf die freie Zeit mit ihm. Jack wohnte allein in einer kleinen Zweizimmerwohnung, im Dachgeschoss eines alten Mietshauses, ganz in der Nähe ihrer Tante. Violet und er kannten sich noch aus Schulzeiten und sie waren füreinander ein Familienersatz.

Jack hatte kaum noch Kontakt zu seinen Eltern. Nachdem er damals die Schule abgebrochen hatte, um an einem Gesangswettbewerb im Fernsehen, teilzunehmen, wollten sie nichts mehr von ihm wissen.

„Was für ein Irrsinn. Hast du tatsächlich geglaubt, du würdest das Ding gewinnen?", hatte ihn sein Vater angebrüllt.

Zumindest hatte er es bis ins Halbfinale geschafft. Violet hatte bis zum Schluss mitgefiebert. Das Rennen machte ein Mädchen aus London und Jack war wieder in der Versenkung verschwunden.

„Es stimmt wirklich, dass die Medien schnelllebig sind. Heute gefeiert, morgen vergessen, übermorgen begraben", war Jacks Resümee gewesen.

Nach der Show waren Stimmen laut geworden, die behaupteten die Sache wäre von vornherein hinter den Kulissen entschieden gewesen. Seitdem wollte Jack nichts mehr von Castings oder Shows dieser Art wissen.

Betty Lightlys lautes Räuspern riss Violet aus ihren Gedanken. Schnell machte sie sich auf den Weg zu ihrer Chefin, die sich gerade ein großes Stück Schokoladenkuchen in den Mund schob. Kauend zeigte sie nach draußen. „Dein Freund soll dich nicht immer ablenken. Es ist schon das fünfte Mal, dass ich ihn direkt vor dem Café herumlungern sehe."

„Er lungert nicht herum. Er wartet nur auf mich, Mrs Lightly", stellte Violet klar.

Betty zog die zu einem dünnen Strich gezupften Brauen nach oben und reckte ihren Kopf. „Ein hübscher Junge ist er ja. Nur diese blonden Rastalocken, die sollte er sich abschnippeln lassen. Wie lange seid ihr denn schon zusammen?"

Es war kein Geheimnis, dass Betty ziemlich neugierig war.

„Wir sind nicht zusammen. Aber süß ist er wirklich." Violet musste schmunzeln. „Für mich ist er wie ein Bruder."

„Meine Güte, du bist doch nicht etwa lesbisch? So was dulde ich hier nicht." Erschrocken riss sie den Mund auf. „Trägst du deshalb immer Jungsklamotten?"

„Nein, das nicht. Aber ich habe auch nichts gegen Lesben und Schwule. Es ist ja keine Krankheit."

Soeben hatte Mrs Lightly weitere Sympathiepunkte bei ihr verspielt.

„Nun ja. In den letzten Jahren ist dieser Zustand zu einer Modeerscheinung geworden, wie mir scheint. Einfach lächerlich." Angewidert warf sie einen Blick auf ihre Armbanduhr. „Drei Minuten hast du nachzuarbeiten", sagte sie spitz.

„Warum?", fragte Violet und zog überrascht die Brauen zusammen.

Ihre Chefin zuckte mit den Schultern. „Schwätzen wird nun mal abgezogen."

Violet schüttelte den Kopf, erwiderte aber nichts und machte sich wieder an die Arbeit. Jack hatte sich inzwischen auf einer der Bänke auf der anderen Seite der Straße niedergelassen, als hätte er gehört, was Betty gesagt hatte. Lässig schlug er die Beine übereinander und zupfte an seiner Gitarre.

Als ihre Schicht zu Ende war, nahm Violet beschwingt ihre weinrote Schürze ab, verabschiedete sich ordnungsgemäß von Betty und flüchtete nach draußen. Inzwischen hatte sich ein kleines Publikum vor Jack versammelt und lauschte seiner Musik. Jack spielte einfach wunderbar, es faszinierte sie jedes Mal. Lächelnd mischte sie sich unter die Leute. Jack spielte gerade einen Titel von Kevin Sky. *Black Devils* war einer der Songs, die er als Solokünstler aufgenommen hatte, und sie mochte das Lied besonders gern. Es handelte von den Drogenproblemen, mit denen Sky immer wieder gekämpft hatte. Violet wusste, dass er schon ein paar mal nah an einer Überdosis gewesen war und nur durch viel Glück überlebt hatte. Vor seinem Tod sollte er jedoch bereits ein paar Monate clean geblieben sein. Umso dramatischer, fand Violet, dass es nun ein Flugzeugabsturz gewesen war, der ihn das Leben kostete. Die Journalisten hatten sich überschlagen mit ihren Spekulationen, was sich in den Monaten vor Skys Tod verändert hatte. Anscheinend hatte er auch privat wieder neue Hoffnung geschöpft, denn sein neuer Lebenspartner Brian June hatte sich nach einer Trennung wohl doch wieder mit ihm versöhnen wollen. Die Gründe, warum sich das Paar überhaupt getrennt hatte, blieben weiterhin im Dunkeln. Brian wollte sich dazu nach wie vor nicht äußern. Der Tod des beliebten Popstars war derzeit nicht nur in England in aller Munde.

„Hi Violet!“ Jack zwinkerte ihr zu.

Vier Mädchen protestierten lautstark, als er mit dem Spielen aufhörte.

„Gott, ich werde Kevin Sky so vermissen“, sagte eine Schwarzhaarige und legte träumerisch den Kopf schief. Die anderen nickten zustimmend und tupften sich demonstrativ die Tränen aus den Augenwinkeln.

„Spiel weiter!", bat auch Violet. Jack lächelte in ihre Richtung und stimmte einen neuen Song an, dieses Mal von Ed Sheeran. Die Leute klatschten, ein Mädchen kreischte begeistert.

Auch die anderen erwachten aus ihrer Trauer. Violet war stolz auf Jack, dass seine Art, die Songs zu spielen, die Leute derart mitriss. Er hatte es wirklich – dieses gewisse Extra. Sie wusste, was ihm die Musik bedeutete. Sie war nicht nur ein Hobby, sondern sein Leben. Ehrlich gesagt ging es ihr nicht anders. Allerdings gab es da mehrere Haken, die den Traum einen Traum bleiben ließen. Violet wiegte sich im Takt der Musik und sang leise mit.

„Ja! Lauter! Komm schon, Violet", rief Jack und zog auffordernd die Brauen nach oben. Verlegen lachend lehnte sie ab. Laut vor anderen zu singen, außer vor Jack und früher ihrer Mutter, war unmöglich für sie. Die Geburtstagsfeier ihrer Tante Angela vor ein paar Jahren, an der sie es probiert hatte, war ihr eine Lehre gewesen. Als sie nach vorne getreten war und in die erwartungsvollen Gesichter blickte, wollte kein Ton aus ihrer Kehle kommen. Von Anfang an hatte sie sich unwohl gefühlt. Die Einzige, die sie danach getröstet hatte, war ihre Mutter gewesen. Angela und die anderen Gäste hatten flüsternd über sie geredet und über die Blamage gelacht, zumal Melody die Stimme ihrer Tochter zuvor bis in den Himmel gelobt hatte.

„Mach dir nichts draus. Irgendwann zeigst du es ihnen. Ich weiß, dass du wundervoll singst", hatte ihre Mutter gesagt.

Kaum jemand aus Tante Angelas und Onkel Marcus'
Bekanntenkreis war von Violets merkwürdigem Auftritt überrascht gewesen. Das scheue Mädchen in ihren Jungsklamotten war ja schon immer seltsam gewesen, fanden sie. Hinter vorgehaltener Hand nannte
man sie die „geheimnisvolle Empfängnis". Auch dafür
fand Melody tröstende Worte: „Lass sie reden. Sie wissen und können es nicht besser."

Violet erinnerte sich oft an diese Worte und klammerte sich an sie wie an einen Rettungsanker.

Jack hatte sein Lied inzwischen beendet, erhob sich
und ging auf seine Freundin zu.

„He, nicht schon wieder aufhören!", kicherten die
Mädels. Ein älteres Ehepaar drückte ihm ein paar
Münzen in die Hand.

„Das ist nett. Danke. Wenn ich einen Hut hätte, würde ich ihn ziehen", erwiderte Jack charmant.

„Schon gut! Du spielst wirklich toll", sagte der Herr
und hing sich bei seiner Frau ein, die Jack frech zu-
zwinkerte.

Wie schon am Morgen begann es leicht zu regnen.
Das Londoner Wetter kümmerte sich nicht darum,
dass es Sommer war. Violet schüttelte ihr leicht locki-
ges, kurzes Haar.

„Die wären erst so richtig ausgeflippt, wenn du gesungen hättest, Vi", sagte Jack überzeugt.

„Du weißt, ich kann das nicht, Jack."

„Das glaubst du nur", erwiderte Jack. Bei dem Thema
blieb er hartnäckig und versuchte immer wieder sie
zu überreden.

Er hängte sich seine Gitarre um, nahm Violet an der
Hand und rannte mit ihr über die Straße, in Richtung

eines kleinen Parks. Tief atmete Violet den Duft der Blumenbeete zwischen den Wegen und der großen Laubbäume ein. Es war ihr Lieblingsort, um runterzukommen. Mittlerweile mochte auch Jack den kleinen Park sehr gern.

„Das wäre deine Chance gewesen. Und was heißt, du kannst das nicht? Du singst so klasse, Vi", fing Jack wieder mit dem Thema an.

Sie seufzte. „Du weißt, wie ich das meine. Vor Publikum geht das nicht. Wer weiß, vielleicht hätte ich in einem Studium gelernt diese Blockade zu lösen."

„Irgendwann schaffst du es auch so. Da gebe ich deiner Mum ganz recht. Sie hat das auch immer gesagt." Melody hatte Jack sehr gemocht und umgekehrt galt dasselbe.

Eine Gruppe Jugendlicher ging an ihnen vorbei. Violet und Jack hörten, dass sie sich über Kevin Sky unterhielten. Sie trugen Blumen und Fotos bei sich und waren ganz in Schwarz gekleidet.

„Dass er tot ist, ist krass", sagte Jack und schüttelte den Kopf. „Echt traurig! Der hatte noch so viel vor. Mann, wenn ich nur annähernd so viel Erfolg haben könnte wie Sky, das wäre der Hammer, Vi. Er war so cool! Und er hat sich durch nichts unterkriegen lassen. Er kam immer wieder hoch, egal wie tief das Loch war, in das er gefallen ist." Jack kam aus dem Schwärmen gar nicht mehr heraus. „Ich kann überhaupt nicht verstehen, warum Brian ihn damals verlassen hat. Die beiden waren doch so glücklich. Jedenfalls haben sie lange so gewirkt."

„Keine Ahnung. ... Aber ja, es ist traurig. Und an dem Spruch, dass die Besten jung sterben, ist wirklich was dran", sagte Violet leise und warf einem Bettler an einer Straßenecke ein paar Münzen in die neben ihm liegende Mütze. Der alte Mann mit dem zerzausten Bart und den stoppeligen Haaren bedankte sich lächelnd.

Jack zog eine Braue nach oben. „Du kannst es nicht lassen, oder?"

Violet warf ihrem Freund einen ernsten Blick zu. „Was denn? Er sieht ehrlich aus."

„Die meisten geben es für Drogen aus, weißt du", bemerkte Jack.

Violet ließ sich nicht beirren. „Ich vertraue auf mein Gefühl."

Er zeigte auf sie. „Das solltest du auch bei deiner Stimme tun."

„Wollen wir ihm Blumen vor sein Haus in Mayfair legen? Das hätte meiner Mum sicher gefallen. Die Jugendlichen von eben gehen bestimmt auch hin", lenkte Violet ab.

Jack spitzte die Lippen. „Ja, coole Idee. Also, ich habe Zeit. Heute ist mein freier Tag. Erst morgen heißt es wieder Pizza ausfahren und danach Kinokarten und Eis verkaufen."

Violet wusste, wie sehr Jack seine Jobs hasste und wünschte ihm, dass er eines Tages Erfolg mit seiner Musik haben würde. Sie hakte sich bei ihm unter. „Dann los!"

Buchshecken und ein Eisentor umfriedeten das verwinkelte Haus mit der schneeweißen Fassade und der dunkelroten Holztür, in deren Mitte ein Silberknauf angebracht war. Auf dem Gehsteig davor erstreckte sich ein Meer aus Blumen, Kerzen und Fotos. Die Leute legten kleine Geschenke nieder, um ihrer Trauer Ausdruck zu verleihen. Kevin war ein wahrer Star der Herzen gewesen und hatte viel für arme Menschen, insbesondere Kinder, getan.

„Es ist der pure Wahnsinn!", geriet Jack erneut ins Schwärmen, als sie vor dem Eingangsbereich standen, den die Fans in eine eindrucksvolle Gedenkstätte verwandelt hatten. Dass Kevin tot war, war schon vor ein paar Tagen durch die Presse gegangen. „Seine Plattenfirma hat Kevins Tod nun auch im Namen der Familie bestätigt", sagte Jack nach einer kleinen Pause. Violet nickte. „Ja, ich hab es gelesen", erwiderte sie.

„Er ist zu einer Legende geworden. Eigentlich war er das schon zu Lebzeiten. Dieser unverwechselbare Style und die zeitlosen Songs. Für mich war der Mann ein Gott", legte Jack nach.

„Übertreib nicht, der Mann war auch nur ein Mensch", entgegnete Violet, um Jack auf den Boden zurückzuholen.

„Aber was für einer, Vi. Wenn es Gott wirklich gibt, dann gibt Sky nun wohl regelmäßig vor ihm und seinen Engeln Konzerte."

Der Gedanke gefiel Violet. „Das würde Mum jedenfalls freuen."

Eine Frau mit dunklem, langem Haar trat plötzlich an eines der Fenster im oberen Stockwerk. Mit ernster Miene blickte sie nach draußen. Sie kam Violet bekannt vor, doch sie konnte sie nicht wirklich einordnen.

„Hast du eine Ahnung, wer das sein könnte?", fragte Violet.

Jack zog die Brauen zusammen. „Ja. Ich glaube, das ist seine Cousine Thelma. Die ist doch mit diesem relativ unbekannten Musiker verheiratet. John Matthews. Es gibt nicht viele Berichte und Fotos über die beiden. Na ja, oder es ist seine Schwester. Sie und Thelma haben fast die gleiche Frisur und Statur. Allerdings hat sich Amy Sky mit Kevin zerstritten. Schon vor Jahren. Das hab ich auch irgendwann mal gelesen oder gehört. Es wird ja soviel berichtet, dass man gar nicht alles mitkriegen kann, auch wenn man wie ich ein Riesenfan von Sky ist. Aber am meisten interessierte er mich und nicht sein Umfeld, ehrlich gesagt."

Violet teilte seine Meinung. „Geht mir genauso. Aber von dem Streit hab ich auch mal gehört. Wegen seiner Drogengeschichten. Das hat Mum mal erwähnt. Von seiner Cousine weiß ich so gut wie nichts."

Der Blick der Frau schien sich direkt auf sie zu richten, was auch Jack bemerkte. Er stieß Violet mit seinem Ellbogen in die Seite und flüsterte: „Cool. Ich glaube, sie sieht dich an. Oder mich." Er grinste.

Violet blickte zur Seite. „Lass uns weitergehen. Wir stehen hier wie zwei Gaffer."

Rasch legten sie die zwei weißen Rosen, die sie auf dem Weg in einem Blumenladen gekauft hatten, vor dem Tor nieder und gingen die Straße hinunter, ohne sich noch einmal umzudrehen.

Fremde Blicke

Gedankenversunken starrte Violet am nächsten Tag auf die Homepage der Universität für Musik und Kreativität, die im Süden Londons ihren Sitz hatte. Sehnsüchtig scrollte sie durch die Bilder und die Lehrpläne. Sie wäre zu gern dorthin gegangen.

Aus der Küche hörte sie Geschirr klappern und ein Klirren.

„Verdammt noch mal!", rief Angela.

Violet stand auf und sah nach, ob ihr etwas passiert war. Angela stellte gerade wütend ein Tablett voller Geschirr auf der Küchenzeile ab. Dem Scherbenhaufen vor ihren Füßen nach zu urteilen, war ihr die Hälfte des Tellerstapels heruntergefallen.

„Marcus? Warum lässt du deine Schuhe mitten im Weg stehen?", brüllte sie Richtung Wohnzimmer, in dem der Fernseher flimmerte.

„Psst, ich will mir das Konzert ansehen, dass ein paar Musikerfreunde für Kevin Sky geben", zischte er. „Wenn ich schon nicht live dabei sein kann. Aber es soll ja noch eins in Planung sein. Viel größer als das da. Vielleicht geh ich da hin."

Kopfschüttelnd stemmte Angela die Hände in die breiten Hüften. Die Lockenwickler in ihrem Haar begannen zu wippen und liefen Gefahr sich zu lösen.

„Was stehst du herum und glotzt dumm in die Gegend, Violet? Los, hilf mir!", keifte Angela.

„So viel Wirbel um einen einzigen Menschen", hörte sie ihren Onkel beeindruckt sagen. „Sieh dir das an, Angela. Ich frage mich, wer wohl sein ganzes Vermögen erbt?"

„Das ist mir ziemlich egal, denn ich bin es leider jedenfalls nicht", erwiderte Violets Tante.

„Kinder hatte er ja keine", sinnierte Marcus laut.

Angela lachte. „Die könnten sich nun freuen. Zu Lebzeiten hat er sich allerdings einiges geleistet, worauf sie wohl nicht gerade stolz gewesen wären. Denk nur mal an diesen Sturz von der Bühne. Dabei hätte er sich damals fast das Genick gebrochen. Und das nur, weil er sich wieder Drogen reingezogen hatte!"

Violet zog die Brauen zusammen. Sie mochte es nicht, wenn ihre Tante so gefühllos über Sky redete. Durch ihre Mutter hatte sie immer eine besondere Verbindung zu dem Sänger gespürt und sie war sicher, dass diese Zeit in seinem Leben besonders hart für ihn gewesen war. Kevins große Liebe Matteo hatte ihn damals verlassen, vermutlich wegen der Drogensucht des Stars, von der er einfach nicht loskam. Dabei hatten die beiden sogar heiraten wollen und sich ein Kind gewünscht, wenn man den Medienberichten glauben durfte.

Angela lachte höhnisch. „Ich weiß ja bis heute nicht, warum deine Mutter so ein Riesenfan von diesem Typ war. Meine Güte! Wenn es nicht zu weit weg war, musste meine Schwester auf seine Konzerte gehen. Um Sky nachzureisen hat sie sogar Jobs in irgendwelchen Bars angenommen. Sie war eine der Verrückten, die dann schon fünf Stunden vorher vor dem Eingang gesessen haben. Unsere Eltern haben das auch nie verstanden. Und deinen Onkel“, Angela wies mit dem Kinn Richtung Wohnzimmer, „hat sie nach unserer Hochzeit mit ihrem Sky-Fieber angesteckt.“

Marcus schlurfte in Socken, sein dicker Bauch voraus, zu ihnen in die Küche, um sich ein Bier aus dem Kühlschrank zu holen.

„Es ist noch nicht mal richtig Abend. Nichts da!“, protestierte Angela und nahm ihm die Flasche weg, woraufhin er schmollte wie ein Kleinkind. Angela hob seine Schuhe auf und warf sie ihm hinterher.

„He!“, rief Marcus.

„Nichts he! Räum deinen Kram gefälligst selbst auf. Also, ich muss jetzt wieder in die Fabrik. Carla ist krank geworden und es fand sich kein anderer, der ihre Schicht übernehmen wollte. Du hast es gut, du hast heute noch frei.“

„Für das Aufräumen ist Violet zuständig, dachte ich. Und warum hast du auch zugesagt die Schicht zu übernehmen?“, entgegnete Marcus.

Angela schnaubte. „Ich bin der noch etwas schuldig. Und was das Aufräumen angeht: Stimmt, aber ich will nicht, dass du immer fauler wirst.“

Marcus winkte ab und brummte etwas vor sich hin.

Angela und ihr Mann arbeiteten schichtweise in der gleichen Zündkerzenfabrik im East End. Der Ton, der dort herrschte, war rau und die Arbeit ziemlich eintönig. Violet wusste, dass sie beide ihren Job hassten.

„Hast du eigentlich endlich deinen Lohn bekommen? Du schuldest uns noch einen Teil der Lebenshaltungskosten", wandte Angela sich an Violet und streckte ihr eine Hand entgegen.

„Bald! Du bekommst es dann gleich", versicherte Violet ihr.

Angela zog die Mundwinkel herab und widmete sich wieder ihrer Arbeit. Violet fegte die Scherben zusammen und warf dann einen Blick auf ihr Handy. Jack hatte ihr ein Zitat geschickt, natürlich von Sky.

Glaube an deine Träume, glaube an Wunder, folge deinem Weg und höre nicht auf das, was andere dir einreden wollen, die ihre Träume vergessen haben.

Für einen Moment musste sie lächeln. Wie recht er doch hatte. Ihre Mutter hatte immer gesagt, dass es Wunder wirklich gab, und sie hoffte darauf, dass das stimmte. Vielleicht würde es demnächst tatsächlich mit einer Ausbildungsstelle klappen und sie würde auf eigenen Beinen stehen können. Und vielleicht, dachte sie, würde sich mit zusätzlichen Nebenjobs am Ende doch noch ein Studium finanzieren lassen. Sie wusste, dass auch Jack mit diesem Gedanken spielte, doch sein fehlender Schulabschluss war nun der größte Hemmschuh.

Ihr bester Freund ließ es sich nicht nehmen, sie zu ihrer nächsten Abendschicht zu begleiten. Aus den bauschigen, grauen Wolken, die über London hingen, nieselte es noch immer. Jack mimte den Gentleman und hielt ihr seine Gitarre über den Kopf.

„Spiel mir lieber was vor. Das bisschen Regen macht mir nichts", bat Violet ihn.

„Okay, Miss McLovely. Unter einer Bedingung. Du begleitest mich mit deiner Stimme." Jack ließ die Brauen wackeln.

„Jack the Ripper, du bist unmöglich."

Jack tat, als hätte er es nicht gehört. Violet blickte sich um. Die von Backsteinhäusern gesäumte Straße war so gut wie menschenleer. Außerdem lagen sie gut in der Zeit. Jack begann, einen Ed Sheeran Song zu spielen, den er hier und da mit neuen Takten füllte, sodass er fetziger klang. Er liebte es, seinen eigenen Stil einzubringen und schielte auffordernd zu Violet herüber. Ein Kribbeln erfüllte sie. Lust hatte sie auf alle Fälle.

Also gut, dachte sie schließlich und stieg beim Refrain leise ein. Da es in dem Stück um eine Frau ging, die der Sänger perfekt fand, modelte sie den Text kurzerhand um und sang ihn aus umgekehrter Sichtweise.

„Ich höre dich kaum", beschwerte sich Jack.

Violet verdrehte die Augen in seine Richtung und sang lauter. Die Leidenschaft packte sie vollends. Problemlos konnte sie in verschiedene Tonlagen wechseln, mit ihnen jonglieren und mit ihrer Stimme experimentieren. Singen war nicht nur ihre Leidenschaft, es half ihr auch immer, wenn sie in ein Tief rutschte. Musik war ein Ventil, das ihr auch zeitweise über den Tod ihrer Mutter hinweg half, auch wenn sie sicher war, dass sie diesen Schmerz nie ganz verwinden würde.

Jack und Violet waren so ineinander und in ihre Musik versunken, dass sie alles um sich vergaßen. Sie verließen die Gasse und bogen in die Straße ein, in der Bettys Café lag. Erst als Jack den letzten Ton gespielt hatte, merkten sie, dass sie beinahe angekommen waren. Ein paar Passanten klatschten begeistert. Verlegen senkte Violet den Blick.

„Da siehst du es!", sagte Jack und stieß sie freundschaftlich an. „Es ist doch ganz einfach. Zusammen sind wir ein Dreamteam. High Five!" Euphorisch hob er eine Hand. Violet tat ihm den Gefallen und schlug ein.

„Und nachher hole ich dich auch wieder ab. Dann können wir gleich weitermachen", bemerkte er.

„Hast du morgen nicht Frühschicht, Jack? Nicht, dass du meinetwegen verschläfst und zu spät kommst."

Lächelnd tippte er ihr mit einem Finger auf die Nasenspitze. „Keine Sorge. Das schaffe ich schon."

Sie neigte den Kopf leicht zur Seite. „Hast du Angst um mich, Jack?"

Er spitzte die Lippen. „Ja, das ist auch ein Grund. Denk an die Nacht, als du auf dem Nachhauseweg überfallen wurdest. Wenn dieser Typ nicht dazwischen gegangen wäre, wer weiß, was dann passiert wäre. Warum nimmst du nicht öfters den Bus?"

Natürlich hatte sie diese Nacht vor ein paar Monaten nicht vergessen. Ihr vermummter Retter war damals wie aus dem Nichts aufgetaucht, hatte ihr geholfen und war danach genauso schnell wieder verschwunden, wie er gekommen war. Sie hatte nie wieder etwas von ihm gehört.

„Weil es Geld kostet, das weißt du doch. Außerdem ist es nicht weit. Ein Katzensprung sozusagen."

Hinter ihnen an der gegenüberliegenden Straßenseite parkte plötzlich eine schwarze Limousine. Jack bemerkte sie zuerst. Erstaunt wies er darauf. „Wow! Wer ist denn das?"

Violet folgte seinem Blick. „Vielleicht ein großer Star!", flüsterte sie dann und lachte.

„Glaubst du?", flüsterte Jack ernst.

„Quatsch. Diese Limos kann man doch auch mieten."

„Ja, schon. Aber so eine habe ich noch nie gesehen, Vi. Die ist ja vom Feinsten. Sieht wie eine Extraanfertigung aus mit den ganzen silbernen Elementen."

Nun wurde auch Violet neugierig.

„Einmal in so einer fahren, das wäre was", schwärmte ihr Freund und ergänzte seufzend: „Naja, vielleicht im nächsten Leben."

In diesem Augenblick stieg ein junger Chauffeur in schwarzem Anzug, zu dem er lässige weiße Sneakers trug, aus dem Wagen. Eilig ging er zur hinteren Tür, öffnete sie und spannte einen roten Regenschirm auf. Ein junges Paar kletterte aus der Limousine. Violet schätzte die beiden nicht älter als Jack und sie. Zusammen mit dem Chauffeur gingen sie an das Heck der Limousine. Der zeigte auf das Café und schien ihnen etwas zu erklären. Die Frau zupfte am Saum ihres schwarzen, knöchellangen, Kleides und nickte, während ihr Begleiter, ebenfalls im dunklen Anzug, ihr etwas ins Ohr flüsterte.

„Die sehen aus, als würden sie von einer Beerdigung kommen", flüsterte Jack nachdenklich. Violet riss ihren Blick von dem glamourösen Paar los und sah auf ihre Armbanduhr.

„Ich muss gehen, Jack."

„Vielleicht war heute bereits Skys Beerdigung. Genau weiß das ja niemand. Außer seiner Familie natürlich. Klar, die wollen keine Show daraus machen", sagte Jack.

Violet überlegte. „Meinst du?"

Jack zückte sein Handy.

„Was hast du vor, Jack?"

„Ich mache ein Foto und schicke es an die Presse. Vielleicht bekommen wir ein bisschen Geld dafür."

„Nein, lass das", bat Violet. Sie hatte das Gefühl, dass das geheimnisvolle Paar sie ohnehin schon im Visier hatte. Die beiden sahen sich um und überquerten dann die Straße.

„Sie kommen", flüsterte Jack unnötigerweise.

Der Chauffeur begleitete die beiden, den Schirm weiter über ihre Köpfe haltend. Trotz des Regens setzten sich beide Sonnenbrillen auf. Die Szene erinnerte Violet an einen Thriller, den sie vor kurzem gesehen hatte.

„Seltsam, oder? Sie wollen anscheinend nicht erkannt werden", flüsterte Jack und straffte die Schultern. Just in dem Moment öffnete sich die Eingangstür und Betty trat heraus.

„Was stehst du da draußen und gaffst, Violet?" Mit gerunzelter Stirn tippte sie auf ihre goldene Armbanduhr.

Violet zuckte erschrocken zusammen. „Ich komme. Bis später, Jack."

Ohne die zwei jungen Leute weiter zu beachten, folgte sie ihrer Chefin, die sie für den Anfang hinter die Theke schickte.

„Die Schränke müssen endlich einmal wieder sauber ausgewischt werden. Solange übernimmt Noelle den Service. Oder hast du Angst, deine Fingernägel brechen ab?", sagte Betty.

Violet streckte ihr die Hände entgegen und zeigte Betty ihre unlackierten, kurz gefeilten Nägel, was diese sichtlich irritierte. Anscheinend hatte sie sie mit einer anderen ihrer Kellnerinnen verwechselt. Es wäre kein Wunder bei dem raschen Wechsel ihrer Arbeitskräfte. Viele gingen von selbst. Es war kein Geheimnis, dass Betty eine unausstehliche Chefin war. Noelle, eine Hartgesottene und Violets Lieblingskollegin, hatte sich letztes Jahr vor Lachen kaum eingekriegt, als ein junger Kellner Betty, kurz bevor er das Handtuch warf, einen Besen als Abschiedsgeschenk in die Hand gedrückt hatte.

Violet ließ ihre Blicke durch den Raum schweifen, während sie lauwarmes Wasser mit Putzmittel in einen Eimer laufen ließ. Das Paar aus der Limousine hatte die Bar betreten und steuerte einen Tisch in der hintersten Ecke an. Noelle hatte sie schon bemerkt und wartete, bis sie sich setzten, bevor sie zu ihnen hinüberging, um die Bestellung aufzunehmen. Sie nahmen ihre Brillen ab und bestellten, ohne aufzusehen. Verstohlen beobachtete Violet die beiden. Noelle trat zu ihr an die Theke und sagte: „Zwei Mal Espresso und zwei Gläser stilles Wasser."

„In Ordnung!", gab Violet zurück.

Noch einmal blickte sie zu den beiden Gästen. Als sich ihre Blicke trafen, zuckte sie erschrocken zusammen und konzentrierte sich auf die Bestellung.

„Die sind seltsam. Kennst du sie etwa?", flüsterte Noelle. Violet hatte sich von Anfang an gut mit ihr verstanden. Sie war ein natürlicher Typ mit blonden Locken und lässigen Klamotten.

„Nein. Und wieso sollte ich sie kennen?", fragte Violet.

Noelle schürzte die Lippen. „Die haben irgendwie gewirkt, als hätten sie was zu verbergen. Ganz unnahbar und vornehm. Sie haben mich nicht mal eines Blickes gewürdigt." Nach einer kurzen Pause fügte sie hinzu: „Und sie wollen, dass du ihnen die Sachen servierst. Daher dachte ich halt erst, du kennst sie vielleicht. Aber anscheinend passt ihnen meine Nase nicht oder was weiß ich. Dabei sieht der junge Mann eigentlich echt nett aus. Ein Schnuckelchen!"

„*Ich* soll das machen?"

Vielleicht hatten sie sich vorhin beobachtet gefühlt und wollten sie nach dem Grund fragen, dachte Violet. Ihr war mulmig zumute. Schnell machte sie die Bestellung fertig.

Sie bemerkte, dass ein paar Gäste in Richtung des Paars starrten und tuschelten. Offensichtlich hatten auch sie die Andersartigkeit der beiden bemerkt. Trotz des beklommenen Gefühls in der Magengrube, war Violet nun neugierig.

„Übernimm du hier mal kurz?", flüsterte sie Noelle schließlich zu. Violet atmete tief durch, nahm das

Tablett und trug es in Richtung des Tischs, an dem das Paar saß.

Beide blickten auf, als sie die Tassen und das Wasser mit einem Lächeln und klopfendem Herzen servierte. Es ärgerte Violet, dass ihre Finger leicht zitterten. Aber Noelle hatte recht. Der junge Mann sah umwerfend aus, wie eines dieser Katalogmodels. Normalerweise wäre nun der Zeitpunkt gewesen, auf die Kuchen und Torten der Bar hinzuweisen. Eine Vorschrift von Betty! Violet traute aber ihrer Stimme nicht so recht, verzichtete kurzerhand darauf und machte kehrt.

„Moment!", hörte sie die junge Frau mit rauer Stimme hinter sich. Violet hielt die Luft für einen Moment an und drehte sich langsam um.

„Ja, bitte? Kann ich noch etwas bringen?", fragte Violet freundlich.

„Nein danke", erwiderte der junge Mann mit dem blondem Haar und den leuchtenden, blaugrünen Augen, die jedoch etwas gerötet waren, fast so, als hätte er vor kurzem geweint. Seine Stimme war angenehm und hatte einen weichen und warmen Unterton. Ein Grübchen bildete sich in seiner Wange, als er lächelte.

„Arbeitest du gerne hier?", wollte die junge Frau wissen.

„Rose!", flüsterte der junge Mann seiner Begleitung zu. Doch die achtete nicht darauf, schob sich ihre Brille ins Haar und sah sie mit ihren tiefbraunen, großen Augen an. Violet war sicher – irgendwo hatte sie sie schon einmal gesehen. Ihre Gedanken überschlugen sich. Was sollte diese Frage?

„Naja. Es ist ein ganz angenehmer Job und ich brauche eben das Geld", entgegnete Violet ehrlich. Die Frau nickte, ohne das Gesicht auch nur einen Millimeter zu verziehen. Sie musterte Violet von oben bis unten.

„Du hast hübsche Augen. Und dazu diese toll geschwungenen Brauen", sagte Rose und wandte sich ihrem Begleiter zu: „Findest du nicht auch, Payden?"

Er heißt also Payden, dachte Violet. Der Name gefiel ihr.

Payden nickte wieder lächelnd. „Und sie hat eine wirklich markante Stimme", bemerkte er.

Violet entgleisten die Gesichtszüge.

„Wir haben euch vorhin zufällig gehört. Ihr habt ausgesehen, als wärt ihr in eurer eigenen Welt versunken, daher habt ihr uns wohl nicht bemerkt", ergänzte er. Täuschte sie sich oder versteckte sich da ein Lächeln in seinen Mundwinkeln? Violet schluckte schwer. Die beiden hatten sie also gehört.

„Nun ja. Viele können gut singen", bemerkte Rose spitz.

Payden warf einen Blick auf sein Handy. „Wie auch immer, Rose. Wir sollten gehen. Außerdem bin ich ... müde", sagte er und warf seiner Begleitung einen auffordernden Blick zu. Er stand auf, ging um den Tisch herum und stellte sich hinter Roses Stuhl.

„Violet! Was wird das?", rief Betty mahnend aus einer Ecke des Cafés. Einen Tisch weiter hörte Violet das genervte Tuscheln einiger Gäste, die auf ihre Bedienung warteten.

„Da siehst du es. Jetzt bekommt sie wegen uns auch noch Schwierigkeiten", flüsterte Payden, was Rose nicht zu interessieren schien. Gemächlich erhob sie sich.

„Tut sie nur so oder erkennt sie uns wirklich nicht?", fragte sie ihren Begleiter. Dann setzte sie ihre Brille auf und sagte: „Du zahlst, Payden."

Das tat er auch, und zwar großzügig. Er drückte Violet fünfzig Pfund in die Hände und sagte leise: „Passt so."

„Das ... das kann ich nicht annehmen", stotterte Violet und starrte auf den Schein.

Rose seufzte.

„Das ist für die Unannehmlichkeiten", erwiderte Payden schnell.

Sie sah auf und ihm direkt in die Augen. Ihr Herz machte einen Satz. Seine Augen hatten etwas Geheimnisvolles an sich. Es zog sie geradezu magisch an, ob sie nun wollte oder nicht. Beinahe war sie froh, als er seine Brille wieder aufsetzte. Danach hakte er sich bei Rose unter.

Wieder rief Betty nach Violet und ihrer Stimme nach duldete sie keinen Aufschub mehr. Rasch drehte sich Violet nach den Gästen um, die einen Tisch weiter saßen und setzte ihr schönstes Lächeln auf. „Entschuldigen Sie vielmals", sagte sie.

Rose und Payden hatten ihre Sachen zusammengepackt und gingen an ihr vorbei. Im Hinausgehen hörte sie den jungen Mann flüstern: „Ich glaube, wir sind zu weit gegangen, Rosie. Wenn das deine Mutter erfährt!"

„Wird sie nicht, du Angsthase. Und nenn mich nicht Rosie!", erwiderte Rose.

Kurz bevor sie das Café verließen, schien Payden noch etwas einzufallen. Er drehte sich um und ging zu Betty hinüber, redete kurz mit ihr und folgte dann seiner Begleiterin aus dem Café. Verwundert blickte Violet ihnen nach.

Betty winkte sie zu sich. Innerlich stellte sich Violet bereits auf einen gehörigen Anpfiff ein. Stattdessen zog ihre Chefin sie zur Seite und wedelte mit ein paar Geldscheinen. „Mit herzlichem Dank und in der Erwartung, dass ich dich nicht runterputze. Unter den Umständen ist dir das längere Gespräch natürlich verziehen." Betty verzog ihren breiten Mund zu einem Lächeln.

„Seltsam. Und wahrscheinlich haben die mich mit jemand verwechselt", murmelte Violet.

„Das könnte gerne öfters passieren. Aber nun wieder Abmarsch hinter die Theke. Ich verstehe nicht, warum Noelle sich vor dem Bedienen gedrückt hat."

„Das hat sie nicht. Die beiden wollten ausdrücklich mich als Kellnerin", erklärte Violet.

Betty schürzte die Lippen und sah überrascht drein. „Ach so? Hm!"

Violet ging zu Noelle zurück. Ihre Freundin zwinkerte ihr zu. „Der Typ war wirklich heiß", flüsterte sie und brannte offensichtlich darauf zu erfahren, was Violet mit den beiden geredet hatte. Doch nach einem kurzen Blick auf Betty eilte sie schnell weiter, da ihre Chefin sie beide schon wieder im Visier hatte. Den restlichen Abend zermarterte sich Violet den Kopf über die Fremden, kam aber zu keinem Schluss, der Licht ins Dunkel brachte.

Kurz nach Schichtende gab Betty ihr den Lohn für die letzten Tage. Dabei war sie knausrig wie immer und verschenkte keinen Cent.

„Darf ich Sie noch einmal auf die Ausbildung zur Konditorin ansprechen?", fragte Violet hoffnungsvoll.

Nachdenklich tippte sich Betty an den Mund und nickte dann. „Ja, ja. Ich habe es nicht vergessen. Schlecht wäre es nicht. Meine jetzige Konditorin könnte dich ausbilden. Allerdings würden einige Überstunden anfallen, die ich dir nicht bezahlen könnte."

Dass es einen Haken geben würde, damit hatte Violet schon gerechnet.

„Ganz sicher kann ich es dir aber noch nicht versprechen, Violet. Wir reden noch mal. Ich habe auch eine Bekannte, die eine Konditorei in Kensington betreibt. Die könnte ich auch einmal fragen. Und jetzt gute Nacht."

Schon trippelte sie weiter. Besser als nichts, dachte Violet, und machte sich auf den Nachhauseweg.

Der Brief

„Was hatte dieser Payden nur damit gemeint, als er sagte, sie wären zu weit gegangen?", sinnierte Violet laut, als Jack sie abholte.

Der zuckte mit den Achseln. „Keine Ahnung. Aber er hat Geschmack! Er fand deine Stimme markant."

Dieses Mal hatte Jack einen Schirm dabei, der allerdings wenig nützte, da der Wind seitwärts blies. Jack musste seine Stimme erheben, damit Violet ihn trotz Wind und Regen verstand.

„Jedenfalls, ich war echt fleißig heute Abend. Ich habe nicht nur einen neuen Song geschrieben, sondern auch Recherche in Sachen Sky betrieben. Es hat mich interessiert, ob die beiden vielleicht tatsächlich auf dem Weg zu Kevins Skys Beerdigung waren, deshalb habe ich Bilder gegoogelt."

„Und?", fragte Violet laut, als ein Platzregen einsetzte.

„Weißt du was, wir gehen schnell zu mir. Da können wir in Ruhe reden", schlug Jack vor. Violet stimmte bereitwillig zu.

Ihre Klamotten waren bis auf die Haut durchnässt, als sie in Jacks kleiner Wohnung ankamen. Er lieh ihr eine graue Jogginghose und einen weinroten Pulli von sich. Wohlig seufzend ließ sie sich auf seinem Bett nieder, das mit bunten, zotteligen Smileykissen bedeckt war.

Jack hatte sich ebenfalls umgezogen und legte sich nun neben sie. Seine Wohnung lag im Dachgeschoss eines alten Stadthauses und besaß hohe Stuckdecken. Die Wände hatte Jack mit Postern von Sky und anderen Pop- und Rockstars beklebt, das schlichte Metallbett diente ihm gleichzeitig als Tisch und Couch. Auf einer alten Obstkiste stand ein kleiner Flachbildschirm, den er günstig von einem Freund bekommen hatte. Im Nebenraum war die winzige Küche untergebracht, die nur aus zwei Kochplatten und einem kleinen Kühlschrank bestand. Dennoch war Violet gerne hier. Sie fühlte sich wohl in dem bescheidenen kleinen Zuhause und Jack war wie ein Bruder für sie.

Er lächelte sie an, die Ellbogen auf das Bett gestützt.

„Du kannst gerne hier bleiben. Wir haben sowieso gleich schon ein Uhr", sagte er. „Du weißt ja, ich kann dir nicht gefährlich werden. Ähm, das würde ich natürlich aber auch nicht, wenn ich ein hetero wäre, obwohl du echt süß bist. Meine beste Freundin. Du verstehst?"

Sie schnappte sich eines der Kissen und drohte ihn damit abzuwerfen. „Jack the Ripper. Du bist ein Quatschkopf. Aber wieso sollte ich nicht hier schlafen? Ist ja echt schon spät. Ich schicke Tante Angela eine Nachricht via Handy."

Währenddessen holte Jack seinen Laptop unter dem Bett hervor und schüttelte ihn, nachdem er ihn aufgeklappt hatte.

„Was wird das?", fragte Violet.

Jack verzog einen Mundwinkel. „Ich glaube, der gibt auch bald den Geist auf."

Zwei Sekunden später verschwand der schwarze Bildschirm, sodass Jack sich ins Internet einwählen konnte.

„Also, was ich dir zeigen wollte: hier ist eine Fotostrecke, die Journalisten bei Skys Beerdigung gemacht haben. Die war also wirklich schon heute Nachmittag. Das wurde aber erst kürzlich offiziell bekannt gegeben. Allerdings hatten es ein paar Journalisten offensichtlich herausgefunden, kamen aber, wie einer selbst geschrieben hat, nur bis zum Tor des Friedhofs. Schau, Skys Ex Brian war auch da, aber er kam nicht zusammen mit der Familie. Und jetzt wird es interessant: Da, neben dieser älteren Dame, ist das nicht der blonde junge Typ aus der Limo? Ich glaube, das ist Skys Mutter Vivienne, die da ein wenig gebückt neben ihm steht. Sein Vater ist ja schon gestorben."

„Das weiß ich", erwiderte Violet und setzte sich auf. Jack zoomte das Foto heran und gab ihr den Laptop. Der junge Mann, den Jack meinte, hatte zwar blondes Haar, doch es war deutlich länger als das von Payden. Auch Rose konnte sie nirgends entdecken. Zumindest sah ihr keine der jungen Frauen auf den Fotos ähnlich.

Sie schüttelte den Kopf. „Das ist er nicht."

„Shit! Wäre cool gewesen. Aber vielleicht wollten sie ja auch gar nicht mit aufs Foto", entgegnete Jack enttäuscht.

Violet zuckte mit den Schultern.

„Wie geht es eigentlich Landen?", fragte sie, um sich auf andere Gedanken zu bringen. Sie hatte heute schon viel zu oft an Payden gedacht. Landen war Jacks neuer Freund, mit dem sie noch nicht so recht warm geworden war und sie bezweifelte stark, dass sie es je würde.

„Ich weiß, dass du ihn nicht magst", entgegnete Jack.

„Ich sagte nur, du sollst vorsichtig sein. Du vertraust zu schnell, Jack."

„Ich bin vorsichtig, Vi. Er will mich vielleicht in der Firma unterbringen, in der er arbeitet. Als Hilfsarbeiter. Das wird zusätzliches Geld bringen", erzählte Jack und machte große Augen.

„Und was musst du da genau machen?", wollte Violet wissen.

Sie traute dem schlaksigen, braungebrannten Landen nicht, der rund vier Jahre älter war als Jack. Die beiden hatten sich vor ein paar Monaten in einer Bar kennengelernt. Im Gegensatz zu Jack war Landen ziemlich verschlossen, was sein Leben betraf.

Jack überlegte kurz. Dann antwortete er: „Das sagt er mir, wenn es soweit ist."

Violet hatte es geahnt. „Genau das meine ich. Er ist so ... undurchsichtig."

„Aber auch aufregend." Jack hob die Brauen.

„Du bist verknallt und ich gönne es dir. Aber sei vorsichtig!", bat sie ihn.

Jack klopfte ihr auf die Schulter. „Bin ich, Mama!"

„Spinner." Sie küsste ihn auf die Nasenspitze und ließ sich rücklings ins Bett neben ihn sinken.

„Ach, was ich vergessen hab, dir zu erzählen: Die Demo, die ich dem Plattenlabel geschickt habe, kam mit einer Absage zurück. Wie ich es mir schon gedacht hab." Jack seufzte.

Violet wickelte eine seiner Rastalocken um einen Finger und verzog den Mund. „Oh nein! Ich habe dir so die Daumen gedrückt."

Jack schnaubte. „Das ist schon die fünfte Absage. Die Aufnahme müsste einfach viel besser sein. Aber dazu bräuchte ich ein Studio und das für mehrere Stunden. Das kostet Unsummen, und ich muss jetzt schon jeden Penny umdrehen."

„Ich kann dir ein bisschen was dazu geben. Wie oft habe ich dir das schon gesagt?", schlug Violet ihm vor.

„Tausend Mal. Und ebenso oft sage ich Nein. Du brauchst das Geld selbst. Und dabei bleibt es!" Sein Blick ließ keine Widerrede zu.

Dennoch versuchte sie es, weil sie wusste, wie viel ihm dieser Traum bedeutete. „Ich würde ..."

Jack hob abwehrend die Hände. „Nein, Violet! Du, ich bin erledigt. Lass uns schlafen. Okay?"

Für heute gab Violet auf. „Okay. Du musst morgen auch echt früh aufstehen."

Jack nickte, löschte das Licht und kuschelte sich an sie. „Erinnere mich nicht schon wieder daran. Gute Nacht, Kleine."

Wenige Minuten später schliefen sie ein, so wie sie waren und Violet träumte von ihrer Mutter.

Der Raum war lichtdurchflutet. Weiße seidene Vorhänge warfen, von einem sanften Wind bewegt, weite

Wellen. In der Mitte des Raumes stand ein Bett. Langsam trat Violet näher. Ihre Mum lag darin. Sie sah aus wie ein Engel. Sie trug ein rosafarbenes Nachtkleid, das ihr bis zu den Knöcheln reichte. Ihr dünner Körper lag auf schneeweißen Laken, die Haut schimmerte porzellanartig. Sie hatte die Augen geöffnet und neigte den Kopf leicht in Violets Richtung, die atemlos neben dem Bett stehen blieb.

„Mum", hauchte sie ungläubig.

Melody streckte ihr eine Hand entgegen, die Violet ergriff und sanft drückte.

„Verzeih mir", hörte sie ihre Mutter flüstern.

Violet stutzte. „Was meinst du damit?"

Nach einer kurzen Pause antwortete Melody: „Dass ich es dir nie gesagt habe, wer dein Dad ist. Ich wollte es noch tun. Glaub mir das bitte."

Violet beugte sich zu ihr und gab ihr einen Kuss auf die Stirn. Es tat ihr weh, sie so traurig zu sehen.

„Es ist gut, Mum. Das Schicksal hat anders entschieden."

Melody strich mit zwei Fingern über Violets Hals und hielt in der Beuge inne. Dann blickte sie ihrer Tochter tief in die Augen. Violet erwiderte ihren Blick, traute sich kaum zu blinzeln. Keine Millisekunde, die sie bei ihr sein durfte, wollte sie verpassen. Tränen stiegen ihr in die Augen, als ihr klar wurde, dass sie träumte. Plötzlich fand sie sich in einer anderen Ecke des Zimmers wieder, als hätte es einen Cut gegeben. Das Bild vor ihren Augen verschwamm. Nebel schlich durch die geöffneten Fenster.

Auch als Violet erwachte, hatte sie Tränen in den Augen. Sie legte ihre Hand an die Stelle, die ihre Mutter im Traum berührt hatte und ihr war, als wäre sie wirklich bei ihr gewesen. Noch einmal mehr war Violet sicher, dass ihre Mutter ihr das Geheimnis um die Identität ihres Vaters tatsächlich verraten wollte.

„Ich vermisse dich so und ich bin dir für nichts böse", flüsterte sie. Vielleicht konnte ihre Mutter sie ja hören. Sie wünschte es sich von Herzen.

Jack, der zeitig aufgebrochen war, hatte ihr einen Zettel mit einer Zeile seines neuen Songs hinterlassen. Sie las sie immer wieder lächelnd, bummelte noch ein wenig durch die Stadt und begann gegen Mittag mit der Erledigung ihrer Pflichten in der Wohnung ihrer Tante und ihres Onkels. Dabei dachte sie auch immer wieder an den Traum und vergoss ein paar Tränen. Wie mechanisch wischte sie den Boden der Wohnung und bereitete später das Abendessen für ihre Tante und ihren Onkel zu. Der Duft des Hackbratens, den sie gleich als Erstes in den Ofen geschoben hatte, schwebte durch die Räume. Sie hoffte, dass ihr Onkel nicht wieder die Nase rümpfen würde, denn Kochen war nicht ihre Stärke. Als sie das letzte Mal das Salz vergessen hatte und ihr die Putenstreifen angebrannt waren, war er richtig ausgeflippt.

„*Violet, let's fly into a blue, blue sky. We leave all shadows behind*", sang sie Jacks Songzeile vor sich hin.

„Ist das Essen schon fertig? Ich sterbe vor Hunger", hörte sie plötzlich die Stimme ihres Onkels, der seine Arbeitstasche am frühen Abend mitten auf den Tisch fallen ließ.

„Es riecht seltsam“, bemerkte Angela, die nach ihm in die Küche kam. Es kam nicht oft vor, dass beide zur gleichen Zeit Schichtende hatten. Erschrocken schaute Violet nach dem Essen.

„Wenn es verbrannt ist oder komisch schmeckt, können wir unseren Anteil an den Kosten nicht tragen. Das verstehst du doch sicher“, fügte ihre Tante spitz hinzu.

Allmählich schwante Violet, dass Angela und Marcus schon im Vorfeld nach Gründen dafür suchten.

„Natürlich!“, erwiderte sie mit zusammengebissenen Zähnen, servierte das Essen und setzte sich anschließend mit ihnen an den Tisch.

Schon beim ersten Bissen rümpfte Angela die Nase. „Naja, es ist was anderes. Woher hast du denn das Rezept?“

„Von Mum“, antwortete Violet knapp.

„Dann wundert mich nichts mehr“, sagte Angela und ließ die Gabel fallen.

Wie erwartet stimmte Marcus seiner Frau zu.

„Hast du das Geld bekommen?“, wollte Angela anschließend wissen.

„Ja, euer Anteil liegt im Kuvert auf der Kommode im Flur“, antwortete Violet. Der Appetit war ihr gründlich vergangen. Sie schob den Teller von sich, stand auf und ging zur Tür.

„Was ist los?“, wollte ihr Onkel wissen.

Violet drehte sich nach ihm um. „Ich bin nur müde, leg mich kurz hin. Die Küche mache ich noch sauber, bevor ich zur Schicht gehe.“

„Von was bist du denn bitteschön müde? Außerdem – wo warst du die ganze Nacht?“, fragte er.

„Ich bin über achtzehn", erinnerte sie ihn, was Angela mit hochgezogenen Brauen quittierte.

„Sie hat mir eine Nachricht geschrieben, sie war bei diesem Verlierer Jack. Eine nette Freundin wäre besser für dich, Violet", bemerkte Angela.

Violet atmete leise tief durch. „Woher willst du das wissen, Tante Angela?"

„Deine Tante ist eben eine kluge Frau", sagte ihr Onkel salbungsvoll. Angela tätschelte ihm die Wange und aß weiter. Seltsamerweise waren beide Teller schnell leergeputzt.

„Hat es doch geschmeckt?", fragte Violet. Sie konnte es sich nicht verkneifen.

Angela sah sie entgeistert an. „Es war widerlich. Aber Essen wirft man nun mal nicht weg. Ich muss mich nun ausruhen. Mein Darm spielt verrückt. Ich hoffe für dich, dass das nicht an deinem Essen lag." Sie erhob sich und schob sich an Violet vorbei in den Flur. Violet sah ihr nach. Ihre Tante nahm das Kuvert mit dem Geld von der Kommode und steckte es in ihre Hosentasche. Marcus kam Angela nach wie ein Dackel und folgte ihr ins Wohnzimmer.

„Violet?", rief Angela.

Auf dem Weg in ihr Zimmer stoppte Violet an der Wohnzimmertür und warf einen Blick zu ihrer Tante, die sich auf der Couch niederließ und eines ihrer Rätselhefte aufschlug.

„Was ist Tante Angela?", fragte sie. Doch ihre Tante richtete ihre Aufmerksamkeit bereits wieder auf Marcus, der den Fernseher anschaltete.

„Musst du schon wieder fernsehen, Marcus?", jammerte sie.

„Nur ein paar Minuten!", antwortete er und machte es sich auf seinem Lieblingssessel bequem. Zufrieden strich er mit den Händen über seinen dicklichen Bauch.

„Man könnte denken, er ist im fünften Monat schwanger", hatte Jack einmal gewitzelt. Violet schmunzelte, als sie daran dachte. Ihr Onkel drehte den Fernseher lauter.

„Willst du, dass ich taub werde?", zischte Angela.

„Was hast du gesagt?", fragte Marcus.

„Du hast mich schon verstanden, mein Lieber."

Dennoch beließ er es bei der Lautstärke und Angela seufzte tief. Die beiden waren seit fünfundzwanzig Jahren verheiratet und obwohl Violet sicher war, dass ihre Ehe inzwischen zu einer reinen Vernunftehe geworden war, hielten sie, wenn es hart auf hart kam, gegen die Außenwelt zusammen. Und Violet gehörte für sie offensichtlich zu dieser Außenwelt.

Angela richtete ihre Aufmerksamkeit wieder auf Violet. „Ich hab es mir anders überlegt. Mach die Küche sofort und wisch auch die Hängeschränke aus. Danach kannst du meinetwegen weiter müde sein."

Violet hatte keine Lust auf Streit und tat wie ihr befohlen. Sie lauschte den Boulevardnachrichten im Fernsehen, während sie die Küche aufräumte. Als Skys Name fiel, hielt sie inne.

„Gerüchten zufolge wurde in der Nähe der Absturzstelle, einen Tag nach dem Unglück, ein Brief gefunden, der brisante Neuigkeiten über Kevin Jordan Sky beinhalten soll. Die Zeilen soll der Star selbst verfasst haben. Der Journalist, der den teilweise zerfetzten Brief gefunden hat, übergab ihn so schnell wie möglich Skys Familie. Angeblich soll ihm ein Schweigegeld bezahlt worden sein, weshalb der Inhalt für die Öffentlichkeit wohl ein Geheimnis bleiben wird. Alles, was bekannt ist, ist, dass es sich nicht um einen Abschiedsbrief handelt. Auch Skys Freunde betonten, er habe noch viele Pläne gehabt und sei auch nicht, wie behauptet wurde, krank gewesen oder wieder rückfällig geworden. Die Informationen um den Brief stammen aus einer angeblich zuverlässigen Quelle im Umfeld des Journalisten", sagte die Moderatorin und ging zum nächsten Thema über.

Nicht nur Violet ließen diese Neuigkeiten aufhorchen.

„Was da wohl drin steht?", hörte sie Marcus fragen.

„Und für wen er wohl bestimmt war?", fügte Angela hinzu.

Violet musste zugeben, dass auch sie auf die beiden Fragen gerne eine Antwort gehabt hätte.

„Du wirst es nicht glauben, Vi."

Jack winkte sie zu sich an den Laptop. Bevor sie wieder eine Schicht im Café einlegen musste, hatte sie noch einmal bei ihm vorbeigeschaut. Eine kleine Sommergrippe hatte ihn außer Gefecht gesetzt, weshalb er gleich nach der Arbeit das Bett hütete.

„Das kommt davon, wenn man durch den Regen rennt", sagte sie und setzte sich zu ihm aufs Bett.

„Ach was. Das habe ich mir von einem Kollegen eingefangen", entgegnete er und zeigte auf den Bildschirm.

„Ist das nicht der Typ aus der Limousine?", fragte er dann.

Stirnrunzelnd rückte Violet näher. Sie konnte es kaum glauben, doch er war es tatsächlich. Das Foto zeigte ihn zusammen mit Kevin Jordan Sky, der den Arm um ihn gelegt hatte. Zwar trug er das Haar damals länger, aber die Gesichtszüge waren unverkennbar. Beide lächelten in die Kamera. Der Text unter dem Bild bezeichnete ihn als den jungen Sänger Payden Rapsody, der ein vielversprechendes neues Talent sein sollte.

„Ich habe den Namen Rapsody schon mal in Verbindung mit Sky gehört, aber es nicht weiter verfolgt", sagte Violet.

„Es war ja auch die Zeit, in der deine Mum so schwer krank war und dann ...", erwiderte Jack und senkte den Blick.

Sie wusste, was er noch hatte sagen wollen. In der Zeit hatte Violet wahrlich andere Dinge im Kopf gehabt, als sich um die Neuigkeiten bezüglich Kevin Sky zu scheren.

„Ich hab das auch nicht weiter verfolgt damals. Und du weißt ja, was ich von solchen Castingshows halte. Aber wir hätten ja gestern schon darauf kommen können Payden und Rose in Verbindung mit Sky zu googeln", bemerkte Jack.

„Manchmal sieht man den Wald eben vor lauter Bäumen nicht", gab Violet zurück.

Dann scrollte sie herunter und las:

Payden Rapsody, der Vorjahresgewinner der Gesangsshow NewBornStar ist durch die entstandene Freundschaft mit der zwanzigjährigen Rose, der einzigen Tochter von Skys Cousine Thelma Matthews, noch in den Kreisen der Familie unterwegs. Kevin

Jordan Sky war Paydens Mentor in der Fernsehshow und hat den jungen Mann bis zuletzt gefördert und unterstützt. Gerüchten zufolge wollte er ihn als zweiten Sänger in die Band integrieren, um seine eigene Solokarriere verstärkt verfolgen zu können. Für die Freundschaft der beiden spricht auch, dass Payden auf die Beerdigung eingeladen war.

Böse Zungen behaupten, dass der junge Sänger immer noch auf einen Platz in der Band hofft, vielleicht nun sogar als Leader, und deshalb Rose Matthews schöne Augen macht. Allerdings hat Payden immer betont, dass er sich zwar gemeinsame Projekte mit Kevins Band grundsätzlich vorstellen könne, letztendlich aber seine Karriere als Solokünstler weiter verfolgen wolle. „Kevin ist mein Mentor und ich werde immer dankbar sein für das, was ich von ihm gelernt habe", sagte Rapsody wenige Monate vor Kevins Skys Unfalltod. „Doch ich muss meine eigenen Pläne und Visionen verwirklichen. In Kevins Band würde ich immer in seinem Schatten stehen, denn er ist einfach ein Ausnahmekünstler. Vielleicht werden wir ein, zwei Songs zusammen aufnehmen, aber mehr nicht." Dass Rose und Payden nach wie vor ein Paar sind, wurde inzwischen bestätigt.

„Diese Rose wurde früher nie erwähnt oder ich hab nie was von ihr gehört. Daher kannte ich sie auch nicht", sagte Jack. Violet ging es genauso.

„Wer weiß, vielleicht waren sie neugierig, weil du so gut gesungen hast und wollten deswegen mit dir sprechen. Sie scheinen dir ja richtiggehend gefolgt zu sein", überlegte Jack laut weiter.

Violet dachte an die mysteriöse Begegnung zurück. „Oder sie haben mich wirklich verwechselt. Mit wem auch immer. Die Frau – Rose –, sie mochte mich nicht. Vielleicht, weil ich nur eine kleine Kellnerin bin."

„Das ist ein Job wie jeder andere, oder nicht? Sogar ein Knochenjob. Ich weiß, wovon ich rede", bemerkte Jack und zupfte an seinem Shirt.

Violet konnte sich keinen Reim auf die Sache machen. „Naja, jedenfalls war es wirklich seltsam. Aber vielleicht steigern wir uns da auch nur in was rein."

Plötzlich öffnete sich die Tür und Landen kam hereinspaziert.

„Hast du nicht abgesperrt?", flüsterte Violet Jack erschrocken zu. Konnte Landen nicht mal anklopfen?

Jack zog verlegen die Brauen nach oben. Anscheinend hatte er Landen einen Zweitschlüssel gegeben.

„Musst du wissen", flüsterte Violet.

Landen grüßte lässig, beugte sich dann über Jack und küsste ihn. Der süßliche Duft, der von ihm ausging, kam mit Sicherheit nicht nur von seinem Aftershave, dachte Violet. Seine Augen wirkten glasig und er fahrig, was auch Jack bemerkte.

„Hast du was geraucht, Alter?", fragte er Landen.

Landen lachte und ließ sich zwischen Violet und Jack fallen. „Ein kleiner Joint am Morgen vertreibt Kummer und Sorgen, weißt du doch."

„Es ist Abend", erinnerte Jack ihn.

Landen fuhr sich mit den Fingern ein paar Mal durchs Haar. „Ich weiß, ich weiß. Aber dann hätte es sich nicht gereimt, Alter. Du siehst übrigens beschissen aus. Was ist los?"

Schließlich stand Violet auf. „Er hat die Grippe und braucht Ruhe.“

„Bist du Ärztin oder so?“, wollte Landen wissen und blickte mit zusammengekniffenen Augen zu ihr hoch.

„Nein, aber seine Freundin. Also gut Jack. Ich geh dann mal. Ruh dich bitte richtig aus.“

Landen zeigte auf sie. „He, ich pflege ihn schon gesund. Keine Sorge.“

„Sehen wir uns morgen, Vi?“, fragte Jack besänftigend. „Wenn ich wieder fit bin, könnten wir ja mal wieder ins Kino oder so. Oder weitere Recherchen anstellen.“

„Und ich? Was ist mit mir?“, wollte Landen wissen.

„Bis dahin habe ich dich wohl angesteckt“, lächelte Jack.

„Glaube ich nicht. Ich muss auch gleich weiter. He, kannst du mir bisschen Kohle leihen? Ich gebe es dir morgen auch wieder, spätestens übermorgen.“

„Sorry, ich hab nichts“, entgegnete Jack steif.

Landen sah seinen Freund mit einem Dackelblick an. Den hatte er auf alle Fälle drauf, dachte Violet, denn Jack wurde sofort wieder weich.

„Ich brauche keine Drogen. Du bist meine“, flüsterte er.

Violet konnte ein leises genervtes Stöhnen nicht unterdrücken.

„Ich dachte, du wolltest dich um Jack kümmern?“, fragte sie in Landens Richtung, ohne ihn wirklich anzusehen.

Er ignorierte ihre Frage und bettelte nun auch noch sie an: „Na komm schon. Vi, dann du. Nur noch einmal. Ich geb dir auch das Geld vom letzten Mal bald zurück."

„Wer es glaubt", murmelte Violet. Sie würde es bis ans Lebensende bereuen, dass sie sich vor wenigen Wochen hatte breitschlagen lassen, ihm ein paar Pfund zu leihen.

Landen kuschelte sich an Jack und knöpfte sein zerschlissenes blaues Hemd bis zum Bauchnabel auf.

„He, du brauchst dich nicht zu prostituieren", lachte Jack.

„Das wäre natürlich auch eine Idee. Nur leider wäre ich unbezahlbar", flüsterte Landen. Jack wich zurück. „Was?"

Kichernd winkte Landen ab. „Mann, mach dich locker, Alter. Das war nur ein Witz."

Landen wusste genau, wie er Jack herumbekam, dachte Violet.

„Bis später, Jack. Und wenn du was brauchst – für einen klaren Kopf oder so –, dann schreib es mir einfach", sagte sie und wandte sich zum Gehen.

„Verstanden!", antwortete Jack. Landen seufzte entnervt.

„Hält die sich für deine Mum oder eine Krankenschwester, oder was?", hörte Violet ihn flüstern, bevor sie die Wohnung verließ. Sie hoffte inständig, dass Jack tough genug war, um sich nicht in den Drogensumpf hineinziehen zu lassen, in dem Landen steckte. Sie glaubte nicht, dass es nur Joints waren, die er konsumierte. Sie seufzte und verdrängte ihre Sorgen um ihren besten Freund. Ihre Gedanken wanderten zurück zu diesem Payden und dem, was sie über ihn gelesen hatte.

Geheimnisvolle Nachricht

„Der süße Typ war übrigens Payden Rapsody. Der, der diese Gesangsshow gewonnen hat. Gestern auf dem Nachhauseweg ist es mir siedend heiß eingefallen, ich wusste doch, dass ich ihn zuvor schon mal irgendwo gesehen habe", erzählte Noelle aufgeregt, als sie nach dem Ende ihrer Schicht zusammen das Café verließen.

„Ich weiß", sagte Violet abwesend. Sie war enttäuscht, weil Betty wieder kein Wort über eine mögliche Ausbildung verloren hatte. Gemeinsam überquerten sie die Straße. Es war noch mild, eine sternenklare Nacht. Das Summen eines kaputten Reklameschilds einer Wäscherei drang in Violets Ohren. Sie warf einen Blick auf ihr Handy und sah, dass Jack ihr geschrieben hatte. Es ging ihm schon besser, worüber sie sehr froh war. Über Landen hingegen verlor er kein Wort.

„Er will mich abholen. Verrückter Kerl", erzählte sie Noelle.

Die riss die Augen auf. „Wer? Payden?"

„Quatsch! Jack.“

Noelle seufzte. „Der ist zwar auch süß, nur leider schwul.“

Violet lachte. Auch wenn Jack nicht schwul wäre, würde sie sich bestimmt nicht in ihn verlieben. Dazu war er viel zu sehr wie ein Bruder für sie. Schnell tippte sie: *Du bleibst im Bett! Ich komme dich morgen besuchen. Schlaf gut xxx.*

Zu Befehl, antwortete er, schickte jedoch einen Zwinkersmiley hinterher. Im Vorbeigehen steckte Violet einer Bettlerin und ihrem weißgrauen Pudel, die in Decken gehüllt am Straßenrand saßen, eine Münze und einen Schokoriegel zu.

„Das macht dir richtig Spaß, oder?“, fragte Noelle.

„Mit Spaß hat das nichts zu tun“, erwiderte Violet ernst.

Noelle lächelte und hakte sich bei ihr ein. Sie wollten den Bus nehmen. Sie waren beide hundemüde. Allerdings schien der Bus Verspätung zu haben. Violet wartete zusammen mit Noelle an der Haltestelle, von wo aus sie den Nachtschwärmern zusahen, die in die nahegelegenen Pubs einkehrten. Aus einem von ihnen drang Jazzmusik. Noelle wiegte ihre Hüften im Takt dazu, schnappte sich dann Violet und begann mit ihr zu tanzen.

„Bist du verrückt?“, lachte Violet. Ihr fielen vor Müdigkeit fast die Augen zu.

„Warum? Mach dich locker, Vi.“

Das sagte Jack auch immer. Gut, sie hatten beide recht. Schließlich lebte man nur einmal.

Am nächsten Morgen musste Violet um acht Uhr aufstehen. Sie unterdrückte ein Gähnen und schlurfte in ihren weichen Schäfchenschuhen durch den Flur. Schon um zwölf begann ihre nächste Schicht im Café und davor musste sie noch ihren Teil der Hausarbeit erledigen, wenn sie keinen Ärger mit ihrer Tante wollte.

„Vi! Komm mal bitte her!", rief Angela.

Violet steckte den Kopf ins Schlafzimmer. Ihre Tante setzte sich auf, winkte sie zu sich und deutete auf ihren Nacken.

„Kannst du mich kurz massieren? Diese ständig gebückte Haltung in der Fabrik macht mich immer ganz steif."

Das konnte Violet verstehen und erfüllte ihr den Wunsch. Wie sie von ihrer Tante erfuhr, war Marcus bereits zur Frühschicht gegangen. Angela seufzte. „Ah das tut gut. Übrigens, gestern war eine Frau hier. Kurz nachdem du weg warst. Sehr adrett, sehr höflich. Sie wollte dich sprechen, aber sie hat mir nicht verraten, warum."

Für einen Moment hielt Violet inne. „Wie war denn ihr Name?"

„Keine Ahnung, auch daraus hat sie ein Geheimnis gemacht. Ich schätze, die ist aus gutem Hause, hat ein rotes Mercedes Cabrio gefahren, das farblich zu ihrem Kostüm gepasst hat. Ihrem faltigen Dekolleté zufolge war sie bestimmt schon über fünfzig, was man ihr im Gesicht wahrlich nicht ansah. Gut geschminkt oder gut operiert. Ich müsste das auch wieder einmal machen. So wie früher. Schminken, meine ich. Hast du mal Bilder aus meiner Jugendzeit gesehen? Meine

Güte war ich hübsch. Gut, ich bin immer noch ansehnlich, aber damals ... Die Jungs standen Schlange sag ich dir." Sie machte eine kurze Pause. „Nur wenn sie deine Mutter sahen, dann waren sie meistens schnell wieder weg. Tja. Wenn man sich freizügiger kleidet, kommt das bei Männern immer besser. Wundert mich, dass sie nie geheiratet hat. Ich kann mich auch nicht erinnern, dass sie je einen festen Freund hatte. Na ja, war wohl nichts für sie. Außerdem hatte sie dann ja dich."

Rotes Cabrio, elegant, bereits älter? Violets Gedanken ratterten, aber sie kam nicht darauf, wer der geheimnisvolle Besuch hätte sein können und was die Dame von ihr wollte.

„Keine Ahnung wer das gewesen sein könnte. Und zu Mum: Sie hat sich immer stilvoll gekleidet. Zwar hip, aber stilvoll. Sie war nicht leichtlebig", musste Violet erwidern.

„Was man so Stil nennt! Na ja, es ist lange her. Ein bunter Paradiesvogel war sie. Ständig Hummeln im Hintern. Du musst mehr nach deinem Vater kommen. Wer auch immer der ist."

Violet griff ein bisschen fester zu.

„Au!", rief Angela.

„Tut mir leid, an der Stelle warst du besonders verspannt", erwiderte Violet ruhig, aber mit einem innerlichen Lächeln. Ein bisschen Strafe musste sein für die freche Bemerkung über ihre Mutter.

„Ich frage mich, ob er noch lebt?", stichelte Angela weiter. Sie konnte es nicht lassen. „Jedenfalls hat er sich nie um dich gekümmert. Armselig ist das, traurig. Aber deine Mutter war selbst schuld. Sie hätte gerichtlich gegen ihn vorgehen müssen. Nicht einmal Unterhalt hat sie verlangt, das dumme Ding. Vielleicht wusste sie aber ja auch gar nicht, wer dein Erzeuger war. Anders kann ich es mir nicht erklären. Ach, warte, jetzt fällt es mir ein. Diese Frau hat mir ein Kärtchen mit einer Handynummer dagelassen. Sie sagte, sie müsste für einige Tage verreisen, aber du sollst dich so bald wie möglich bei ihr melden. Du hast doch nichts angestellt, oder?"

Violet runzelte die Stirn. „Nicht, dass ich wüsste. Vielleicht hat meine Chefin etwas damit zu tun. Ja, vielleicht hat die Frau einen Ausbildungsplatz für mich. Betty hat ja gesagt, dass sie mal bei einer Bekannten nachfragt, die eine Konditorei in Kensington hat", fiel ihr plötzlich ein.

„In Kensington? Das ist nicht gerade um die Ecke", bemerkte Angela.

Ein euphorisches Kribbeln durchfuhr Violet. „Dann könnte ich mir endlich eine eigene kleine Wohnung leisten", flüsterte sie und ein Lächeln umspielte ihre Mundwinkel.

Daran schien Angela noch gar nicht gedacht zu haben. „Was? Du willst uns tatsächlich verlassen?"

„Noch ist es ja nicht so weit", gab Violet zurück, die ihrer Tante das, was sie über ihre Mutter gesagt hatte, nie verzeihen würde.

„Nun ja. Eine Ausbildung allein macht noch keinen Erfolg. Da ist Durchhaltevermögen angesagt", gab Angela zu bedenken.

„Keine Sorge. Das hätte ich."

Mit einem tiefen Seufzen erhob sich Angela und zog ein weißes Kärtchen aus einer Jackentasche hervor, auf der eine Nummer vermerkt war. Violet nahm es entgegen und drehte es. Kein Name, kein Gruß, nichts außer ein paar Zahlen. Seltsam!, dachte sie.

„Ich rufe gleich einmal an. Brauchst du mich noch, Tantchen?"

Angela verdrehte die Augen. „Nenn mich nicht Tantchen, sonst komme ich mir uralt vor."

„Okay, ich werde es mir merken", entgegnete Violet und musste heimlich schmunzeln. Rasch ging sie in ihr Zimmer, schnappte sich das Handy, das sie auf der kleinen Kommode hatte liegen lassen und atmete durch.

„Mum! Ich bin so aufgeregt", flüsterte sie, während sie dem Rufton lauschte. Einmal, zweimal, dreimal, viermal, fünfmal, dann endlich ein Lebenszeichen.

„Hallo?", ertönte eine freundliche Frauenstimme.

Warum nannte sie keinen Namen?, fragte sich Violet.

„Guten Tag. Hier ist Violet McLovely. Meine Tante ...", sagte Violet, wurde aber unterbrochen.

„Ah, auf Ihren Anruf habe ich bereits gewartet. Schön, dass Sie den Mut gefunden haben, mich zu kontaktieren, obwohl Sie nicht wissen, zu wem die Nummer gehört."

Noch immer klang ihre Stimme nett, wenn auch ein wenig streng. Vielleicht bildete sich Violet das aber auch nur ein.

„Sind Sie aus Kensington?", fragte sie.

„Nein! Wie kommen Sie darauf, junge Frau?"

Mit einem Mal zerschlug sich Violets Hoffnung. Aber was wollte diese Fremde dann von ihr und vor allem, wer war sie?

„Ich dachte nur … Nicht wichtig. Wie kann ich Ihnen helfen?"

Kurzes Schweigen. „Ich möchte, dass Sie mich besuchen. Wir müssen dringend sprechen. Es ist wichtig. Aber sagen Sie keiner Menschenseele ein Wort darüber", forderte die Fremde.

Das klang äußerst merkwürdig.

„Haben Sie gehört, Miss McLovely?", fragte die Fremde mit einem strengen Ton.

„Ja, aber …", stammelte Violet.

„Was aber? Es ist wirklich wichtig."

„Um was geht es denn überhaupt?", wollte Violet wissen.

Sie hörte, wie die Frau am anderen Ende Luft holte. Leise sagte sie: „Um Ihren Vater, Miss McLovely."

Für einen Moment vergaß Violet zu atmen. Hatte sie richtig gehört?

„Um meinen … Vater?", stieß sie aus und spürte, wie sie bleich wurde.

Sollte das ein schlechter Scherz sein?, fragte sie sich.

„Kommen Sie zu mir. Dann werde ich Ihnen alles in Ruhe erzählen, was ich weiß. Sie können mir vertrauen, Violet", sagte die Frau.

„Mein Vater", stammelte sie und fügte hinzu: „Wer … wer ist er?"

„Die Adresse ist 3 Miller Avenue, Mayfair", umging die Fremde Violets Frage.

„Und das ist kein Scherz?"

Die Frau schnaubte. „Nein! Ich weiß es auch erst seit kurzem, dass Sie seine Tochter sind, und finde es überhaupt nicht witzig, das können Sie mir glauben, junge Frau. Ihre Mutter hat Ihnen wirklich nicht gesagt, wer er ist?"

„Nein. Ich glaube, sie wollte es noch tun, aber ...", stotterte Violet. Das Herz schlug ihr bis zum Hals.

„Verstehe. Dann kam ihr der Tod dazwischen."

Ihre gleichgültige Stimme bei dieser Bemerkung erschreckte Violet, was die Fremde wohl auch selbst bemerkte, denn sie fügte hinzu: „Das mit Ihrer Mutter tut mir leid. Wirklich, Violet. Also, was ist nun? Kommen Sie?"

Irgendwie nahm Violet ihr das Mitgefühl nicht ab. Sie ging an das kleine Fenster und starrte hinaus auf die graue Straße und die gegenüberliegenden Wohnblocks, die mit bunten Graffitis verziert waren. So viele Fragen schwirrten ihr durch den Kopf.

„Wann genau soll ich denn kommen?", fragte sie die Fremde dann.

„Ich bin zwei Tage geschäftlich unterwegs. Aber danach! Sagen wir, Freitag gegen Abend. So um sechs. Da passt es mir am besten und wir sind ungestört."

Violet nickte, als könnte die Frau es sehen. „Gut! Ich werde da sein."

„Und noch mal, zu keinem ein Sterbenswörtchen. Unser Butler Christopher wird sie einlassen. Klingeln Sie am Tor und nennen Sie Ihren Namen. Wiedersehen, Miss McLovely", erklärte die Fremde noch. Dann legte sie auf.

Verdutzt ließ Violet das Handy sinken. *Butler?*

„Und, was hat sie gesagt? Du hast doch schon angerufen, oder?", wollte Angela wissen, als sie wenige Minuten später ohne anzuklopfen bei Violet im Zimmer auftauchte.

Violet blieb stumm. Sie konnte keinen klaren Gedanken fassen. Angela zog die Brauen zusammen. „Alles in Ordnung? Du bist ja weiß wie die Wand!“

Kopfschüttelnd ging sie auf Violet zu und rüttelte sie an den Schultern. „Bist du taub, Vi?“

Violet zwang sich, aus der endlosen Gedankenschleife auszubrechen. Sie beschloss, Angela nicht die Wahrheit zu sagen, nicht nur, weil die Frau sie darum gebeten hatte, sondern auch weil sie selbst noch nicht wusste, was sie von dem Telefonat halten sollte. Vielleicht war es auch ein Scherz oder eine Falle.

„Ja, es ging um die Ausbildung. Sie könnte es sich vorstellen, aber sicher ist es noch lange nicht“, log sie mit dünner Stimme.

„Nun ja. Ich finde es sowieso besser, wenn du die in diesem Café machen würdest. Ist näher! Mach dir nichts draus, wenn es nichts wird. Alles kommt, wie es kommen soll, Mädchen.“

Zufrieden machte sie kehrt und ließ Violet allein. Wahrscheinlich, dachte sie, betete Angela innerlich dafür, dass sie noch ewig ihre Magd spielen musste, auch wenn sie und Marcus ihre Anwesenheit sonst offensichtlich nervte. Kurzerhand schnappte sich Violet ihr Handy und wählte Jacks Nummer. Zum Glück ging er ran.

„Hi Jack. Wie geht's dir? Bist du zu Hause?“

„Mir geht es zwar schon besser, aber so ganz fit bin ich noch nicht. Und ja, ich bin zu Hause. Soll das ein Kontrollanruf werden? Ich liege auch wirklich im Bett.“

„Bist du allein?“, wollte Violet wissen.

„Ja. Landen ist nicht da. Du kannst ruhig rüberkommen, die Luft ist rein.“

„Das hatte ich vor. Bis gleich.“

„Halt, Moment! Warum klingst du so aufgeregt?“, fragte Jack.

„Das erzähle ich dir, sobald ich da bin“, versprach sie ihm.

Noch während sie auflegte, machte sie sich auf den Weg.

„Und was ist mit dem restlichen Haushalt?“, rief Angela, als sie sah, dass Violet im Aufbruch begriffen war.

„Das hole ich nach, sobald ich kann. Kleiner Notfall. Bis später“, rief Violet.

„Hier macht wohl jeder, was er will“, erwiderte ihre Tante eingeschnappt. Doch Violet wollte und konnte nicht darauf reagieren.

Die alte Tür zu Jacks Wohnung, von der an mehreren Stellen der Lack abblätterte, stand halb offen, als Violet ankam. Von unten drangen lachende Kinderstimmen durch das leicht modrig riechende Treppenhaus. Auch seine Wände waren, wie die des Mietshauses, in dem sie wohnte, von einem unnatürlichen Grün, an dem sie sich bereits am ersten Tag sattgesehen hatte.

„Na komm schon. Das bringt endlich mal Kohle in deinen mageren Geldbeutel, Jack.“ Violet erstarrte, als sie Stimmen aus Jacks Wohnung hörte. Landen war also doch da, dachte sie. Sie wollte schon den Rückzug anzutreten, da sie keine Lust hatte, diesem undurchsichtigen Typen schon wieder vor die Nase zu treten, überlegte es sich jedoch anders, als sie Jacks Stimme vernahm. „Das ist illegal, Mann."

Mit gerunzelter Stirn trat Violet näher an die Tür heran. Das musste sie hören. Was hatte Landen vor?

„Ich bin noch nie erwischt worden und mache das schon seit ein paar Jahren", sagte der mit einem verächtlichen Schnauben.

„Weil du die anderen vorschickst. Oder sind die auch noch nie erwischt worden? Das ist also der Hilfsjob, von dem du mir die ganze Zeit vorgeschwärmt hast. Ich fasse es nicht, Landen!"

„Es ist noch so gut wie keiner erwischt worden, Jack. Und wenn, dann nur, weil sie meinen Ratschlägen nicht gefolgt sind. Sei doch nicht so spießig, Alter. Liebst du mich oder nicht?"

„Was hat das denn damit zu tun?", wollte Jack wissen. Das allerdings interessierte Violet auch.

„Du brauchst doch Kohle, oder nicht? Bei guten Übergaben bekommst du eine dicke Provision von mir. Du kannst dir jeden Tag bis zu hundert Kröten verdienen. Rechne das mal über ein Jahr hoch. Dann kommst du auch aus der Bude raus", erklärte Landen.

Darüber konnte Violet nur den Kopf schütteln.

„Und warum bist du aus deiner noch nicht draußen?", fragte Jack.

Violet war empört. Wie dreist war dieser Landen eigentlich? Der wollte Jack doch tatsächlich zum Dealen überreden.

„Ich brauche nichts anderes", gab Landen prompt zurück.

„Ach ja? Ich erinnere mich, dass du öfters als einmal gesagt hast, du bist lieber bei mir als in deiner Bruchbude.“

„Jetzt stell dich nicht so an, Jack.“

„Schmeiß ihn raus, Jack. Mach Schluss mit dem Typen“, flüsterte Violet flehend vor sich hin. Es fiel ihr schwer die Füße still zu halten. Als hätte er ihre Gedanken gehört, rief Jack: „Vergiss es, Landen! Ich spiele doch nicht deinen Laufburschen und du sahnst auf meine Kosten ab.“

„Ja!“, freute sich Violet, ballte eine Hand zur Faust und schloss für einen Moment die Augen. Sie dankte Gott im Himmel für Jacks Einsicht.

Schon riss Landen die Tür auf. Als er sie entdeckte, verengte er die Augen, hielt kurz inne, drängte sie dann unsanft zur Seite und polterte die Treppe hinunter.

Jack saß vor sich hin starrend auf seinem Bett und warf eines der Smileykissen gegen die Wand. Seine Stirn war in tiefe Falten gelegt.

„Jack! Hi. Die Tür war offen. Ich …“, sagte Violet.

„Hast du alles gehört?“, unterbrach er sie.

Jack war kalkweiß im Gesicht. In letzter Zeit hatte er sowieso abgenommen, dachte Violet, und in diesem Augenblick sah er schwach und verletzlich aus. Sie setzte sich zu ihm.

„Ja, habe ich! Ich dachte, du wärst allein …“, erwiderte Violet.

Jack atmete laut aus. „Er stand plötzlich einfach in der Wohnung. Gleich, nachdem wir unser Gespräch beendet hatten. Du hattest recht“, erzählte er und ließ eine Faust in die Bettdecke fahren. „Verdammt, er hat den Schlüssel noch."

„Dann ruf ihn an, dass er ihn noch vorbeibringen soll. Ach, Jack."

Seufzend legte sie einen Arm um ihn. Sein Blick senkte sich, er sah enttäuscht und traurig aus. Genau das hatte sie ihm ersparen wollen.

„Ich hatte eben gehofft ... Egal!", flüsterte er.

Violet fühlte mit ihm. „Nein, nicht egal. Ich weiß, was du meinst. Der Richtige wird noch kommen."

Seufzend sah er auf. „Meinst du?"

Sie schenkte ihm ein Lächeln. „He, bei so einem coolen Typen wie dir ist schon allein die Frage überflüssig."

Das Kompliment konnte seine Laune nicht heben. Er pustete geräuschvoll Luft aus. „Danke, aber momentan brauche ich wohl ohnehin erst mal eine Beziehungspause. Aber jetzt zu dir, Vi. Du bist so hibbelig, du kannst ja kaum stillsitzen. Lenk mich ab, erzähl, was passiert ist. Und zwar pronto!"

Nun war es Violet, die geräuschvoll Luft auspustete. „Okay! Du wirst es nicht glauben."

Jack lauschte ihrer Erzählung, wobei sich seine Augen zunehmend weiteten. Als sie fertig war, legte sich ein paar Minuten Stille zwischen sie, die Jack schließlich brach.

„Krass! Hast du die Adresse schon mal geeartht?", fragte er.

Violet zog die Brauen zusammen. „Ge... was?"

Jack schnappte sich seinen alten Laptop und speiste die Daten der geheimnisvollen Fremden bei Google Earth ein. Ach, das hatte er gemeint. Gebannt beobachteten beide den Verlauf der Suchmaschine, als Jack auf Enter drückte.

„Cool. Man müsste in Echtzeit so schnell über die Erde fliegen können. Von einem Platz zum anderen", sagte Violet.

„Ja, das wäre echt cool. Dann bitte nach Hawaii!" Jack lachte. So gefiel er Violet schon besser.

Der Pfeil stoppte bei einem großen Anwesen mit verwinkeltem Dach, einer gepflasterten Einfahrt und einem großen Garten mit Swimmingpool und Baumbestand. Das Ganze war von Hecken, Zäunen und einem Tor umgeben.

„Ist das ein Nebenwohnsitz der Queen oder was?", staunte Jack. „Das ist ja der Wahnsinn!"

Jack verließ Google Earth und gab die Adresse in seine Suchleiste ein. Es wurden keine Treffer angezeigt.

„Glaubst du echt, diese vornehme Prinzessin weiß, wer dein Vater ist? Vielleicht ist er ja ein Spion oder so." Er lachte, wurde aber sofort wieder ernst.

„Quatschkopf. Unheimlich ist die Sache aber schon." Violet zog die Unterlippe nachdenklich zwischen die Zähne.

Jack sah sie an. „Deshalb begleitet dich der Quatschkopf dorthin. Keine Widerrede!"

„Aber nur, wenn es dir bis dahin wieder absolut gut geht", gab sie ihm zur Bedingung.

Jack nickte. „Das wird es. Ich mummle mich ein und trinke dafür sogar den grässlichen Tee, den du mir bei meiner letzten Erkältung aufgedrängt hast. Hat ja geholfen. Es ist noch ein Rest von den Kräutern da."

Violet sprang auf. „Ich mag ihn auch nicht. Aber Mum schwörte darauf. Ich brühe dir gleich mal einen.“

„Oh klasse! Vielen Dank“, murmelte er wenig begeistert und verzog sich unter die Decke. Violet merkte, dass ihm die Sache mit Landen nachging und legte sich, nachdem sie ihm den Tee gemacht und er ihn hinuntergewürgt hatte, noch eine kleine Weile neben ihn.

„Gut, dass ich dich habe, Vi“, murmelte Jack und schlang die Arme um sie.

„Gleichfalls“, sagte sie leise.

Das Treffen

Jack und Violet schwiegen ehrfürchtig, als sie sich dem Anwesen näherten, das sie bereits virtuell erkundet hatten. Von der Straße aus konnte man nur das verwinkelte Dach sehen, der Rest verbarg sich hinter der hohen Hecke und einem gewundenen Metallzaun.

„Oh Mann, sieht das schick aus", flüsterte Violet, als könnte sie jemand hören.

„Ja, geradezu furchteinflößend. Soll ich doch weiter mitgehen?", fragte Jack.

Ohne eine Antwort zu geben, zog sie ihn mit sich bis an das halbbogenförmige weiße Holztor mit einer kleinen vergoldeten Drei in der Mitte, das die Hecke und den Zaun teilte. Rechts gab es eine kleine Sprechanlage mit Klingelknopf. Violets Bauch zog sich zusammen. So ähnlich hatte sie sich gefühlt, als sie damals vor der versammelten Geburtstagsgesellschaft ihrer Tante gestanden hatte, um für sie zu singen.

„Wenn du nach einer, sagen wir, halben Stunde noch nicht wieder da bist oder mir einen Notruf via

Handy sendest, rufe ich die Polizei. Okay?“, schlug Jack vor.

„Übertreib nicht. Mir passiert schon nichts.“ Das hoffte sie zumindest.

Eine Minute noch, dann war die vereinbarte Zeit gekommen. Violets Hände zitterten. Bevor sie den kleinen goldenen Knopf drücken konnte, ertönte ein Summen und das Tor sprang auf.

„Die ist pünktlicher als wir!“, flüsterte Jack.

Sie sah ihn an. „Also, dann gehe ich mal.“

Er drückte ihr die Daumen. „Gut! Bis bald.“

Mit pochendem Herzen trat sie durch das Tor. Die Aussicht, die sich ihr dahinter bot, ließ ihr den Mund kurz offen stehen. Es hatte ja schon aus der Vogelperspektive imposant ausgehen, doch es live zu sehen übertraf all ihre Erwartungen. Die champagnerfarbene Villa hatte eine Vielzahl weiß gerahmter Bogenfenster, selbst in den zwei Türmchen auf dem Dach. Direkt vor dem Haus erstreckte sich eine große Veranda. Der großzügige, runde Einfahrtsplatz war gepflastert und grenzte an einen prächtig angelegten Garten mit Bäumen, einem Springbrunnen und jeder Menge Blumen. Als Violet am Fuße der Treppe ankam, die hinauf zur Veranda und damit zum Eingang führte, öffnete sich die zweiflüglige weiße Haustür und eine Dame mit Sonnenbrille, einem fliederfarbenen, knielangen Sommerkleid, weißen Pumps und Sommerhut trat heraus. Sie deutete ein Lächeln an.

„Wo ist nur dieser Butler wieder?“, seufzte sie und streckte Violet ihre Hand entgegen. „Da sind Sie ja, Miss McLovely“, sagte sie. Violet atmete auf. Die Frau schien ganz nett zu sein. Unter ihrem Hut lugten ein paar Strähnen ihres schwarzen Haars hervor.

„Guten Tag!", begrüßte Violet sie und reichte ihr die Hand. Parfümduft wehte ihr entgegen.

Kaum hatten sich ihre Hände berührt, zog die Frau ihre auch schon wieder zurück. „Kommen Sie herein. Warum sind Sie nicht alleine gekommen?"

Violet stutzte. „Aber das bin ich doch?"

Sie folgte ihr durch einen langen Flur, der mit hellen Marmorplatten ausgelegt war. An den weißen Wänden hingen moderne Kunstwerke. Alte Kommoden, die liebevoll restauriert schienen, standen neben großen Palmpflanzen.

Die Frau warf ihr einen Blick über die Schulter zu. „Wer war dann der junge Mann? Wir haben Außenkameras, müssen Sie wissen, junges Fräulein."

„Das ... war Jack. Ein sehr guter Freund von mir", erklärte Violet und ärgerte sich, dass ihre Stimme am Ende zitterte.

„Sie haben ihm alles erzählt?", fragte die Frau.

Violet holte leise Luft und entschied sich für eine kleine Flunkerei.

„Nur, dass mich eine Dame sprechen will. Mehr nicht", erwiderte sie schnell.

Die Fremde ließ Violets Kommentar unerwidert und führte sie in eine Art Büro, das ganz in Schwarz und Weiß gehalten war. Auf dem langen gläsernen Schreibtisch standen Familienfotos. Die Leute darauf sahen so schick aus, als wären sie allesamt einer TV-Serie entsprungen. Die Frau nahm hinter dem Schreibtisch Platz, drehte zwei der Fotos zu sich und wies Violet an, sich auf den gegenüberliegenden weißen Sessel zu setzen. Zögerlich tat Violet ihr den Gefallen und ließ die Frau nicht aus den Augen.

„Also, Miss McLovely. Was ich Ihnen zu sagen habe, ist durchaus ungewöhnlich. Fallen Sie mir nicht gleich aus allen Wolken! Ich hoffe auf Ihre Hilfe und Ihren kühlen Kopf."

Violet faltete die vor Aufregung leicht feuchten Hände ineinander und nickte nachdenklich. Die Dame hatte sich noch immer nicht vorgestellt.

„Wer sind Sie und woher wissen Sie, wer mein Vater ist? Falls Sie es wirklich wissen", fragte Violet.

Die Dame schürzte die Lippen und schob ein champagnerfarbenes Kuvert bis zur Tischmitte.

Irritiert blickte Violet darauf und dann wieder zu der Frau.

„Tatsächlich ist es so etwas Ähnliches wie ein Geschäft zwischen uns beiden, das ich Ihnen nun vorschlagen werde. Ein sehr persönliches! Sie werden eine Verschwiegenheitsklausel unterschreiben."

Violet war verwirrt. *Verschwiegenheitsklausel?* Was sollte das? Jedenfalls klang das alles sehr dubios und schien nichts mit ihrem Vater zu tun zu haben. Enttäuscht stand sie auf. War die Sache mit ihrem Vater etwa nur ein dreistes Lockmittel für ein zweifelhaftes Angebot gewesen?

„Moment!" Die Frau stand ebenfalls auf und wollte sie aufhalten.

„Sie lügen doch. Nein! Ich möchte mich auf keine ...", sagte Violet.

„Schluss mit den Förmlichkeiten. Es geht wirklich um deinen Vater, Violet. Also setz dich wieder!", unterbrach sie sie. Ihr Ton war schärfer geworden. Ihre

Finger zitterten, als sie das Kuvert, das an den Ecken eingerissen war und dunkle Flecken aufwies, näher zu Violet schob. „Er ist von ihm. Für dich!"

Hatte sie richtig gehört? „Für mich? ... Von ihm? Von meinem Vater? ... Soll das ein Witz sein?", entgegnete Violet.

Die Frau atmete tief durch. „Kein Witz! Mir wäre es auch lieber, wenn es nicht so wäre, wie es ist, das kannst du mir glauben. Setz dich lieber, bevor du den Umschlag öffnest."

Die Stirn in Falten gelegt folgte Violet ihrem Rat und nahm den Brief vom Tisch. Ihr Vorname war in geschwungener Handschrift auf die Vorderseite geschrieben worden. Was, wenn diese Frau recht hatte und er tatsächlich von ihrem Vater war? Zusammen mit der Fremden setzte sie sich wieder. Das Adrenalin schoss durch ihre Adern. Mit einem Finger fuhr sie über die Buchstaben und blickte auf. Die Frau beobachtete sie aufmerksam.

„Mach ihn schon auf, Violet", forderte sie ungeduldig.

Violet sah ihr tief in die funkelnden Augen. „Sie kennen den Inhalt, nicht wahr?"

„Ja. Ich, meine Familie und ein aufdringlicher Schnüffler, den ich aber ruhigstellen konnte. Geld zieht immer. Das erhoffe ich mir auch in unserem Fall."

Violet konnte sich nicht helfen. Diese Frau wurde ihr nicht nur immer suspekter, sondern auch von Sekunde zu Sekunde unsympathischer.

Mit zitternden Fingern zog Violet das weiße Briefpapier aus dem bereits aufgeschlitzten Umschlag und faltete es auseinander. Noch einmal blickte sie zu der Fremden, die sie weiterhin beobachtete. Die Schrift war die gleiche wie auf dem Kuvert.

Liebe Violet,

vielleicht wunderst Du Dich ... Nein, sicher wunderst Du Dich, dass ich Dir erst jetzt, nach all den Jahren, schreibe. Ich habe erfahren, dass Deine Mutter gestorben ist. Melody wollte lange nicht, dass wir uns kennenlernen. Bevor Du nun vielleicht sauer auf sie wirst – sie hatte schon recht. Ich war lange Zeit drogenabhängig, weißt Du. Nun ja, Du wirst zumindest davon gelesen haben. Auch sonst kann man mein Leben nicht gerade als normal bezeichnen. Dieser ganze Rummel um meine Person. Aber ich wollte so gern ein Kind und Matteo auch.
Ich habe so viele Gedanken in meinem Kopf, die ich Dir mitteilen möchte. Ich hoffe, dass wir uns treffen können. Es tut mir furchtbar leid, dass Deine Mum gestorben ist, denn sie war eine wunderbare Frau mit dem Herz am rechten Fleck. Wenn Du nun Hilfe brauchst, egal in welcher Hinsicht, will ich für Dich da sein. Ich musste erst einmal, ich sage mal, richtig zu mir finden, bevor ich diesen Brief schreibe. Vielleicht hoffte ich auch, Du meldest Dich zuerst. Falls Du das nicht willst, verstehe ich das. Aber falls Melody Dir letztendlich doch nichts mehr erzählt hat oder sie es nicht mehr konnte: Matteo und ich ...

Violet stoppte. Die Wörter verschwammen vor ihren Augen.
„Matteo?", flüsterte sie.

„Kevins große Liebe, ja", bemerkte die Frau. Ihre Blicke trafen sich erneut.

Violet drehte den Brief um und besah sich die Unterschrift genauer. Ihr Mund öffnete sich unwillkürlich.

„Soll das heißen ... Nein, das kann nicht sein", stammelte sie dann.

„Du wusstest es also wirklich nicht. Ja, Kevin Jordan Sky, mein Cousin, ist ... war dein Vater", sagte die Frau.

„Das kann nicht sein", wiederholte Violet und lehnte sich zurück. Ihr Herz raste, nur allmählich schärfte sich ihr Blick wieder. „Sie sind Thelma Matthews?", hörte sie sich sagen.

Violet dachte, dass sie in Person älter und herber aussah als auf den Fotos, von denen es aber ohnehin nicht viele gab.

Mrs Matthews hatte sich erhoben, ging zu einer Minibar und kehrte mit einer kleinen blauen Flasche stillem Wasser und einem Glas zurück.

„Trink das, dann geht es dir gleich besser", sagte sie, schenkte Violet ein und gab ihr das Glas. Violet nahm einen Schluck, der sich in ihrer Kehle zu stauen schien.

Die Frau setzte sich wieder. „Du hast mich also wirklich nicht erkannt? Nun ja, das liegt wohl daran, dass ich eher im Hintergrund agiert habe. Kevin war eben der Star."

So wie sie es sagte, klang es eifersüchtig.

„Lies weiter!", forderte sie dann und warf einen Blick auf ihre golden glänzende Armbanduhr.

Violet fühlte sich wie in einem Traum. Noch konnte sie nicht begreifen, was gerade passierte und das würde wohl auch noch eine ganze Weile so bleiben. Ihr Blick senkte sich wieder auf die Zeilen:

Matteo und ich waren damals schon eine Weile zusammen. Zu unserem Glück, da waren wir uns beide mehr als einig, fehlte uns ein Kind, das wir gemeinsam großziehen wollten. Du hast mir gefehlt! Wir sprachen sogar von unserer Hochzeit und hatten alles geplant. Die Öffentlichkeit und meine Managerin hatten sich auch wieder beruhigt, was mein Outing betraf, es war ein perfekter Zeitpunkt. Da uns jedoch keine Adoption bewilligt wurde, kam uns der Gedanke mit der Leihmutter. Wir begannen nach einer geeigneten Frau zu suchen, was sich als nicht gerade einfach erwies. Und dann, eines Tages, traf ich auf Melody. Sie war ein großer Fan, was sie mir nicht zu sagen brauchte. Das Leuchten in ihren Augen ... Wir lernten uns Backstage kennen, ich mochte sie sofort. Sie sagte, sie wollte mich schon lange einmal persönlich treffen, aber es hätte nie geklappt. Es war, als hätte uns dann das Schicksal zusammengeführt. Wir trafen uns einige Male und ich merkte, dass sie in mich verliebt war. Sie wusste das mit Matteo und akzeptierte es. Sie war so natürlich, überhaupt nicht aufdringlich, einfach bezaubernd. Deine Mutter träumte von Freiheit und ich bot ihr eine beträchtliche Summe Geld. Sie sollte das Baby austragen und wir wollten Dich großziehen. Sie hätte Dich jederzeit sehen und besuchen können. Das wollte sie auch. Letztendlich erklärte sie sich bereit. Vorher musste ich ihr aber versprechen, keine Drogen mehr zu konsumieren.
Doch dann passierte so viel Shit. Ich hatte Ärger mit der Plattenfirma und meinem Management. Am Ende war die Abhängigkeit stärker als mein

Wille. Erneut ließ ich mich verführen. Nicht nur Deine Mutter war enttäuscht darüber, sondern auch Matteo, und ihre Reaktion ließ mich nur tiefer in den Sumpf sinken. Das soll jetzt nicht bedeuten, dass ich ihnen die Schuld gebe. All diese Jahre, die ich mit Dir und Matteo hätte verbringen können, kann mir niemand zurückgeben. Ich habe mich selbst darum betrogen. Als Deine Mutter von meinem Rückfall hörte, wollte sie nichts mehr von mir wissen. Sie entschied sich, Dich nach der Geburt zu behalten und verhängte sogar eine Kontaktsperre. Sie sagte, ich müsste aufwachen. Matteo hat mir das nie verziehen.
Sie ließ keinen von uns beiden an sich heran und nahm auch kein Geld mehr an. Dennoch war ich bei euch. Im Verborgenen. Und als ich erfahren habe, dass Melody krank ist, da habe ich mit euch gelitten. Ihr Tod traf mich, als hätte ich eine Schwester verloren. Aber am Ende, da wollte sie wohl doch Frieden mit mir schließen.
Nun weißt du alles, meine liebe Violet. Vielleicht starten wir beide einen, wenn auch verspäteten, Neuanfang? Ich weiß, dass Du sehr gerne singst und sehr gut dazu. Momentan bin ich mit der Band auf einer US-Werbe-Tour. Den Brief werde ich so bald wie möglich losschicken und eine Antwort würde mir sehr viel bedeuten, mehr als Du Dir vorstellen kannst. Anbei ein Kärtchen mit meinen Kontaktdaten. Bitte, gib mir eine Chance.

Dein Dad, Kevin J. Sky

Dein Dad, wiederholte sie in Gedanken und schluckte. Am unteren Rand des Briefes fehlte ein Stück. Wie in Trance fuhr Violet mit den Fingern über die Kante.

„Es ist ein Wunder, dass der Brief den Absturz überhaupt so gut überstanden hat", sagte Thelma. Ihre Stimme klang für Violet wie von weit her.

Heimlich zwickte sich Violet in einen Arm, um sicherzugehen, dass sie nicht träumte. Thelma schien es zu bemerken.

„Ich kann das alles nicht glauben. Mum und Kevin Jordan Sky haben ein Kind. Mich!", flüsterte Violet.

„Ich möchte, dass du das Erbe ausschlägst!", erwiderte Thelma kühl und mit fester Stimme. Sie machte eine kurze Pause und fügte hinzu: „Ein Journalist hat den Brief gefunden. Bei der Absturzstelle. In einem kleinen Koffer. Er hat ihn natürlich geöffnet und ist danach damit zu mir gekommen. Er wollte die Story ausschlachten. Ich habe ihm Schweigegeld bezahlt, damit dieses unmoralische Geheimnis in der Familie bleibt. Es hat mich ein Vermögen gekostet, Violet. Aber was tut man nicht alles für die Familie. Die Medien lechzen schon nach den Erben. Es wäre ein Riesenskandal, wenn sie von dir erfahren würden. Du hättest keine Minute Ruhe mehr vor den Medien und Kevins Fans. Willst du das?"

„Ich ... ich kann es mir nicht vorstellen", stotterte Violet.

„Na also! Ich schlage vor, du verschwindest wieder in der Versenkung und ich gebe dir einen großen Teil des Erbes auf die Hand. Es wäre angemessen, wenn du nicht alles für dich beanspruchen würdest. Einverstanden?" Ihre Stimme klang mit einem Mal sanfter.

Dann stand Thelma auf und streckte Violet eine Hand entgegen, offensichtlich in der Erwartung, dass Violet einschlagen und den Deal besiegeln würde. Dass sie keinen Skandal wollte, konnte Violet durchaus verstehen. Dennoch traute sie ihr nicht.

„Ich werde schweigen", versprach Violet ehrlich.

„Das ist auch in deinem Sinne, wenn du es dir genau überlegst. Ich möchte, dass du nach der Auszahlung keine weiteren Forderungen mehr stellst und mir eine Verzichts- sowie eine Verschwiegenheitserklärung unterschreibst und fertig! Keiner aus meiner Familie möchte etwas mit dir und dieser Sache, die schon Ewigkeiten her ist, zu tun haben. Wir sind alle außerdem noch in Trauer und völlig mit den Nerven runter. Du wärst hier also nicht willkommen und Kevin ist sowieso tot. Was würde es dir also bringen, dich hier einzumischen? Nur Unruhe." Traurig wirkte sie keineswegs auf Violet. „Mach dir ein schönes Leben mit dem Geld und alles Gute, Violet." Thelma rang sich ein Lächeln ab.

Violet stiegen Tränen in die Augen. Sie fühlte sich wie in Watte gepackt. Die Zeilen des Briefes drangen in ihr Bewusstsein. Ihre Mutter fungierte als Leihmutter für Kevin und seinen Partner. Das war Wahnsinn!

„Nun schlag schon ein!", drängte Thelma, als sie reglos sitzen blieb. Wieder warf sie einen Blick auf ihre Uhr.

„Ich muss das alles erst einmal sacken lassen", entgegnete Violet.

„Was gibt es da zu überlegen?", rief Thelma.

So viel!, wollte Violet schreien. Es gab so viel, über das sie nachdenken musste. Ihre Gedanken rasten.

Jetzt wurde ihr so einiges klar, was in den letzten Tagen passiert war. „Rose und Payden! Jetzt weiß ich, warum sie in dem Café waren, in dem ich arbeite."

„Sie waren was?" Thelma wurde aschfahl.

„Ist jetzt nicht so wichtig", wiegelte Violet ab, doch damit wollte sich Thelma nicht zufrieden geben. Herrisch drängte sie darauf, dass Violet ihr die ganze Geschichte erzählte.

„Fragen Sie sie am besten selbst", sagte Violet abwesend.

„Das werde ich!"

Sie zog ihre Hand zurück und zückte einen Stift. Violet starrte vor sich hin. Immer wieder wiederholte sich dieser verrückte, surreale Gedanke: Kevin Sky Jordan war ihr Vater.

„Und es ist wirklich sicher? Es gibt kein Missverständnis?", hörte sie sich fragen.

„Leider nicht. Die Vaterschaft ist sogar dokumentiert. Das alleinige Sorgerecht allerdings lag immer bei deiner Mutter." Thelma lehnte sich seufzend in ihrem Stuhl zurück. Anscheinend war sie sehr irritiert darüber, dass Violet so viele Informationen wollte, statt sich einfach mit einer größeren Summe Geld zufrieden zu geben.

„Also, vielleicht hilft es dir, wenn ich dir das Ganze genauer erkläre, damit du siehst, dass ich dich wirklich nicht übervorteilen will. Das Testament wurde von Anwälten geprüft und ist anscheinend völlig rechtmäßig. Auch Kevins Anwälte wissen darüber Bescheid. Sein Hauptanwalt, John Clayton, war einer derjenigen, der das Testament, neben Kevins damaligem Freund Brian als Zeuge unterschrieben hat. Diese beiden sollen auch ein Auge darauf haben, dass dir das Testament gezeigt wird. Natürlich nur, wenn du es sehen willst. Aber ich denke, dass wir uns diesen gemeinsamen Termin sparen können. Ich meine, wir können das gleich unter uns regeln. Ich weiß auch nicht, was Kevin sich dabei gedacht hat. Als hätte ich dich um dein Erbe betrogen oder so. Das stößt mir doch ein bisschen sauer auf.“

„Ja, seltsam“, flüsterte Violet und konnte nicht verhindern, dass ihre Stimme leicht ironisch klang. Thelma runzelte die Stirn.

„Du bekommst das Geld ja! Es wird genug sein, damit du dir ein neues Leben aufbauen kannst, Violet. Niemand kann behaupten, dass ich nicht fair bin. Der Rest wird wohltätigen Zwecken zufließen. Dein Vater war ja immer ein großzügiger Spender. Viel zu großzügig, meiner Meinung nach. Also, wenn du nun gleich …“

„Wie gesagt, ich lasse mir das noch einmal durch den Kopf gehen“, erwiderte Violet.

Thelma lief rasch um den Schreibtisch herum, als Violet aufstand und ein paar Schritte ging.

„Es ist wichtig, dass du sofort unterschreibst, Violet“, sagte sie beschwörend.

Violet sah sie direkt an. „Wieso?“

Thelma wich ihren Blicken aus. „Ich werde meinen Mann auf eine Tournee begleiten und bin ab morgen eine Zeitlang unterwegs. Schon allein deshalb. Es wächst mir momentan alles über den Kopf. Die Ereignisse überschlagen sich und es will einfach kein Ende nehmen.“

„Dann treffen wir uns danach noch einmal“, schlug Violet vor.

Thelma schürzte die Lippen. „Die Sturheit hast du wohl von Kevin. Wenn er etwas wollte oder nicht wollte, hatte er einen richtigen Dickschädel. Komm, tu uns allen den Gefallen, junge Frau. Du wirst dir und uns viel Ärger ersparen.“

Abermals warf Thelma einen Blick auf ihre Uhr und verzog das Gesicht.

„Ich würde aber gerne einmal mit der Mutter meines ... meines Vaters sprechen – Vivienne“, erwiderte Violet. Gänsehaut überlief ihren Körper, als sie daran dachte, dass Vivienne Sky ihre Großmutter war.

Thelma schüttelte energisch den Kopf. „Unmöglich! Sie möchte das nicht. Habe ich doch bereits gesagt.“ Hektisch kritzelte Thelma ein paar Worte auf einen Zettel und reichte ihn Violet. Es war ein neuer Termin. „Okay! Wir treffen uns wieder hier im Haus von Skys Mutter. Unser Haus in Chelsea wird renoviert und wir hätten keine Ruhe!“, sagte sie kühl.

Plötzlich drangen Stimmen aus dem Flur zu ihnen. Thelma sog hörbar Luft ein und starrte erschrocken Richtung Tür.

„Ach, ich dachte Sie wohnen hier“, bemerkte Violet.

„Dieses Haus gehört Vivienne. Sie hat es erst vor kurzem bezogen, um in Kevins Nachbarschaft zu wohnen. Sie wollte ihm wieder näherkommen“, antwortete Thelma schnell. „Na, wunderbar, sie kommen“, seufzte sie dann und verdrehte die Augen.

„Ist sie das?“, fragte Violet.

Thelma schob sie zurück zum Schreibtisch und drückte sie auf den Sessel. Die Tür öffnete sich.

„Was tut ihr denn schon hier?", rief Thelma nervös.

„Die Vorstellung fiel aus", entgegnete ein junger Mann, dessen Stimme Violet bekannt vorkam.

„Granny wollte nach Hause, ihre Ruhe haben", ergänzte eine junge Frauenstimme. Langsam drehte sich Violet mit dem Sessel um. Nur wenige Meter von ihr entfernt standen Rose und Payden. Zwischen ihnen weilte eine ältere Dame, die einen schicken roten Seidenmantel trug. Das ergraute Haar trug sie hoch gesteckt. Ihre Gesichtszüge waren weich und freundlich. Thelma versuchte, die drei aus dem Raum zu schieben, doch sie hatten Violet bereits entdeckt. Ihre Augen weiteten sich. Rose und Payden erstarrten nahezu. Die alte Dame jedoch trat langsam auf Violet zu, ohne sie auch nur für eine Sekunde aus den Augen zu lassen.

„Ist das etwa ... Violet?", fragte sie.

Violet fühlte sich benommen und erhob sich aus dem Sessel. „Sie sind Vivienne", flüsterte sie leise.

„Violet wollte gerade gehen", erwiderte Thelma hektisch.

Die Dame nickte. Sie sah nicht so aus, als wäre sie verärgert darüber, Violet zu begegnen. Im Gegenteil. Ihr Gesicht begann zu strahlen, als hätte sie eine wundervolle Erscheinung gesehen. „Violet!", flüsterte Vivienne Sky beinahe liebevoll. Irgendwie hatte sie die alte Frau von der ersten Sekunde an ins Herz geschlossen.

„Hat sie es also doch gewusst?", flüsterte Rose und musterte sie, wie schon im Café, von oben herab.

„Wenn du damit meinst, dass Kevin mein Vater ist: Nein, das habe ich nicht gewusst", beantwortete Violet ihre Frage. Das Ganze war zu merkwürdig.

„Du hast seine Brauen, seine Augen, die gleichen Lippen, das ...", flüsterte Vivienne. Ihre Stimme versagte. Tränen drängten sich in ihre Augen, als sie Violets Gesicht zwischen ihre Hände nahm. Violet schluckte. Endlich hatte sie ihren Vater gefunden, wenn auch zu spät. Auch sie spürte Tränen in sich aufsteigen.

„Ich hätte ihn zu gern kennengelernt", brachte sie heraus.

Vivienne Sky schloss sie sanft in ihre Arme. „Ach, Kindchen." Das brachte Thelma endgültig aus der Fassung. Schnurstracks kam sie auf sie zu.

„Sie muss nun gehen! Den Rest erledigen wir später", sagte sie.

„Ja, aber weiß sie von dem Erbe?", warf Vivienne ein.

Thelma nickte. „Ja, weiß sie. Aber sie lehnt es ab. Nicht wahr, Violet? Sie ist wirklich klug, denn sie möchte auch nicht, dass das alles in der Öffentlichkeit breitgetreten wird. Natürlich wird sie einen Anteil bekommen."

„Hast du ihr auch das mit den ...?", setzte Vivienne nochmals an.

„Ja, doch. Ich habe ihr alles gesagt!", unterbrach Thelma sie genervt und mit lauter Stimme.

Bevor Violet etwas erwidern konnte, packte Thelma sie am Oberarm und zog sie mit sich, drückte ihr aber zum Abschied einen Kuss auf die Wange.

„Vivienne ist schon alt und oft verwirrt. Erst will sie dich nicht sehen und nun ... Vergiss sie. Wir beide regeln das“, flüsterte sie ihr zu und lächelte gezwungen.

Grob schob sie Violet durch die Eingangstür und winkte ihr zum Abschied zu. Violet nickte nur verdutzt. Einen Moment überlegte sie umzukehren, doch dann wurde ihr schwindlig. In der letzten halben Stunde war so viel passiert, dass sie kaum einen klaren Gedanken fassen konnte. Es erschien ihr durchaus sinnvoll, erst einmal aus diesem merkwürdigen Haus zu flüchten und ganz in Ruhe über alles nachzudenken. Sie ging durch das Tor, das sich automatisch öffnete, verließ das Grundstück und wurde von Jack empfangen.

Sie konnte nichts sagen. Sie wusste nicht, was. Ihr Freund schien zu verstehen, wie aufgewühlt sie war, nahm ihre Hand und zog sie die Straße herunter.

„Warum sagst du nichts?“, fragte er schließlich, nachdem sie die Straße verlassen und in eine engere Gasse abgebogen waren.

„Du wirst es nicht glauben, Jack.“

Er überholte sie und ging rückwärts vor ihr her, um sie ansehen zu können. „Ich vertraue dir und du kannst mir vertrauen, Violet. Was auch immer da drin passiert ist, es bleibt unter uns.“

Sie lächelte. „Das weiß ich doch.“

Bei einer Bank in einem kleinen Park machten sie Halt und setzten sich. Dann begann Violet ihm alles zu erzählen. Selbst für sie klang es, als würde sie ihrem besten Freund gerade die Handlung eines Films schildern. Jack blieb der Mund offen stehen. Nachdem sie ihm auch das letzte Detail verraten hatte, herrschte einen langen Moment Stille. Schließlich fragte Jack stotternd: „Das ... das ist wirklich dein Ernst, oder?"

Violet nickte. „Jedes einzelne Wort, ja. Ich kann es selbst noch nicht glauben."

Jack schoss hoch, legte die Hände an den Kopf und drehte sich einmal um sich selbst. Dann starrte er wieder auf Violet. „Wow! Meine beste Freundin ist die Tochter eines Weltstars!" Er kniff sich mit den Fingern in die Wangen und murmelte: „Ja! Ich bin wirklich wach." Er ließ sich wieder neben sie nieder. „Oh Mann! Und was machst du jetzt? Mensch, Violet. Wenn das ein größerer Betrag ist, den du da bekommst, dann könntest du sogar studieren! Wir haben in den letzten Tagen oft über Sky gesprochen und plötzlich ... Ich werd irre!"

„Was ich nun mache?", murmelte sie, mehr für sich selbst. Daran hatte sie noch gar nicht gedacht. Traurigkeit stieg in ihr auf, als sie sich an die Zeilen erinnerte, die Sky an sie geschrieben hatte und die ihr viel wichtiger waren als alles Geld dieser Welt.

„Endlich habe ich meinen Dad gefunden und dann ist er tot", flüsterte sie und biss sich auf die Unterlippe, um den Schmerz in sich zu lindern. Das alles war so unbegreiflich. Jack rückte näher und legte einen Arm um sie.

„Es tut mir so leid, Kleines."

Vor ihrem inneren Auge blitzten Bilder auf. Kleine Szenen aus Videos und aufgeschnappten Nachrichtenbeiträgen, die sie von Kevin gesehen oder gehört hatte. Und sie erinnerte sich an das Konzert, das sie zusammen mit ihrer Mutter besucht hatte.

„Mum konnte nicht aufhören zu lächeln, als wir bei seinem Konzert waren." Sie schaute in den klaren Himmel. „Sie hat ihm verziehen. Ich habe immer das Gefühl gehabt, dass sie mir noch etwas sagen wollte. Und dass sie Schuldgefühle wegen irgendetwas hatte. Und nun weiß ich auch endlich, was es war." Ihr bester Freund nickte. Er schien beinahe ebenso durcheinander zu sein wie sie.

„Aber ich bin sicher, sie hat dich ehrlich geliebt. Genau wie sie Kevin geliebt hat. Sie wollte ihn glücklich machen und dann ... Oh Mann! Was für eine Story."

Sie blinzelte ein paar Tränen weg. „Er wusste sogar, dass ich singe, Jack."

Ihr Freund begann laut nachzudenken. „Er war bestimmt hin- und her gerissen. Einerseits, da bin ich sicher, wollte er dir nahe sein, andererseits deiner Mutter nicht in die Quere kommen. Außerdem hatte er ja oft mit sich selbst zu kämpfen. Diese Drogen machen einen kaputt! Ich denke, wenn sie einen erst einmal in ihren Klauen haben ... Man ist nicht mehr man selbst." Er brach ab und Violet wusste, dass er dabei auch an Landen dachte.

„Aber es ist keine Entschuldigung", ergänzte er. Violet gab Jack recht. Dennoch hätte sie eine Menge dafür gegeben, ihren Dad einmal in den Arm zu nehmen, mit ihm zu reden.

„Bist du sauer auf deine Mum?", fragte Jack.

Violet stand auf und winkte Jack mit sich. Der Wind war kühler geworden.

„Ich weiß nicht. Das alles ist noch zu unwirklich. Meine Gedanken fahren gerade Achterbahn."

Jack nickte. „Das ist verständlich. Geht ja mir schon so.“

Sie gingen weiter nebeneinander her. Violet dachte wieder an ihre Mutter, an all die Liebe, die sie ihr immer gegeben hatte. Sie wollte nur das Beste für sie. Dessen war sie sich bewusst. Daher sagte sie: „Nein, ich kann ihr nicht böse sein. Sie hatte ihre Gründe, und Sky hat sie verstanden. Mein Gott, es muss auch für Matteo schrecklich gewesen sein. Erst diese Hoffnung auf ein Glück zu dritt und dann das! Aber auf jeden Fall bin ich mir sicher, dass Mum mich geliebt hat, auch wenn das alles anders geplant war.“

„Und dein Dad ebenfalls. Kevin Sky Jordan! Nein, das ist wirklich unfassbar. Dieser Thelma würde ich allerdings nicht trauen. Lass dir auf jeden Fall das Testament zeigen, Vi. Was wirst du denn nun deiner Tante und deinem Onkel sagen? Die fragen sicher“, sagte Jack.

„So wenig wie möglich. Ich muss das erst für mich klären.“ Sie atmete durch. „Bringst du mich noch nach Hause, Jack? Ich bin völlig fertig. Ich glaube, ich muss mich erst mal hinlegen.“

Jack behielt recht. Sobald Violet die Wohnung betrat, überfielen sie ihr Onkel und ihre Tante mit neugierigen Fragen. „Sie wollte mir nur ein dubioses Jobangebot machen. Darauf lasse ich mich ganz sicher nicht ein“, wiegelte Violet sie sofort ab. Dann verzog sie sich mit einer heißen Tasse Beruhigungstee in ihr Zimmer. Immer noch glaubte sie zu schweben. Sie öffnete ihren Laptop und suchte online nach einem Foto von Kevin Sky. Gedankenverloren lehnte sie sich dann zurück und betrachtete sein Gesicht. Seine grünen Augen strahlten ihr vom Bildschirm des Laptops entgegen. Unwillkürlich erwiderte sie das Lächeln, dass auf seinen Lippen lag. Gänsehaut überlief ihren Körper.

Ein weiterer Schnappschuss zeigte Kevin am Strand. Sein muskulöser Oberkörper war von der Sonne gebräunt, das schwarze Haar trug er nach hinten gegelt. Plötzlich fiel Violet etwas auf, das sie zuvor noch nie an ihm bemerkt hatte, wahrscheinlich deshalb, weil es nur selten freizügigere Fotos von ihm gab. Sie stand auf, lief zu ihrem Kommodenspiegel und besah sich ihren Hals, an dessen rechten Seite ein ovales Muttermal prangte. Es hatte etwa die Größe einer Centmünze und besaß nicht nur die gleiche Form wie Kevins, sondern saß sogar am selben Platz.

„Der Traum", flüsterte sie. Unweigerlich erinnerte sie sich, dass ihre Mutter sie genau an dieser Stelle berührt hatte. Im Nachhinein kam es Violet so vor, als habe ihre Mum sie darauf hinweisen wollen. Violet ließ einen Finger über die Stelle fahren und besah sich im Spiegel. Der Traum gab ihr Gewissheit, dass ihre Mutter noch mit ihr verbunden war, und vielleicht auch ihr Vater. Ein Gedanke, der ihr sehr viel bedeutete und Mut gab. Wie auf Wolken ging sie zurück in ihr Bett und zog sich die Decke bis zum Kinn.

„Was soll ich tun, Mum?", flüsterte sie leise und schloss die Augen. Auf keinen Fall wollte sie sich mit dieser Thelma Matthews anlegen. Die Frau war wirklich furchteinflößend. Außerdem, wahrscheinlich hatte sie recht, was die Medien und den Rest der Familie betraf. Somit schien ihr Vorschlag eigentlich ganz akzeptabel. Allerdings hatte Vivienne Sky wirklich nicht den Eindruck auf Violet gemacht, als wäre sie über ihre Anwesenheit nicht erfreut gewesen. Ihr war, als spürte sie noch die Wärme ihrer Hände auf der Haut.

Schließlich übermannte sie die Erschöpfung und sie fiel in einen unruhigen Schlaf. Sie träumte, dass sie zusammen mit einer Menschenmenge vor einer großen Bühne tanzte, auf der ihr Vater an seiner Gitarre zupfte und mit dem Rest der Band einen Song nach dem anderen zum Besten gab. Seine Augen leuchteten, als er herumwirbelte. Plötzlich stoppte er. Sein Blick richtete sich auf sie und fixierte sie. Ihr Vater winkte sie zu sich. Violets Herz überschlug sich, als sie sich einen Weg durch die Menge zur Bühne bahnte. Doch egal, wie viele Schritte sie auch machte, sie kam einfach nicht voran.

„Kämpfe! Sing, Violet!", hörte sie Kevins Stimme aus der Ferne, stark und fest, während ihr ein Pulk aus Leuten die Sicht nahm. Die Musik dröhnte durch die riesige Halle. Der Pulk riss sie mit sich, immer weiter von der Bühne weg.

Als Violet erwachte, war es früh am Morgen. Sie schlug die Augen auf und griff nach rechts, als könnte sie Kevin dort finden. Noch immer hörte sie seine Worte in ihrem Kopf: „Kämpfe! Sing, Violet!"

Violet fragte die neuen Gäste höflich nach ihrer Bestellung. Immer wieder tastete sie nach einem kleinen Foto von Kevin, das sie ausgedruckt und in ihre Hosentasche gesteckt hatte. Noch zwei Stunden bis zum Feierabend. Eine kleine Ewigkeit! Jack, der inzwischen wieder ganz gesund war, würde sie danach abholen und den Abend mit ihr im Hyde Park verbringen, bevor er wieder zur Arbeit musste. Er hatte versprochen, seine Gitarre mitzubringen. Zum Glück hatte sie die Hausarbeit schon erledigt und das Essen war bereits fertig, sodass ihre Tante und ihr Onkel nicht meckern konnten. Diesmal hatte sie ihnen einen fettigen Eintopf gekocht, von dem sie wusste, dass besonders ihr Onkel ihn mochte. Viel lieber hätte sie sich um den Nachtisch gekümmert und Kuchen und Muffins gebacken, denn das machte sie wirklich gern. Doch von „Süßkram" hielten die beiden nicht viel. Sie mochten es lieber deftiger.

Auf dem Weg zur Theke kreuzte Betty Violets Weg und lächelte ihr zufrieden zu. Violet war nicht entgangen, dass sie wieder das Abkassieren übernommen und vermutlich das ganze Trinkgeld selbst eingesteckt hatte. Noelle war wegen einer Erkältung ausgefallen, weshalb Violet ihre Schicht mit übernommen hatte. Es machte ihr nichts aus. So kam sie weniger zum Nachdenken.

„Ich bin dann mal weg!", rief Betty und tänzelte nach draußen.

Das Café lief immer besser, was Betty vor allem ihren Mitarbeiterinnen und Mitarbeitern zu verdanken hatte. Etwas, das sie leider viel zu wenig schätzte. Doch so war ihre Chefin eben, und es würde wohl niemandem gelingen, sie zu ändern. Violet schüttelte ihre Verärgerung ab und versuchte sich erneut auf ihre Arbeit zu konzentrieren.

Als sie zwei Stunden später das Café verließ, wartete Jack bereits auf sie. Er saß wieder auf der Bank gegenüber und zupfte eine hübsche Melodie auf seiner Gitarre. Violet fiel auf, dass er in sich gekehrt wirkte.

„Was ist los?", wollte sie wissen, nachdem sie ihn begrüßt hatte.

Er hängte sich die Gitarre um und zuckte mit den Schultern.

„Na komm schon. Raus mit der Sprache." Leicht stupste sie ihn mit dem Ellbogen gegen den Arm. Jack seufzte.

„Die zweite Demo, die ich losgeschickt hatte, kam genauso zurück wie die andere und höchstwahrscheinlich verliere ich bald einen meiner Jobs", sagte er bedrückt. „Aber sonst alles okay. Ach nein. Warte. Landen hat mich blockiert, als ich ihn gebeten habe, mir den Zweitschlüssel zurückzugeben. Und bei dir so?"

„Mann, Jack, das tut mir leid. Aber Kopf hoch! Mum hat immer gesagt, dass nach Regenwetter immer wieder Sonnenschein folgt. Das hat mir immer ein bisschen geholfen. Gib nicht auf!"

Er nickte und versuchte entschlossen zu klingen. „Du hast recht. Den Kopf in den Sand stecken bringt nichts. He, willst du meine neueste Komposition hören?"

Sie lächelte. „Ja, natürlich!"

Im Park angekommen suchten sie sich ein schattiges Plätzchen unter einem der großen Bäume, deren Blätterdach im Sommerwind rauschte. Jack stimmte einen melancholischen Song an, der Violet sofort in seinen Bann zog. Augenblicklich schoben sie sich wieder in den Vordergrund, die Gedanken an ihre Mutter, an Sky, Thelma, ihr Leben. Ein junges Paar, die sich wenige Meter entfernt von ihnen auf einer Decke niedergelassen hatten, lächelte ihnen zu und klatschte, als Jack den letzten Ton gespielt hatte.

„Das war einfach toll, Jack“, schwärmte Violet. „Und das sage ich nicht nur so. Du hättest es verdient, dass einer dieser Plattenheinis deine Songs veröffentlicht. Ich schätze, die werden überflutet mit Tapes und hören die meisten erst gar nicht mehr an. Da entgeht ihnen ein Schatz.“

Jack zuckte mit den Schultern und schüttelte seine Rastalocken. „Vielleicht. Oder sie finden es eben nicht gut oder nicht gut genug. Vielleicht ist es ja auch noch nicht gut genug. Leider bekommt man ja nur einen Standardbrief zurück, in dem kein Grund genannt wird. Nur, dass es ihnen leid tut, eine Absage erteilen zu müssen. Wahrscheinlich sollte man froh sein, dass man überhaupt eine Antwort bekommt.“

Da kam Violet Payden in den Sinn.

„Vielleicht sollte ich ihn mal fragen“, sagte sie. Er schien ja ganz nett zu sein. Und sie würde ihn sicher auf Facebook oder Instagram finden.

„Wen fragen? Und was?“, wollte Jack wissen und spielte die ersten Takte eines Ed-Sheeran-Songs.

„Diesen Payden. Vielleicht kann er dir einen Tipp geben zu deiner Musik. Er müsste deine Situation ja gut nachvollziehen können.“

Jack hielt inne und sah sie an. „Meinst du, das bringt etwas?“

Violet hob die Brauen. „Wer weiß. Lass mich mal machen.“

„Nur falls es sich ergibt, Vi. Ich will mich nicht aufdrängen. Sei lieber vorsichtig, nicht, dass du diesen Leuten plötzlich einen Gefallen schuldest", gab Jack zu bedenken.

Er spielte weiter und Violet lehnte sich an ihn. Leise begann sie zur Melodie zu singen, was ihn sichtlich überraschte. Keine Frage, es machte ihr Spaß, Gefühle in die Stimme zu legen, sie durch das Singen auszudrücken. Es befreite.

„Du hast dieses Besondere in der Stimme. Genau wie er! Mein Gott, du bist wirklich Skys Tochter. Unfassbar ... Ich weiß immer noch nicht so recht, was ich davon halten soll", sagte Jack am Ende des Songs und sah sie an, als wäre sie ein Wunder.

Violet wurde ganz verlegen. „Hör auf. Sonst hört dich noch jemand."

Jack verdrehte die Augen. „Oder dich! Das wäre ja ganz schlimm."

„Ich mache das nicht extra, ich kriege einfach keinen Ton raus, wenn mir fremde Leute zuhören. Sieh es als Kompliment. Wenn alle wie du wären, hätte ich diese Probleme nicht."

Er lachte. „Also brauchen wir ein unglaublich charismatisches, aber auch verrücktes, schwules Publikum."

Sie musste mitlachen. Als sie sich umsah, bemerkte sie, dass sich der Park weitgehend geleert hatte. Der Himmel hatte sich zugezogen und ein Unwetter war im Anmarsch.

Jacks gute Laune war dahin. „Na toll. Ich freue mich schon darauf, dann in meiner Regenkutte mit dem Rad durch London zu fahren. Und dabei muss ich auch noch irgendwie die Pizzen trocken halten, die Transportboxen sind nämlich meistens undicht."

„Dann gib den Mangel an", sagte Violet.

Es begann bereits zu tröpfeln. Sie brachen überstürzt auf und verließen den Park halb rennend. Violet wünschte, sie hätte Jack mehr helfen können. Sie drückte ihn fest zum Abschied und dachte, dass ihr Freund in letzter Zeit wirklich vom Pech verfolgt war.

In den nächsten Tagen schien es Violet nicht besser zu gehen. Ihre Chefin hatte völlig vergessen, dass sie ihr versprochen hatte, bei ihrer Bekannten wegen des Ausbildungsjobs nachzufragen. Nicht einmal Noelle schaffte es, sie aufzumuntern und das, obwohl sie sich wirklich ins Zeug legte. Die Enttäuschung saß zu tief, denn ihre Träume für die Zukunft erschienen ihr immer unerreichbarer. Klar, Thelma hatte von einer großen Geldsumme gesprochen, aber Violet traute der Sache noch immer nicht so recht. Nein, wenn es um ihre Zukunft ging, konnte sie sich nur auf sich selbst verlassen, das hatte sie bereits gelernt.

Zu Hause lag ihr Tante Angela mit einer Erhöhung ihres monatlichen Beitrags für die Lebenshaltungskosten in den Ohren, den sie ihr natürlich bewilligen musste, um bleiben zu können. Sie war froh, als sie Ruhe hatte und sich in ihre eigenen vier Wände zurückziehen konnte. Dort durchforschte sie das Internet nach aktuellen Berichten zum Tod ihres Vaters.

Aber im Grunde hieß es nur immer, dass die Familie sich in Schweigen hüllte und auf ihre Privatsphäre pochte. Die Nachricht über den Brief hatte der Journalist inzwischen korrigiert. Es handle sich um eine Falschmeldung, ein Missverständnis, behauptete er, und da ohnehin niemand etwas Genaueres wusste, schien die Sache gegessen. Er hielt wohl wirklich dicht. Wenn sie die Suchworte „Sky" und „Tochter" eintippte, ergab das nur den Treffer, dass Kevin gern mit der kleinen Tochter seiner besten Freundin, Agnes White, gespielt hatte. Agnes war eine Schauspielerin, die in seiner Nachbarschaft lebte.

Violet vergrößerte das Bild über dem Artikel. Das kleine Mädchen mit den blonden Locken reichte Kevin auf dem Foto einen Teddy. Sein Lächeln wirkte echt und die Kleine sah in ihrem Kleidchen aus wie ein Engel. Violets Hals verengte sich. Mit einem Finger strich sie über das Foto und stellte sich vor, sie wäre das Kind, das da vor ihm saß und ihn anstrahlte, und dem er sein Lächeln schenkte.

„Dad!", flüsterte sie und wischte sich die Tränen aus den Augen.

Schnell klickte sie weiter. Brian, der letzte Lebensgefährte Kevins, wurde erneut über die Trennungsgründe befragt, was er mit „Kein Kommentar" beantwortete. Er habe sich nun komplett auf sein Landhaus außerhalb von London zurückgezogen und wollte nur eines, seine Ruhe. Für einen Moment überlegte Violet, Brian dort zu besuchen. Vielleicht würde sie von ihm mehr über ihren Vater erfahren. In den offiziellen Interviews gab Sky wenig Privates preis und sprach meist nur über seine Musik.

Doch dann stieß Violet auf ein Video-Interview, in dem er persönlicher geworden war. Auf die Frage einer Journalistin, ob es in seinem bisherigen Leben einen großen Fehler gab, den er gerne rückgängig machen würde, hatte er geantwortet: „Ich glaube, so was trägt fast jeder mit sich herum. Auch ich, ja. Ich bin sicher, ich wäre heute glücklicher, wenn ich früher konsequenter mir selbst gegenüber gewesen wäre. Damit meine ich nicht nur mein Drogenproblem." Sein Blick richtete sich in die Ferne, fast so, als würde er dort jemanden sehen. Auf weitere Nachfragen ging er nicht ein.

Violet schloss das Video wieder. Ihr war noch nie derart aufgefallen, wie wenige private Informationen es zu Kevin Sky wirklich gab, wie jetzt, als sie verzweifelt danach suchte. Zu seinen Fans hatte er immer Nähe zugelassen, das wusste sie aus eigener Erfahrung. Als sie mit ihrer Mutter bei dem Konzert gewesen war, hatte er später ausführlich Hände geschüttelt und Autogramme gegeben. Violet wollte eines für ihre Mutter holen, doch diese hatte sofort abgewunken und gesagt, ihr wäre nicht gut, weshalb sie gleich gegangen waren. Nun glaubte Violet sicher, dass es eine Ausrede war. Unwillkürlich erinnerte sie sich daran, dass Kevins Offenheit ihm einmal sogar beinahe zum Verhängnis geworden war. Damals hatte ein junger Mann um ein Autogramm gebettelt und sich durch die Reihen geschoben. Kevin war daraufhin noch einmal umgekehrt, um ihm den Wunsch zu erfüllen, da hatte der junge Mann ein Messer gezückt und es ihm in die Brust gestoßen. Sky kam mit schweren Verletzungen ins Krankenhaus und wurde notoperiert. Violet wusste noch, wie verzweifelt und besorgt ihre Mutter damals gewesen war. Heute verstand sie natürlich besser, dass es nicht nur die Sorge eines Fans um sein Idol gewesen war, sondern viel mehr.

Sie tippte ein paar Stichworte in ihre Suchmaske und fand ein Interview, dass er nach seiner Entlassung aus dem Krankenhaus gegeben hatte. Die Zeit seiner Genesung habe ihn zum Nachdenken gebracht, wurde er darin zitiert, und er werde in Zukunft vorsichtiger sein, wenn es um seine Fans gehe.

„Das Leben ist eine Achterbahnfahrt, die abrupt enden kann. Ich möchte nur, dass es den Personen, die ich liebe, gut geht. Das ist mir sehr wichtig", stand unter einem Foto, das ihn vor dem Krankenhaus zeigte. Seine Augen wirkten traurig, aber warmherzig und freundlich. Nein, dachte Violet. Er war viel mehr gewesen als der unnahbare, erfolgsverwöhnte Popstar, als der er von Kritikern gerne dargestellt wurde. Sie klickte auf einen Videokanal, auf der Suche nach einem bestimmten Song. Obwohl sie wusste, dass das Lied sie schmerzlich an ihre Mutter erinnern würde, rief sie es auf. Kevin hatte es geschrieben, als sie, Violet, erst ein paar Monate gewesen war. In *Horizon Falls* sang Kevin über einen grauen Himmel, in dem er nach der Sonne suchte. Als die ersten Takte erklangen, wurde sie ruhiger, legte sich zurück, schloss die Augen und sog die Melodie und Skys Stimme tief in sich auf. Das nächste Lied war *Secret Pages* und handelte von den unbeschriebenen Seiten seines Lebensbuches, die er mit Sinn, Verstand und Herz füllen wollte. Violet beschlich das Gefühl, dass er auch sie damit meinte. In *Party Vibes* erzählte er von seiner Kindheit, die im

Großen und Ganzen unbeschwert gewesen war. Schon damals hatte er Musik im Blut gehabt. Nur sein Vater hatte wenig Verständnis dafür gehabt. Später am College hatte Kevin in der Schulband gesungen und irgendwann seine eigene gegründet. Musik war sein Leben, vieles andere langweilte ihn. Nach und nach hatte sich Skylane Avenue gefunden. Auch der Bandname war sein Einfall gewesen. Violet hatte den Textzeilen noch nie so aufmerksam gelauscht. Als das Lied zu Ende war, scrollte sie durch die Liste der Songtitel. Bei dem Titel *Call* hielt sie inne. Ihre Mutter hatte immer das Radio abgeschaltet, wenn das Lied lief. Nachdenklich setzte sich Violet auf und klickte auf Play. Als Skys Stimme erklang, achtete sie genau auf den Text. Der Song war damals ein Nummer-eins-Hit gewesen. Es ging um einen Mann, der einen Fehler begangen und damit die liebsten Menschen in seinem Leben vertrieben hatte. Nun wartete er auf ein Zeichen von ihnen. Doch da sie sich nicht meldeten, blieben ihm nur seine, wie er es nannte, unliebsamen Gewohnheiten.

Violet verstand. Wahrscheinlich hatte sich ihre Mutter auf gewisse Weise angesprochen gefühlt, vielleicht auch Matteo. Tatsächlich klang es aus dieser Sicht wie eine Schuldzuweisung. In einigen Kommentaren unter dem Song hieß es deshalb, dass er diesen Menschen die Schuld für seinen Rückfall gab. Selbst seine damalige Managerin hatte einmal etwas in der Richtung angedeutet. Keiner von ihnen wagte es allerdings, Matteo namentlich zu erwähnen. Die Verzweiflung musste ihren Vater teilweise sehr verbittert gemacht haben, was man bei diesem Song auch deutlich in seiner Stimme hören konnte. Er gab alles, powerte sich aus und seine Stimme war voller Kraft und Gefühl. Er war in der Lage über vier Oktaven zu singen und er schien jeden kleinen Winkel der Tonleiter auszunutzen.

Violet erinnerte sich, dass die Chorleiterin ihrer alten Schule ihr einmal gesagt hatte, dass auch sie das Potenzial hätte, die vier Oktaven zu schaffen und dass es eine große Verschwendung ihres Talents wäre, würde sie es für sich behalten. Zu gern hätte Mrs Richards sie damals die Soloparts singen lassen. Doch das war Violet unmöglich gewesen. Sie fühlte sich nur im Schutz der Gruppe wohl und hasste sich selbst dafür. Auch einige ihrer Mitschüler hatten mit Unverständnis reagiert.

„Ich hasse diese Blockade", flüsterte sie. Frustriert seufzend stand sie noch einmal auf und schloss den Laptop an den Drucker an. Sie hatte ein weiteres Foto von Kevin entdeckt, das ihr besonders gefiel. Auch dieses druckte sie aus. Wenn sie ihn darauf ansah, schien es ihr, als würde er ihren Blick erwidern. Sein Gesichtsausdruck war sanft und voller Tiefe und zog sie magisch an. Sie nahm das Foto mit ins Bett, drehte sich zur Seite und legte es so, dass sie es sehen konnte. Je länger sie es betrachtete, desto mehr kam es ihr vor, als würde das warme Lächeln ihres Vaters ihr gelten.

„Ich könnte das nie, so sein wie du", flüsterte sie. „All die Fans, keine Ruhe. Und was will ich bei einer Familie, die mich hasst? Aber ich liebe die Musik, so wie du sie geliebt hast."

Sie strich mit einem Finger über sein Gesicht. Es war alles so unwirklich! Sie hatte ihn endlich gefunden und zugleich wieder verloren. Das konnte kein Geld der Welt aufwiegen.

„Dad!", sagte sie rau und ein Stich durchfuhr ihren Brustkorb. Tränen rannen ihr von den Wangen und begleiteten sie bis in den Schlaf.

Am nächsten Tag, als Violet vom Einkaufen nach Hause kam, streckte Angela ihr ein Kuvert entgegen. „Das war im Briefkasten. Ist für dich. Hast du einen Verehrer?" Sie lachte und zupfte sich im Flurspiegel ihre Frisur zurecht.

„Nicht dass ich wüsste", antwortete Violet.

„Hm!" Angela zog sich eine Jacke über. Sie musste los zur nächsten Schicht.

„Wenn, dann hoffentlich einen mit Kohle", spottete Marcus, der eingemummelt auf dem Sofa lag und eine Erkältung auskurierte.

Violet betrachtete das große Kuvert aufmerksam und drehte es. Der Absender hatte es zusätzlich mit Klebestreifen gesichert.

„Mach es schon auf. Oder hast du Geheimnisse vor uns?", sagte Angela und zog die Brauen nach oben.

Kurzerhand öffnete Violet das Kuvert und ihre Tante bekam Stielaugen. Ein Blick auf die Unterschrift zeigte Violet sofort, dass das Schreiben von Thelma Matthews stammte. Sie presste die Lippen aufeinander.

„Was ist denn?", fragte Angela ungeduldig.

„Es ist nichts Wichtiges", erwiderte Violet schnell.

„Ach wirklich?"

Violet nickte. „Ein Kreditangebot, so wie es aussieht."

Angela runzelte die Stirn.

„Willst du es sehen?" Violet hielt ihrer Tante das Kuvert entgegen, obwohl sie wusste, dass sie ein Risiko einging. Doch diese winkte ab. „Nein! Kein Bedarf. Die werden immer dreister mit ihren Maschen. Ich habe kürzlich auch eines bekommen. Allerdings nicht in einem so persönlich wirkenden Kuvert. Aber so öffnet man es wenigstens. Wirklich schlau!"

„Ja, merkwürdig wie dreist manche Menschen sind, um zu bekommen, was sie wollen", flüsterte Violet, machte kehrt, ging in ihr Zimmer und zog den Brief aus dem Kuvert. Dabei lagen auch einige offiziell wirkende Formulare und ein frankierter Rückumschlag, der direkt an eine Anwaltskanzlei gerichtet war.

Liebe Violet,

da ich erst in rund drei Wochen wieder in England sein werde, bitte ich Dich, das beiliegende Schriftstück zu unterzeichnen und an die angegebene Adresse zu senden. Ich will wirklich nur das Beste für uns alle. Auch Vivienne hält das für die einzig richtige Lösung, wenn sie vernünftig darüber nachdenkt. Ich soll Dich dennoch noch einmal von ihr grüßen und Dir alles Gute für die Zukunft wünschen.
Demnach herzliche Grüße,

Thelma Matthews

Das beigefügte Schriftstück war das gleiche, das Thelma ihr schon bei ihrem Besuch zur Unterzeichnung hatte geben wollen. Darin stand, dass Violet auf das im Testament aufgeführte Erbe von Kevin Jordan Sky und auch auf zukünftige Tantiemenzahlungen für bestehende Songs verzichten würde. In einem gesonderten Schreiben, das ebenfalls von Thelma unterzeichnet war, sicherte sie ihr einen Anteil von zehn Prozent von Skys Vermögen zu, das sie ihr binnen einer Frist von einem Monat nach Ausschlagung des Erbes bar auszahlen würde.

Kopfschüttelnd packte Violet den Brief mit den Anlagen zurück in das Kuvert. Sie verstaute es in der Schublade ihres Schreibtisches und schloss sie ab. Diese ganze Sache bereitete ihr Bauchschmerzen. Natürlich würde ihr das Geld guttun und einiges erleichtern, dennoch sagte ihr eine innere Stimme, mit der Entscheidung noch zu warten. Die Gedanken um das Erbe begleiteten sie bis in den Abend, ohne dass sie sie wirklich weiterbrachten.

Letztendlich dröhnte ihr der Kopf davon und sie war beinahe froh, dass sie heute eine extra Nachtschicht einlegen musste. Das würde sie bestimmt ablenken. Wieder einmal brachte Jack sie zum Café.

„Ich finde es gut, dass du mit der Entscheidung noch wartest und dich nicht von dieser Thelma hetzen lässt. Du kennst meine Meinung ja. Übrigens, wie lange musst du heute bleiben?", fragte Jack und hakte sich bei ihr unter.

Sie warf einen Blick auf ihre Armbanduhr. Es war kurz nach zehn. „Bis drei Uhr morgens."

„Gut, dann hole ich dich wieder ab. Meine Schicht bei McDonald's fängt erst kurz vor fünf an", sagte Jack.

„Sag bloß, du hast den Job?", jubelte Violet und fiel ihm um den Hals.

„Naja, die sind froh über jede Aushilfe. Der Leiter der Filiale scheint ein Kotzbrocken zu sein. Aber Hauptsache, die Kohle stimmt. Außerdem wird mir der neue Job helfen Landen zu vergessen. Also ist der Stress wenigstens nützlich."

„Und mich hast du ja auch noch", lachte Violet und drückte ihn zum Abschied. Dann betrat sie das Café, das bereits voller Gäste war. Betty hatte eine Aktion gestartet, nach der jeder dritte Drink nur die Hälfte kostete, und wie erwartet liefen die Geschäfte prächtig. Noelle schnaufte gestresst und war bereits richtig ins Schwitzen gekommen.

„Ich glaube, Betty bekommt ihren Rachen nie voll", stöhnte sie.

Violet sah sich um. „So ist sie eben. Ist sie hier?"

„Sie ist im Personalraum und macht die Planungen für morgen. Es kommen schon wieder neue Gäste. Ich muss mich beeilen", erklärte Noelle.

„Ich übernehme", sagte Violet und steuerte um die Theke herum. Die Arbeit lief wie am Fließband und Violet musste oft nahezu rennen, um jedem Gast gerecht zu werden. Nach Mitternacht war sie so durchgeschwitzt, dass sie ihre Arbeitskleidung wechseln musste. Im Personalraum traf sie auf ihre Chefin, die verschlafen wirkte. Wahrscheinlich war sie über der Büroarbeit eingenickt, die ihr, wie Violet wusste, verhasst war.

„Läuft alles?", wollte sie von Violet wissen und rieb sich die Augen.

„Ja, es klappt alles prima, auch wenn wir kaum noch nachkommen. Eine weitere Hilfe bei so viel Andrang wäre nicht schlecht."

Betty zog die Brauen nach oben und lachte. „Noch eine? Wenn du sie bezahlst, gerne." Violet fühlte Ärger in sich aufsteigen. Egal wie hart sie arbeitete, sie konnte nie ein Lob von ihrer Chefin erwarten.

Betty tippte sich vielsagend auf die Mundwinkel. „Lächeln, Liebes! Sonst vergraulst du die wertvollen Gäste. Und dann brauchen wir vielleicht bald eine Kellnerin weniger. Das wäre doch nicht in deinem Sinn, oder?"

War das eine Drohung?

„Was ist los?", wollte Noelle wissen, als Violet zurückkam.

„Motivation sieht anders aus. Sie weiß eben genau, dass ich das Geld brauche", bemerkte Violet nur leise und seufzte tief.

Noelle warf ihrer Kollegin einen mitfühlenden Blick zu. „Bettys Charme mal wieder? Na ja, das kennen wir ja schon. Sie hätte ruhig ein wenig mithelfen können bei diesem Chaos. Das nimmt ja kein Ende! Ach, aber was jetzt viel wichtiger ist, dieser junge Sänger ist wieder da. Ich glaube zumindest, dass er es ist."

Noelles letzte Worte ließen Violet aufhorchen. „Wen meinst du?"

„Kann ich endlich bestellen?", rief eine junge Frau von einem Tisch aus und winkte ihnen beiden zu.

„Den vom letzten Mal. Der, der mit dieser jungen Frau hier war. Payden. Er sitzt am hinteren Tisch. Du weißt schon, der in der Ecke. Ich dachte, ich überlasse es dir, ihn zu bedienen." Sie zwinkerte Violet zu und klopfte ihr auf die Schultern. Dann eilte sie zu der genervt blickenden Frau hinüber, um ihre Bestellung aufzunehmen. In Violets Magen breitete sich ein seltsames Gefühl aus, als sie sich einen Weg durch die Tische bahnte und um die Ecke schielte. Noelle hatte recht. Es war Payden. Für einen kurzen Moment hielt sie die Luft an und räusperte sich. Sie fragte sich, was er hier wollte. Wenigstens war Rose nicht dabei. Langsam näherte sie sich ihm.

„Payden?", sagte sie leise, als sie an seinem Tisch stand.

Er blickte über den Rand seiner Sonnenbrille hinweg zu ihr hoch. „Hi, Violet."

Seine Lippen verzogen sich zu einem Lächeln. „Ich bin froh, dass ich dich hier treffe", fügte er hinzu.

„Ja ... Aber warum?" Sie sah sich hilflos um.

„Ich weiß, dass dich mein Besuch sicher überrascht und du dich fragst, was ich hier zu suchen habe."

Allerdings! Sie nickte zögernd. Payden stand auf und trat nah an sie heran. „Ich muss unbedingt mit dir über das Erbe reden. Und zwar bevor du einen Fehler begehst", flüsterte er in ihr Ohr.

Sie wich einen Schritt zurück und runzelte die Stirn. Er wusste also Bescheid. Nun ja, er war mit Rose befreundet und kannte sicher auch Thelma.

„Keine Sorge. Ich glaube, Thelma hat schon recht. Ich will mich nicht in die Familie drängen. Du, ich muss nun weiterarbeiten. Du siehst ja, was hier los ist", erwiderte Violet schnell.

„Eben das solltest du dir noch einmal überlegen. Du hast nämlich nicht alle Informationen, und ich finde, du solltest wenigstens über alles Bescheid wissen, bevor du eine Entscheidung triffst", sagte er eindringlich.

Violet runzelte die Stirn. „Das alles ist sowieso ... Ich meine, ich wünschte, es würde kein Erbe geben und Sky ... mein ... Vater ... würde stattdessen noch leben."

Ihre Gedanken wirbelten durcheinander. Sie senkte den Kopf und wollte bereits weitergehen, doch Payden hielt sie sanft, aber bestimmt an einem Arm fest. Ihre Blicke trafen sich.

„Geld ist nicht alles was er dir vererben möchte, Violet. Davon hat dir Thelma aber nichts erzählt. Sie wollte dir nicht einmal das Testament zeigen. Stimmt's?"

Es war, als würde das Stimmengewirr der Gäste plötzlich gedämpft. Sie hörte nur noch Payden, der ruhig, aber eindringlich weitersprach. „Ich mochte Sky. Er war eigentlich wie ein Vater für mich. Daher bin ich hier. Ich finde es unfair, wie mit dir umgegangen wird. Und ich glaube, ich bin es ihm schuldig, dir zu sagen, was ich weiß und erfahren habe. Ich denke, er hätte es so gewollt."

Er schien es wirklich ernst zu meinen. Sie wollte etwas sagen, war aber so überrumpelt, dass sie kein weiteres Wort herausbrachte.

„Treffen wir uns nach deiner Schicht? Wie lange hast du noch?", fragte Payden.

Sie räusperte sich und fand mit Mühe ihre Stimme wieder. „Drei Uhr. Mein bester Freund Jack holt mich dann ab."

„Okay. Kannst du ihm vertrauen?"

„Absolut!", versicherte Violet.

„Also um drei. Ich warte vor dem Laden", sagte Payden.

Sie nickte überrascht. Payden schob sich an ihr vorbei, strich ihr über den Oberarm und ging. Die kleine

Geste löste eine Welle der Wärme in ihr aus und ließ sie ruhiger werden.

Noelle stieß zu ihr. „Was wollte er? Wow, er sah wieder so verdammt gut aus. Er scheint auf dich abzufahren. Ein super Typ! Sein Auto ist jedenfalls nicht von schlechten Eltern. Ein weißes Audi Cabrio. Ich liebe Cabrios.“

„Neugierige kleine Schnüfflerin“, erwiderte Violet freundlich und setzte ihre Arbeit fort.

Noelle blieb ihr auf den Fersen. „Jetzt sag schon, Vi.“

Violet wusste, dass Noelle keine Ruhe geben würde und drehte sich zu ihr um. „Also gut, bevor du vor Neugierde Schnappatmung kriegst. Er will mich nur was fragen und holt mich nachher ab. Jack wird auch dabei sein.“

„Das ist gut, dass Jack auch da sein wird. Traumtyp hin oder her, es ist mitten in der Nacht und du kennst ihn nicht. Soll ich auch mitkommen?“

Ihre Augen begannen zu leuchten.

„Nein, schon gut. Das käme lächerlich rüber. Außerdem bist du nur neugierig“, gab Violet neckend zurück.

„He, ich denke an deinen Schutz und du machst dich lustig. Das ist nicht nett.“

Gespielt schmollend verschränkte Noelle die Arme vor der Brust.

„Pah! Ich kenne dich einfach schon viel zu gut.“

„Ich sorge mich wirklich um dich ... Okay, kannst du mir dann wenigstens ein Autogramm besorgen?“

Violet verdrehte die Augen und lachte.

Noelle grinste, umarmte sie kurz und schnappte sich dann ihr volles Tablett. Auch Violet ging wieder ihrer

Arbeit nach, doch in Gedanken war sie die meiste Zeit über woanders. Ständig wiederholten sich Paydens Worte in ihrem Kopf. Die Zeit dehnte sich. Besonders die letzten zehn Minuten ihrer Schicht zogen sich wie Kaugummi. Noelle jagte sie danach geradezu zur Tür hinaus. Betty hätte es bestimmt nicht gerne gesehen. Langsam wurde Noelle zu einer richtigen Freundin für Violet. Jack wartete bereits am Eingang auf sie, ohne Gitarre, dafür aber mit Regenschirm. Inzwischen schüttete es wie aus Eimern.

„England will anscheinend mal wieder seinem Ruf gerecht werden", bemerkte er und balancierte den Schirm hauptsächlich über ihr. Violet ließ ihren Blick über die nasse, dunkle Straße schweifen. Von Payden war weit und breit nichts zu sehen.

„Vielleicht hat er sich nur einen Scherz mit mir erlaubt", flüsterte sie.

„Was? Redest du mit mir? Wer hat sich einen Scherz mit dir erlaubt?", fragte Jack.

„Payden! Er war vorhin da und sagte, er muss unbedingt mit mir reden."

„*Der* Payden? Und das teilst du mir erst jetzt mit?" Jack sah sie vorwurfsvoll an.

„Ja, der Payden. Aber er ist nicht da. Und ich habe extra pünktlich Schluss gemacht."

Als hätte Payden sie gehört, hielt plötzlich ein weißes Audi Cabrio neben ihnen. Es war wie aus dem Nichts aufgetaucht. Payden ließ die Fahrerscheibe halb nach unten fahren. Leise Popmusik drang zu ihnen nach draußen. Lässig hob er eine Hand zur Begrüßung und lächelte, was sein Gesicht gleich weicher wirken ließ.

„Hi! Tut mir leid, dass ich zu spät bin", sagte Payden.

„Macht nichts", erwiderte Violet. Jack sah sie mit hochgezogenen Brauen an, sagte aber nichts und lächelte Payden an.

„Hi!", hauchte er. Es fehlte nicht viel und er hätte einen kleinen Seufzer hinterhergeschickt, dachte Violet.

Payden nickte ihm zu. „Hi, du bist Jack, oder?"

„Korrekt. Und du Payden. Freut mich dich kennenzulernen." Sichtlich nervös streckte Jack Payden eine Hand hin. Payden drückte sie und lächelte noch mehr.

„Du scheinst zwar nett zu sein, aber bitte versteh mich nicht falsch, Jack. Die Sache, die ich mit Violet besprechen will, ist wirklich sehr privat und darf unter keinen Umständen an die Öffentlichkeit kommen."

„Jack ist absolut verlässlich", versicherte Violet sofort. „Und ich habe keine Geheimnisse vor ihm."

„Okay, verstehe. Ich muss nur sichergehen, dass das Ganze unter uns bleibt."

„Das wird es!", bestätigte Violet, was Jack sichtlich stolz machte.

„Dann steigt ein, wir können uns hier im Auto unterhalten. Das Wetter wird nicht besser, fürchte ich", entgegnete Payden. Rasch lehnte er sich über den Beifahrersitz und öffnete die Tür.

„Ich glaube, er möchte dich neben sich haben", flüsterte Jack ihr zu und grinste. Violet musste zugeben, dass sie nichts dagegen hatte, neben Payden zu sitzen. Im Gegenteil, auch wenn es sie ein bisschen nervös machte.

„Ist das ein Problem?", fragte Payden und warf Jack einen Blick durch den Spiegel zu, nachdem dieser sich auf den Rücksitz niedergelassen hatte.

„Du meinst, weil sie neben dir sitzt? Nein, wieso?“, fragte Jack.

„Naja, weil ihr sonst so unzertrennlich seid, dachte ich“, erwiderte Payden.

Violet räusperte sich und musste schmunzeln. „Wir sind nicht zusammen, wenn du das denkst.“

„Nicht? Ihr habt so vertraut gewirkt“, sagte Payden.

Sie sah ihm an, dass er tatsächlich überrascht wirkte.

„Ich stehe eher auf Männer, wenn du es genau wissen willst“, erwiderte Jack.

„Oh!“, war alles, was Payden dazu sagte.

„Ist das ein Problem?“, fragte Jack.

„Nein! Überhaupt nicht.“ Payden schüttelte mit Nachdruck den Kopf.

„Könnte ich bitte erfahren, warum ich überhaupt hier neben dir sitze, Payden?“, fragte Violet. Die Unruhe war kaum noch auszuhalten.

Payden nickte und nahm ein Kuvert vom Armaturenbrett hinter dem Lenkrad, das er ihr reichte.

„Was ist da drin?“, fragte sie und blickte auf das Kuvert.

„Der Brief von Kevin, den er an dich geschrieben hat“, sagte er ruhig.

Sie sah ihn an. „Den kenne ich bereits. Thelma hat ihn mir gegeben.“

„Ja, ich weiß das. Von Rose“, gab Payden zurück.

Violet runzelte die Stirn. „Und warum zeigst du ihn mir dann noch einmal?“

Jack schob seinen Kopf zwischen die Sitze, mischte sich aber nicht ein.

„Weil sie dir nicht den ganzen Brief gezeigt hat. Das weiß ich ebenfalls von Rose. Thelma hat am unteren Rand ein Stückchen abgerissen. Es gibt noch ein PS“, erklärte Payden.

Violet erinnerte sich an den Brief. Er hatte natürlich nicht gerade wie frisch gedruckt ausgesehen. Es wäre ja auch ein Wunder gewesen, hätte der Brief den Absturz schadenfrei überstanden. Aber was, wenn Payden recht hatte und Thelma tatsächlich nachgeholfen hatte, um ihr etwas zu verschweigen? Wieso sollte er sich das auch ausdenken?

„Mein Gott, das ist wie in einem Krimi“, flüsterte Jack.

„Allerdings“, warf Violet leise ein.

„Im Kuvert steckt die komplette Kopie. Rose hat mir beide Teile gezeigt. Sie hatte ganz schön was intus, Alkohol meine ich. Nachdem sie es mir erzählt hat, ist sie direkt eingeschlafen. So konnte ich den Brief zusammenlegen und in Ruhe kopieren. Rose war völlig aus dem Häuschen, als sie von ihrer Mutter hörte, dass du dich geweigert hast, das Erbe gleich auszuschlagen. Die beiden sehen ihre Felle davonschwimmen“, erzählte Payden.

An der Art, wie er durchatmete, merkte Violet, wie angewidert er von dieser Vorgehensweise war.

Violet drehte das Kuvert nachdenklich in den Händen. „Und warum verrätst du uns das, obwohl du eigentlich der Freund von Rose bist? Oder stimmt das etwa nicht?“, warf Jack ein.

Sehr gute Frage, dachte Violet.

Payden drehte sich kurz nach ihm um und fing danach Violets fragenden Blick auf.

„Ich habe es ja schon gesagt – Kevin war so etwas wie ein Vater für mich. Was Rose angeht ... Na ja ... Um ehrlich zu sein, das Mädchen, in das ich mich einmal verliebt habe, wird mir immer fremder. Leider! Sie und auch ihre Mutter, die mir Rose damals vorgestellt hat. Langsam habe ich das Gefühl, dass ich nur eine Marionette für Rose bin. Ohne überheblich klingen zu wollen, aber Kevin sah anscheinend tatsächlich großes Potenzial in mir und wollte mich sogar in die Band integrieren, als zweiten, beziehungsweise neuen, Sänger. Er spielte mit dem Gedanken, ganz als Solosänger weiterzumachen. Aber erst, wenn ein neuer Sänger oder Sängerin gefunden wurde. Das war Bedingung der Band, was er auch verstehen konnte. Ich habe mir das am Anfang überlegt, mich dann aber dagegen entschieden. Ich will mein eigenes Ding machen und mich nicht in ein gemachtes Nest setzen. Na ja, jedenfalls möchte Rose auch gerne Sängerin werden." Er knetete das Lenkrad mit seinen Fingern. „Sie will unbedingt berühmt sein! Sie hat keinen Hehl daraus gemacht, dass sie mit mir zusammen auf den großen Bühnen stehen möchte. Ein neues Sky-Dreamteam sozusagen, vorzugsweise mit Kevins Band. Sie redet so oft davon, dass ich es schon nicht mehr hören kann. Weißt du, Rose steht wahnsinnig gerne im Mittelpunkt. Kevin hat ihr zwar immer gesagt, das ihre Stimme nur Durchschnitt ist, aber das haben Thelma und sie schnell verdrängt. Aber ehrlich, ich muss ihm da zustimmen. Es fehlt das gewisse Etwas."

„Das hast du ihr aber sicher noch nie auf die Nase gebunden", bemerkte Jack.

„Doch, das habe ich durchaus", gab Payden zurück.

„Mutig! Respekt. Ich meine, ich kenne sie zwar nicht, aber ich kann mir die Reaktion vorstellen", erwiderte Jack.

Payden lachte bitter. „Ja, es war kein schöner Anblick. Sie war außer sich und wollte mich erst einmal nicht mehr sehen. Aber irgendwann hat sie sich dann wieder eingekriegt und meinte, dass das alles sowieso nur eine reine Übungssache wäre. Seitdem gebe ich ihr Unterricht. Also, eigentlich hat sie mich dazu verdonnert."

Violet drehte noch immer unschlüssig das Kuvert in den Händen. Sollte sie Payden wirklich vertrauen? Doch alles, was er bisher erzählt hatte, hatte ehrlich geklungen. Sie kaute auf ihrer Unterlippe und riss den Umschlag auf. Payden und Jack verstummten und beobachteten sie, als sie den kopierten, dieses Mal kompletten Brief, langsam herauszog. Am unteren Ende der zweiten Seite stand ein PS. Für einen Moment verschwamm ihr Blick.

PS. Die im Testament erwähnten unfertigen Songs möchte ich alle dir übergeben. Sie können durch dich zu Diamanten werden. Davon bin ich überzeugt. Ich glaube, du hast das nötige Gefühl und Herz dazu. Nein, ich weiß es. Du bist meine Tochter. Der bessere Teil von mir.

„Welche Songs meint er damit?", stammelte Violet und ließ den Brief in den Schoss sinken. Die Worte aus dem Brief hallten in ihr nach und machten ihr das Herz erneut schwer vor Sehnsucht und Trauer darüber, ihren Vater nie persönlich kennengelernt zu haben.

„Es geht um zehn Songs, die unvollendet sind. Melodien, die ihm, das hat er mir selbst erzählt, in seinem Kopf waren, immer nachdem er von dir geträumt hat. Er hat es nie geschafft, sie zu Ende zu schreiben. Du hast ihm dazu gefehlt. Und dann hat er wohl eines Tages beschlossen, sie dir zu vererben, falls … Nun ja. Ich meine, er wollte nicht sterben. Aber er war da Realist genug, um zu wissen, dass es oft schneller vorbei sein kann, als man denkt. Besonders nach dem Angriff eines Fans damals. Er glaubte so sehr an dich. Als Mensch, als Künstlerin. Er war, wenn auch im Hintergrund, ständig bei dir, Violet, auch wenn er nicht gegen Melodys Wünsche handeln wollte. Auch Matteo warst du keineswegs egal. Da bin ich sicher." Paydens Stimme klang weich und einfühlsam.

„Wow! Das gibt es doch nicht. Ehrlich, ich beneide dich, Vi", platzte es aus Jack heraus. „Entschuldigung! Ich halte jetzt die Klappe. Ich versuche es. Versprochen! Aber das ist … irre!"

„Dein Vater war ein genialer Sänger, Songwriter und ein noch besserer Mensch, Violet Blue Sky", sagte Payden ernst. Nachdem er ihre beiden Namen mit Kevins Nachnamen verbunden hatte, legte sich eine Stille zwischen sie, die sich fast magisch anfühlte.

„Violet Blue Sky", wiederholte Jack nach einer gefühlten Ewigkeit.

„Es klingt richtig!", warf Payden ein und seine Augen strahlten, als er sie ansah.

„Das klingt magisch", legte Jack nach.

„Ich wünschte einfach nur, er wäre noch am Leben. Genau wie Mum. Kein Song der Welt kann …“, flüsterte Violet, schaffte es aber nicht den Satz zu beenden. Sie blickte aus dem Fenster und atmete tief durch. Payden ergriff ihre Hand und drückte sie leicht. Es tat gut, seine weiche, warme Haut zu spüren, zu wissen, dass er da war. In diesem Moment war sie sich sicher, dass er nur bei ihr sein wollte, sie trösten wollte. Offensichtlich meinte er es ehrlich mit ihr. Sie sah ihm in die Augen und blinzelte die aufsteigenden Tränen weg.

„Was soll ich tun, Payden?“, fragte sie ihn leise.

„Für mich ist das eigentlich ganz klar. Ich finde, du solltest das Testament annehmen“, riet er ihr.

Violet atmete tief durch. „Ich werde nie in die Fußstapfen meines Vaters treten. Das könnte ich nicht. Die Songs wären nur für mich. Ich kann sie nicht vor Publikum singen.“

Er verzog den Mund zu einem kleinen, verständnisvollen Lächeln und nickte.

Wie so oft in den letzten Tagen drehte sich alles in Violets Kopf. Es gab so vieles zu bedenken, so viele Menschen, die unterschiedliche Dinge von ihr wollten. Doch einer Sache war sie sich sicher: Sie wollte diese Songs hören, sie in sich aufnehmen. Es war ein Stück von Kevin. Und es schien ihm viel zu bedeuten, dass sie sie bekam. Wieder dachte sie an den Traum, in dem sie ihrer Mutter begegnet war. Vorsichtig berührte sie das Muttermal an ihrem Hals. Auch Melody hätte ihr wohl dazu geraten, das Erbe anzunehmen. Das sagte ihr eine innere Stimme deutlich.

„Lass es zu. Wie beim Singen, wenn du es für dich alleine tust. Ich bin sicher, deine Mum und Kevin werden immer bei dir sein", sagte Payden leise. Seine Worte gaben ihr Halt.

„Genau wie ich", fügte Jack hinzu.

„Ansonsten halte ich mich völlig aus der Sache raus. Versprochen! Ich war es Kevin nur schuldig, dir das zu sagen. Davon bin ich überzeugt. Und es bedeutet mir so viel, dass er mir so viel anvertraut hat. Wenn du mich trotzdem einmal brauchen solltest, dann stehe ich dir jederzeit zur Verfügung. Es ist ein Irrsinn, dass Thelma dir gesagt hat, die restliche Familie wäre dagegen, dich kennenzulernen. Das stimmt definitiv nicht!"

Violet kaute wieder auf ihrer Unterlippe, wie sie es immer tat, wenn sie sich entscheiden musste oder aufgewühlt war. Dann fasste sie ihren endgültigen Entschluss: „Okay. Ich werde Thelma sagen, dass ich das ganze Testament einsehen will. Und ich werde natürlich nichts von dir verraten, Payden."

Er lächelte. „Sehr gut! Ich freue mich, dass du dich so entschieden hast."

„Ich auch", sagte Jack vom Rücksitz. „Das ist auf jeden Fall der richtige Weg."

„Darf ich dich einmal umarmen? Die Tochter meines Mentors?", fragte Payden und klang dabei fast schüchtern.

Sie nickte und Payden schlang seine Arme um sie. Sein Atem streifte ihr Gesicht. Für einen Augenblick schloss Violet die Augen und genoss seine Nähe. Es fühlte sich gut an. Nachdem er sich von ihr gelöst hatte, sahen sie sich ein bisschen verlegen in die Augen.

„Was wird nun aus Rose und dir?", wollte Violet wissen.

„Sie hat mich enttäuscht, aber ich gebe einen Menschen, der mir etwas bedeutet, nicht so schnell auf. Ich hoffe, sie kommt noch zur Besinnung und wird wieder die, die sie anfangs war. Vielleicht ist es nur ihre Mutter, die einen schlechten Einfluss auf sie hat. Ich habe sie wirklich gemocht, als ich sie kennengelernt habe. Aber wenn ich so darüber nachdenke ... Kevin hatte manchmal auch so seine Zweifel an Thelma. Er hat es nicht direkt gesagt, aber im Nachhinein bin ich sicher, dass ich seine Worte richtig deute. Na ja, und Rose ist noch so jung ..."

Violet hoffte für ihn, dass er recht behalten würde. Anscheinend liebte er sie noch.

Payden stieg mit ihnen aus dem Wagen. Der Regen hatte vor einer Weile aufgehört. Dunstschwaden krochen wie Geister durch die Straßen.

„Alles Gute für dich, Violet Blue Sky", flüsterte er. Der Wind blies ihm eine seiner Haarsträhnen aus der Stirn. Noelle würde schwach werden, er sah wirklich unverschämt gut aus, dachte Violet.

„Für dich auch", wünschte sie ihm.

Er nickte und wirkte erleichtert. Die Kopie des Briefes hatte er ihr überlassen.

Jack und er verabschiedeten sich ebenfalls.

„Du musst dir unbedingt mal ein Demo von ihm anhören", fiel Violet noch ein, als die beiden sich die Hand gaben.

„Ja klar, gern. Hast du eins für mich?“, fragte Payden. Jack wurde verlegen und winkte ab.

„Ja, hat er“, antwortete Violet für ihn und ignorierte Jacks vorwurfsvollen Blick.

Payden steckte Jack eine Visitenkarte zu. „Schick es mir zu.“

Jack riss die Augen auf. „Wow! Okay, mach ich. He, danke.“

„Kein Problem, ich bin gespannt.“ Payden wandte sich noch einmal an Violet und gab auch ihr eine Karte. „Du kannst mich jederzeit anrufen, wenn du reden möchtest.“ Der warme Schimmer in seinen Augen löste ein merkwürdiges Kribbeln in ihr aus.

Payden hob eine Hand zum Abschied, stieg zurück in seinen Audi und verschwand in die Nacht.

Nachdenklich presste Violet das Kuvert mit dem Brief gegen ihre Brust, während Jack einen Regenschirm über ihre Köpfe spannte.

„Es regnet nicht“, bemerkte Violet und sah ihn verdutzt an.

„Es ist nur ein Symbol“, sagte Jack leise. „Dafür, dass ich immer für dich da bin. So wie du es auch schon oft für mich warst, Vi. Ich werde dich gegen die Stürme, die vielleicht kommen werden, beschützen.“

Er küsste sie auf die Wange und sie schmiegte sich an ihn. Seine Geste bedeutete ihr unendlich viel.

„Und ich dich“, murmelte sie.

On Air

„Tut mir leid, Kleines. Du musst wohl bei mir weiterarbeiten", hatte Betty bei ihrer letzten Schicht mit
gespieltem Bedauern gesagt. „Ich habe meine Bekannte gefragt, aber da kann man nichts machen und ich
selbst kann dir nicht mehr bieten, als den Arbeitsver-
trag, den du schon hast. Unsere Konditorin werde ich
demnächst entlassen, ich kann die Kuchen woanders
billiger beziehen. Ich muss wirtschaftlich denken, das
verstehst du doch sicher." Immer wieder gingen Violet
die Worte ihrer Chefin durch den Kopf. Betty hatte ihr
die Neuigkeiten beiläufig mitgeteilt, als Violet noch
einmal wegen der Ausbildung nachgefragt hatte. Nun
saß sie alleine in einem kleinen Café und trank einen
Cappuccino. Jack arbeitete in seinem neuen Job und
die Arbeiten für Tante Angela und ihren Onkel hatte
sie bereits erledigt. Es war Donnerstag und sie hatte
noch bis heute Abend frei.

Seufzend holte sie einen Block und den Brief, den
Payden ihr vor zwei Tagen gegeben hatte, aus ihrer

Tasche und besah ihn sich zum vielleicht tausendsten Male. Auch das Schreiben von Thelma Matthews trug sie bei sich. Es half nichts, sie musste diese Sache endlich angehen. Sie kramte in ihrer Tasche nach einem Kugelschreiber, bestellte noch ein Wasser und begann zu schreiben:

Sehr geehrte Anwälte,
sehr geehrte MrsMatthews,

auch wenn es Sie vielleicht überrascht, so möchte ich doch erst einmal das Testament einsehen, bevor ich mich endgültig entscheiden werde. Ich bitte sie, mich zu kontaktieren, damit wir einen Termin vereinbaren können. Vielen Dank!
Mit freundlichen Grüßen

Violet

Langsam faltete sie Thelmas Brief wieder zusammen und steckte ihn zusammen mit ihrem in das beigelegte Rücksendekuvert. Auch wenn ihr Herz flatterte und ihre Finger zitterten, spürte sie, dass es tatsächlich die richtige Entscheidung war.

Plötzlich drangen die Worte eines Nachrichtensprechers im Radio an ihr Bewusstsein. „Das wäre eine wahre Sensation. Noch sind es nur Gerüchte. Aber einmal angenommen, es würde stimmen: Warum hat Sky dann nie etwas von einer Tochter erwähnt?“

Die Tasse rutschte Violet aus den Händen und zerschellte auf dem Boden. Regungslos blieb sie sitzen. Ihr Atem ging schneller und ihr wurde heiß.

„Wir halten euch auf dem Laufenden“, tönte der Typ aus dem Radio und ließ einen Song Skys folgen, der den Titel *Remember me* trug.

Unterdessen eilte ein Kellner herbei und kehrte die Scherben zusammen. Zum Glück war nur noch ein Schluck in der Tasse gewesen. Violet half ihm, fühlte sich dabei allerdings, als hätte sie gerade jemand in Hypnose versetzt.

„Lassen Sie, ich mache das schon.“ Der junge Kellner lächelte. Violet nickte, murmelte eine Entschuldigung und erhob sich. Sie legte die Scherben, die sie aufgesammelt hatte, auf die kleine Handschaufel zahlte und ging.

Zu Hause ging sie sofort in ihr Zimmer, fuhr ihren Laptop hoch und durchforschte das Internet nach Neuigkeiten. Tatsächlich gab es unzählige Berichte zu den Gerüchten, die ein Journalist aufgedeckt haben wollte. Er gab an, Informationen von einem Kollegen bekommen zu haben. Wahrscheinlich war es derjenige, dem Thelma ein Schweigegeld gezahlt hatte, dachte Violet. Mit zittrigen Fingern wählte sie Jacks Nummer, doch sie erreichte ihn einfach nicht. Er hatte sich auch nicht gemeldet, was seltsam war, wie Violet fand.

Nach und nach kamen immer spektakulärere Informationen des Falls an die Öffentlichkeit. Der Journalist, der Skys Brief gefunden hatte, war kürzlich bei einem Autounfall ums Leben gekommen. Doch anscheinend hatte er ein paar Stunden vor seinem Tod mit einem Freund zusammengesessen und ihm in Ansätzen die Geschichte von Skys Tochter erzählt.

Violet hielt es nicht mehr aus. Sie klappte ihren Laptop zu und ging ins Wohnzimmer. Doch es half ihr nichts: Ihre Tante und ihr Onkel saßen vor einer Boulevardsendung und kannten kein anderes Thema als die „Sensation um Sky". Angela erging sich bereits in Verschwörungstheorien über den Unfalltod. „Die Polizei behauptet zwar, der Unfall sei durch zu hohe Geschwindigkeit auf der nassen Straße zustande gekommen, aber für mich hört es sich so an, als wollte den Kerl jemand loshaben", sagte sie wichtigtuerisch.

Violet lehnte sich gegen den Türrahmen und lauschte der Nachrichtensendung. Nirgends wurde ihr Name erwähnt. Offensichtlich hatte der besagte Journalist ihn für sich behalten. Alles was sein Kollege und Freund wusste war, dass er an der Absturzstelle einen Brief gefunden hatte, den Sky an seine geheime Tochter geschrieben hatte.

Nun fragten sich die Medien, ob Skys Tochter das Erbe bekommen würde und vor allem, wer sie war. Selbst Agnes White wurde befragt, äußerte sich jedoch nicht dazu. Auch Angela und Marcus interessierten sich brennend dafür.

„Die Familie hat eine Stellungnahme abgegeben, schau!", rief Angela und stieß Marcus aufgeregt in die Rippen.

Violet lauschte den Worten der blonden Nachrichtensprecherin: „Thelma Matthews war für ein kurzes Statement zu erreichen. Sie sagte, es tue ihr leid, doch die Familie wolle sich im Moment nicht dazu äußern. Sie fügte hinzu, dass auch Kevin Sky es sicherlich so gewollt hätte."

Das war klar, dachte sich Violet, auch wenn es ihr lieber war, dass ihr Name herausgehalten wurde. Sie hätte keine ruhige Minute mehr.

„Was sagst du denn dazu?", wollte Angela wissen und drehte sich zu ihr um.

Gespielt gleichgültig zuckte Violet mit den Schultern und ging zurück in ihr Zimmer. Sie versuchte es erneut bei Jack, doch ohne Erfolg. Dann fiel ihr ein, dass sie ja Paydens Nummer hatte. Sollte sie ihn anrufen? Sie holte seine Karte aus ihrer Tasche und betrachtete sie nachdenklich. In diesem Moment klingelte ihr Handy. Es war Thelma Matthews.

Ihre Stimme klang aufgewühlt. Ohne eine Begrüßung sprudelte sie los: „Hast du von den Neuigkeiten gehört?"

„Ja, habe ich."

„Kein Wort zu niemandem", fuhr Thelma atemlos fort. „Wir können nur hoffen, dass dieser Idiot von Journalist seinem Kollegen nicht noch mehr verraten hat. Der ist nun natürlich heiß darauf zu erfahren, wer du bist und ob an der Sache was dran ist. Sogar die Anwälte werden bereits belagert. Ich hoffe, die haben sich nicht verplappert. Was für ein Desaster!"

„Ich werde mich ganz sicher ruhig verhalten. Keine Sorge", antwortete Violet kühl. „Allerdings ..." Weiter kam sie nicht. Thelma schien ihr kaum zuzuhören.

„Ich habe befürchtet, dass so etwas passieren würde", rief sie aufgeregt. „Aber vielleicht haben wir Glück im Unglück und dieser Schmierfink hat wirklich nichts weiter verraten. Demnach wäre sein Tod ... Na ja. Außerdem ist die Medienwelt schnelllebig."

Violet schluckte. Sie wusste, dass Thelma Matthews nicht gerade warmherzig war, aber diese Gefühlskälte überraschte sie dann doch.

„Wie können Sie sagen, dass Sie froh sind, dass ein Mensch gestorben ist, nur weil es Ihrer Sache dient?", brach es aus ihr heraus.

„Ich habe gar nichts gesagt", keifte Thelma.

„Nicht laut, das stimmt", gab Violet ruhig, aber bestimmt zurück.

„Siehst du, Violet? Das sind reine Mutmaßungen. Eine Frechheit!"

Violet schüttelte den Kopf über Thelma. Es brachte nichts. Kevins Cousine wand sich wie eine Schlange.

„Am Ende behauptest du wohl noch, ich hätte etwas mit seinem Unfall zu tun", schnaubte Thelma.

„Nein! Das ist doch Quatsch", entgegnete Violet.

„Genau. Also, lassen wir dieses leidige Thema. Hast du denn den Brief schon unterschrieben und abgeschickt?"

Violet seufzte. Sie nahm all ihren Mut zusammen. „Ich möchte das Testament sehen, Mrs Matthews."

Für einige Sekunden herrschte Stille am anderen Ende. „Hast du etwa Angst, dass ich dich belüge und betrüge? Ich will dich nicht in unserem Leben, wir alle wollen dich nicht! Amy ist völlig außer sich. Nimm das Geld und sei zufrieden. Wir müssen nach dieser Tragödie erst einmal zur Ruhe kommen. Du machst es uns nicht gerade leichter", zischte Thelma.

Amy, Skys Schwester hatte auf den Fotos immer einen bedrückten Eindruck gemacht. Ob sie wirklich nichts gewusst hatte?, fragte sich Violet.

„Ich möchte mich nicht aufdrängen“, sagte sie leise. „Und ich habe es mir auch nicht ausgesucht, dass ich Skys Tochter bin. Ich möchte doch nur das Testament sehen, weiter nichts.“

Thelma atmete hörbar durch. „Da steht nichts anderes drin, als ich dir bereits gesagt habe.“

Violet merkte, dass Thelma Panik bekam. Dennoch schien sie sich zusammenzureißen. „Violet! Ich meine es wirklich gut mit dir. Das Ganze würde dich sicherlich noch mehr aufwühlen. Außerdem werden wir jetzt auch noch von der Presse belagert. Jeder unserer Schritte wird überwacht. Es wäre in dieser Situation sehr gefährlich, wenn wir uns noch einmal treffen würden, auch wenn ich doch schon wieder in London bin. Ich muss Kevins Mutter beistehen. Die arme Frau ist völlig verwirrt und ängstlich. Ich bin selbst völlig mit den Nerven fertig.“ Thelma gab ihrer Stimme einen einschmeichelnden Tonfall. „Tut mir leid, dass ich so schroff war. Aber hier ist wirklich die Hölle los. Dazu die Trauer. Schick mir die Sachen zu, ja? Ich verspreche dir, dass du deinen Anteil so bald wie möglich erhalten wirst.“

Violet ließ sich nicht beirren. „Ich bleibe bei meiner Meinung, Thelma, bitte respektieren Sie das. Ich möchte nur ...“

Thelma schnaubte erneut. „Verstehe! Allerdings wird das dauern, bis wir einen Termin finden. Mindestens ein paar Wochen. Es muss erst einmal ein bisschen Ruhe einkehren, finde ich. Wenn du allerdings die Verzichtserklärung unterschreibst, wirst du das Geld meinetwegen schon innerhalb weniger Tage auf dem Konto haben. Dann könntest du auch deinen Job in diesem schrecklichen Café kündigen ... Na ja, an deiner Stelle würde ich es mir noch einmal genau durch den Kopf gehen lassen."

„Was? Was soll das denn? Ihre Reaktion ist echt seltsam", platzte Violet wütend heraus, erntete jedoch nur ein höhnisches Lachen.

„Ich muss auflegen. Bis irgendwann also", sagte Thelma noch und weg war sie.

Am liebsten hätte Violet ihr gesagt, dass sie genau wusste, warum sie so reagierte. Im Nachhinein war sie allerdings froh, es nicht getan zu haben. Es hätte nur noch mehr Öl ins Feuer gegossen. Außerdem hatte sie Payden versprochen, es erst einmal für sich zu behalten. Nachdenklich drehte sie sein Kärtchen in den Händen. Sie musste dringend mit einem Menschen reden, der es gut mit ihr meinte. Mit zitternden Fingern tippte sie seine Nummer in ihr Handy.

Mist. Es ging nur seine Mailbox ran. Ohne zu zögern, sprach sie darauf: „Hi Payden. Hier ist Violet. Ich habe von den Neuigkeiten gehört. Aber da gibt es noch etwas, über das ich gerne kurz mit dir reden möchte. Vielleicht kannst du zurückrufen, wenn du die Zeit findest? Liebe Grüße."

Erschrocken blickte sie auf, als plötzlich Angela die Tür öffnete und ihren Kopf ins Zimmer steckte: „Alles okay bei dir?"

„Ja, wieso?", fragte Violet irritiert.

„Du hast auf einmal so aufgebracht geklungen", bemerkte Angela.

Hatte sie etwa gelauscht?, fragte sich Violet.

„Nein, alles in Ordnung, Tante. Ich habe nur mit Jack telefoniert."

Ihr Handy klingelte und sie zuckte unwillkürlich zusammen. Es war Payden. Neugierig reckte Angela den Kopf.

„Könntest du mich bitte allein lassen?", bat Violet. Ihre Tante verzog eingeschnappt das Gesicht und schloss geräuschvoll die Tür hinter sich. Violet war sicher, dass sie lauschen würde. Sie würde also leise reden müssen.

„Hallo, Violet. Ich habe gerade deine Nachricht gehört. Sorry, dass ich nicht gleich drangegangen bin, aber hier herrscht pures Chaos. Dieser Journalist hat gerade ein weiteres Detail bekannt gegeben. Na ja, jedenfalls, worüber wolltest du mit mir reden?", fragte Payden. Es war schön, seine warme Stimme zu hören.

„Hi! Welches Detail?", wollte Violet wissen.

„Dass Brian davon weiß. Also, von dir, meine ich."

Erschrocken fasste sich Violet an den Brustkorb und spürte unter der Handfläche den rasenden Schlag ihres Herzens.

„Wissen sie etwa meinen Namen?", fragte Violet.

„Nein! ... Du willst wirklich nicht, dass das bekannt wird, oder?"

Natürlich nicht, dachte Violet. „Das habe ich doch gesagt."

Hatte er ihr das also nicht ganz abgenommen? Sie war ein wenig enttäuscht, dass er ihr nicht geglaubt hatte.

„Tut mir leid. Diese ganze verlogene Medienbranche hat mich misstrauisch gemacht", gab Payden zu.

Das konnte Violet verstehen. „Entschuldigung angenommen. Glaubst du, Brian verrät etwas?"

„Nein, das denke ich nicht, Violet. Er hat keinen Kommentar zu der Sache abgegeben. Was gibt es bei dir Neues?“

Violet atmete tief durch. „Thelma hat sich gemeldet. Sie drängt mich, dass ich ihren Brief unterschreibe. Ich habe ihr gesagt, dass ich das Testament sehen will, aber ich glaube, sie spielt auf Zeit und hofft, dass ich meine Meinung noch ändere.“

Payden schwieg für einen Moment. „Das ist klar. So einfach wird sie wohl nicht aufgeben. Aber gut, dass du es ihr gesagt hast. Sehr gut! Was mich angeht, ich stelle mich bei Rose erst mal dumm. Das ist besser, so erfahre ich mehr.“

Sein Zuspruch machte ihr Mut. Nein, sie würde sich nicht von dieser gefühllosen Thelma Matthews unterbuttern lassen!

Paydens Stimme wurde leise, fast zärtlich. „Ich wünsche dir wirklich alles Gute, Violet. Ich kann es immer noch nicht glauben, dass ich Skys Tochter endlich kennengelernt habe. Und dass sie auch noch so toll ist! Ich meine, ich kenne dich noch nicht lange, vorher nur aus der Ferne, aber bei manchen Menschen spürt man gleich, dass sie etwas Besonderes sind. So war es bei Kevin auch.“

Seine Worte waren für Violet wie eine Umarmung und sie war froh, dass er nicht sehen konnte, wie sie errötete. Wow! Im ersten Moment war sie sprachlos. „Das kann ich nur zurückgeben“, sagte sie schließlich verlegen.

„Das ist nett“, erwiderte Payden.

Violet lächelte. „Es ist meine ehrliche Meinung.“

Im Hintergrund vernahm sie Stimmengemurmel.

„Hier ist echt die Hölle los", erklärte Payden schnell.
„Ich bin bei der Band. Die Jungs haben sich ja zurückgezogen, aber die Presse belagert sie trotzdem. Irgendwie haben die Paparazzi herausgefunden, in welchem Studio sie heute ihre Songs proben."

„Machst du mit bei der Bandprobe?", fragte Violet neugierig.

„Ja, sie wollten gern die alten Songs spielen, in Erinnerung an Kevin, und haben mich gebeten, zu singen. Und ich habe gemerkt, dass es mir auch guttut, genau wie den Jungs. Irgendwie ist Kevin dann bei uns. Ach übrigens, erinnere Jack doch noch mal daran, dass er mir seine Demo schicken wollte. Ich bin echt gespannt."

Es gefiel ihr, dass er noch daran dachte.

„Das werde ich machen ... Payden, aber was, wenn sie es doch herausfinden? Ich habe echt Schiss."

„Am besten immer ruhig bleiben. Du kannst mich jederzeit anrufen, wenn etwas ist, oder auch nur, wenn du jemanden zum Reden brauchst. Okay?"

Sie nickte. „Danke."

Nachdem sie das Gespräch beendet hatte, sah sie, dass Jack ihr eine Nachricht geschickt hatte. Endlich!

Hallo Vi! Ich habe die Neuigkeiten mitbekommen. Auf Arbeit war es Thema Nummer Eins bei den Leuten. Oh Mann! Ich habe gerade versucht dich anzurufen, aber es war besetzt. Ruf doch zurück oder noch besser, komm vorbei. Ich bin jetzt zu Hause.

Violet überlegte nicht lange und machte sich auf den Weg zu ihrem Freund. Jack wirkte müde und umarmte sie, sobald er die Tür seiner Wohnung aufgezogen hatte. Im Treppenhaus weinte ein Baby, sonst war es ruhig.

„Diese Medien sind echt die reinsten Aasgeier", flüsterte er und schlürfte Kaffee aus einer Tasse, deren Henkel abgebrochen war. „Es ist zwar schon Abend, aber willst du auch einen?"

„Tee ist mir lieber", sagte sie und folgte Jack in die Wohnung.

„Die Wellen schlagen höher und höher", erzählte er, während er ihr einen grünen Tee machte.

Violet spürte, dass ihr Herz stolperte. Seit sie erfahren hatte, wer ihr Vater war, fühlte sie sich oft wie in einem seltsamen Film, dessen Ausgang ungewiss war. Doch tief in sich vernahm sie eine Stimme, die ihr riet, weiterhin auf ihr Herz zu hören und diesem konsequent zu folgen. Irgendwie hatte sie das Gefühl, dass diese Stimme ihrer Mum gehörte. Sie ließ sich auf einen der zwei Stühle nieder, die neben einem kleinen Tischchen standen und verbarg das Gesicht in den Händen.

Jack ging zu ihr und legte ihr eine Hand auf den Rücken. „Trink erst einmal einen Schluck und komm runter. Oh Mann, ich kann verstehen, dass dich das alles ziemlich durcheinander bringt. Schon allein, dass Kevin Sky dein Vater ist, ist nach wie vor surreal."

Sie ließ die Hände von ihrem Gesicht sinken und sah zu ihm auf. Dann nahm sie den Tee entgegen und holte tief Luft. Nach wie vor aufgewühlt erzählte sie ihm von dem Telefonat mit Thelma und Payden. Jack hing an ihren Lippen und saugte jedes ihrer Worte auf.

Jack schüttelte den Kopf. „Diese Frau ist an Dreistigkeit wohl schwer zu überbieten. Eine Schlange, die genau weiß, wie man Gift verspritzt. Verdammt gut, dass Payden dir die Wahrheit gesagt hat!“

„Ja! Ich muss mich einfach beruhigen und bei meiner Entscheidung bleiben.“ Violet atmete langsam aus.

„Willst du nach Neuigkeiten im Netz schauen?“, fragte Jack.

Sie verneinte.

„Soll ich?“

Violet zuckte mit den Schultern. „Wie du magst.“

Daraufhin holte Jack seinen Laptop. „Ich bin gespannt, was sie sich als Nächstes einfallen lässt, damit du das Testament nicht zu Gesicht bekommst“, sagte er und verdrehte die Augen. Jack setzte sich und stellte den Laptop auf den Tisch.

Violet seufzte. „Eigentlich interessiert mich das Geld nicht, auch wenn mehr davon wirklich einiges leichter machen würde. Aber die Songs, die werde ich nicht aufgeben. Ich meine, sein Herzblut steckt da drin, ein großer Teil seiner Seele. Er hat sie auch für mich geschrieben. Sie würden wie eine Brücke zwischen uns sein. Verstehst du mich? Und als könnte ich etwas mit ihm zusammen machen.“

Jack lächelte. „Das verstehe ich gut und dafür liebe ich dich umso mehr.“ Er schickte ihr einen Kuss über den Tisch hinweg.

„Ich dich auch, Jack.“ Wieder einmal war sie heilfroh, ihn als Freund an der Seite zu haben. Er scrollte durch die Nachrichtenseiten, stutzte und atmete tief ein.

„Was ist?“, fragte Violet.

„Willst du das echt wissen?"

„Jetzt sag schon", drängte sie.

„Oh Mann, ein Journalist hat geschrieben, dass du dich bald von selbst melden wirst, weil du garantiert scharf auf den Rummel bist. Wenn du schlau und dreist genug seist, könntest du viel Geld scheffeln, behauptet er. Widerlich! Einige glauben ihm sogar noch."

„In dem Punkt hatte Thelma recht, die Reaktion der Presse ist wirklich schrecklich", erwiderte Violet. „Dabei will ich nur meine Ruhe. Am besten wäre es, wenn ich auf eine einsame Insel ziehen würde."

Jack machte große Augen. „He, und was ist mit mir?"

„Du kannst natürlich vorbeikommen, so oft du magst."

Jack lachte, hielt aber den Blick weiter auf seinen Laptop gerichtet und stöhnte kurz darauf erneut auf. „Oh Mann!"

„Ich hasse es, wenn du das sagst. Es bedeutet nie etwas Gutes! Was ist jetzt?"

„Thelma! Sie hat sich noch einmal über Social Media gemeldet. Ihr Post wird auf sämtlichen News-Seiten zitiert."

Mit angehaltenem Atem lugte Violet auf den Bildschirm des Laptops, den Jack ihr zeigte:

Liebe Fans von Sky,

im Namen der Familie möchte ich euch mitteilen, dass wir genauso erstaunt über die Neuigkeiten sind wie ihr. Wir wissen nichts von einer Tochter! Anscheinend wollte sich da jemand nur eine goldene Nase verdienen, was mich wirklich traurig macht. Auch Kevin wäre mit Sicherheit entsetzt! Wir bitten euch also, nehmt diesen Unsinn nicht ernst. Wir brauchen Ruhe, um über den schweren Verlust hinwegzukommen. Danke an alle, die das verstehen und respektieren.

In Liebe, eure Thelma Matthews

„Das war klar. Wahrscheinlich hat sie die ganze Familie auf ihre Seite gebracht, damit die das alles im Notfall bestätigen. Und Amy – sie scheint wirklich nichts von mir wissen zu wollen."

„Meinst du, diese Thelma kann auch Brian umstimmen? Denkst du, er wird sich kaufen lassen?", fragte Jack.

Violet wusste nicht, was sie denken sollte. Sie kannte Brian ja nicht einmal.

„Vielleicht solltest du einmal mit ihm reden", schlug Jack vor.

„Wie sollte ich ihn denn erreichen? Laut Presse soll er sich auf eine Art Ranch außerhalb Londons zurückgezogen haben."

„Das stimmt natürlich", sagte Jack nachdenklich. „Aber wir können ja mal im Netz recherchieren. Vielleicht könnte er dir helfen und dir mehr über deinen Vater erzählen."

Violet überlegte. Sie hatte zwar selbst schon daran gedacht, aber sie wollte sich nicht aufdrängen. Andererseits hatte Jack vielleicht wirklich recht. Schon tippte er wieder auf seinem Laptop herum.

„Er hat Instagram. Die Webseite und alles andere hat er gelöscht. Schreib ihn an."

„Ist das nicht zu unsicher?“ Violet kaute auf ihrer Lippe herum.

„Ich würde es wagen. Allerdings hast du keinen Instagram-Account, oder? Du müsstest dich also erst registrierten lassen.“

„Ich glaube nicht, dass er antworten würde“, sagte Violet. „Er wird bestimmt gerade von Nachrichten überschwemmt. Wahrscheinlich würde er es für einen Fake halten.“

„Dann schreib ihm was, das nur du wissen kannst“, war Jacks nächster Vorschlag.

„Ich habe eine bessere Idee. Ich frage Payden. Wenn der seine Adresse hat, könnte ich hinfahren.“

Jack nickte. „Ja, da ist was dran.

„Hast du Payden das Demo schon geschickt? Er hat noch mal danach gefragt.“

„Du meinst, er hat es nicht nur so dahin gesagt?“

„Neeeeein!“

„Okay! Also gut. Ich werde es gleich losschicken.“ Jack strahlte über das ganze Gesicht. Um Payden nicht zu stören, schickte Violet ihm lieber eine SMS. Die Antwort ließ nicht lange auf sich warten.

Ja klar, die Adresse habe ich, ich muss sie aber erst raussuchen. Ich rufe dich nachher noch mal an und wir reden darüber. Okay? Grüße P.

Da brauchte Violet nicht lange zu überlegen und sagte zu. Sie konnte es kaum erwarten, wieder mit ihm zu sprechen. Jack lenkte sie ab, indem er ihr einen neuen Song vorspielte, den er kürzlich geschrieben hatte. Er schaffte es wie jedes Mal, sie mit seiner Stimme und seinen Beats in den Bann zu ziehen. Die Melodie erfüllte den Raum und schien die Mauern einzureißen, die sie beide um sich errichtet hatten. Violet dachte an Sky. Wie hatte er seine Songs geschrieben? Wo? Hatte er einen Lieblingsplatz gehabt, an den er sich zurückgezogen hatte? Tausend Fragen in einem Universum voller Sehnsucht. Wieder wurde ihr Herz schwer und sie wünschte, sie könnte die Zeit zurückdrehen.

Angela und Marcus waren auf Arbeit, als Violet nach Hause kam. Auch sie selbst musste bald wieder los. Wenigstens würde Noelle auch dieses Mal die Schicht mit ihr teilen. Gerade als sie nervös wurde und befürchtete, Payden könnte sie verpassen, klingelte das Handy.

„Danke für den Rückruf", sagte Violet erleichtert. In seiner Stimme lag etwas Beruhigendes.

„Gerne. Hey, ich finde, es ist eine super Idee, dass du mit Brian reden willst. Wenn du magst, kann ich dich begleiten. Sky hat ihn mir damals vorgestellt und wir haben uns immer gut verstanden."

„Wow, danke für das Angebot. Hast du denn noch Kontakt zu ihm?", fragte Violet neugierig.

„Nein, leider nicht. Als die beiden sich getrennt haben, hat er zu uns allen den Kontakt abgebrochen. Ich habe keine Ahnung, was damals vorgefallen ist. Den Hof besitzt er noch nicht allzu lange und wollte ihn eigentlich geheim halten. Aber du kennst ja die Presse. Sie haben es sofort herausgefunden und behauptet, Kevin hätte ihm das Anwesen finanziert, doch das ist nicht wahr. Brian arbeitet als Programmierer von Videogames und verdient damit sehr gut. Außerdem ist er kein Blutsauger."

Nach dem, was Violet in den letzten Stunden von der Presse mitbekommen hatte, glaubte sie ihm aufs Wort. „Es würde mir wirklich viel bedeuten, wenn du mitkommen würdest“, sagte sie leise.

Nach einer kurzen Pause antwortete Payden: „Am Wochenende hätte ich Zeit. Wir können also gerne morgen hinfahren. Rose trifft sich mit Freundinnen zum Shoppen und das nächste Treffen mit der Band ist erst ein paar Tage danach. Kevins Tod hat in uns allen tiefe Wunden gerissen...“

Violet schlug die Augen nieder, als er nicht weitersprach. „Ja, das verstehe ich! Payden?“

„Ja?“

„Weißt du vielleicht auch, wie es Amy geht?“

„Sie lebt in Spanien. Ich habe sie erst zweimal getroffen, beide Male nur kurz. Rose hat nur erwähnt, dass sie nichts von dir gewusst hat und sich das alles nicht erklären kann. Anscheinend bereut sie, dass sie sich nie mehr mit ihrem Bruder ausgesprochen hat. Keine Ahnung, wie sie die ganze Sache nun sieht. Sie war nicht mal auf der Beerdigung. Angeblich hatte sie eine Grippe.“

Er seufzte, dann fügte er hinzu: „Das Leben ist schon seltsam. Ich weiß nicht, wie oft ich mich schon bei dem Gedanken ertappt habe, dass Kev gleich wieder um die Ecke biegt.“

Violet schluckte schwer. Obwohl sie Payden erst so kurz kannte, vertraute sie ihm und hatte das Gefühl, mit ihm über alles reden zu können. „Ich habe von ihm geträumt“, gestand sie. „In meinem Traum sagte er, ich soll singen. Er war mir ganz nah. Es war so real.

Und jetzt vermisse ich ihn, als hätte ich ihn wirklich gekannt." Sie hatte einen Kloß im Hals.

„Das glaube ich dir, Violet. Manche Leute denken, dass Verstorbene einen im Traum besuchen können. Ich glaube das auch. Ich habe auch schon von Kevin geträumt. Gesagt hat er nichts, aber mir zugelächelt." Er holte Luft. „Wann soll ich dich abholen?"

„Ja, ich glaube auch daran ... Ich denke, es wäre am besten, wenn du um ein Uhr nachmittags kommst. Ich muss vorher noch manches für meine Tante und meinen Onkel erledigen. Morgen habe ich sowieso frei." Auch das war wie ein gutes Omen für Violet.

„Gut! Ich werde da sein", versprach Payden.

Violet war mehr als dankbar. „Du hast echt was gut bei mir, Payden."

„Nein! Es ist mir sogar eine Ehre. Obwohl ..." Er machte eine vielsagende Pause. „Ich wüsste da doch etwas."

So, wie er es sagte, verhieß es nichts Gutes. „Und was?"

„Du singst für mich."

„Nein, das kann ich nicht, unmöglich", protestierte Violet sofort und ihre Haut begann bei dem Gedanken daran vor Aufregung zu prickeln. Oder war es, weil sie ihn schon bald wiedersehen würde? Beides, wurde ihr klar.

Payden lachte. „Du wirst es überleben. Und mich mit Sicherheit mit deiner Stimme umhauen. Vergiss nicht, ich habe dich schon mal gehört, wenn auch von weitem und viel zu leise."

„Schmeichler!“, sagte Violet verlegen und konnte nicht verhindern, dass sich ein Lächeln auf ihrem Gesicht ausbreitete.

„Bis bald also.“

„Ja, bis bald.“

Nach dem Telefonat mit Payden fühlte sie sich ein bisschen besser. Dennoch blieb ein Gedankenkarussell aus Zweifeln, Sorgen und Fragen, das sie nicht losließ.

Abgründe

Angela deutete in Richtung der Fenster im Wohnzimmer. „Die müssen auch wieder einmal geputzt werden. Und zwar heute!", sagte sie und stemmte stirnrunzelnd die Hände in die Hüften.

„Die Fenster sind geputzt. Daran hat mich Onkel Marcus schon heute früh erinnert. Sieht man das nicht?"

Angela sah überrascht aus. Natürlich überprüfte sie es sofort, schob die Vorhänge zurück und nickte nur. „Okay! Ganz passabel", sagte sie abfällig.

Dann musterte sie ihre Nichte kritisch. „Wo willst du denn mit den Stiefeln hin?"

Violet sah auf ihre derben, bequemen Schuhe. Sie hatte nicht gedacht, dass ihr diese noch passen würden. Früher waren ihre Mutter und sie oft ins Grüne gefahren und hatten die Natur erkundet. Die Stiefel erinnerten sie an diese glücklichen Zeiten.

„Ins Grüne! Frische Luft schnappen, einmal durchatmen. Ich hab heute frei."

„Du gehst in einen Park?“, fragte Angela erstaunt.

„Nein! Außerhalb Londons.“ Kaum hatte sie es ausgesprochen, biss sie sich auf die Zunge. Warum hatte sie nicht einfach zugestimmt? War ja klar, dass Angela nun weiter bohrte.

„Fährst du etwa mit einem Taxi? Was das wieder kostet!“

„Ich brauche keins“, beruhigte Violet ihre Tante.

Die fragte weiter. „Ah, dann nimmst du den Bus? Das dauert doch ewig!“

Nicht zum ersten Mal ärgerte Violet sich über die übergriffige Neugier ihrer Tante. „Ein guter Freund holt mich ab“, sagte sie betont geduldig.

„Dieser Jack?“

„Jack muss arbeiten. Ein anderer guter Freund.“

An Angelas Gesicht erkannte Violet, dass diese nicht viel von ihren Bekanntschaften hielt. Sie wollte gerade zu einer neuen Frage ansetzen, da klingelte es bereits.

„Das wird er sein.“ Eilig lief sie ins Treppenhaus und rief: „Bis später.“

Ihre Tante antwortete nicht. Violet war sich sicher, dass sie neugierig aus einem der nun blitzblanken Fenster zu ihr nach unten blickte.

Payden hatte sein weißes Cabrio am Rand des Gehsteiges geparkt. Er lächelte, als er sie kommen sah, und zog seine Sonnenbrille von der Nase. Ihre Blicke trafen sich. Sie spürte, dass sein Lächeln echt war und fühlte sich gleich wohler. Payden lief um den Wagen herum, öffnete die Beifahrertür für Violet und begrüßte sie anschließend mit einem Kuss auf die Wange.

„Oh wow! Dankeschön“, sagte Violet und ließ sich auf den weichen Ledersitz nieder. Den Brief ihres Vaters hatte sie in der kleinen Tasche verstaut, die sie bei sich trug.

„Sehr gern. Du siehst übrigens klasse aus", entgegnete Payden, schloss die Tür und stieg kurz darauf selbst ein.

„Ich wollte mich praktisch kleiden. Aber nett von dir. Du siehst ... auch ganz gut aus", sagte Violet schüchtern. Ehrlich gesagt gefiel er ihr mehr als gut in seinen schwarzen, engen Jeans und dem schneeweißen Hemd, dessen Ärmel er zurück gekrempelt hatte. Dazu trug er makellose, beigefarbene Cowboystiefel. Violet schämte sich fast für ihre derben, abgewetzten Schuhe. Er lächelte, als sein Blick diese streiften.

„Süß!", bemerkte er.

Violet lächelte zurück. Das Herz pochte ihr gegen die Rippen. Und auch wenn sie sich einredete, dass es nur wegen ihrem Vorhaben war, musste ein Teil von ihr sich eingestehen, dass auch Payden daran schuld war.

Als sie London hinter sich gelassen hatte, begann sie die Fahrt zu genießen. Jede kleine Stadt und jeder kleine Ort, den sie auf dem Weg zu Brian durchfuhren, hatte seinen eigenen Charme. Vor allem liebte Violet die alten Backsteinhäuser. Noch besser als die Ortschaften gefiel ihr jedoch die Stille der Natur. Wiesen, Wälder und glitzernde Seen.

„Die Ranch, wie Brian sein Domizil nennt, wird dir gefallen. Ich war selbst erst einmal dort, kann mich aber noch gut daran erinnern."

„Wie ist er so? Brian, meine ich."

„Ich habe ihn nur ein paar Mal getroffen, wenn er bei Kevin war. Brian war richtig vernarrt in deinen Dad. Das habe ich daran gemerkt, wie sie miteinander umgegangen sind. Ständig haben sie sich geneckt, miteinander gelacht und sich wie zufällig berührt. Kevins Freunde haben oft gesagt, dass die beiden ein ideales Paar sind, und ich fand das auch gleich."

Violet lächelte, als sie sich ihren Vater so gelöst und glücklich vorstellte. Dennoch war es immer noch surreal. Das alles!

„Brian wohnt praktisch auf einem Stückchen Niemandsland", erzählte Payden weiter und lenkte den Wagen in ein kleines Waldstück, durch das eine enge Straße führte. Nach etwa fünfhundert Metern verließen sie diese und bogen auf einen Schotterweg ab. Manche der Steinchen schlugen gegen das Bodenblech, weshalb Payden die Geschwindigkeit drosselte.

„Weiß er eigentlich, dass wir kommen?", fragte Violet.

„Nein! Ich habe seine aktuelle Telefonnummer nicht. Von der Band weiß sie auch keiner. Aber vielleicht kennt er meinen Wagen noch. Ich habe ihm damals nach der Trennung ein paar Sachen vorbeigebracht, die noch in Kevins Haus waren. Kevin hat nicht viel über das Thema gesprochen, sich viel zurückgezogen. Es sagte nur einmal, darüber zu reden würde ihm zu weh tun und dass er Zeit und Ruhe zum Nachdenken bräuchte. Thelma hat mich dann gebeten die Sachen zu holen. Brian hat nicht viel gesagt, die Sachen genommen und sich bedankt. Er wirkte traurig und abwesend."

Nach etwa dreihundert Metern lenkte Payden den Wagen aus dem Waldstück. Nach der Lichtung erstreckten sich weitere Waldgebiete, Wiesen- und Ackerland. Die Straße wurde nicht besser. Hinter einem Hügel kam schließlich Brians Ranch in Sicht. Das Anwesen war umgeben von schneeweißen Zäunen. Pferde grasten auf drei eigenen Koppeln. Ein gutes Stück vor dem Haupthaus versperrte ihnen eine Schranke aus Natursteinen die Weiterfahrt.

„Die war letztes Mal noch nicht da. Auch dieser Zaun da ist mir neu", sagte Payden, schien sich aber kein bisschen darüber zu wundern.

„Er will wohl die Pressemeute draußen halten", warf Violet ein und konnte ihn verstehen.

„Ein paar davon werden davor allerdings nicht zurückschrecken, fürchte ich", entgegnete Payden.

Da hatte er wohl leider verdammt recht, dachte Violet. Payden stieg aus, betätigte eine Art Klingelknopf an der Schranke und wartete einige Minuten, bevor er zurückkehrte.

„Da tut sich nichts", erklärte er und stieg wieder ein.

Violet sah, dass sich ein Mann auf einem weißen Schimmel näherte.

„Da kommt jemand, Payden."

Dieses Mal stiegen sie zusammen aus. Allerdings sah der Mann, der sich ihnen näherte, nicht aus wie die Fotos, die sie von Brian gesehen hatte. Zu seiner zerschlissenen Jeans trug er schwarze Stiefel und ein tannengrünes Baumwollhemd. Er hatte breite Schultern und muskulöse Arme.

„Wer seid ihr?" Misstrauisch blickte er ihnen entgegen.

Payden trat dicht an die Schranke heran und zeigte ihm seinen Ausweis. „Payden Rapsody. Wir möchten zu Brian." Er drehte sich um und zeigte auf Violet. „Das ist Violet McLovely. Brian kennt mich."

Der Mann beugte sich vor und schnappte sich den Ausweis.

„Ja, du kommst mir bekannt vor, Junge", murmelte er.

Abwechselnd blickte er auf den Ausweis und zu Payden, dann musterte er Violet und verzog einen Mundwinkel.

Auch sie reichte ihm ihren Ausweis.

„Ist Brian da?", wollte Payden wissen.

Der Mann spitzte die Lippen, dann sagte er: „Wartet hier! Die Ausweise nehme ich kurz mit."

Schon machte er sich auf den Rückweg zum Haus. Violet ließ den Blick über das Gelände schweifen.

„Es ist wunderschön hier. So friedlich", sagte sie.

Payden stimmte ihr zu. „Dein Dad mochte die Natur auch sehr. Er hat immer gesagt, sie sei Balsam für seine Seele."

„Ja! Ich müsste auch öfters raus aus London", stimmte Violet zu.

Payden wurde nachdenklich. „Rose kann mit Natur wenig anfangen. Sie hat Angst vor Mückenstichen und Allergien. Das hat sie von ihrer Mutter."

„Versteht ihr euch wieder besser?", fragte Violet vorsichtig.

Nach kurzem Zögern antwortete Payden: „Wir haben in letzter Zeit, wenn wir zusammen waren, hauptsächlich viel geübt, was den Ausbau ihrer Stimme betrifft, zusammen mit einem bekannten Vocal Coach. Ihr Kopf ist nach wie vor voll von großen Träumen und Karriereplänen. Aber sie hat auch gesagt, dass sie bald für fünf Tage mit mir nach Paris reisen möchte. Wer weiß, vielleicht kann die Stadt der

Liebe etwas ausrichten. Von dir hat sie jedenfalls nicht mehr gesprochen.“

Violet merkte, dass seine Stimme betrübt klang. Aber auch wenn ihn das Thema bedrückte, hatte er offensichtlich immer noch Hoffnung, dass Rose sich ändern würde. Violet konnte ihn verstehen. Ohne nachzudenken, legte sie eine Hand auf seine Schulter und lächelte ihm zu. Sichtlich dankbar erwiderte Payden ihren Blick.

Der Cowboy kehrte schließlich zurück, gab ihnen die Ausweise, und öffnete die Schranke.

„Brian erwartet euch“, sagte er knapp.

Schweigend folgten sie ihm zu dem großen Backsteinhaus, das von einer großen Natursteinterrasse umgeben war. Eine kleine Treppe führte direkt auf das große Plateau.

„Wartet hier!“, bat sie Brians Mitarbeiter und verschwand durch die halbbogenförmige Terrassentür. Violet spürte ein aufgeregtes Flattern in der Magengegend.

Brian war zehn Jahre jünger als Sky, doch als er aus dem Haus trat, wirkte er älter. Tiefe Falten hatten sich um seine Augen gegraben. Er streifte Payden mit seinem Blick, richtete dann aber seine ganze Aufmerksamkeit auf Violet. Langsam kam er ihnen entgegen. Verlegen streckte ihm Violet eine Hand entgegen, die er zaghaft schüttelte. Brian erschien ihr größer als auf den Fotos, die sie von ihm kannte und schmäler, aber dennoch muskulös. Sein schwarzes Haar trug er kurz geschoren. Die braunen Augen wirkten matt und seine Körperhaltung war leicht gebeugt. Er schüttelte auch Paydens Hand, richtete seine Aufmerksamkeit aber sofort wieder auf Violet.

„Dann bist du … Kevins Tochter? Violet Blue … McLovely, eigentlich Sky. Oder eben beides!", sagte er mit belegter Stimme.

Violet nickte und schluckte, um ihre trockene Kehle zu befeuchten. Dann antwortete sie: „Ja! Und ich kann es noch immer nicht fassen."

Brians Blicke ruhten noch ein paar Sekunden auf ihr. „Das glaube ich dir aufs Wort. Er hat oft von dir gesprochen", entgegnete er dann und senkte den Blick. Danach bat er sie beide in sein Haus.

Der ovale Eingangsbereich war mit hellen Teppichen und dunklem Parkett ausgelegt. In einer Ecke stand ein alter Flügel und an den Wänden hingen gerahmte Fotografien. Eine stählerne Treppe führte in den zweiten Stock und mündete dort in einer Art Galerie. Brian öffnete eine zweiflüglige Schiebetür und ging hindurch. Hinter der Tür verbarg sich ein großer Raum mit einer riesigen U-förmigen Ledercouch, grünen Teppichen, Pflanzen und Schränken. Auch hier hingen Fotos an den Wänden. Auf einem erkannte Violet ihren Vater. Ihr Blick blieb daran hängen. Brian bemerkte es und sagte: „Das waren noch glückliche Zeiten."

„Ich hätte ihn gerne kennengelernt", flüsterte Violet. Brian stellte sich neben sie. „Er dich auch", sagte er und sie glaubte ein Lächeln in seinen Mundwinkeln zu entdecken.

Seine Stimme klang, als kämpfte er mit den Tränen. Er sah Violet direkt an. Nach ein paar Sekunden sagte er: „Du hast tatsächlich seine Augen. Und diese Gesichtszüge ... als würde er mich daraus ansehen. Meine Güte. Das ist fast gespenstisch und auch ... wundervoll."

„Das dachte ich auch, als ich ihr zum ersten Mal gegenüberstand", gestand Payden.

Brian atmete tief durch. „Also, was führt dich hierher, Violet? Die neuesten Meldungen der Klatschmäuler?"

„Violet möchte nur einen Rat", warf Payden ein.

Brian schnaubte verächtlich. „Die Presse ist unberechenbar. Der einzige Rat, den ich dir geben kann, ist sie zu ignorieren, so gut es eben geht. Aber der Rummel könnte dir einiges einbringen an Berühmtheit. Immerhin bist du Skys Tochter."

„Darauf möchte ich lieber verzichten. Eigentlich geht es vor allem um das Testament meines Vaters", erwiderte Violet prompt.

Ihre Antwort schien Brian zu beeindrucken. „Jemand, der nicht durch Sky ins Rampenlicht möchte. Sieh an."

Payden runzelte die Stirn.

„Damit meinte ich nicht dich, Payden", beschwichtigte Brian ihn.

„Danke, Brian."

Brian nickte. Danach wandte er sich wieder Violet zu.

„Was mich interessiert: Will die Familie dich nur schützen, da Kevins Cousine gegenüber der Presse geäußert hat, sie wüssten nichts von dir? Oder hat es einen anderen Grund?"

„Vielleicht beides. Teilweise!", antwortete sie zögernd. Brian schürzte die Lippen, dann sagte er: „Dass

Amy sich nicht einschaltet, kann ich verstehen. Die Kluft zwischen ihr und Kev war zu tief. Deshalb wollte er sie im Falle seines Todes auch nicht als Treuhänderin einsetzen. Aber er hat immer darauf gehofft, dass sie sich eines Tages versöhnen würden. Naja, und dann hat man bei seiner Mutter eine beginnende Demenz festgestellt. Also hat er sein Testament geändert und Thelma als seine Treuhänderin eingesetzt, die ihn umschwirrte wie eine Biene den Honigstock. Das hat mich gleich stutzig gemacht. Er war immer sicher, dass seine Mutter ihn überleben wird. Ich sagte ihm damals, als er das gesagt hat, dass es gut sein kann, wenn er mit den Drogen nicht aufhört."

Er zeigte auf die Ledercouch und bat Violet und Payden Platz zu nehmen. Brian setzte sich ihnen gegenüber in einen Sessel und atmete einmal tief durch.

„Wie kann ich dir helfen?", fragte er Violet zugewandt. Die stellte ihm zuerst eine Frage: „Sie haben damals das Testament unterzeichnet, oder?"

„Ja, ich habe damals mit unterschrieben und Kevin gebeten, mich darin nicht zu berücksichtigen. Ich wollte kein Geld von ihm", erwiderte er.

„Mein Vater hatte also großes Vertrauen in Sie. Ich meine, klar, Sie waren sein Partner.. Also ..." Sie unterbrach sich und fragte sich, wie sie ihre Gedanken so formulieren sollte, dass sie Brian weder verletzte noch zu aufdringlich erschien. Sie wollte ihm unbedingt zeigen, dass sie es ehrlich meinte. „Also, jedenfalls, Thelma Matthews möchte mir das Testament nicht zeigen. Payden und ich vermuten, dass es wegen der unveröffentlichten Songs ist."

Er zog die Brauen nach oben. „Sie will es dir wirklich nicht zeigen? Und den Brief? Hast du den gelesen?"

„Ja!", hauchte Violet und kämpfte gegen den wachsenden Kloß in ihrer Kehle an.

„Bestimmt ist es wegen Rose. Thelma hat wohl Angst, du könntest ihrer Tochter den Platz streitig machen. Dabei hat Rose wirklich nur eine mittelmäßige Stimme, das hat Kevin oft gesagt und selbst ich als Laie konnte es hören. Vor allem fehlt es ihr an Gefühl. Du dagegen ..." Er sah ihr lächelnd in die Augen. „Kevin hat mir erzählt, dass du wundervoll singst. Meine Güte, er hat so oft von dir geschwärmt. Ich konnte seinen Wunsch nach Familie absolut verstehen. Nur ..."

Er machte eine kurze Pause und holte Luft, bevor er weitersprach „Was mir weh getan hat war, dass er zeitgleich oft von Matteo gesprochen hat. Im Grunde ist kein Tag vergangen, an dem er das nicht getan hat. Matteo war die absolut, perfekte, große Liebe für Kev. Ich weiß, dass er mich geliebt hat. Aber ..."

Erneut hielt er inne.

„Aber?", fragte Violet.

Brian druckste herum und schien nicht mit der Sprache herausrücken zu wollen. Payden sah ihn nachdenklich an. „Hast du dich deshalb von Kevin getrennt? Weil du glaubtest, dass er immer noch in Matteo verliebt ist?", fragte er ihn dann vorsichtig.

„Nein, das war es nicht. Eigentlich war es wegen Melody. Kevin hat sie noch einmal kontaktiert, als er von ihrer Krankheit erfahren hat. Da war ihre Krankheit im Anfangsstadium. Sie hat ihm deutlich gemacht, dass sich ihre Entscheidung von damals nicht geändert hat und sich wohl nie ändern wird. Denn kurz zuvor war bekannt geworden, Kevin hätte eine mächtige Privatparty gegeben, die ein wenig aus dem Ruder gelaufen sei. Die Polizei musste anrücken, weil sich Nachbarn beschwerten. Aber es waren keine Drogen im Spiel. Das weiß ich sicher, auch wenn die Presse es anders dargestellt hat. Melodys Absage hat ihn jedenfalls in ein tiefes Loch gezogen. Plötzlich fing er wieder an diesen Dreck zu nehmen. Er meinte, sie hätte absolut recht und es sei nun sowieso schon alles egal. Er schämte sich und wollte dir nichts davon sagen."

Payden verzog einen Mundwinkel und atmete schwer durch.

„Das mit der Party stimmt. Ich war ja auch dort. Armer Kev", sagte er dann.

„Es war nicht Melodys Schuld", sagte Brian leise. „Ich weiß, dass sie ihre Tochter nur schützen wollte und die Entscheidung in ihrem Interesse getroffen hat. Wer kann ihr das verübeln? Keiner. Auch Kev hat das nicht getan und er hätte diesbezüglich nie etwas über ihren Kopf hinweg entschieden. Aber verdammt, ich war so enttäuscht, dass er wieder den falschen Trost der Drogen gesucht hat."

„Er wollte alles richtig machen. Das weiß ich!", sagte Payden verteidigend. „Er hat so oft davon gesprochen, dass er für seine Tochter ein besserer Mensch werden will. Er hat gekämpft. Ich bin sicher, dieses Mal wäre er wirklich davon losgekommen."

Violet kam es so vor, als hätten die beiden vergessen, dass sie im Raum war. Gespannt hörte sie zu.

„Ja, ich weiß. Aber als ich mitbekam, dass er sich abermals von ihnen hat einfangen lassen, da musste ich einfach einen endgültigen Schlussstrich ziehen. Er hat Matteo damals wegen seiner Drogensucht verloren und dann auch mich, und ich hatte gehofft, es würde ihn endlich richtig wachrütteln. Ich hab keinen anderen Weg mehr gesehen. Für ihn, für mich, für uns.“

„Und, hat es funktioniert“, murmelte Violet und wollte es nicht wie eine Frage klingen lassen.

„Ja, erstaunlicherweise! Er hat mich fast jeden Tag angerufen, mich angebettelt zurückzukommen. Ich blieb hart, auch wenn es mir verdammt schwergefallen ist. Mehr als das. Er hat einen Entzug gemacht. Dann ist Melody gestorben und er hat mir ihren letzten Brief via Mail geschickt. Und obwohl ihr Tod ihn sehr mitgenommen hat, ist er dieses Mal stark geblieben und hat die Drogen auch dann nicht mehr angerührt! Da wusste ich, dass er sich wirklich ändern will und wird. Dass er endgültig aufgewacht ist. Als er völlig clean war, sich ganz sicher war, es zu schaffen, hat er für dich Violet diesen Brief geschrieben. Er hatte zwar Angst, du würdest nichts von ihm wissen wollen, aber er wollte alles geradebiegen. Zu dem Zeitpunkt war er schon auf Tour in Amerika, die früher startete, als er gedacht hatte. Angelina hatte da etwas durcheinandergebracht. Kev, sie und die Band brachen überstürzt auf. Er wollte mit einer Cessna nach Detroit fliegen. Früher träumte er davon, selbst den Flugschein zu machen und mit dir über den Wolken zu fliegen. Das wollte er auch nachholen.“

Brian lächelte kurz.

„Bezüglich seiner Angst habe ich ihm gesagt, dass deine Mutter dir ja auch vielleicht gar nichts mehr erzählen konnte oder aber du nun auf seinen ersten Schritt warten würdest. Und ich gebe zu, ich wollte ihn noch zappeln lassen wegen einer Versöhnung zwischen uns. Er hat weiter versprochen sich zu ändern, dieses Mal für immer. Für mich und für dich, Violet. Ich habe ihm gesagt, dass wir persönlich reden würden, wenn er von der Tour zurückkäme. Gott, ich war so glücklich. Ich hatte das Gefühl, dass nun alles gut werden würde.“

„Aber er kam nie zurück“, sagte Payden mit belegter Stimme.

Brian schien wie Payden mit den Tränen zu kämpfen. „Ja, es war, als würde ich in die Hölle stürzen. Ich muss immer wieder daran denken, wie glücklich er geklungen hat, als er mir von dem Brief von Melody erzählt hat. Darin hat sie geschrieben, dass sie Violet einweihen würde, dass sie noch mal über alles nachgedacht habe und zu dem Schluss gekommen sei, es wäre an der Zeit.“

Vor Erstaunen öffnete sich Violets Mund. „Ja, ich hatte das Gefühl, sie wollte es mir sagen. Doch dann ...“ Sie senkte den Blick.

„Moment“, entgegnete Brian und holte seinen Laptop. „Kevin hat mir eine Kopie des Briefes deiner Mum geschickt. Zusammen mit einer Mail, in der steht, dass er auf einen Neuanfang mit mir und mit dir hofft und für immer die Finger von dem Dreckszeug lassen möchte. Lies selbst.“

Brian klickte ein Dokument in seinem Mailordner an und reichte ihr den Laptop. Während Violet zu lesen begann, biss sie sich auf die Innenseite der rechten Wange, um die erneut aufsteigenden Tränen zu

unterdrücken, was ihr allerdings nur halbwegs gelang.

Hallo Kevin,

ich habe nach Deiner letzten Kontaktaufnahme
noch einmal über alles nachgedacht was meinen
Engel betrifft. Unseren Engel! Du hast versprochen Dich für sie zu ändern, wenn ich Dir zusa-
ge, sie zu treffen. Ich habe das Gefühl, ich muss
Dir diesen Brief noch heute schreiben. Es ist
mitten in der Nacht. Mein Zustand hat sich ra-
pide verschlechtert und die Gedanken und Sorgen um Violet lassen mich nicht los. Wenn Du
wirklich versprechen kannst, endlich clean zu
werden und zu bleiben, dann bitte, kümmere
Dich um sie, sofern sie es möchte. Ich habe zwar
auch meine Schwester Angela und ihren Mann
darum gebeten. Nur glaube ich, nun, wo ich tod-
krank bin und mir nicht mehr viel Zeit bleibt,
dass Violet ihren Vater mehr braucht als meine
Verwandten. Sie halten außerdem nicht viel von
mir und auch nicht von Violet, wie sie mir kürzlich noch einmal zu verstehen gegeben haben.
Leider!
Deine Songs der letzten Jahre haben mich sehr
berührt, auch wenn wir uns nicht gerade ein-
vernehmlich getrennt haben. Aber Du bist immer noch ein Teil meines Herzens. Ich möchte
mit Dir Frieden schließen, Kevin. Schreib Violet
vielleicht erst einmal einen Brief und warte ab,
wie sie darauf reagiert. Das ist sicher besser, als
mit der Tür ins Haus zu fallen. Ich werde gleich
morgen persönlich mit ihr über alles reden. Ich
habe es zu lang hinausgeschoben. Nun aber ist
die Stimme in mir klar und deutlich. Ich wünsche Dir von Herzen alles Gute, Kevin. Pass auf

unseren Engel auf! Sie ist eine ganz besondere junge Frau. Keiner hat das Recht ihr wehzutun!!! Es tut mir so unendlich leid, dass ich sie schon alleine lassen muss, aber auch das wird seinen Sinn haben. Man darf nie den Glauben verlieren, davon bin ich überzeugt. Auch davon, dass ich sie eines Tages wiedersehen darf, wenn ich gegangen bin. Und dass auch wir uns wiedersehen, Kevin.

Alles Liebe, Deine Mel

Violet besah sich das Datum, stellte den Laptop auf den Tisch, stand auf und ging zu einem der Fenster hinüber. Jeder Schritt fühlte sich für sie an, als würde sie auf Wolken gehen. Nun waren die Tränen nicht mehr aufzuhalten, haltlos rollten sie ihr über die Wangen. Sie erinnerte sich an Kevins Brief, in dem er geschrieben hatte, ihre Mutter wollte am Ende wohl noch Frieden mit ihm schließen. Offensichtlich hatte er das auf diese Zeilen bezogen. Und sie erinnerte sich, dass ihre Mutter ein paar Stunden vor ihrem Tod den Arzt, der noch einmal bei ihr war, gebeten hatte, einen Brief für sie aufzugeben.

„Es tut mir leid", hörte sie Brian. Nach einer kurzen Pause fügte er hinzu: „Kevin wäre ganz sicher ein guter Vater gewesen. Verzeih ihm. Ich weiß, das ist viel verlangt ... aber er hat dich geliebt. Das drücken auch die Songs aus, die er im Testament und in seinem Brief angesprochen hat. Ich finde, bei dir wären sie in den richtigen Händen. Also, lass dich nicht beirren. Weder von Thelma noch von sonst jemanden."

„Meine Rede!", pflichtete Payden ihm bei.

„Wenn du magst zeige ich dir ein paar private Fotos, die ich von Kevin habe", schlug Brian vor.

Violet wischte sich die Tränen aus den Augen und wandte sich um. Payden kam ihr entgegen und legte einen Arm um sie. Zusammen folgten sie Brian in einen modernen Pavillon, der an die hintere Veranda anschloss.

„Ich bin gleich zurück. Macht es euch bequem", sagte Brian und verschwand wieder ins Haus.

Violet und Payden setzten sich und ließen die Blicke über die Koppeln wandern, auf der Pferde grasten. Vier junge Männer arbeiteten vor den Ställen, die sich dahinter erstreckten. Dazwischen lag eine Allee aus Bäumen und Blumenbeeten.

„Es ist wirklich paradiesisch hier", sagte Payden.

Violet dachte an die muffige Stadtwohnung ihrer Tante und ihres Onkels und stimmte ihm zu.

„Ich bin wirklich froh, dass wir hierhergekommen sind", sagte sie und schenkte Payden ein dankbares Lächeln.

„Ich auch", antwortete er und richtete den Blick in die Ferne. In seinen Augen lag ein sehnsüchtiger Schimmer, den sie nur allzu gut verstehen konnte. Auch sie sehnte sich nach einem Ort, einer Oase, an dem sie das Gefühl verspürte, dass alles richtig war, so wie es war, an dem sie sich wirklich daheim fühlen konnte.

Im Schatten

Brian kehrte mit einer schwarzen Schachtel zurück. Auf dem Deckel waren ein großes K und B in silbernen Lettern angebracht. Payden rutschte etwas zur Seite, sodass Brian zwischen ihnen beiden Platz nehmen konnte. Man sah ihm an, dass es ihn tief berührte, in den alten Erinnerungen zu kramen, als er die Schachtel öffnete und einen Stapel Fotos herausnahm. Danach stellte er die Schachtel vor sich auf den Boden und hielt die Fotos so, dass Payden und Violet sie gut sehen konnten. Das erste zeigte ihn und Kevin im London Eye. Die Köpfe aneinander gelehnt lächelten sie in die Kamera.

„Wir hatten uns damals eine eigene Kabine gemietet und uns mit Capes, Sonnenbrillen und falschen Schnurrbärten verkleidet, damit uns niemand erkannte. Na ja, bei mir war das weniger schwer als bei ihm. Auf der Fahrt ist dieses Selfie von uns entstanden. Meistens war Kevin ja mit der Band unterwegs, gab Interviews, nahm Songs auf und so weiter. Solche

Momente waren sehr kostbar für uns. Am liebsten blieben wir, wenn er frei hatte, daheim, ließen uns eine Pizza kommen oder kochten selbst, sahen uns einen Film an und redeten über Gott und die Welt. Auch über dich, Violet."

Er strich mit den Fingern über das Foto und seufzte. „Eigentlich habe ich ihn schon vermisst, als er noch da war. Ich hatte immer Angst um ihn. Und es kam leider immer wieder zu dem Punkt, an dem seine Depressionen ihn überrollten und er zu diesem Dreck griff, der ihn nach und nach vergiftete. Nicht nur seinen Körper, auch seine Seele. Ich frage mich dauernd, was ich anders hätte machen sollen. Vielleicht hätte ich ihn schon viel früher verlassen müssen, um ..."

„Geben Sie sich keine Schuld, Brian. Ich bin sicher, Sie haben alles getan was in Ihrer Macht gestanden hat", erwiderte Violet und legte eine Hand auf seine.

„Danke", sagte er und erneut stiegen ihm Tränen in die Augen, als er sie ansah. „Es ist wirklich verblüffend, wie ähnlich du ihm bist. Diese Aura, die Augen, dieses Besondere in deiner Stimme. Bitte, willst du nicht Du zu mir sagen, als wären wir Freunde? Ich hoffe, wir werden das."

„Ja, das fände ich wirklich schön", gab Violet zurück.

Sein Lächeln freute sie. Payden nickte erleichtert und zeigte auf das nächste Foto. „War das auf seiner Insel? Da wollte er mich auch einmal mit hinnehmen. Hope Island!"

„Ja, Hope Island!" Für einen Moment schweifte Brians Blick in die Ferne. Vor seinem inneren Auge schienen sich Erinnerungen abzuspielen, die ihn tief berührten.

Von Hope Island hatte auch Violet schon einmal gehört. „Ist das die Fidschi-Insel, die er vor ein paar Jahren gekauft hat und wo er auch einige Songs geschrieben hat?"

Brian nickte. „Es war ein magischer Ort für ihn, ein richtiger Rückzugsort. Wenn er dort war, wurde die Umgebung stets von Sicherheitspersonal abgeschottet. So gut, dass auch die Presse selten Einblick erhalten hat. Die Insel war unser Himmel auf Erden. Dort konnten wir uns ganz auf uns konzentrieren. Ich liebte die Ruhe, den Frieden, diese wundervolle Natur genauso wie Kev. Ehrlich gesagt – ich hätte kein Problem gehabt dort zu bleiben. Schade, dass er sie nach unserer Trennung verkauft hat."

„Vielleicht zu viele schmerzliche Erinnerungen", rutschte es Violet heraus. „Entschuldige", murmelte sie, doch Brian stimmte ihr zu.

Payden warf einen kurzen Blick auf sein Handy und scrollte durch die Nachrichtenseiten. „Sehr gut! Die Lage hat sich wenigstens ein bisschen beruhigt. Es gibt keine Neuigkeiten", vermeldete er.

„Gott sei Dank", flüsterte Violet.

„Das wird vor allem Thelma freuen", sagte Brian und es klang beinahe bedauernd. „Aber keine Sorge! Ich werde hinsichtlich dieser Sache wirklich meinen Mund halten", versprach er. Violet glaubte ihm.

Er holte ein neues Foto hervor, das Kevin und ihn zusammen auf der Bühne zeigte. Man konnte deutlich sehen, dass Brian sich unwohl fühlte, auch wenn er zusammen mit Kevin lachte und dem Publikum zuwinkte.

„Er hat mich damals auf die Bühne geholt, obwohl er wusste, dass ich es nicht mag. Andererseits fand ich es sehr bewegend. Kevins Musik hat mich immer in ihren Bann gezogen und die noch unveröffentlichten Songs, die er dir hinterlassen hat, sind etwas ganz Besonderes. Es sind viele kleine Botschaften darin enthalten, die dich betreffen.“

Violet biss sich wieder in die Wange. Sie brachte kein Wort über die Lippen und nickte nur. Dieses Mal war es Brian, der nach ihrer Hand griff.

„Er wird dir helfen. Von da oben. Er und deine Mum. Da bin ich mir ganz sicher. Egal, welchen Weg du nun einschlagen wirst“, flüsterte er.

„Ich auch!“, warf Payden leise ein.

Violet lächelte den beiden zu. Sie spürte, dass sie es ehrlich mit ihr meinten. Plötzlich kam der Mann, der sie am Gatter abgeholt hatte, zu ihnen. Seine düstere Miene verriet nichts Gutes.

„Was ist?“, fragte Brian sofort alarmiert.

„Da lungern fremde Typen in der Nähe des Hofs herum. Ich schätze mal, die sind von der Presse.“

Sofort stand Brian auf. „Geht besser ins Haus“, bat er Violet und Payden hastig. „Ich komme nach.“

Verwirrt tat Violet, was er sagte. Payden ging dicht hinter ihr.

„Glaubst du, diese Reporter haben irgendwas spitzgekriegt?“, flüsterte Violet, als würde man sie draußen hören können.

„Wer weiß“, gab Payden ebenso leise zurück.

Gemeinsam spähten sie aus einem der Wohnzimmerfenster, die Richtung Einfahrt zeigten. Dort sahen sie Brian, der sich einen grauen Cowboyhut aufgezogen hatte und neben seinem Angestellten schnellen Schrittes zur Absperrung ging, hinter der ein schwarzer Van stand. Die Fahrertür öffnete sich und ein großgewachsener Mann mit Sonnenbrille stieg aus, die Kamera gezückt.

„Mann, ist der dreist. Der fotografiert ungefragt drauf los. Aber warum wundert mich das überhaupt noch?", bemerkte Payden und schüttelte den Kopf.

Brian und sein Begleiter hoben die Hände und redeten auf den Reporter ein, woraufhin der Typ zwar zurückwich, seine Kamera aber dennoch weiter auf die beiden gerichtet hielt.

„Glaubst du die wissen, dass das dein Wagen ist?", fragte Violet und wies auf Paydens weißes Cabrio, das immer noch vor der Schranke geparkt war.

„Shit! An den habe ich gar nicht mehr gedacht. Wenn nicht, werden sie es herausfinden. Wer weiß, vielleicht haben sie uns auch schon vorhin verfolgt, ohne dass wir es bemerkt haben. Manche scheinen sich regelrecht unsichtbar machen zu können."

Violet musste sich setzen. „Dann ...", murmelte sie.

Payden ging vor ihr in die Hocke und legte eine Hand auf ihr rechtes Knie.

„Ich bin bei dir. Und Brian auch. Du bist nicht allein."

„Aber was ist mit Rose?", fragte sie verlegen.

Payden zuckte mit den Schultern. „Das ist nun das kleinste Problem. Da wird mir was einfallen, falls es so sein sollte. Darüber brauchst du dir nun absolut keine Sorgen zu machen", sagte er. Dann zwinkerte er ihr zu. Es war offensichtlich, dass er sie beruhigen wollte. Wenig später kehrte Brian zurück.

„Schlimmer als Zecken", schimpfte er und ließ sich schnaubend auf einem der Sessel nieder.

„Sind sie weg?", wollte Payden wissen.

„Ich hoffe es! Sicher bin ich mir allerdings nicht. Deinen Wagen haben sie natürlich auch genau inspiziert."

Payden setzte sich neben Violet und sah sie an. Das ungute Gefühl in ihr wuchs von Minute zu Minute.

„Wissen die, dass wir hier sind?", fragte sie Brian.

„Sie wollten nur wissen, ob ich mehr über Kevins Tochter weiß. Natürlich habe ich verneint und sie dann soweit höflich gebeten zu verschwinden. Am besten wird es sein, wenn Charles euch bei Einbruch der Nacht nach Hause bringen wird. Dein Cabrio lasse ich dir am nächsten Tag bringen. Charles ist ein Mitarbeiter. Der, der euch vorhin empfangen hat."

Payden und Violet waren einverstanden.

„Hast du Lust, bis dahin ein paar kleine Filme anzusehen, die ich und dein Dad gedreht haben? Es sind reine Privataufnahmen, keine Show, Kevin pur. Ich habe ein kleines Kino im Keller. Das wird dich auch ablenken."

Violet nickte dankbar, auch wenn sie Angst davor hatte, dass sie die Gefühle überrollen könnten, wenn sie ihren Vater auf Leinwand sehen würde. So, wie er wirklich war.

Auf dem Weg in Brians Privatkino warf Violet einen Blick auf ihr Handy. Thelma hatte dreimal angerufen und ihr eine Sprachnachricht hinterlassen, die sie mit pochenden Schläfen abhörte.

Stell dich am besten weiter tot, Violet! Diese Pressetypen verhalten sich wie Trüffelschweine. Die werden nicht so einfach aufgeben. Ich hoffe, dass ich bald eine annehmbare Entscheidung zwecks der anderen Sache von dir erhalte. Werd endlich vernünftig! Deine geschickte Antwort akzeptiere ich nicht!

„Was sagt sie?", wollte Payden wissen.

„Was wohl!", sagte Brian und verdrehte die Augen

Violet nickte bestätigend. „Ich soll endlich vernünftig werden", sagte sie und lächelte schief.

„Gib auf keinen Fall nach!", riet ihr Brian und Payden zeigte einen Daumen nach oben.

„Habe ich nicht vor", entgegnete Violet entschlossen. Sie war froh, dass sie Brian und Payden kennengelernt hatte und dass die beiden an ihrer Seite waren.

Auf der Leinwand rannte ein lachender Kevin in türkisen Badeshorts durch die sanfte Brandung. Er drehte sich um, und warf Brian, der ihn vom Strand aus filmte, eine Kusshand zu.

„Wink mal in die Kamera, Kev", hörte man Brian sagen. Für einen Moment tauchte seine eigene Hand im Bild auf. Kevin deutete einen weiteren Kuss an, zwinkerte und tauchte unter.

„Für die Nachwelt: Kevin hat seinen eigenen Kopf", lachte Brian, während er weiterfilmte.

Violet musste schmunzeln, auch wenn sich ein Kloß in ihren Hals schob und dort drückte. Sie saß zwischen Brian und Payden in dem verdunkelten Raum mit der riesigen Leinwand und ein paar versetzten Stuhlreihen. Der Filmapparat gab ein kaum hörbares surrendes Geräusch von sich. Rechts und links an den Wänden hingen kleine Strahler. Man fühlte sich tatsächlich wie in einem kleinen Kino. Violet blickte zu

Brian hinüber, der starr auf die Leinwand blickte. Seine Augen leuchteten in einer Mischung aus Freude und Trauer. Für sie bestand kein Zweifel daran, dass er ihren Vater wirklich geliebt hatte. Sie lächelte für sich und blickte wieder auf die Leinwand. Inzwischen war Kevin wieder aufgetaucht und vollführte einen albernen Tanz an dem menschenleeren Strandabschnitt. Violet hätte ihm ewig zusehen mögen, besonders wenn er lachte, wenngleich sich ihre Brust innerlich voller Sehnsucht zusammenschnürte.

„War das auf Fidschi?", fragte Violet.

Brian nickte und schluckte schwer.

„Hier würde es ihr gefallen", hörte sie Sky plötzlich wehmütig sagen. Violets Herz machte einen Satz. Brian hatte es bemerkt. „Ja, er hat dich gemeint."

Kevin kam auf Brian zu und begann direkt in die Kamera zu singen. „*My little faraway. I miss you, day by day. Daddy loves you in every way, my girl Violet Blue Sky.*"

Violet holte leise Luft. „Ich dich auch", flüsterte sie mit dünner Stimme und presste die Zähne aufeinander.

Payden nahm ihre Hand und drückte sie. Ihre Blicke trafen sich. Sie tauchte in seine Augen, ließ sich treiben und lehnte den Kopf an seine Schulter.

„Alles wird gut. Du hast es verdient", hörte sie ihn flüstern.

Schließlich endete der Film und Brian ließ den nächsten abspielen, in dem er und Kevin auf einem Motorboot auf den Wellen ritten.

„Ich weiß nicht, wie oft ich die Filme schon angesehen habe", sagte er bedrückt. „Es ist für mich die einzige Möglichkeit, ihm nahe zu sein. Ich kann ja nicht einmal in Ruhe zu seinem Grab gehen. Es wird ständig belagert. Ich weiß, dass dort nur sein Körper, seine Hülle, liegt, aber trotzdem ist es ein Ort, der mir wenigstens etwas inneren Frieden gibt", murmelte Brian und fuhr sich mit einer Hand über das Gesicht.

„Das verstehe ich, Brian", erwiderte Violet. Mit einer Hand berührte Brian kurz ihre Wange. Es war eine kleine Geste, die ihr viel bedeutete. Für einen Augenblick stellte sie sich vor, es wäre ihr Vater, der da neben ihr saß. Diese Momente waren kleine Anker, die sie dringend brauchte.

„Die Familie überlegt, eine Mauer um das Grab ziehen zu lassen", sagte Brian. „Nun ja, jedenfalls war das Viviennes Vorschlag. Thelma und Rose waren weniger begeistert. Ihrer Meinung nach haben die Fans ein Anrecht darauf, sich zu verabschieden", erzählte Payden.

Violet wusste aus den Medien, dass Kevins sterbliche Überreste am Rande eines Feldes in Michigan gefunden worden waren. Seinem Gesicht hatte der Absturz wie durch ein Wunder nichts anhaben können. Nun lag sein Körper auf dem Friedhof, bedeckt von frischer Erde, über der die Vögel sangen und die Blumen wuchsen.

„Es gibt leider genug verrückte Leute, die sich ein Teil des Grabes zueigen machen. Manche wollen ein Souvenir für zu Hause, manche wollen es verkaufen. Das letzte Mal als ich dort war, haben schon kleine Teile des Grabsteins und der Einfassung gefehlt. Inzwischen wurde das alles erneuert. Vivienne hat den Auftrag gegeben", erzählte Payden.

„Das ist wirklich traurig. Ich möchte ihn gerne besuchen", flüsterte Violet.

„Sobald sich alles beruhigt hat", sagte Payden. Sie nickte.

Der nächste Film startete mit einer Gesangseinlage.

„Das war in seinem Haus, auf der rückseitigen Veranda", erklärte Brian leise, rutschte dabei in den Sitz, stützte den Ellbogen auf der Lehne des Sessels ab und legte zwei Finger über die Lippen, als wolle er sein Schluchzen zurückhalten. Einzig Kevins Stimme hallte durch den Raum und erfüllte ihn mit Wärme und einer Spur Magie. Violet kam es vor, als wäre ihr Vater wirklich im Raum. Der Song handelte von einer Liebe, die allen Widrigkeiten trotzen konnte.

„Er ist unvergleichlich. Ich glaube nicht, dass ich je über ihn hinwegkommen werde", flüsterte Brian.

Violet legte eine Hand in seine, während sie Skys Stimme lauschten.

Ein weiterer Film zeigte Sky auf dem Rücksitz einer Limousine, die durch London fuhr.

„Das Viertel kenne ich. Da haben Mum und ich früher gewohnt", bemerkte Violet. Brian nickte.

„Ist sie das?", hörte sie Brians leise Stimme von der Leinwand. Sky flüsterte zurück: „Ja! Das ist sie. Meine Tochter." Brian hielt die Kamera aus dem halb offenen Fenster, die die junge Frau, die auf der anderen Seitenseite vorbeieilte, einfing.

„Sie geht wie du, wenn du auf der Hut bist", sagte Brian zu Kevin.

„Dabei sollte sie mit hoch erhobenem Kopf gehen, stolz wie ein Schwan. Sieh sie dir an. Und du müsstest erst ihre Stimme hören."

Der Stolz in Kevins Stimme war nicht zu überhören. Ihr Herz verkrampfte sich vor Freude, aber auch vor Trauer.

„Er war immer da. Auch wenn du ihn nicht gesehen hast", erzählte Brian neben ihr. „Und Payden hat dich sogar einmal gerettet. Kevin war ihm unglaublich dankbar, dass auch er hin und wieder ein Auge auf dich hatte."

„Was?" Überrascht blickte Violet zu Payden, der verlegen aussah. „Das sollte sie doch nie erfahren", flüsterte er.

„Zu spät. Aber im Ernst. Was ist dabei, wenn sie es weiß? Er hat dich sicher gebeten, während der US-Tour nach ihr zu sehen. Nicht wahr?", sagte Brian. Payden nickte.

Violet erinnerte sich genau an die Nacht, in der sie zwei fremde junge Männer plötzlich überfallen hatten, um an ihr Geld zu kommen. Wie aus dem Nichts waren sie aus einer Gasse aufgetaucht, genau wie ihr Retter, der die beiden in die Flucht geschlagen hatte. Das war also Payden gewesen?

„Du warst wahnsinnig mutig", sagte Violet völlig perplex.

Brian klopfte ihm auf die Schulter. „Allerdings! Er ist ein Held."

Verlegen winkte Payden ab. Er schien froh zu sein, dass Violet nicht sauer reagierte.

„Sie ist nicht Rose, Payden", bemerkte Brian leise.

Ertappt sah Payden zu ihm hinüber und nickte. „Stimmt! Ich weiß, dass man die beiden nicht vergleichen kann. Aber kannst du eigentlich meine Gedanken lesen? Du machst mir Angst, Brian."

Er lachte und Violet stimmte mit ein. Es rührte sie zu hören, dass ihr Vater und auch Payden für sie da gewesen waren. Außer ihrer Mutter und Jack, auch Noelle, hatte das noch nie jemand für sie getan. Brian legte weitere Filme ein, die ihn und Kevin bei verschiedenen Ausflügen zeigten, bei denen sie oft ausgelassen und fröhlich zusammen waren. Nur manchmal machte es den Anschein, als hätte Kevin ein paar Nächte nicht geschlafen. Seine Haut wirkte dann fast durchscheinend.

Kurz nach Einbruch der Dämmerung gaben Brians Mitarbeiter, die die Wege gründlich abgeritten und kontrolliert hatten, grünes Licht. Brian verabschiedete Violet mit einer langen Umarmung.

„Und wenn du was brauchst, melde dich. Egal wann!" Er steckte ihr ein Kärtchen mit seiner Privatnummer zu.

„Kann gut sein, dass ich darauf zurückkommen werde. Umgekehrt gilt aber auch das Gleiche für dich, Brian."

„Du bist ein prima Kerl, Violet!" Er schenkte ihr noch ein Lächeln, als sie in den Van stiegen. Charles wartete bereits am Steuer und startete den Motor. Violet lehnte sich in den Sitz zurück, froh um die Dunkelheit und die kurze Ruhepause, in der sie die Geschehnisse des Tages sacken lassen konnte. Ein Blick auf ihr Handy zeigte, dass Jack schon einige Male versucht hatte sie zu erreichen. Sie schickte ihm eine Nachricht, in der sie ihm versprach, sich später zu melden.

„Rose hat tatsächlich auch gefragt, wo ich bin", bemerkte Payden und tippte ebenfalls eine Nachricht in sein Handy.

„Tut mir leid", bemerkte Violet.

„Nein, nicht entschuldigen. Dafür gibt es keinen Grund." Er stupste sie spielerisch mit dem Ellbogen an. Für einen kurzen Moment ruhten ihre Blicke aufeinander.

„Weiß Rose, dass du mich gestalkt hast?"

Er lachte. „Wie bitte? Gestalkt? Du bist ganz schön frech."

Sie zuckte mit den Schultern. „Ja, manchmal kann ich das auch sein."

„Du bist ein Mix aus allem. Wie Kevin! Nur manche Seiten musst du noch mehr nach außen kehren", riet ihr Payden.

„Und die wären?", wollte Violet von ihm wissen.

„Mehr Vertrauen in dich selbst, zum Beispiel beim Singen. Denk an dein Versprechen."

Violets Augen weiteten sich. „Oh nein. Ich dachte, du hättest es vergessen."

„Keine Chance." Er lehnte sich zu ihr hinüber und flüsterte ihr ins Ohr. „Wir wäre es mit Übermorgen? Gegen Abend? Ich kenne da eine super Karaoke-Bar. Ich verkleide mich und du wirst singen."

Seufzend runzelte Violet die Stirn. „Muss das sein?"

„Es muss! Ich hole dich abends gegen acht Uhr ab. Oder musst du da arbeiten?"

„Nein. Ich habe morgen und übermorgen Frühschicht ... Und wenn ich schlau gewesen wäre, hätte ich das nun nicht zugegeben."

Payden lachte. „Tja. Du wirst es überleben." Er zwinkerte ihr zu, was es auch nicht besser machte. Violet spürte bereits jetzt, dass sich ihre Brust wieder zusammenschnürte, dieses Mal vor Aufregung. Kurz

bevor sie London erreichten, checkte Payden die Neuigkeiten über Kevin im Netz ab und war erleichtert.
„Die schreiben nur noch voneinander ab, wie mir
scheint. Neues wissen sie aber nicht."

„Und so bleibt es hoffentlich auch", flüsterte Violet
und lenkte den Blick aus dem Fenster. Leichter Niesel-
regen beschlug die Fenster. Immerhin das Wetter war
dasselbe geblieben, wenn sich schon alles andere in
ihrem Leben verändert hatte. Es fiel ihr geradezu
schwer sich von Payden zu trennen, der sie noch einmal in den Arm nahm, bevor sie ausstieg und sich
auch von Charles verabschiedet hatte. Der war sicher,
dass ihnen keiner gefolgt war. Mit tausend neuen
Gedanken im Kopf sah sie dem Wagen nach, bis die
Rücklichter um die nächste Ecke verschwanden, und
ging dann ins Haus.

Als sie die Wohnung betrat, hingen Angela und Marcus mal wieder vor dem Fernseher. Ihr Onkel öffnete
gerade eine Dose Bier, die wohl nicht die erste an diesem Abend war. Violet rief einen kurzen Gruß ins
Wohnzimmer und war erleichtert, dass die beiden
offensichtlich zu sehr vom Fernsehprogramm gefes-
selt waren, um sie ausfragen zu wollen. Sie verzog sich
in ihr Zimmer und wählte Jacks Nummer. Er war sofort dran und schien heilfroh, als er hörte, dass es
Violet soweit gut ging und sie in Brian einen neuen
Unterstützer gefunden hatte.

„Ich saß schon die ganze Zeit wie auf Kohlen und
habe im Minutentakt die Medien nach News durch-
forscht. In einem Bericht mutmaßte ein Journalist,
dass du, falls es dich tatsächlich geben sollte, vielleicht

auch zur Drogenabhängigkeit neigst wie dein Vater. Ein ekelhafter Typ“, regte er sich auf.

Violet konnte über derartig haltlose und dumme Vorurteile nur den Kopf schütteln.

„Und du wirst tatsächlich in dieser Bar singen? Schade, dass ich da arbeiten muss“, sagte Jack, nachdem er sich wieder beruhigt hatte.

„Mal sehen, vielleicht fällt mir noch eine Ausrede ein“, erwiderte Violet.

„Komm schon. Du kannst das! Wie oft habe ich das schon gesagt? Mindestens zehn Millionen Mal.“

„Was gibt es bei dir Neues?“, lenkte sie ab und ging zum Fenster. In einem Haus auf der gegenüberliegenden Straßenseite küsste sich ein Pärchen hinter halb zugezogenen Vorhängen. Violet dachte unwillkürlich an Payden und ein leichtes Kribbeln durchfuhr sie. Sie konnte es nicht mehr länger leugnen – ihre Gefühle für ihn waren mehr als nur freundschaftlich. Es war eine kleine Schwärmerei, sagte sie sich. Nichts sonst! Kein Wunder, er war nett und sah außerdem teuflisch gut aus. Und er teilte ihren größten Traum – die Musik.

„Landen hat mich angeschrieben. Er möchte mich noch einmal sehen und über alles reden“, beichtete Jack ihr schließlich.

„Und du?“, fragte Violet besorgt.

„Naja. Er hat ja noch meinen Schlüssel.“

Das gefiel ihr ganz und gar nicht. „Triff dich lieber an einem öffentlichen Platz mit ihm“, schlug sie ihrem Freund vor.

„Da macht sich schon wieder jemand Sorgen. Süß!“, spottete Jack.

„Ich traue ihm nicht, Jack", sagte sie ernst.

„Ich weiß. Und du hast ja recht", gab Jack zurück.

„Soll ich mitkommen? Dieses Mal passe eben ich einmal auf dich auf."

„Klar kannst du mitkommen, wenn du magst und aus der Ferne auf mich aufpassen. Ich wollte mich gleich morgen am Vormittag mit ihm treffen. Da habe ich Zeit", erklärte er.

„So ein Mist! Da muss ich arbeiten", sagte Violet.

„He, ich bin ein Mann, Schatz! Ich komme klar."

„Was hat das denn damit zu tun?" Violet rollte die Augen.

Sie hörte ihn lachen. „Nur ein Witz. Tut mir leid, Süße."

Typisch Jack the Ripper, dachte sie. „Ich verzeihe dir."

„Wenn du willst, schreibe ich Landen und verschiebe das Treffen. Dann können wir uns direkt nach deiner Schicht treffen und du begleitest mich. Na ja, jedenfalls, ich stehe nackt im Bad. Langsam wird es kalt. Also, schlaf gut und träum was Schönes. Vielleicht ja von Payden."

„Du stehst schon die ganze Zeit, während wir telefonieren, nackt im Bad?", fragte sie Jack.

„Bye, Schatz."

Bevor sie noch etwas erwidern konnte, hatte er aufgelegt.

„Verrückter Kerl", flüsterte sie und kroch in ihr Bett, um alles noch einmal in Ruhe Revue passieren zu lassen. Außerdem musste sie fit sein für den morgigen Tag bei Betty.

Wendung

Noelle und Betty steckten am nächsten Tag die Köpfe zusammen und spähten in den Laptop vor ihnen. Sie lasen einen Artikel über „Skys mysteriöse Tochter" und selbst Violets strenge Chefin schien völlig fasziniert von den sensationellen Neuigkeiten. Violet tat, als würde sie das alles wenig interessieren.

„Ich stelle mir das irre aufregend vor, die Tochter von Kevin zu sein", schwärmte Noelle und seufzte.

Betty nickte und seufzte ebenfalls verträumt. Es war erst kurz nach sechs und der Andrang im Café überschaubar.

„Was sagst du dazu?", wollte Betty von Violet wissen.

Diese wischte die Tische mit einem feuchten Tuch und zuckte mit den Schultern.

„Na los. Sag schon", drängte Betty.

„Also gut. Ich würde den Ruhm nicht wollen", sagte Violet betont beiläufig.

„Spinnst du?", rief Noelle kichernd.

„Sie würde lieber in einer Küche versauern und Torten dekorieren", lachte Betty höhnisch.

„Aber ich dachte, du liebst Musik. Du wolltest doch immer auf die Musikhochschule", warf Noelle ein und zog ihren Lippenstift nach.

Violet hörte mit dem Wischen auf und sah sie offen an. „Das tue ich auch. Musik ist Magie. Aber das hat doch nichts mit Ruhm zu tun. Ich wäre gerne Gesangslehrerin geworden oder so. Mehr würde ich mir sowieso nicht zutrauen."

„Gut für mich", lachte Betty und zwinkerte ihr zu. Noelle verdrehte die Augen.

„Gibt es denn Neuigkeiten?", fragte Violet und kaute dann kurz auf ihrer Unterlippe.

„Leider nicht!", entgegnete Betty und ließ sich eine Latte Macchiato aus der Maschine laufen. Dann klatschte sie in die Hände. „So, genug getrödelt und gequatscht. Los, ihr beiden, macht euch wieder an die Arbeit!" Violet und Noelle sahen sich vielsagend an. Betty konnte eben nicht allzu lang aus ihrer Haut. Also machten sie weiter.

Die Schicht verlief ohne größere Vorkommnisse, außer dass Payden ihr eine Nachricht schrieb.

Rose war sauer. Sie wollte wissen, wo ich so lange war. Aber keine Sorge, mir ist eine plausible Ausrede eingefallen. Hab einen schönen Tag und lass dich nicht stressen. Es kommt sowieso alles so, wie es soll. xxx, Payden

Hinter seine Message setzte er eine rote Rose und ein Smiley mit roten Wangen.

Sie musste lächeln. Mit seinem letzten Satz hatte er definitiv recht. Das Schicksal war nicht aufzuhalten und sie hoffte, dass es ihr nun wohlgesonnener war. Als Betty einmal nach draußen verschwand, schrieb sie ihm schnell zurück: *Da bin ich sehr froh!!! Dir ebenfalls einen schönen Tag. xxx, Vi.*

Auch sie setzte ein Smiley mit roten Wangen hinter die Nachricht. Nach der Schicht erledigte sie in Windeseile ein paar Dinge für Angela und Marcus und traf sich danach wie verabredet mit Jack, der schon ungeduldig auf sie wartete. Der süßliche Duft seines Aftershaves hüllte sie ein. Er roch, als käme er gerade aus einer Parfümerie.

„Stell dir vor, Payden hat angerufen. Er hat sich die Demo angehört." Jacks Stimme war aufgeregt und er hatte ein breites Grinsen auf dem Gesicht. „Er ist begeistert! Das hätte ich echt nicht gedacht."

„Na siehst du! Ich hab es dir doch gesagt, du bist der Hit", freute sie sich mit ihm.

„Das kann ich nur zurückgeben." Überschwänglich küsste er sie auf die Wange und hielt ihr einen Arm hin. „Darf ich bitten, Miss McLovely? Landen wartet bestimmt schon. Ich konnte das Treffen mit ihm verschieben."

Violet war froh darüber und hakte sich bei ihm unter. „Dann mal los."

Landen wartete bereits in einer Ecke des kleinen Cafés, in dem Jack und er sich verabredet hatten. Violet zog die französische Kappe, die sie trug, tiefer in die Stirn und betrat das Lokal zwei Minuten nach Jack. Sie setzte sich an einen Tisch, der weit genug entfernt war, von dem sie die beiden aber dennoch gut sehen konnte. Es war ein gemütliches kleines Café mit einer massiven alten Holztheke und altrosafarbenen Wänden. Auf jedem der kleinen runden Holztische stand eine Vase mit einer frischen Rose in der Farbe der Wände. Violet beugte sich nach vorne und beobachtete Jack und Landen. Die beiden diskutierten miteinander, wobei Landen mehrfach den Kopf schüttelte. Violet betete, dass Jack sich nicht wieder von ihm würde weichkochen lassen.

Zwischendurch warf sie einen Blick auf ihr Handy. Payden hatte ihr geschrieben: *I believe in you! Freue mich wirklich schon sehr auf morgen.*

Unweigerlich musste Violet lächeln und schickte ihm ein Smiley zurück. Zum Glück hüllte sich Thelma seit ihrer letzten Nachricht in Schweigen. Aus dem Augenwinkel bemerkte Violet, dass ein älterer Herr in Anzug, der nur zwei Tische weiter saß, eine Boulevard-Zeitung aufschlug, auf deren Titelbild Sky zu sehen war. Augenblicklich begann Violets Herz zu flattern. Die Headline brannte sich in ihr fest: *Warum verheimlichte er seine Tochter und wer soll die Mutter sein?*

Mit klopfendem Herzen öffnete sie den Internetbrowser ihres Handys. Ihr Fuß tappte nervös auf den Boden, während sich die Seite mit den aktuellen News über ihren Vater aufbaute und auf mehrere neue Berichte hinwies.

„Falscher Alarm", flüsterte sie, nachdem sie sie überflogen hatte und pustete erleichtert die Luft aus. Die Berichte waren allesamt reine Spekulation, die die Leute wohl hauptsächlich zum Lesen animieren sollten.

Plötzlich stand Landen abrupt auf, verließ das Café und verschwand über die Straße. Violet erhob sich irritiert und ging zu ihrem Freund herüber. Jack saß mit gesenktem Blick an seinem Platz. Er zuckte mit den Schultern, als sie sich ihm gegenübersetzte.

„Angeblich hat er den Schlüssel verloren. Außerdem hat er sich kein Stück weit geändert. Ich hatte gehofft, wir könnten uns nach der Aussprache wenigstens in Frieden trennen", murmelte Jack.

Violet hatte es kommen sehen, sprach es jedoch nicht aus. „Tut mir leid." Sie fasste über den Tisch hinweg und legte ihre Hände auf seine.

„Was habe ich auch erwartet? Ein Wunder? Ich bin ein Idiot!"

„Glaubst du ihm das mit dem Schlüssel?", fragte Violet vorsichtig

„Keine Ahnung", murmelte Jack.

„Vielleicht wäre es klüger, das Schloss austauschen zu lassen."

Jack ging nicht auf ihren Vorschlag ein und schien mit den Gedanken ganz woanders zu sein. Sie setzte sich neben ihn, drückte seine Hand und schwieg ebenfalls. Gemeinsam saßen sie nur da und ließen den Trubel des Cafés an sich vorbeiziehen.

„Was soll's! Das Leben geht weiter", brach Jack die Stille nach einer Weile und lächelte wehmütig. Violet bohrte nicht weiter, obwohl es sie interessierte, was genau Landen gesagt hatte. Er würde es ihr schon erzählen, wenn er wollte.

„Gehen wir ein Stück spazieren? Noch habe ich Zeit. Ich glaube, frische Luft würde uns beiden ganz guttun", sagte er.

Violet erhob sich mit einem kleinen Knicks und reichte ihm eine Hand. „Sehr gerne, Sir!"

Am nächsten Abend ging Violet fahrig und nervös in ihrem Zimmer auf und ab und schaute abwechselnd auf die Uhr und in den Spiegel. Als ihr Handy piepste, zuckte sie so heftig zusammen, dass sie sich beinahe mit der Bürste ihrer Wimperntusche ins Auge stach. Es war Brian, der ihr Grüße schickte und fragte, wie es ihr ging. Sie hatte ihm ihre Handynummer gegeben und fand es nett von ihm, dass er nachfragte. Kurzerhand schrieb sie ihm, dass soweit alles in Ordnung sei, ging dann zum Fenster und schaute hinaus. Wann würde Payden endlich kommen? Hatte er es vielleicht doch vergessen? Violet wusste nicht so recht, ob sie enttäuscht oder erleichtert sein sollte. Doch in diesem Moment entdeckte sie Paydens weißes Cabrio, das er gerade in eine Parklücke lenkte. Mit klopfendem Herzen sprang sie noch einmal vor den Spiegel und zupfte sich die rote Bluse zurecht, die sie zu ihrer engen Jeans angezogen hatte, schlüpfte danach in die Sneakers und warf sich ihre Lederjacke über. Mit den Fingern wuschelte sie sich durch das kurze Haar und ließ es natürlich fallen.

„Fertig!", sagte sie zu sich selbst und verließ ihr Zimmer. Im Flur fing Angela sie ab.

„Wo gehst du hin? Du hast doch gar keine Schicht", stellte ihre Tante fest.

„Nur ein wenig Luft schnappen."

Damit gab sich Angela nicht zufrieden. Schließlich gab Violet nach und erzählte, dass sie wieder mit dem Freund ausgehen würde, der das weiße Cabrio fuhr.

„Ach! Was macht er denn eigentlich beruflich?", wollte Angela wissen.

Violet zögerte mit einer Antwort. „Er ... ist kreativ tätig."

„Ein Künstler also?" Angela rümpfte die Nase.

Violet nickte und zog die Tür zum Treppenhaus auf. „Ich muss jetzt wirklich, Tante."

„Verdient er gut damit? Oder ist der Wagen nur auf Pump bezahlt?", wollte Angela noch wissen und stellte sich in die Tür.

Violet fasste es nicht. „Tante Angela!"

„Was denn? ... Augen auf bei der Partnerwahl!", riet sie und seufzte. „Das hätte ich bei deinem Onkel wohl auch mal lieber machen sollen."

Die Aussage schockierte Violet. „Aber du hast dich doch in ihn verliebt, ist das nicht die Hauptsache?"

Angela zuckte nur mit den Achseln, während sich Violet kopfschüttelnd an ihr vorbeischob. Sie rannte die Stufen des Treppenhauses nach unten und hielt vor der Tür noch einmal kurz inne, damit ihr Puls sich beruhigte. Sobald sie das Haus verlassen hatte, stieg Payden aus seinem Wagen und lächelte ihr entgegen. Der milde Sommerabendwind wirbelte ihr Haar durcheinander und nahm ihr kurzzeitig die Sicht.

„Einen wunderschönen guten Abend", begrüßte sie Payden und hielt ihr die Beifahrertür auf. Der Duft seines Parfüms wehte ihr entgegen. Seine Augen strahlten und er sah wieder umwerfend aus. Zu seiner schwarzen Jeans trug er ein lässiges weißes Hemd mit schwarzer Aufschrift: *Rebel.* Zum ersten Mal fiel ihr auf, dass an seinem kleinen Finger der linken Hand ein einfacher silberner Ring steckte.

Irgendwie überkam sie ein Gefühl von Geborgenheit und Freiheit.

„Was hast du Rose erzählt?", fragte sie und betrachtete Payden schüchtern von der Seite.

„Dass ich mit einem sehr guten Kumpel ausgehe, was ja im Grunde auch stimmt."

Sie lächelte ihm zu und stieg ein. Ihr Weg führte ins nördliche London, zu einer kleinen, aber schicken Bar, deren Name in Neonlichtern über dem Eingang blinkte – *Swing & Sing*. In der Nähe des Eingangs tummelte sich eine ganze Schar von Leuten. Jayden zog eine Perücke und eine Sonnenbrille auf.

„Es wird bereits dunkel", erinnerte ihn Violet und lachte.

„Macht nichts! Es gibt einige, die so etwas machen. Es ist cool ... und nötig!"

„Ich weiß", murmelte sie und wurde für einen Moment ernst.

Sie wollte gerade aussteigen, als Payden abwinkte. „Warte!", sagte er, sprang aus dem Wagen, eilte um ihn herum und hielt ihr die Tür auf.

„Was für ein Service. Dankeschön." Violet lächelte ihn verlegen an.

„Das ist doch selbstverständlich."

Die Bar sah modern und hip aus. Vor dem Eingang lag ein langer roter Teppich, umrahmt von einem Geländer aus goldenen Pfosten und roten Seilen. Zwei muskulöse Türsteher bewachten den Eingang und inspizierten die Outfits der Gäste. Nicht jeder wurde eingelassen.

„Ich glaube, ich bin viel zu normal angezogen", befürchtete Violet.

„Keine Sorge! Du siehst klasse aus", beruhigte sie Payden und hielt ihr seinen Arm hin.

„Danke. Du auch!"

Er lächelte. „He, ich glaube, ich werde rot."

Sie lachte und hakte sich bei ihm unter. Die Türsteher ließen sie problemlos passieren. Einer der beiden zwinkerte ihr sogar zu, nachdem er sie von oben bis unten gemustert hatte. Er hielt ihr die Tür auf.

„Du wirst hofiert und ich kassiere neidische Blicke dafür, dass ich so eine hübsche junge Frau begleiten darf", flüsterte Payden.

„Spinner!"

Laute Musik schwappte ihnen entgegen. Am anderen Ende der Bar befand sich eine runde Bühne, die bunt blinkte wie ein gerade gelandetes Ufo. Scheinwerferkegel huschten über den glänzenden Boden und über die Köpfe der Leute hinweg, die sich davor versammelt hatten. Dahinter gab es Tische und Stühle, die von einer hell beleuchteten Theke eingerahmt wurden. Auf der Bühne stand ein Pärchen mit Mikrofonen, die lauthals den Text von Roxettes *Listen to your heart* in Richtung ihres Publikums schmetterten. Violet fand, dass sie das ziemlich gut machten. Plötzlich kam ihr der eigentliche Grund, weshalb sie hierhergekommen waren, wieder in den Sinn.

„Das kann ich nicht. Nicht vor all den Leuten, Payden. Vergiss es!" Die Leute klatschten und johlten, als das Lied zu Ende war.

„Beruhige dich. Es gibt auch Kabinen. Komm, ich zeige es dir."

Er nahm ihre Hand und führte sie an der Theke vorbei.

„Warte, Payden."

Sofort wandte er sich um und sah sie an. „Was ist?"

„Wollen wir nicht erst etwas trinken?“

Seine Lippen kräuselten sich zu einem Lächeln. „Guter Versuch. Aber ich habe an alles gedacht!“

Ergeben ließ sich Violet weiter zu einem schmalen Gang führen, von dem ein paar Glastüren abgingen, in deren Mitte neonleuchtende Zahlen erstrahlten.

„Ich habe die Nummer drei reserviert“, verkündete Payden und zückte eine Karte, die er in einen Schlitz neben der Tür einführte. Ein leises Klacken ertönte.

Just in dem Moment kam eine junge Frau in Anzug und Krawatte zu ihnen, lächelte ihnen mit strahlend weißen Zähnen entgegen und winkte sie in den Raum, der vollständig mit einem weinroten Teppich ausgelegt war. Sobald sie eingetreten waren, verschwand sie auch schon wieder. Rechts stand eine schwarze Samtcouch, über der ein gerahmtes Bild von Frank Sinatra hing. An der Wand gegenüber war ein großer Flatscreen befestigt. Darunter befand sich ein schwarzes Pult mit einigen Tasten und Knöpfen, neben denen in einer eigens dafür vorgesehen Box Kopfhörer, ein Songbuch und Mikrofone lagen. Die Decke war mit Spiegelglas verkleidet, in dem kleine Strahler angebracht waren. In einer Ecke entdeckte Violet eine Art großen CD-Player.

„Damit kann man die Songs, die man singt, aufnehmen und auf CD brennen lassen“, erklärte ihr Payden und ließ sich lässig auf der Couch nieder. Violet erschrak, als sich die Tür noch einmal öffnete und die junge Kellnerin mit einem Tablett eintrat.

„Die, die du singen wirst, können wir gerne aufnehmen. Als Erinnerung für mich“, erwiderte Violet.

„Und deine für mich.“

Ihre Begleitung zwinkerte ihnen beiden zu, stoppte direkt vor Payden und spitzte die Lippen. „Irgendwie kommst du mir bekannt vor, junger Mann", säuselte sie. Payden lächelte nur und reichte Violet ein Glas Champagner. Die junge Frau war zu höflich, um weiter nachzuhaken, stellte die Getränke auf einem kleinen Tischchen ab und verließ den kleinen Raum dann wieder.

„Du bist echt verrückt", sagte sie.

„Ich bin neugierig auf deine Stimme."

Sie nahm einen Schluck Champagner, während Payden nach dem Songbuch griff und es aufschlug.

„Da stehen die Titel der Songs drin, die wir singen können. Wenn du dich für einen entschieden hast, gibst du die Nummer in den Computer ein und los geht es", erklärte er.

Violet stellte das Glas auf das Pult. In ihrem Kopf schwirrte ein bestimmter Titel herum, den sie schon einige Male mit Jack zusammen gesungen hatte. Ihre Hände wurden feucht, als sie das Büchlein durchblätterte.

Payden saß unterdessen entspannt auf der Couch und beobachtete sie. „Du machst mich ganz nervös, wenn du mich so anstarrst", beschwerte sie sich.

„Ich kann nichts dagegen tun. Du ziehst meine Blicke eben magisch an."

Schließlich wurde sie fündig. „Hier ist es!"

Payden sprang auf und kam wieder zu ihr.

„Ah, coole Wahl. *Can't Fight The Moonlight*, den Song finde ich auch toll."

Er wollte gerade die Nummer eintippen, als sie seine Hand sanft beiseiteschob.

„Moment! Ich bin noch nicht so weit, Payden.“

„Kevin sagte, lass es raus und zögere nicht zu lange. Zu viel nachdenken stoppt den Fluss.“

Violet lächelte. „Die Weisheit könnte auch von Jack sein.“

„Der übrigens wirklich Talent hat! Sein Demo war super“, erwiderte Payden prompt.

Violet freute sich für Jack, war aber nicht wirklich überrascht. Denn dass er gut war, mehr als das, wusste sie bereits. Die Nervosität wollte nicht weichen. Sie sammelte sich und versuchte den anschwellenden Kloß in ihrem Hals hinunterzuschlucken.

„Falls es hilft – stell dir mich in Unterhosen vor“, riet ihr Payden lachend. Sie grinste schwach, atmete tief durch und tippte die Nummer des Songs ein. Die ersten vertrauten Töne erklangen und sie wartete mit zusammengepressten Lippen auf ihren Einsatz. Ihre Finger krampften sich um das Mikrofon. Jetzt! Jetzt musste sie singen. Die Melodie schien sie zu tragen und zu umfließen. Doch sie verpasste ihren Einsatz. Sie brachte keinen Ton heraus. Da war sie wieder – die altbekannte Blockade. Seufzend ließ sie das Mikrofon sinken.

„Tut mir leid. Es geht nicht.“

Payden stand auf und ging zu ihr. „Vertraust du mir?“, fragte er, und sie nickte. Er schnappte sich selbst ein Mikrofon und stupste sie sanft in die Seite.

„Zusammen?“, fragte er. „Setz einfach ein, wenn du soweit bist. Und bitte, denk nicht so viel nach. Ich glaube wirklich, das ist dein größtes Problem dabei.“

Da mochte er recht haben, dachte sie, und hob langsam das Mikrofon wieder an ihre Lippen.

Payden stoppte den Song und drückte auf Wiederholung.

„Schließ die Augen", flüsterte er. Sie folgte seinem Rat und nahm die ersten Takte in sich auf. Dann hörte sie Paydens Stimme, die den ganzen Raum ausfüllte und ihre Haut zum Prickeln brachte.

In seiner Stimme lag alles, nach dem sie sich sehnte und das sie liebte. Plötzlich öffnete sich ihr Mund wie von selbst. Kurz erschrak sie, als sie ihre eigene Stimme hörte. Da war sie! Von Sekunde zu Sekunde wurde sie sicherer und konnte die Magie zwischen den Tönen spüren. Die Worte schienen auf leichten Schwingen zu tanzen. Sie fühlte sich, als würde sie zusammen mit Payden von derselben Welle getragen werden. Die Melodie wurde zu ihrem gemeinsamen Ozean. Seine Stimme wurde leiser und verklang schließlich, er hörte ihr nur noch zu. Doch sie wurde noch immer getragen, sie ging nicht unter. Violet konnte nicht glauben, dass sie tatsächlich alleine weiter sang. Es machte richtig Spaß, mehr als das – es war pure Leidenschaft, die sie mit sich riss. Plötzlich war es ihr egal, ob jemand hier war und ihr zuhörte. So war es bisher nur gewesen, wenn sie entweder ganz alleine für sich oder für Jack und früher ihre Mum gesungen hatte. Allerdings war Payden nicht nur irgendjemand für sie, das wusste sie in diesem Augenblick mit beängstigender Sicherheit.

Sie ließ den letzten Ton leise verklingen, als wäre er ein Echo, und öffnete danach die Augen. Stille lag im Raum. Unsicher blickte sie zu Payden hinüber. Kerzengerade saß er am Rand der Couch und starrte sie an. Dann nickte er und ein Lächeln schlich sich auf seine wohlgeformten Lippen. In seinen Augen lag ein Leuchten, das sie noch nie an ihm gesehen hatte.

„Das war … wundervoll, Violet!", flüsterte er, sprang auf und wählte einen neuen Titel.

„*Nothing Compares To You* von Sinéad O'Connor. Hast du Lust?"

„Noch eines?", stotterte Violet.

„Natürlich! Jetzt nicht aufhören. Verliere es nicht! Wir brennen den Song auch gleich auf CD. Hör dir alles später einmal in Ruhe an. Du hast es, dieses gewisse Extra und noch einen ganzen Tick mehr davon. So wie … dein Dad."

„Du projizierst das nur in mich, weil …", setzte Violet an.

„Stopp! Ich weiß, was du sagen willst. Aber das tue ich nicht!", unterbrach er sie entschlossen, machte alles bereit und drückte auf Play. Danach zog er sich wieder auf die Couch zurück und beobachtete sie gespannt.

Violet atmete tief ein und aus. Also gut! Dieses Mal hörte sie auf Paydens Ratschlag und schaffte den Einsatz. Das Surfen auf den Takten des Songs fiel ihr nun noch leichter als zuvor. Alles um sie herum tauchte in einen leichten, weichen Nebel. Die Worte, die sie sang, wurden zu ihren eigenen. Sie konnte sie fühlen, glaubte sie fast greifen zu können.

Als der Song zu Ende war, zog sie Payden zu sich. „Jetzt du!"

„Wir zusammen! Wie wäre es mit einem Medley?", schlug er vor und hob herausfordernd die Brauen.

Violet hatte endgültig das Fieber gepackt und überraschte sich selbst, als sie ihm ein „Okay!" gab.

Payden trat neben sie und los ging es. Songs von Ed Sheeran, Rihanna, Passengers und einige mehr ließen sie die Welt um sich herum vergessen. Immer wieder schwappte eine Welle aus knisternden Funken in ihr hoch, wenn Payden zu singen begann und immer wieder trafen sich ihre Blicke. Als der letzte Ton verklungen war, küsste Payden sie auf die Stirn. „Du bist einfach toll", flüsterte er und sah ihr tief in die Augen. In Violet begann es zu kribbeln und sie versank in Paydens Blick.

Hinter sich vernahmen sie plötzlich ein Klatschen und Johlen, das die Magie zwischen ihnen sofort zum Erliegen brachte. Augenblicklich fuhren sie herum und registrierten entsetzt, dass sie nicht mehr alleine waren. Jemand hatte die Tür geöffnet. Direkt dahinter hatte sich ein kleiner Pulk von Menschen versammelt. In seiner Mitte stand ein Mann, der eine Kamera in den Händen hielt, die er direkt auf sie beide richtete. Er kam auf sie zu, gefolgt von einem weiteren Mann, der ihn aufgeregt beiseite drängte und Violet ein Mikrofon vor den Mund hielt, während sein Kollege weiterfilmte. Payden stürzte sich wütend auf den Eindringling mit dem Mikrofon. Doch der Typ war schneller und konnte ihm ausweichen.

„Sind Sie tatsächlich Skys Tochter?", fragte er Violet laut, als würde sie ein paar Meter von ihm entfernt stehen. Sein Gesicht verzerrte sich. Sensationslust spiegelte sich in seinen Augen.

Payden versuchte die eindringende Meute zurückzuhalten. Ein paar Mitarbeiter, darunter die Kellnerin von vorhin, erschienen dazwischen und halfen ihm.

„Lassen Sie mich in Ruhe!", bat Violet energisch und wich zurück bis zur nächsten Wand.

„Sie sind es! Violet McLovely!", rief der Mann.

„Woher wollen Sie das wissen?", donnerte Payden und kam zu Violet zurück. Er zog sie in seine Arme und sie presste ihr Gesicht gegen seine Brust. Jemand zerrte an ihr.

„Es tut mir so leid. Keine Angst. Ich bring dich hier raus", hörte sie ihn flüstern.

„Sind Sie die Alleinerbin? Und wie lange wissen Sie schon, dass Kevin Sky Ihr Vater ist?", drangen die Fragen des Mannes in ihre Ohren. Payden bewegte sich und sie ging mit ihm ohne aufzublicken. Sie vertraute jedem seiner Schritte.

Neues Sein

„Weg da!", rief ein Mann.

Violet sah nichts außer Füße, die wild durcheinanderliefen.

„In mein Büro", sagte eine aufgebrachte, helle Frauenstimme.

„Okay", hörte sie Payden, der auf weitere Fragen irgendwelcher Leute wiederholt mit „Kein Kommentar" antwortete. In Violets Kopf herrschte ein ähnliches Chaos wie um sie herum. Sie wusste nur eines sicher. Es lief gerade alles aus dem Ruder.

Jemand zog an ihrem rechten Arm. „Bitte! Ein Autogramm, ein Autogramm!"

Eine Tür wurde aufgezogen, durch die sie geschoben wurden und die kurz darauf wieder ins Schloss fiel. Endlich kehrte Ruhe ein. Violet löste sich von Payden, der bleicher war als die Wände des Büros, in dem sie sich befanden.

Eine ältere Dame lehnte sich an die Kante ihres neongrünen Schreibtisches und starrte Violet an.

„Nun!", sagte sie. „Tut mir ... leid."

„Sie sind die Inhaberin?", wollte Payden wissen. Sie nickte und reichte erst ihm und dann Violet die Hand. Violet schielte auf den Sessel in einer Ecke. Ihre Knie waren so zittrig, dass sie sich wunderte, dass sie überhaupt noch stehen konnte. Die Dame schien es zu bemerken. „Setzen Sie sich ruhig, Miss."

Dankbar nahm Violet das Angebot an.

„Gibt es einen Hinterausgang?", fragte Payden.

Die Frau nickte. Trotz ihrer knallrot gefärbten Haare und ihres glamourösen Cocktailkleids hatte sie eine mütterliche Ausstrahlung und schien ihnen wirklich helfen zu wollen.

„Und Sie sind wirklich Kevin Skys Tochter?", fragte sie leise zu Violet gewandt.

Sie antwortete nicht, blickte stattdessen zu Payden. „Woher ...?", fragte sie.

Payden strich ihr über einen Arm, während er auf seinem Handy herumtippte. Seine Finger zitterten.

„Ich glaube, da haben wir die Antwort. Der Journalist schien doch noch mehr zu wissen", erwiderte er und gab ihr das Handy.

Roger Greenleave vom London Vip View hatte einen langen Artikel geschrieben, der sofort von den anderen Medien aufgegriffen worden war. Für ein paar Momente glaubte Violet keine Luft zu bekommen, als sie die Titelüberschrift las: *Schweigegeld gegen die Wahrheit!*

Während Violet den Text las, stellte sich Payden hinter sie und legte ihr zur Beruhigung seine Hände auf die Schultern.

Lässt sich ein Journalist erpressen? Kann sein! Doch ich gehöre mit Sicherheit nicht dazu. Und daran wird sich auch nichts ändern. Ich bin entsetzt über manche Machenschaften, die gewisse Personen an den Tag legen, um jemanden zum Schweigen zu bringen. Über Umwege ist ein Brief in Kopie zu mir gelangt, der belegt, dass Kevin Sky sehr wohl eine Tochter hat. Er befand sich in den Unterlagen meines kürzlich verstorbenen Kollegen. Ich rief daraufhin Thelma Matthews an und hoffte auf ein ehrliches Interview. Doch alles, was Mrs Matthews in einem persönlichen Gespräch anzubieten hatte, war eine erhebliche Geldsumme, die mich zum Schweigen bringen sollte. So hatte sie es anscheinend auch schon mit dem verstorbenen Journalist Adam Kingsly gehandhabt. Auf die Frage hin, warum ich schweigen sollte, antwortete sie lediglich, dass ihre Familie nach Kevins Tod Ruhe bräuchte und sie verhindern wolle, dass ein neuer Medienrummel auf sie hereinbrechen würde. Sehr verständlich, wäre mir da nicht auch noch aus vertrauenswürdiger Quelle die Sache mit dem Testament zu Ohren gekommen, dessen Einsicht Matthews der Tochter Skys verwehren möchte. Die genauen Gründe kenne ich nicht, auch nicht den Inhalt des Testamentes, weshalb ich mich dazu auch nicht weiter äußern werde. Doch kann ich nicht verhehlen, dass mir das alles sehr zu denken gibt. Leider zog es der Rest der Familie vor, sich nicht zu der Sache zu äußern. Vielleicht wird sich Kevins Tochter, die zauberhafte Miss McLovely, bald selbst zu Wort melden. Wie ihr Vater soll sie mit einer besonderen Stimme gesegnet sein und als Kellnerin in einer kleinen Café-Bar in London arbeiten. Aus Respekt vor ihrer Privatsphäre werde ich den Brief ihres Vaters vorerst nicht veröffentlichen.

In neueren Berichten nannte man bereits offen Violets vollen Namen und hatte zudem herausgefunden, dass ihre Mutter ein Fan Kevins und an Krebs gestorben war. Die Leute überschlugen sich mit Kommentaren. Die meisten lechzten danach zu erfahren, was in dem Brief stand, den Greenleave entdeckt hatte. Es gab Fragen über Fragen und Antworten dazu, die aus der Luft gegriffen waren.

Die Tür auf der anderen Seite des Raumes öffnete sich und ein muskelbepackter Typ mit Glatze kam herein.

„Die Luft ist rein. Draußen wartet ein Wagen", teilte er ihnen mit.

Die Inhaberin der Karaoke-Bar nickte ihm zu. „Danke, Max!"

Rasch gab Violet Payden das Handy zurück und stand auf. Sie hatte genug gelesen. Der Boden unter ihren Füßen schien zu schwanken. Ihr Kopf glühte, obwohl ihr auf einmal eiskalt war. Was geschah da draußen bloß gerade? Und sie war der Mittelpunkt. Die Bombe war also geplatzt. Schritt für Schritt ging sie weiter, irgendwie. Payden ging vor ihr und schirmte sie mit seinem Körper ab.

Vor dem Haus ihrer Tante und ihres Onkels scharte sich eine riesige Traube aus Leuten. Zwischen den Köpfen zuckten die Blitze ihrer Kameras.

„Oh nein!", murmelte Violet. Sie fühlte sich wie in einem kleinen Boot, das auf offener, stürmischer See trieb.

„Fahren Sie bitte weiter. Greenwich, 8A River Lane“, bat Payden den Fahrer sofort.

„Da wohne ich unter falschem Namen. Ich glaube, dort sind wir erst einmal sicher“, flüsterte er danach Violet zu, die ihm einen dankbaren Blick zuwarf. Außer zu Jack hätte sie sonst nirgends hingehen können. Aber vielleicht wussten sie inzwischen sogar, dass er ihr bester Freund war. Sie machte sich Sorgen um ihn.

Mit immer noch zittrigen Händen zog sie ihr Handy aus der Tasche. Sowohl Angela als auch Jack und natürlich auch Thelma hatten schon mehrfach versucht, sie zu erreichen.

„Rose hat es auch schon einige Male versucht“, sagte Payden. Er seufzte, rieb sich die Stirn, schien sich dann jedoch einen Ruck zu geben und rief sie zurück, während der Fahrer den Wagen wendete.

Violet lehnte sich zurück und schloss für ein paar Sekunden die Augen, während sie dem Gespräch lauschte. Paydens Stimme vermischte sich mit dem Rauschen in ihren Ohren. Sie wünschte sich, ihre Eltern wären bei ihr und würden ihr durch dieses Schlamassel helfen.

„Beruhige dich erst einmal, Rose. Na und? Wir verstehen uns gut. Sie hat dir nichts getan.“

Ihr schweigender Chauffeur lenkte den Wagen durch die hell erleuchteten Straßen Londons. Alles schien sich verändert zu haben. Ihr ganzes Leben war ein einziges Chaos, in dem sie sich selbst immer mehr zu verlieren schien. Ihre Hand suchte nach Paydens, der weiterhin mit Rose diskutierte und sich dabei anscheinend im Kreis drehte. Langsam schoben sich ihre Finger ineinander und ihr war, als spannten sie damit ein gemeinsames Netz, das sie beide auffing.

„Ich hätte es dir schon noch erzählt, Rose. Ich finde nur, Violet hat die ganze Wahrheit verdient. ... Wo wir sind? Noch unterwegs. Ich glaube, wir sollten besser ein anderes Mal weiterreden. Ich hoffe, du denkst noch einmal genau nach. ... Nein, das ist keine Drohung. Entschuldige mal, du hast mir selbst von dem Brief erzählt. ... Nein! Es ist egal, ob du betrunken warst oder nicht. Ich meine, du kannst mir nun nicht die Schuld ... Weißt du was, das bringt jetzt nichts. Ich lege jetzt auf. Bye, Rose.“

Er beendete das Gespräch und atmete laut aus. „Sie ist völlig aus dem Häuschen und macht mir Vorwürfe. Ich wäre ihr in den Rücken gefallen, hat sie gesagt.“

„Tut mir leid“, erwiderte Violet.

„Nein. Entschuldige dich nicht. Dafür gibt es keinen Grund. Sie ist diejenige, die sich entschuldigen sollte. Sie will, dass ich mich von dir fernhalte und gibt ihrer Mutter in allem recht. Ich glaube, es ist Zeit einzusehen, dass sie mich nur benutzt hat. Sie und Thelma, alle beide! Ich war ein Idiot und habe es nicht gesehen“, sagte er bitter. In seinen Augen schimmerten Enttäuschung und Unverständnis.

„Vielleicht wacht Rose noch auf. Du sagtest ja selbst, sie ist noch jung und ...“, sagte Violet zaghaft.

Sein Blick richtete sich auf sie. „Du glaubst doch selbst nicht wirklich, was du da sagst. Oder?“

Payden wohnte in der Nähe der Themse abseits eines Wohnblocks. Es war ein kleines, schnuckliges Holzhaus mit vorderseitiger Veranda, zu der eine kleine

Treppe führte, und es wirkte irgendwie verwaist. Palmengewächse zierten den kleinen Garten, der es umgab.

„Klein, aber fein", sagte Payden, als sie auf der Veranda standen. Violet lehnte sich an das Geländer und blickte in den sternenübersäten Nachthimmel. Ihr fiel auf, dass einer der Sterne heller blinkte als die anderen. Payden stellte sich neben sie, hielt jedoch eine halbe Armlänge Abstand.

„Du bist nicht allein. Ich bleibe an deiner Seite, wenn du magst", flüsterte er. Sie rückte ein Stückchen auf.

„Das bedeutet mir sehr viel   ... Was würde ich nur ohne dich machen, Payden?"

Sie lächelten sich zu und sahen gemeinsam hinauf in den Himmel.

„Siehst du den Stern dort, der so hell blinkt?", fragte sie und streckte einen Arm aus.

Payden folgte ihrem Blick. „Ja!"

„Mum hat immer gesagt, wenn ein Stern so blinkt, dann ist es in Wahrheit das Zwinkern eines Engels. Er will dir sagen, dass du es nicht so schwer nehmen sollst, du bist nie allein."

Ihre Blicke trafen sich erneut, sanft und aufgeladen wie ein Sommergewitter. „Das ist ein schöner Gedanke, Violet."

„Ja", hauchte sie und Payden nahm sie an der Hand. „Na komm. Lass uns reingehen."

Obwohl alles ruhig war, ließ er seinen Blick noch einmal prüfend über die Straße schweifen. Doch es schien ihnen tatsächlich gelungen zu sein, der Meute an Fotografen und Journalisten zu entkommen.

„Ich wohne erst seit wenigen Monaten hier. Das Haus habe ich mir von dem Geld gekauft, dass ich durch die Castingshow und meine erste Single verdient habe.“

Violet nickte beeindruckt. „Ich kenne niemanden in unserem Alter, der es sich leisten kann, in London ein Haus zu kaufen. Und dann noch so ein hübsches! Hut ab.“

Er zuckte verlegen mit den Achseln. „Weißt du, ich freue mich wirklich darüber, dass ich nun gut verdiene, denn es erlaubt mir eine gewisse Freiheit. Außerdem kann ich mit dem Geld auch meine Eltern unterstützen. Aber es ist bei weitem nicht das Wichtigste. Ein paar Songs zusammen mit Kevin für sein neues Album zu machen, wäre so wunderbar gewesen. Meine Güte, ich hätte es auch umsonst gemacht. Er hat mich einfach inspiriert. Musik ist pure Leidenschaft für mich, Magie!“

Das brauchte er ihr nicht zu sagen. Sie verstand ihn so gut. Schüchtern folgte sie ihm in einen hellen Flur, der durch mehrere Deckenstrahler erleuchtet wurde. An den Wänden hingen moderne Kunstdrucke, meist in schwarz-weiß, die die Silhouetten von Musikern zeigten. In einer Glasvitrine standen ein paar gerahmte Familienfotos, der gläserne Pokal der Castingshow, die Payden gewonnen hatte, ein silbernes Mikrofon und ein weiterer vergoldeter Pokal in Form eines Hengstes, der sich stolz auf die Hinterbeine stellte. Payden blieb mit ihr vor der Vitrine stehen.

„Den habe ich als Kind bei einem Reitturnier gewonnen. Mum war so stolz auf mich. Sie liebt Pferde, musst du wissen. Sie und Dad wohnen auf dem Land.

Schau mal hier, die beiden Hengste auf dem Foto waren ein Geschenk von mir an sie."

Er lächelte, während er die Fotos ansah. Seine Eltern kamen Violet gleich sympathisch vor. Nachdenklich rieb er sich das Kinn.

„Ich habe ihnen Rose vorgestellt. Sie hat nicht viel zu ihnen gesagt. Das Landleben behagt ihr ja nicht sonderlich. Meine Eltern fanden sie, vorsichtig formuliert, recht reserviert, mehr haben sie aber auch nicht über sie gesagt. Dabei sind sie gegenüber Freunden von mir immer offen. Na ja."

„Vielleicht lerne ich sie einmal kennen. Würde mich freuen."

Payden nickte. „Sie sicher auch", sagte er mit rauer Stimme

Sie gingen ins Wohnzimmer und nahmen auf der schwarzen Ledercouch Platz. Auf dem Glastisch davor stand eine dickbäuchige Buddha-Figur. An der gegenüberliegenden Wand hing ein großes Bücherregal und direkt darunter stand, auf einer silbernen Konsole, ein Flatscreen-Fernseher mit DVDs. Der offene Kamin auf der linken Seite machte das Zimmer gemütlich und heimelig. Wieder trafen sich Paydens und ihre Blicke.

Violet fehlten plötzlich die Worte. Hier saß sie, allein mit diesem umwerfenden Mann auf einem kuscheligen Sofa, als wären sie schon Monate zusammen. Dabei sah er vermutlich in ihr nur eine gute Freundin, während sie ... Verlegen kramte sie in ihrer Tasche nach dem Handy, um ihren Händen etwas zu tun zu geben. Payden schien die gleiche Idee gehabt zu haben.

„Entschuldige, wenn man vom Teufel spricht. Meine Eltern haben schon ein paarmal versucht, mich zu erreichen", hörte sie ihn sagen. Er erhob sich, ging an sein Handy und verschwand damit in den Flur. Violet atmete tief durch und nutzte die Zeit, um selbst ein paar Anrufe zu machen. Der erste, den sie anrief, war Jack.

„Oh, Mann! Das ist der reinste Zirkus hier!", rief er zur Begrüßung. Es klang, als stünde er in einer riesigen Menschenmenge.

„Wo bist du? Geht es dir gut, Jack?"

„Ja, mir geht es gut, Vi. Meine Güte. Aber wie geht es dir? Ich bin nach der Schicht sofort zu dir gerast, besser gesagt zu deiner Tante. Ich dachte, du wärst vielleicht inzwischen daheim. Aber als ich dann diese Horde von Menschen vor dem Haus gesehen habe ... Die sind übrigens immer noch da. Dein Onkel sollte die Polizei rufen. Das ist der Wahnsinn!"

„Du bist bei Tante Angela und Marcus? Wie geht es ihnen?", fragte Violet.

„Sie sitzen auf der Couch und starren vor sich hin. Hin und wieder schütteln sie die Köpfe. Sie können es nicht fassen. Aber nun sag schon: Wo bist du denn? Wie geht es dir?"

Schnell erklärte sie ihm alles und verriet dabei auch, wo sie war.

„Das ist alles so krass. Pass auf dich auf, Süße", sagte Jack.

Es tat so gut, seine Stimme zu hören. „Mach ich. Du auch! Und mach dir keine Sorgen. Payden ist ja bei mir. Sag bitte auch Angela und Marcus, dass es mir gut geht."

„Ist gebongt. Und lass dir von Thelma und Rose nichts einreden. Übrigens hat sich auch Vivienne Sky inzwischen geäußert."

Das überraschte Violet. „Was hat sie gesagt?"

„Dass sie sich freut, dass es dich gibt. Ist das nicht toll? Ich hätte sie durch den Fernseher knutschen können", rief Jack.

Violet fühlte sich, als würde sie jemand umarmen. Tränen stiegen ihr in die Augen und der Druck, der auf ihr lastete, schien ein wenig geringer zu werden.

„Das … das …", stammelte sie.

„Ist schön!", beendete Jack den Satz für sie, da ihre Stimme versagte.

„Gib mir bitte mal Angela", bat sie ihren Freund nach ein paar Sekunden. Ohne Antwort reichte er das Handy weiter. Die Stimme ihrer Tante klang wie ein Krächzen. „Violet?"

„Tante Angela, ich …" Weiter kam sie nicht.

„Ist es wahr? … Marcus wäre fast in Ohnmacht gefallen. Ich kann es nicht glauben, Violet. Schätzchen, was … wie … geht es dir damit? Hast du es gewusst?"

„Noch nicht lange."

Kurzes Schweigen. Dann prustete Angela: „Und du hast nichts gesagt? Und Melody? Sie hat nie etwas erwähnt!"

„Sie wollte noch …", versuchte Violet ihr zu erklären, wurde aber erneut unterbrochen.

„Und Kevin, er, er hat sie einfach sitzen lassen, nachdem er sie geschwängert hat. Ich dachte, der steht nur auf Männer. Es kursieren so viele Gerüchte. Meine Güte, was für eine Blamage. Jetzt verstehe ich, warum deine Mutter uns nie etwas gesagt hat. Sie hätte ihn verklagen sollen. Meine Güte, ich hätte ihn dafür zahlen lassen. Und wie!“

„Tante Angela! Es reicht!“, rief Violet, was sie tatsächlich verstummen ließ.

„Es ist alles ganz anders. Ich erkläre es euch ein anderes Mal. In Ruhe!“, setzte Violet nach.

Sie hörte ihre Tante durchatmen. „Da bin ich gespannt! Auf alle Fälle wirst du das Erbe annehmen. Du weißt, wir waren und sind immer für dich da, Liebes.“

„Das sind wir, Schätzchen!“, rief Marcus im Hintergrund eifrig.

Violet wusste genau, was ihre Tante damit sagen wollte, und im Grunde hatte sie damit gerechnet. Trotzdem enttäuschte es sie, dass ihre Verwandten anscheinend nur daran dachten, was für sie bei dieser ganzen Sache herausspringen könnte.

„Hast du gehört, Schatz?“, wollte Angela wissen.

„Ja, danke“, gab Violet müde zurück.

„Wo bist du?“

„Bei einem guten Freund.“

„Der mit dem Cabrio?“, fragte Angela neugierig.

„Ja … Könntest du mir …“

Angela lachte übertrieben. „Grüße ihn lieb von uns. Ach Schatz, du bist jetzt berühmt. Genieße es, lass dich feiern.“

„Tante Angela, du verstehst nicht …“, begann Violet frustriert, doch ihre Tante ließ sie gar nicht mehr zu Wort kommen.

„Meine Güte! Du bist die Tochter von Kevin Jordan Sky. Das ist … unglaublich, fantastisch. Mach was draus. Und noch einmal … vergiss uns nicht!“

Zum Glück übernahm Jack das Gespräch wieder. „Ich glaube, ich ziehe besser Leine und zwar so schnell wie möglich", flüsterte er.

Unterdessen redete Angela hinter ihm weiter und gab Violet Ratschläge. Es machte sie traurig, denn jeder einzelne zielte nur auf eines ab, ihren eigenen Vorteil. Hatte sie ihr überhaupt richtig zugehört?

„Jack, sag ihnen bitte, dass sie gegenüber den Medien nichts sagen sollen! Und erzähle ihnen nichts weiter. Das mache ich selbst, zu gegebener Zeit", sagte Violet bedrückt.

„Du kannst dir sicher sein, dass ich meinen Mund halten werde, Vi." Er schien zunehmend genervt von dem Wortschwall ihrer Tante im Hintergrund.

„Gott! Was soll ich nur tun?", murmelte sie und strich sich das Haar hinter die Ohren.

„Ganz einfach", sagte Jack ruhig.

„Ganz einfach? Du bist gut."

„Hör auf dein Herz, Vi!"

Sie hielt inne. Seine Worte hallten in ihr nach. Schließlich nickte sie. „Mach ich!"

„Und melde dich bald wieder. Ich hab dich lieb."

Violet lächelte leicht. „Ich dich auch, Jack."

Payden kam zurück. Gleichzeitig beendeten sie ihre Gespräche. Dicht vor ihr blieb er stehen. Wieder berührten sich ihre Blicke. Ohne ein Wort zog er sie in seine Arme.

„Es sind sogar schon Reporter vor dem Anwesen meiner Eltern. Aber sie kennen das bereits und kommen damit klar. Stillhalten, Jalousien runter und warten. Ich soll dich lieb grüßen", sagte er leise.

„Das ist nett von ihnen. Danke!" Sie schmiegte sich enger an ihn und erzählte ihm, was Jack über Vivienne gesagt hatte. In diesen Minuten wurde Violet noch einmal mehr bewusst, wie wichtig wahre Freunde waren.

„Ich glaube, Vivienne mag mich wirklich", flüsterte Violet.

„Wenn sie dich erst richtig kennen wird, wird sie dich lieben."

Er strich mit seinen Händen über ihren Rücken. Wahrscheinlich wollte er sie nur beruhigen, dachte sie. Trotzdem ließ seine sanfte Berührung ihr Herz höher schlagen. Sie schluckte.

„Ich möchte ein normales, kleines Leben und ein bisschen Glück. Mehr nicht, Payden."

Ohne sie ganz loszulassen, sah er sie an. „Du kannst alles haben, was du dir wünschst. Daran glaube ich ganz fest, Violet. Und du musst keine Angst haben. Kevin und deine Mutter sind da und ich bin es auch. Außerdem auch Jack und Brian ... und Vivienne. Angelina Brady würde denen da draußen nun Feuer unter dem Hintern machen, das kannst du mir glauben. Sie wird von dort oben auch ein Auge auf dich haben. Kevin mochte sie sehr. Sie war manchmal sehr direkt, aber ehrlich."

„Sie wurde einen Tag nach Kevin beerdigt, nicht wahr?"

Er nickte. „Ja, in Lancaster. Die Jungs, der Boss der Plattenfirma und ich waren dort. Die Presse konnte abgeschirmt werden. Die Angehörigen taten alles dafür. Aber der Andrang hielt sich zum Glück sowieso in Grenzen."

Plötzlich brach Scheinwerferlicht durch die hellen Vorhänge an den Fenstern. Sofort löste sich Payden von Violet, blickte über ihre Schultern hinweg, ging dann zum Fenster hinüber, stellte sich dicht an die Wand und warf einen Blick um die Ecke.

„Es ist Rose!", sagte er und blickte zu Violet.

„Was jetzt?", fragte sie flüsternd, als könnte Rose sie hören.

„Nichts! Ich hoffe nur, ihr ist niemand gefolgt. Bleib du hier. Ich rede mit ihr."

Schon war er auf dem Weg zur Tür. Mit trockenem Mund ließ sich Violet auf die Couch nieder und lauschte. Wenige Sekunden später hörte sie Roses aufgebrachte Stimme. Sie kam gleich zur Sache.

„Wo ist sie? Und was fällt dir ein, mich am Telefon so abzuwimmeln?"

„Hallo erst einmal, Rose." Payden klang müde.

„Ach, spar dir das Getue", fauchte Rose.

Die Absätze ihrer High-Heels hallten auf dem Boden. Das Gesicht voller Abscheu und Zorn verzogen, stolzierte sie ins Wohnzimmer, gefolgt von Payden. Violet erhob sich von der Couch und wollte sie begrüßen, doch fiel Rose ihr ins Wort und baute sich drohend vor ihr auf.

„Mich würde es nicht wundern, wenn du das alles geplant hast!", fuhr sie Violet an.

„Wie bitte?", entfuhr es Violet.

„Das ist doch Quatsch", rief Payden und stellte sich schützend neben sie. Rose lachte bitter. Sie verschränkte die Arme vor der Brust und tippte mit ihren langen, neongelb lackierten Fingernägeln auf ihren rechten Oberarm. Über ihrem schwarzen Minikleid trug sie einen pinken, hüftlangen Mantel, dazu pinke High-Heels.

„Was erlaubst du dir eigentlich, mich so anzuherrschen, Pay?" zischte Rose.

„Warum lässt du mich nicht ausreden?", fragte er wütend.

„Bitte, streitet euch nicht meinetwegen. Lasst uns doch in Ruhe über alles reden", flehte Violet.

„Ach komm, die Presse ist gerade dabei, durchzudrehen. Tu nicht so, als käme dir das nicht gelegen. Du verkriechst dich hier nur, um dich noch interessanter zu machen. Und du benutzt Payden dazu", herrschte Rose sie an.

Jedes einzelne Wort war für Violet wie ein Schlag ins Gesicht.

„Das ist nicht wahr!", wehrte sie sich.

„Das ist absoluter Blödsinn!", kam ihr Payden mit fester Stimme zur Hilfe.

„Du bist blind, Pay. Sie hat dir anscheinend schon den Kopf verdreht." Es fehlte nicht viel und Rose hätte ihm ins Gesicht gespuckt.

Violet war absolut geschockt von ihrem Auftritt.

„Du tust mir echt leid, Rose. Und ich hab zuerst so an dich geglaubt", erwiderte Payden und wandte sich ab.

„Mum hat recht. Du willst das Testament sehen, um alles an dich zu reißen und dann mit Payden zusammen Karriere machen, ihn aussaugen. Was für ein Glück, dass Kevin nun tot ist. Nicht wahr? Tja, Pay, nun kriegst du deinen Platz als Bandleader noch schneller, als du gedacht hast, was? Wie praktisch. Und Violet weiß das alles und will da oben neben dir stehen. Pass nur auf Payden, dass sie dir nicht einen

Tritt verpasst, wenn sie dich nicht mehr gebrauchen kann." Ihr Lachen klang für Violet wie das einer verzweifelten, boshaften Hexe. Mit Rose zu reden war wie gegen einen Tornado zu kämpfen. Jedenfalls im Moment.

„Was redest du da für einen Blödsinn? Außerdem erzählst du gerade von dir selbst. Merkst du das nicht? Ja, ich mag die Jungs und Kevin hat mir sehr viel beigebracht. Ich hätte es toll gefunden, ein oder zwei Songs mit ihm gemeinsam aufzunehmen. Aber ich habe immer gesagt, dass ich nicht dauerhaft in die Band einsteigen werde und mein Ding hauptsächlich allein machen will. Und das will ich nach wie vor", sagte Payden ruhig.

Wieder lachte Rose höhnisch. Sie ging im Raum auf und ab. „Ach komm, Pay. Erzähl keinen Unsinn. Ich brauche einen Drink. Hast du was da?", fragte sie.

„Wasser, Saft?", sagte er und schüttelte den Kopf.

„Softie-Drinks. Vergiss es", murmelte sie.

„Du hast mich nur benutzt. Nicht wahr?", brach es aus Payden heraus. Rose fuhr herum.

„Nicht vor dem Flittchen", schnaubte sie.

Violet atmete tief ein. „Ich bin kein Flittchen. Aber ich kann euch gerne alleine lassen. Du hast recht, es geht mich nichts an. Aber bitte, beleidige Payden nicht ständig, das hat er nicht verdient. Du solltest froh sein, ihn als Freund zu haben."

Ihre Worte entlockten Rose nur ein höhnisches Zischen.

„Bleib! Bitte! Ich habe keine Geheimnisse vor dir", bat Payden Violet inständig und suchte ihren Blick.

„Meine Güte! Wie in einer dieser billigen Seifenopern", spottete Rose. Dieses Mal ging Violet auf sie zu und sah sie direkt an, was Rose zu wundern schien. Sie zuckte sogar ein Stückchen zurück.

„Du und deine Mutter, ihr denkt also, dass ich mich nur bereichern will? Du glaubst, ich will dir Payden wegnehmen, um meine Karriere voranzubringen? Nein, Rose! So bin ich nicht, ganz und gar nicht. Und du scheinst auch Payden überhaupt nicht zu kennen."

Rose klappte die Kinnlade nach unten. Sie schnappte nach Luft und schoss zurück: „Payden hat *mich* benutzt, um berühmt zu werden und du hast das Gleiche vor. Was wäre Payden schon ohne mich?"

Payden seufzte tief.

„Was denn? Es ist die Wahrheit!", schrie Rose ihn an.

„Du machst dich lächerlich und weißt du was, es tut mir sogar weh", sagte er leise.

Rose schnaubte empört und wandte sich wieder an Violet. „Wenn du so edelmütig bist und dich der ganze Rummel nicht interessiert, dann beweise es doch. Verschwinde dorthin, wo du hergekommen bist, Violet McLovely, und lass uns in Frieden." Sie tippte Violett mit einem Finger gegen den Brustkorb. „Keiner will dich!"

„Du bist tatsächlich die Tochter von Thelma. Ihr beide nehmt euch nichts", flüsterte Payden kopfschüttelnd. Violet bemerkte, dass er bleich geworden war. Schweißtropfen standen auf seiner Stirn. Das Verhalten seiner ehemaligen Freundin nahm ihn sichtlich richtig mit.

Violet richtete ihren Blick auf Rose und sagte so ruhig wie möglich: „Das werde ich auch tun! Aber vorher möchte ich die Songs, die mein Vater für mich bestimmt hat."

Rose verengte die Augen. „Also doch! Du kleine Schlange. Sie gehören mir!"

„Raus hier!", donnerte Payden und zeigte Richtung Tür. „Das ist mein Haus und du wirst Violet nicht weiter beleidigen!"

Rose stierte ihn an. „Das kann nicht dein Ernst sein, Pay. Wach auf, bevor es zu spät ist!"

„Ich bin endgültig hellwach. Dank dir! Glaub mir, Rose, ich will mit dir nichts mehr zu tun haben." Paydens Gesichtsmuskeln zuckten.

Rose trat so dicht vor ihn, dass sich ihre Lippen fast berührten. „Du kleiner Wurm", flüsterte sie.

Ohne zu antworten, wandte Payden sich von ihr ab. Im Vorbeigehen spuckte Rose vor Violet aus, dann verließ sie das Haus.

In Violets Ohren dröhnte es. Schwindel überkam sie und sie setzte sich zurück auf die Couch. Payden ließ sich neben ihr nieder und fuhr sich mit einer Hand über das Gesicht.

„Irgendwie bin ich auch erleichtert, dass es nun vorbei ist. Im Grunde war es das schon lange vorher. Ich wollte ... ich dachte ...", sagte er dann.

„Ich weiß", murmelte Violet und sah ihn mitfühlend an.

„Mit wem war ich da nur zusammen?" Er nahm ihre Hand. „Egal was kommt, Vi. Ich stehe zu dir."

Sie lächelte ihm zu. „Und ich zu dir!", versprach sie ihm, was ihn ebenfalls zum Lächeln brachte. Danach erhob er sich und holte ihnen ein Glas Wasser. Violet spürte, dass ihre Kehle wie ausgetrocknet war.

Nachdem er zurück war, entsperrte er sein Handy und sah seine SMS durch. „Brian hat mir geschrieben“, sagte er und zeigte ihr die Nachricht. Noch immer durcheinander und aufgewühlt von Rose Auftritt las sie: *Hi ihr zwei! Ich nehme an, Violet ist noch bei dir. Lasst euch nicht unterkriegen! Ich glaube, zusammen seid ihr ein unschlagbares Team. ;-)*

Der Zwinkersmiley machte Violet verlegen und sie sah schnell weg. Hatte Brian etwas von ihren Gefühlen mitbekommen? Doch Payden schien sich nicht an Brians Andeutung zu stören. „Wir haben auf jeden Fall die richtigen Leute auf unserer Seite, wie es aussieht“, sagte er zufrieden.

„Das haben wir“, flüsterte Violet stolz und dankbar zugleich und dachte dabei auch an ihre Eltern.

Beben

Am nächsten Tag schlug Thelma Matthews einen Strategiewechsel ein. Ihr schien klar geworden zu sein, dass Violet an ihrem Entschluss festhielt und außerdem nun Unterstützer und Freunde hatte, mit denen Thelma offensichtlich nicht in allzu großen Konflikt geraten wollte.

„Ja, ich habe gelogen. Es tut mir sehr leid. Aber ich habe das nur getan, weil ich das Mädchen schützen will. Ich weiß, dass sie nicht beabsichtigt in Skys Fußstapfen zu treten. Sie möchte von der Öffentlichkeit in Ruhe gelassen werden", sagte sie im Interview mit einem einflussreichen Nachrichtenjournal.

Violet und Payden sahen sich das Gespräch auf seinem Laptop an. Sie hatten eine schlaflose Nacht hinter sich, in der sie viel Kaffee getrunken hatten und sich pausenlos die einschlägigen Newsseiten im Netz aktualisiert hatten.

Payden schnaubte verächtlich. „Eigentlich ist es nicht einmal gelogen. Doch leider bin ich mir sicher, dass sie es nur aus einem Grund sagt: Um den Kopf aus der Schlinge zu ziehen, nachdem viele sie als Lügnerin beschimpft haben."

„Thelma hat schon wieder probiert mich zu erreichen", entgegnete Violet und zeigte auf ihr Handy. Unschlüssig kaute sie auf ihrer Unterlippe, beschloss jedoch schließlich, ihr Flehen zu erhören.

„Na endlich!", rief Thelma so laut in den Hörer, dass Violet zusammenzuckte.

„Was wollen Sie noch von mir?", fragte sie müde.

„Stell dich nicht dumm. Ich weiß, wo du bist. Rose hat es erzählt. Sehr schlauer Zug, sich Payden zu krallen."

„Stell mal auf Lautsprecher", bat Payden Violet, was sie auch tat.

„Ich habe mir niemanden gekrallt, Mrs Matthews."

„Ich überweise dir das Geld und verspreche dir, dass du danach deine Ruhe haben wirst. Den Rest werde ich zu gegebener Zeit spenden. Das ist in deinem Sinne, oder?"

Violet schwieg. Sie konnte nicht glauben, dass Thelma immer noch versuchte, sie auf diese Weise zu ködern.

„Sag schon was! Das möchtest du doch! Oder hast du dich umentschieden und steckst vielleicht selbst hinter dem ganzen Trubel?", setzte Thelma nach.

„Ganz sicher nicht", erwiderte Violet leise, aber bestimmt.

„Na dann ist ja alles geklärt. In dem Testament steht nichts, was du nicht schon weißt."

„Das ist nicht wahr! Und das weißt du genau, Thelma", warf Payden plötzlich ein.

Ein paar Momente herrschte Stille. „Payden! ... Woher willst du denn das wissen?", stotterte Thelma.

„Von deiner Tochter!", sagte Payden bitter.

Violet stieß Payden in die Seite und legte einen Finger auf die Lippen, doch er schüttelte den Kopf.

„Nein, ich finde, es muss gesagt werden. Es ist ganz schön dreist, dass ihr das an Violet vorbeischleusen wollt, nur ...", erwiderte er laut.

Thelma unterbrach ihn. „Wie bitte? Entschuldige mal, junger Mann. Das ... das ... Die Songs sind für Rose bestimmt. Es wäre eine Unverschämtheit, wenn Violet sie ihr wegnehmen wollte. Rose allein kann sie zu Hits machen. Und nach allem was wir für Kevin getan haben, ist das nur fair. Meine Güte Payden, denk doch mal nach! Die Band würde mit Sicherheit hinter dir und Rose als Team stehen. Rose wollte dir nur eine Chance geben, auch ohne Kevin berühmt zu werden. Und das ist nun der Dank?"

„Das ich nicht lache", brach es aus Payden heraus und Violet merkte, dass es ihm guttat sich Luft zu machen. Das Ganze hatte in ihm gebrodelt wie ein Vulkan.

„Ich finde es nur noch traurig, was hier veranstaltet wird!", rief Violet.

„Ja, sehr traurig", gab Payden ihr recht.

„Du bestehst also weiterhin darauf das Testament einsehen zu wollen?", wollte Thelma wissen.

Payden nickte Violet zu und diese antwortete: „Ja, Thelma."

„Na gut! Aber eines verspreche ich dir, du wirst nicht glücklich mit den Songs werden. Ich melde mich wegen eines Termins", zischte Thelma. Trotz ihrer Drohung schien sie in die Ecke gedrängt zu sein. All ihre Manöver waren gescheitert.

„Das lassen Sie bitte mein Problem sein“, entgegnete Violet mit fester Stimme, was sie selbst überraschte. Danach legte sie auf.

Payden zeigte mit dem Daumen nach oben und sah sie stolz an. Langsam atmete sie aus und legte das Handy weg.

Die nächste, die anrief, war ihre Chefin Betty. Violet seufzte, als sie den Namen auf der Anruferkennung sah, dachte aber, dass es schlimmer nicht werden könne. Sie nahm ab, kam jedoch kaum dazu, zu grüßen, denn Betty fiel ihr sofort ins Wort. „ Hier ist die Hölle los. Alle fragen nach dir. Ist das ein verspäteter Aprilscherz?“

„Leider nicht“, erklärte Violet.

„Dann stimmt es also wirklich? Du bist seine Tochter?“, rief Betty so schrill in das Telefon, dass Violet die Ohren schmerzten.

„Es tut mir leid, dass du dadurch Unannehmlichkeiten hast.“

„Hier sind lauter Reporter und Leute, die mehr über dich erfahren wollen. Du bist berühmt. Ich glaube es nicht. Meine kleine Kellnerin. Das kann ich wunderbar für mein kleines Café nutzen, Violet. Du bist ein Schatz!“ Bettys Stimme klang begeistert.

Ihre Worte verschlugen Violet für einen Augenblick die Sprache, dann sagte sie: „Betty! Bitte, ich möchte, dass du gegenüber der Presse keine Fragen über mich beantwortest. Die drehen dir schneller die Worte im Mund herum, als dir lieb ist.“

Stimmengewirr drang durch das Handy.

„Du, ich muss auflegen! Zur nächsten Schicht bitte pünktlich antanzen, Liebes."

„Aber Betty. Ich kann nicht. Nicht jetzt!"

Violet hatte einen Kloß im Hals. Mit so viel Unverständnis hätte sie nicht gerechnet.

„Wir können Autogrammkarten drucken lassen, auf denen wir beide vor dem Café zu sehen sind. Das wird der Renner. Jetzt muss ich aber wirklich Schluss machen. Man verlangt dringend nach mir. Mensch Kindchen, freue dich! Vielleicht wird doch noch was aus dir. Aber bitte, vergiss mich nicht dabei. Denk dran, was ich alles für dich getan habe. Ja? Also, bis bald, Schätzchen."

Weg war sie.

„Am liebsten würde ich mich auf eine ferne Insel verziehen", sagte Violet und legte das Handy seufzend zur Seite.

Payden nickte. „Da komme ich sofort mit!"

Auch in den nächsten Stunden überschlugen sich die Medien regelrecht. Selbst Matteo hatten sie im Visier. Laut Insiderkreisen wohnte er mittlerweile mit seinem Partner Johnny Who zurückgezogen in New York. Die beiden hatten gemeinsam ein kleines, aber feines Modelabel gegründet. Zu *der Sache* wollte Matteo keinen Kommentar abgeben.

„Wir können uns nicht ewig hier verstecken", sagte Violet schließlich am Mittag zu Payden und rieb sich fieberhaft nach einer Lösung suchend die Stirn. Die Medienberichte, Interviews und Meinungen, die über Stunden auf sie eingeprasselt waren, hatten sie erschöpft.

„Das stimmt allerdings“, sagte Payden resigniert. „Schau mal, sie haben unseren Aufenthaltsort herausgefunden. Ich kann mir vorstellen, wer ihnen den Tipp gegeben hat. Und schon dichten sie uns eine heiße Affäre an. Unglaublich!“, stöhnte er. Der Artikel überraschte Violet nicht. Sie hatte bereits damit gerechnet.

Payden schnappte sich seine Autoschlüssel. „Auf jeden Fall kann es sich nur noch um Minuten handeln, bevor die Meute hier eintrifft. Lust auf einen Ausflug?“ Das Cabrio hatte man morgens gebracht.

Violet nickte. Nur weg von diesen Hyänen. „Und wohin fahren wir?“

Payden ergriff ihre Hand und zog sie hinaus zu seinem Wagen. „Monty hat mir geschrieben.“

„Du meinst Monty Allen? Der Gitarrist von Kevins Band?“, wollte Violet erstaunt wissen.

„Genau der. Er ist echt in Ordnung. Wir können zu ihm“, erklärte Payden und warf einen prüfenden Blick in den Rückspiegel, sobald sie in seinem Cabrio saßen. Die Luft schien rein. *Monty Allen,* dachte Violet aufgeregt. Würde sie ihn gleich wirklich kennenlernen? Das war unglaublich. Wie so vieles in den letzten Tagen.

Payden bemerkte ihre Nervosität und lachte. „Ich glaube, er ist aufgeregter dich kennenzulernen als du.“

„Kaum! Jack wird ausrasten, wenn ich es ihm erzähle“, sagte Violet.

„Du wirst auch die anderen bald kennenlernen. Ach so, was mir noch eingefallen ist. Bist du auf irgendwelchen Social-Media-Kanälen aktiv?“

„Auf Facebook. Aber viel gibt es da nicht zu entdecken. Jack hat mich damals dazu überredet. Ich lösche es besser“, sagte Violet und holte ihr Handy aus der Tasche.

„Wenn es nichts ist, aus dem die etwas Komisches machen können, kannst du es ruhig lassen.“

„Okay ... Nein, es gibt noch nicht mal ein Foto, auf dem ich zu sehen bin. Nur drei Landschaftsaufnahmen.“

Ohne nachzudenken verband sie sich mit der Seite. Das Handy fiel ihr beinahe aus den Fingern. „Oh mein Gott. Ich habe jede Menge Freundschaftsanfragen und Likes. Und meine Facebook-Freunde haben mir dutzende Nachrichten geschrieben. Alle wollen wissen, ob es stimmt, und wo ich bin.“

„Das wundert mich nicht.“

„Ich kann das nicht fassen, Payden. Es macht mir Angst. Es fühlt sich an, als würde ich in einem Karussell sitzen, das sich immer schneller dreht.

Payden drückte ihre rechte Hand, die auf ihrem Bein ruhte. „Ich halte dich fest.“

Sie sah zu ihm hinüber und fühlte wieder dieses eigenartige und doch so schöne Kribbeln und Prickeln. War das wirklich nur eine Schwärmerei? Oder war sie etwa dabei, sich in Payden zu verlieben? Seine Nähe fühlte sich gut an, als wäre er ihr Zuhause.

Bevor sie noch länger über ihre Gefühle nachdenken konnte, piepste ihr Handy. Es war eine Nachricht von Jack.

Oh Mann! Angela hat sich kaufen lassen, genau wie deine korrupte Chefin. Das ist so erbärmlich. Und der Journalist, dieser verdammte Heuchler, wartet gerade auf das Höchstgebot der Medien, um den Brief an sie zu verkaufen.

Die Ereignisse überschlugen sich wie in einem Albtraum. „Das glaube ich jetzt nicht. Obwohl, warum überrascht es mich eigentlich?", flüsterte Violet und presste eine Hand gegen den Brustkorb, nachdem sie Jacks neue Hiobsbotschaft gelesen hatte. Ihre Stimme zitterte, als sie Payden die SMS vorlas. Er war gerade nach Brighton abgebogen, wo Monty und seine Frau ein Haus in Küstennähe bewohnten. Sofort hielt er an der Seite einer Straße, von der aus man Wasser sehen konnte. Schäumende Wellen rollten an den Strand, an dem sich einige Leute tummelten.

Mit zitternden Fingern tippte Violet auf die Links, die Jack ihr geschickt hatte. Zusätzlich zu Angelas Interview hatte die Online-Zeitung auch ein paar Fotos beigefügt, die sie von ihr bekommen hatten. Die meisten waren Jugendfotos ihrer Mutter, wovon eines auf einem Konzert von Sky aufgenommen worden war. Direkt darunter war zu lesen: *Laut Melodys Schwester hat Sky selbst das Foto geknipst.*

„Nein! Da kannten sie sich doch noch gar nicht. Das ist eine gemeine Lüge." Violet legte die Hand auf ihren Brustkorb. Ihr Herz raste, sie atmete flach und schnell.

„Wirklich mies", murmelte Payden.

Neben dem Foto ihrer Mutter fand sich ein weiteres von Violet in zerrissenen Jeans, mit wilder Mähne und einem weißen Shirt, auf dem sie frech in die Kamera lächelte. *Ganz der Papa* stand darunter.

Gegenüber dem Journalisten, der das Interview mit ihr geführt hatte, hatte Angela angegeben, sie hätte die ganzen Jahre von dem Geheimnis gewusst und Violet nach dem Tod Melodys selbstlos, wie sie nun mal war, bei sich und ihrem Mann aufgenommen. Melody, so

Angela, sei eine zarte Frau gewesen, die in jungen Jahren unbändig und wild war und Kevin vergöttert hatte. Auf die weiteren Nachfragen des Reporters wusste sie jedoch keine Antworten. Wie auch? Die genauen Umstände hatte Violet ihr nicht erzählt, worüber sie sehr froh war. Das letzte Foto zeigte Angela zusammen mit Marcus, Arm in Arm auf ihrer Wohnzimmercouch. „Wir hoffen, Violet wird nicht vergessen, dass wir immer für sie da waren. Wir lieben sie über alles", wurde Angela darunter zitiert. Violet rieb sich die Stirn, seufzte und klickte auf den nächsten Link.

Auch Betty behauptete, sie hätte von dem Geheimnis gewusst, wenn sie dies auch nicht so direkt äußerte, wie Angela es getan hatte. Sie berichtete jedoch ausführlich von Violets begnadeter Stimme und stellte sich auch für Fotos zur Verfügung. Natürlich hatte sie so posiert, dass das Logo ihres Cafés deutlich zu sehen war.

„Das tut mir wirklich leid, Vi", flüsterte Payden. Mit Tränen in den Augen klickte sie die Interviews und Fotos weg. Es reichte, sie hatte wahrlich genug gesehen und gelesen.

„Naja, da merkt man endgültig, wer es ehrlich meint und wer nicht", sagte sie bitter. „Dass Angela auch noch Mum öffentlich zur Schau stellt, tut noch mehr weh. Und was Betty angeht ... Ich kann nicht mehr für sie arbeiten, nicht nach diesem Interview. Auch wenn ich das Geld brauche."

„Das kann ich sehr gut verstehen, Vi. Hör zu, wenn du das Geld von Kevin hast, dann brauchst du dir zu-

mindest über den Punkt keine Sorgen mehr zu machen.“

Seufzend schüttelte Violet den Kopf. „Ich will mir
alles selbst erarbeiten. Alles andere bringt Unglück.
Ich sollte alles spenden.“

„Kevin war es immer wichtig, sein Geld mit Bedürf-
tigen zu teilen, also ist es sicher eine gute Idee, einen
Teil zu spenden“, sagte Payden nachdenklich. „Aber
Violet, du solltest auch etwas behalten. Er war dein
Vater, er wollte so gerne für dich sorgen und konnte
es zu seinen Lebzeiten nie. Er würde es wollen, dass du
sein Erbe annimmst. Das hast du dir verdient.“ Payden
drückte noch einmal ihre Hand und lenkte den Wagen in eine von Straßenlaternen gesäumte Straße, in
denen die Häuser schneeweiß waren und die Gärten
aussahen, als hätte man sie geradewegs aus einem
Bilderbuch gestohlen. Violet drehte das Fenster nach
unten und atmete die Luft tief in ihre Lunge. Am Ende
der Straße hielt Payden vor einem Tor, öffnete sein
Fenster und drückte den Klingelknopf an der Seite. Es
dauerte nur wenige Sekunden, bis ihm geöffnet wurde. Anschließend bog er in eine gepflasterte Einfahrt,
die zu einem verwinkelten Flachdachhaus mit großen
Fenstern führte. Der Garten war gepflegt und mit
glänzenden weißen LED-Kugeln dekoriert, die nachts
den Weg beleuchteten. Violet dachte, dass sie in der
Dunkelheit sicher wie vom Himmel gefallene Sterne
aussahen. Sie stiegen aus und hörten sofort das Rauschen des Wassers von der Küste. Hier wohnten also
Monty Allen und seine Frau Barbara.

„Ich war auch erst einmal hier“, sagte Payden. „Der
Strand ist nur etwa hundert Meter entfernt und über

eine Treppe vom Garten aus erreichbar.“ Er kam zu ihr herüber und ging nahe neben ihr her Richtung Haus. Die Tür öffnete sich und ein Mann mit kurzen Rastalocken erschien. Er trug eine Sonnenbrille und war gekleidet, als wollte er gleich nach Jamaika auswandern. Eine zierliche Blondine in einem weißen, knielangen Sommerkleid begleitete ihn. Violet erkannte Monty sofort. Er kam auf sie zu und blieb direkt vor ihr stehen.

„Mein Gott, das ist sie also. Diese Ähnlichkeit! Hallo! Ich bin Monty“, sagte er mit heiserer Stimme und reichte erst ihr und dann Payden die Hand.

Violet grüßte verlegen zurück. Seine Frau kam lächelnd zu ihnen. Tränen glitzerten in ihren mandelförmigen, grünbraunen Augen.

„Ich kann es nicht glauben“, murmelte sie und nahm Violet in den Arm.

„Jetzt weiß ich auch, wen er immer gemeint hat“, sagte Monty zu Payden gewandt.

Barbara wischte sich eine Träne von der Wange. „Ja, er hat oft von seiner süßen Kleinen gesprochen. Wir dachten immer, dass damit Rose gemeint sei. Auch, wenn wir uns keinen rechten Reim darauf machten konnten. Ich meine ... Na ja egal jetzt.“

„Sie sind nicht sauer auf ihn?“, wollte Violet wissen und richtete sich damit speziell an Monty. Wie Payden ihr erzählt hatte, hatte Kevin sich mit Monty von allen Bandmitgliedern am besten verstanden.

„Wir vertrauten uns. Aber das heißt nicht, dass wir uns immer alles erzählt haben. Die anderen sind da der gleichen Meinung wie ich. Allerdings sind wir alle ganz schön aus den Wolken gefallen! Ich habe das

Gefühl, dass er uns noch von seinem Geheimnis erzählt hätte. Er hat uns irgendwann sogar erzählt, dass er sein Testament gemacht hätte, da man nie weiß, wann es soweit ist. Er wollte uns alle darin sogar berücksichtigen. Aber die ganze Kevin Crew, wie wir uns manchmal nannten, wollte das nicht. Ich hab noch einen Spaß dazu gemacht. Gesagt, dass er uns alle überleben wird. Ich erinnere mich auch genau, dass er nach dem letzten Auftritt in Chicago gesagt hat, dass er uns, wenn wir wieder zurück in England wären, was Wichtiges mitteilen müsste. Es kann also gut sein, dass es das war“, erzählte Monty.

„Mein Mann und ich stehen auf jeden Fall hinter dir. Genau wie der Rest der Band“, warf Barbara ein.

Monty zeigte Richtung Haus. „Jetzt kommt erst einmal herein.“

Mit einem so herzlichen Empfang hatte Violet nicht gerechnet. Payden ließ ihr den Vortritt. An den Wänden des großen, mit hellem Marmor ausgelegten Flures hingen neben Familienfotos einige Auszeichnungen, die Monty und Skylane Avenue im Laufe der Jahre erhalten hatten. Wie sie wusste, hatten Monty und seine Frau zwei bereits erwachsene Kinder, die im Ausland arbeiteten. Monty und Barbara brachten sie in ihr geräumiges Wohnzimmer, das neben einem beleuchteten Aquarium eine Vielzahl von Deckenstrahlern besaß, die die modernen weißen und braunen Möbel und Teppiche in ein warmes Licht tauchten.

„Ihr könnt gerne so lange bleiben, wie ihr wollt. Möchtet ihr etwas trinken und essen?“ Barbara blinzelte Violet mütterlich zu.

„Ein Glas Wasser wäre toll. Danke", sagte Violet schüchtern.

„Für mich auch", sagte Payden.

Barbara nickte und verließ das Wohnzimmer, während sich Monty ihnen gegenüber lässig auf einen Sessel niederließ.

„Was Thelma da abzieht, ist echt das Letzte. Payden hat mir ja schon geschrieben, wie es wirklich ist. Die hat sich Kevin damals schon richtiggehend aufgedrängt und wollte uns Rose aufs Auge drücken. Das Mädchen kann singen, aber eben nicht außergewöhnlich. Da kommt nichts rüber, kein Gefühl. Da bin ich ganz Kevins Meinung. Natürlich wollten die Damen, also weder Rose noch Thelma, etwas davon hören, dabei hat Kev es ihnen wirklich schonend beigebracht. Als Dank hat Thelma ihm Vorwürfe gemacht, da Rose sich angeblich deswegen umbringen wollte."

„Wirklich?", fragte Payden sichtlich überrascht.

Monty winkte ab. „Davon glaube ich kein Wort! Sie wusste genau, dass man Kevin mit Mitleid einfangen konnte. Mann, er hatte danach wirklich Schuldgefühle, redete noch einmal mit Thelma und Rose und versuchte ihnen behutsam zu erklären, was ihr fehlte. Wenn du mich fragst, fehlt ihr vor allem eine Persönlichkeit! Das hätte ich ihr auch ganz deutlich gesagt. Aber obwohl Kevin immer so cool rüberkam, war er zu weich für diese brutale Ehrlichkeit, auch wenn es ihr vielleicht gutgetan hätte. So hat er ihr doch noch Hoffnungen gemacht, wenn auch sehr vorsichtig. Rose und Thelma gehören zu der Sorte Mensch, der einem den ganzen Arm rausreißt, wenn man ihm erst einmal den kleinen Finger gereicht hat." Monty war ganz rot geworden. Nachdem er einmal angefangen hatte, schienen die Worte regelrecht aus ihm heraus zu strömen. Es befreite ihn merklich.

„Lass dich nicht von ihr einschüchtern. Und von der Presse auch nicht", fügte er nach einer kleinen Pause hinzu.

„Was habt ihr nun vor?", fragte Barbara, als sie zurückkam und ihnen jeweils ein Glas Wasser hinstellte.

„Ich hoffe, Thelma ist nun wenigstens so fair und nennt mir bald einen Termin für die Testamentseinsicht. Und dann – keine Ahnung. Untertauchen, bis Gras über die Sache gewachsen ist", erwiderte Violet und seufzte.

Monty lachte, winkte ab und sagte: „Entschuldige, aber so schnell wird das wohl nicht passieren."

„Ich bin gespannt, ob in diesem Testament wirklich steht, dass Rose ein Anrecht auf die Songs haben würde, wenn Violet sie ablehnt. Payden hat am Telefon erzählt, dass Thelma das behauptet hat. Aber ich glaube das nicht", bemerkte Barbara.

Payden nickte. „Stimmt! Das kommt mir auch sehr seltsam vor. Sie will dich sicher nur einschüchtern. Ich habe Brian gefragt, und er kann sich nicht erinnern, so etwas gelesen zu haben."

„Die anderen aus der Band würden morgen gerne vorbeikommen und dich kennenlernen. Wäre das okay?", fragte Monty. Violet nickte eifrig. Natürlich war es das.

Den Rest des Abends verbrachten sie mit Gesprächen über ihren Vater, wobei sie mehr und mehr merkte, wie sehr er in der Band verwurzelt gewesen war. Es war deutlich, dass Monty ihn schrecklich vermisste, und nach seinen Erzählungen schien es dem Rest der Band nicht anders zu gehen.

„Die Zeit der Tourneen war anstrengend, aber auch immer aufregend. Dazwischen fiel Kev jedoch oft in ein tiefes Loch. Meist war das dann auch die Zeit, in der er Drogen nahm. Natürlich wussten wir, dass er Matteo noch immer vermisste. Als er Brian kennenlernte, war es besser geworden. Na ja, bis der sich von ihm trennte. Angelina, unsere damalige Managerin – Gott hab sie selig –, aber auch Thelma, haben ihm danach geraten wieder öfters seinen Therapeuten aufzusuchen.“

„Das wusste ich gar nicht“, sagte Payden. „Er hat nie von einem Therapeuten gesprochen.“

„Wahrscheinlich, weil der ihm nicht viel brachte. Wir haben immer versucht, so gut es ging für ihn da zu sein. Allerdings machte er in solchen Phasen oft dicht und sagte dann nur, er würde das alles schon packen, wolle nur seine Ruhe. Kevin war ein Mensch voller Emotionen, der alles hinterfragte und keinem zur Last fallen wollte.“

Violet nickte. „Ich glaube, ich kann ihn langsam besser verstehen“, sagte sie nachdenklich. „Aber für Mums Entscheidung habe ich auch Verständnis. Für beide!“

„Natürlich! Keiner konnte aus seiner Haut. Geht uns ja auch oft so“, gab Barbara ihr recht.

Im Auge des Sturms

Violet und Payden schliefen in nebeneinander gelegenen Zimmern, die vielmehr großzügigen Apartments glichen. Sogar frische Kleidung hatten sie von Barbara und Monty bekommen. Obwohl sie die Nacht davor kein Auge zugetan hatte und eigentlich hundemüde war, konnte Violet nicht einschlafen. Sie setzte sich auf ihrem eigenen Balkon, der direkt neben Paydens lag, auf einen der beiden Liegestühle und blickte in die Sterne. Nach einer Weile begann sie leise vor sich hinzusummen und hing weiter ihren Gedanken nach. Das Handy ließ sie absichtlich in ihrer Tasche. Noch mehr Aufregung hätte sie im Moment nicht vertragen. Sie genoss die Ruhe des Abends und war heilfroh, dass die Presse Montys Haus verschonte. Er hatte bereits einen privaten Sicherheitsdienst beauftragt, der mögliche Paparazzi fernhalten sollte.

„Das klingt klasse", hörte sie plötzlich Paydens Stimme, leise wie der sanfte Wind, der um die Villa blies. Violet erhob sich und lugte zu ihm hinüber. Er stand am seitlichen Geländer seines Balkons und lehnte sich lässig an.

Violet lächelte ihm zu. „Kannst du auch noch nicht schlafen? Ich nutze die Ruhe, um herunterzufahren."

„Soll ich dir ein bisschen Gesellschaft dabei leisten?", fragte er verschmitzt. Das Licht des Vollmondes fiel auf sein Gesicht und unterstrich die markanten und dennoch weichen Züge darin.

Violet tat so, als müsste sie sich das gut überlegen. Als Payden jedoch enttäuscht aussah und Anstalten machte, wieder hineinzugehen, sagte sie schnell: „Gerne!"

Die beiden Balkone waren etwa einen Meter voneinander entfernt. Payden schwang sein Bein über die Brüstung.

„Was wird das?", flüsterte Violet irritiert.

„Nach was sieht es denn aus?" Payden zwinkerte ihr zu.

Sie hob beide Hände. „Warte! Ich öffne dir die Tür, das ist sicherer."

Aber Payden winkte ab. „Das wollte ich schon immer mal machen. Keine Sorge. Ich bin sportlich genug."

Schmunzelnd verschränkte Violet die Arme vor der Brust. „Ich hoffe nur, du neigst nicht zu Selbstüberschätzung, die dazu führt, dass ich dich gleich aus dem Garten fischen muss."

Sie beugte sich prüfend über das Geländer. Direkt darunter wuchs eine dichte Buchshecke, die ihn, wenn er Glück hatte, weich landen lassen würde.

„Nein, im Ernst. Bitte hör auf damit", bat sie dennoch.

Doch Payden hatte ein Bein bereits über das Geländer geschwungen und blinzelte zu ihr herüber.

„Hast du etwa Angst um mich, Vi?"

„Nein, natürlich nicht", wehrte sie ab.

„Hört sich aber so an."

Er kletterte ganz über das Geländer und lehnte sich rücklings dagegen. Dann umklammerte er die Kante mit den Händen und flüsterte: „Ich komme jetzt."

Violet versuchte gleichmäßig zu atmen und weiterhin lässig zu wirken, als Payden zum Sprung ansetzte. Mehr oder weniger elegant und mit etwas zu viel Schwung kam er auf ihrer Seite an. Violet streckte die Arme nach ihm aus und bremste seinen Sprung ab. Beinahe berührten sich ihre Gesichter. Für ein paar Sekunden hielten sie inne und sahen sich an. Schließlich wich Violet eine Armlänge zurück. Payden straffte die Schultern, kletterte über das Geländer ihres Balkons und lächelte.

„Ich fühle mich wie Romeo", sagte er und lachte leise.

Violet setzte sich zurück auf den Liegestuhl, während Payden sich rücklings ans Geländer lehnte und seinen Blick weiter auf sie gerichtet hielt.

„Ich finde dich echt tough, Violet. So wie du mit dem Ganzen umgehst, meine ich", bemerkte er ernst.

Sein Kompliment brachte sie zum Lachen. „Denkst du! Ehrlich gesagt bin ich ein einziges Nervenbündel, Payden."

Payden schmunzelte kurz, sah sie dann aber weiter ernsthaft an. „Nein. Du bist auch echt cool. Du solltest dir das mit dem Singen vor Publikum ernsthaft überlegen. Die würden dich lieben. Du hast das, was Rose fehlt. Pass auf, ich wiederhole mich gerne öfter, wenn ich merke, dass es sich lohnt.“

„Dann werde ich mir eben Ohrstöpsel besorgen müssen.“ Auch sie wurde ernster. „Im Moment kann und will ich darüber nicht nachdenken, Payden.“

Er streckte ihr eine Hand entgegen und sah sie bittend an. Langsam legte sie ihre hinein. Kaum dass sie seine Haut berührte, zuckte sie zusammen. Sie hatte das Gefühl, dass Tausende von Ameisen durch ihre Adern rannten. Ob es ihm genauso ging?, fragte sie sich, verwarf den Gedanken aber wieder. Er hatte sich schließlich gerade frisch von Rose getrennt.

Als hätte er ihre Gedanken erraten, sagte er leise: „Das mit Rose und mir ist definitiv vorbei. Ich bin zwar ziemlich enttäuscht, aber auch froh, dass du da bist, Violet. Aber bitte, glaube nicht, dass ich dich ausnutzen möchte.“

Sie öffnete den Mund, brauchte jedoch ein paar Anläufe, um einen Ton herauszubringen. „Oh nein! Das denke ich nicht.“ Um ihrer Aussage Nachdruck zu verleihen, schüttelte sie den Kopf.

Payden lächelte leicht. „Da bin ich froh!“

Urplötzlich vernahmen sie ein Rascheln aus dem Garten, dem ein Aufschrei folgte. Beide erstarrten

„Was war das?“, flüsterte Payden.

„Oder besser gesagt, wer?“, setzte Violet ebenso leise hinzu.

Licht überflutete ein großes Stück des Gartens. Kurz darauf hörten sie Montys Stimme. „Verschwindet! Kameras weg!“

„Shit. Da scheinen Typen von der Presse zu sein", murmelte Payden, zog Violet aus dem Liegestuhl hoch und ging eilig mit ihr nach drinnen.

„Ich fühle mich wie ein gehetztes Tier auf einer Treibjagd", murmelte Violet. Sie glaubte nicht, dass sie sich je daran gewöhnen könnte. Beruhigend zog Payden sie an sich und strich ihr über das Haar.

In diesem Moment klopfte es an der Tür. Barbara und Monty wollten sie warnen und die Lage mit ihnen besprechen. Gemeinsam waren sie zu dem Entschluss gekommen, das Treffen mit den anderen Mitgliedern von Skylane Avenue zu verschieben. Sie diskutierten eine Weile über den Plan für die nächsten Tage und wie sie am besten mit der Presse umgehen sollten.

Am Ende konnte Violet ihr Gähnen nicht mehr unterdrücken, obwohl sie innerlich aufgewühlt war. Sie war seit über vierundzwanzig Stunden auf den Beinen. Sofort erwachte in Barbara der Mutterinstinkt, sie brachte ihr einen Tee und befahl ihr, unverzüglich ins Bett zu gehen. „Und du auch", sagte sie streng zu Payden. „Ich weiß, dass junge Leute sich gern für unbesiegbar halten, aber bei dem, was in den nächsten Tagen auf euch zukommen wird, braucht ihr all eure Energie." Violet hatte nicht mehr die Kraft, zu widersprechen. Nachdem Payden und die anderen ihr Zimmer verlassen hatten, schaffte sie es gerade noch, sich die Zähne zu putzen und das Gesicht zu waschen, bevor sie in das weiche Bett sank und auf der Stelle, wenn auch unruhig, einschlief.

Als Violet am nächsten Morgen erwachte hörte sie Montys Stimme, die zu ihr ins Zimmer drang. Sofort war sie hellwach, denn er klang aufgebracht. Hastig kroch Violet aus dem Bett, zog sich an und ging nachsehen, was los war. Wie sie erfahren musste, geisterten neue Gerüchte durch die Medienlandschaft. Ein Foto war veröffentlicht worden, das sie und Payden auf dem Balkon in einer Pose zeigte, die von vielen als eindeutig bezeichnet wurde.

„Nicht gut", sagte Monty. Nach dem Frühstück hatten sie sich im Wohnzimmer versammelt. Draußen lauerte inzwischen eine ganze Horde von foto- und sensationswütigen Journalisten.

„Die Polizei wird das bestimmt bald im Griff haben", bemerkte Barbara, was Monty ein Lachen entlockte. „So wie gestern? Wer weiß, ob da nicht manche unserer sogenannten Sicherheitskräfte mit der Presse unter einer Decke stecken."

„Mir ist es nicht unangenehm, wenn sie denken, dass wir ein Paar sind", sagte Payden, was Violet verlegen machte. Sie wagte nicht, ihn anzusehen.

Barbara schmunzelte. „Ihr wärt aber auch wirklich ein schönes Paar."

„Stimmt! Aber der Zeitpunkt hätte nicht schlechter gewählt sein können. Paydens Trennung von Rose ist einfach noch zu frisch. Mit dem Foto habt ihr euch ein Eigentor geschossen", sagte Monty bedrückt.

„Das fürchte ich auch", musste Violet zugeben.

„Mein Manager rät mir weiter zu schweigen", entgegnete Payden, der gerade einen Blick auf sein Handy geworfen hatte.

Die neuesten Medienberichte bewiesen, dass sie sich durchaus Sorgen machen mussten. Rose gab sich gekränkt und enttäuscht. Thelma goss zusätzlich Öl ins Feuer, indem sie behauptete, dass Skys Tochter es faustdick hinter den Ohren hätte und nun richtig absahnen wolle. Einzelheiten, hieß es, wolle sie zu einem späteren Zeitpunkt bekannt geben. Sogar Betty Lightly meldete sich zu Wort und erzählte davon, dass Payden Violet schon länger kennen würde und sie in ihrem Café oft besucht hatte. Um dem Ganzen noch mehr Würze zu geben, deutete sie sogar an, die beiden hätten sich in einen der Hinterräume verzogen, um ungestört Sex zu haben. Als sie dieses Interview las, fühlte Violet Wut in sich aufsteigen. Langsam reichte es ihr. Sofort wählte sie Bettys Nummer.

„Hier Violet. Wie kommst du nur dazu, solche Dinge zu behaupten? Ich verlange, dass du das wieder geradebiegst. Sofort!", rief sie ins Handy, sobald Betty rangegangen war.

„Violet! Hallo! Ach Schätzchen, reg dich nicht auf. Ich ... ich wollte dir nur helfen. Dieser Payden ist doch ein richtiger Kerl. Und wenn du ehrlich wärst ..."

„Das bin ich, im Gegensatz zu dir", schnaubte Violet.

„Du solltest mir dankbar sein. Ich habe dich damit noch interessanter gemacht", sagte Betty pikiert.

„Oh nein. Du tust das vor allem für dich selbst. Weißt du was, ich kündige und zwar fristlos."

Betty schwieg für einige Sekunden. Dann lachte sie laut und höhnisch auf.

„Das ist nun der Dank? Natürlich, nun wirst du ein Superstar und brauchst mich nicht mehr. Vielleicht haben diese Rose und ihre Mutter recht und du bist nur ein durchtriebenes Biest."

Ihre Worte trafen Violet so sehr, dass sie nichts mehr sagen konnte und das Telefonat sofort beendete.

„Mit wem hast du da eben telefoniert?", wollte Payden wissen und sah sie besorgt an. Sobald sich Violet wieder ein Stück weit gefasst hatte, erzählte sie ihm, Barbara und Monty von dem Gespräch.

„Ich kann das alles nicht. Es macht mich schon jetzt fertig. Ich bin einfach zu schwach und ich hasse das. Aber ich kann nichts dagegen tun", flüsterte sie danach und schlug die Hände vors Gesicht.

„Irgendwie erinnert mich das an jemanden. Dein Dad hatte manchmal die gleichen Zweifel. Besonderes zu Anfang seiner Karriere, als wir zusammengefunden haben", sagte Monty. Violet horchte auf. Langsam nahm sie die Hände herunter und sah ihn an.

„Aber am Ende hat Kevin sich immer durchgebissen. Oh ja! Und vergiss nicht Violet, du bist nicht allein."

Payden und Barbara nickten zustimmend. Sie hatten ja recht, dachte Violet und beschloss, sich zusammenzureißen. Das hatten ihre Freunde verdient, nach allem, was sie für sie getan hatten.

Der Rest der Band versprach, sich auch weiterhin zurückzuhalten. Alle freuten sich bereits darauf, Violet zu gegebener Zeit kennenzulernen. Der Einzige, der gegenüber der Presse einen kurzen Kommentar abgegeben hatte, war Axel Chaplin, der Schlagzeuger und auch Gitarrist. Er sagte, sie alle wünschten sich im Moment nur eines, Ruhe, da sie den Tod ihres Bandleaders noch nicht mal ansatzweise verkraftet hatten. „Es ist wie ein Albtraum, aus dem man ständig erwachen will. Zu allem weiteren gebe ich keinen Kommentar ab."

Gegen Abend wurde die Meute der Presse noch größer, was auch weiteren brisanten Bekanntgebungen geschuldet war. Die Zeitschrift London VIPS hatte Kevins Brief veröffentlicht, und alle anderen Medien zogen schnell nach. Rasch wurden Fragen nach Violets Gesangskarriere laut. Man spekulierte, ob das nächste Studioalbum bereits mit ihr und Payden im Duett aufgenommen werden sollte.

„Und Thelma streut weiterhin Gift", schimpfte Monty, der sich auf seinem Laptop durch die verschiedenen Newsseiten klickte. „Sie hat Violet von Anfang an in ein schlechtes Licht gerückt. Inzwischen ist sie in der Talkshow von Olga Branigton aufgetreten, wo sie behauptet hat, der Brief sei eine dreiste Fälschung. Mein Gott! Wer ist hier dreist?" Seine Hände ballten sich zu Fäusten.

„Laut meinem Manager gehen die Meinungen der Leute auseinander", erwiderte Payden. „Wenn ich die Kommentare so überfliege, dann finden viele die Sache mehr als merkwürdig."

Gemeinsam mit den anderen sah sich Violet das Interview in Montys persönlichem Studio an, das sich im Keller des Hauses befand.

„Es hätte der Familie viel bedeutet, wenn Violet Ruhe gegeben hätte. Nun fordert sie mich regelrecht heraus die Wahrheit zu sagen. Ich fühle mich auch Kevins Fans gegenüber dazu verpflichtet", erzählte Thelma und schluchzte. Sie ließ sich von der besorgt dreinblickenden Moderatorin ein Taschentuch geben, mit dem sie sich die Augen tupfte.

„Melody McLovely wollte Kevin ausnehmen und das wusste er auch. Er hatte ein schlechtes Gewissen und griff tief in die Tasche. Von wegen, sie wollte nichts! Dieser Brief ist eine reine Fälschung oder sie hat ihn dazu gezwungen, ihn zu schreiben. Kurz vor seinem Tod hat er mir noch gesagt, dass er unter Druck gesetzt wird und zwar massiv. Doch das wollte er nicht mehr zulassen, sogar das Testament noch ändern. Nur ... dazu kam es leider nicht mehr."

Sie senkte den Blick und schnäuzte leise in das champagnerfarbene Spitzentaschentuch. Zusammengekauert wie ein Häufchen Elend saß sie auf der weißen Couch.

„Diese Schlange", flüsterte Barbara. Violet fehlten die Worte. Ihr wurde nur noch einmal mehr klar, wie gefährlich die Cousine ihres Vaters war.

„Vivienne ist an Demenz erkrankt. Es kommt immer öfter vor, dass sie nicht mehr weiß, was sie sagt. Kevins Tod hat sie natürlich noch zusätzlich durcheinander gebracht. Und nun ist auch noch diese Lügnerin aufgetaucht! Meine Tochter und ich sind am Boden zerstört", stieß Thelma aus.

„Mit Sicherheit wird sie versuchen, Kevins Anwälte zu bestechen, genau wie diesen Journalisten, der danach tödlich verunglückt ist. Obwohl, wer weiß, ob es wirklich nur ein Unglück war. Ich traue ihr langsam echt alles zu", knurrte Payden und ballte eine Hand zur Faust. Leider musste Violet ihm zustimmen.

Jack schickte ihr ermutigende Nachrichten auf ihr Handy, während ihre Welt weiter aus dem Ruder lief.

Nach der Show, in der auch Thelmas Mann aufgetreten war, um einen neuen Song von sich zu präsentieren, hagelte es Kritik gegen Violet.

„Dass er da auftritt, ist mehr als genug Zeichen dafür, was Thelma im Schilde führt", schimpfte Monty. „Sie und ihre Familie nutzen wirklich alles zu ihrem eigenen Vorteil aus."

Ein paar waren der gleichen Meinung wie Monty, Thelma würde ein intrigantes Spiel spielen, um Vorteile für sich, Rose und die Karriere ihres Mannes zu ergattern. Doch die meisten waren nun gegen Violet eingenommen. „Warum meldet sie sich nicht selbst zu Wort? Stimmt es etwa doch?", war die Frage, die man immer wieder hörte.

Violet las einen Kommentar nach dem anderen, ließ die Presseberichte und wilden Vermutungen auf sich einprasseln. Als Angela und Marcus einem Journalistenteam Einblick in ihr Zimmer gewährten, wurde ihr übel. Der Artikel unter den Bildern wies vor allem auf ihre Gitarre und die vielen Notenblätter hin, was sie als ein Indiz sahen, dass Kevins Tochter tatsächlich schon lange von einer Karriere träumte.

„Vielleicht hat Melody McLovely ja von Anfang an darauf spekuliert, dass Kevin Sky durch seine Drogensucht sowieso nicht alt werden würde. Schließlich stand er nicht nur einmal auf der Kippe", schrieb eine Reporterin.

Die Worte dieser Frau brachten das Fass zum Überlaufen. Um ihre Tränen den anderen nicht zeigen zu müssen, verschwand Violet für eine Weile ins Bad. Die Hände am Waschbecken abgestützt blickte sie in den muschelförmigen Spiegel und flüsterte ein kurzes Gebet. Denn eines wurde ihr immer bewusster: Der Albtraum hatte gerade erst begonnen.

Kehrtwende

In den letzten Stunden hatten sich die Medien gegenseitig aufgeheizt. Jeder wollte etwas Neues gehört haben und Thelma verspritzte weiter ihr Gift. Violet fühlte sich gefangen. Sie steckte fest in einer Höhle aus Gerüchten, in der es immer enger wurde.

„Violet? Telefon für dich", sagte Payden und streckte ihr sein Handy mit verheißungsvollem Blick entgegen. Sie runzelte misstrauisch die Stirn.

„Es ist Vivienne", flüsterte er. Sofort nahm sie das Handy entgegen und hielt es sich mit zitternden Fingern ans Ohr.

„Hallo Mrs Sky", murmelte Violet und war völlig überrascht über ihren Anruf.

„Hallo Violet, mein Kind. Ich brauche wohl nicht zu fragen, wie es dir geht."

Ihre Stimme klang sanft, wie eine Umarmung.

Violet musste zweimal schwer schlucken, bevor sie wieder etwas sagen konnte. „Es tut mir leid, Mrs Sky."

„Oh bitte, Kindchen. Mir tut es leid, dass ich mich erst jetzt melde. Aber ich hatte ja keine Ahnung, welches Spiel Thelma da spielt und dass Rose auch noch mitmacht." Vivienne ließ ein wenig damenhaftes Schnauben hören. „Ich meine, ich habe schon seit längerem meine Zweifel an Thelmas Ehrlichkeit. Kevin wollte davon nichts hören. Sie kümmerte sich schließlich um mich und um sein Haus. Ich bin ihr dankbar, aber hätte es auch ohne sie geschafft. Davon wollte wiederum sie nichts hören. Bei Gott, ich habe Rose geliebt, auch wenn sie meiner Meinung viel zu materiell eingestellt ist. Doch nun will sie nicht einmal mehr mit mir reden. Sie sagte, ich wäre zu alt und würde es sowieso nicht verstehen. Und für Thelma ist nur eines wichtig, dass ich Stillschweigen bewahre. Sie sagte auch, sie weiß genau was sie tut... Wir sollten das alles persönlich besprechen. Bitte, komm zu mir."

Violet blinzelte ein paar aufsteigende Tränen hinweg. „Aber die Presse. Sie ist überall."

„Weißt du was Violet, wir treffen uns in Kevins Haus. Das hat einen Hintereingang. Ich bin schon da und bin sicher, dass es keiner mitbekommen hat. Falls doch, wäre es nicht ungewöhnlich, dass eine Mutter das Haus ihres Sohnes besucht. Tja, ich bin zwar alt, aber nicht dumm. Wenn Thelma und Rose das denken, dann werde ich sie noch eines Besseren belehren", sagte Vivienne.

Ihre Worte machten Violet Mut. Payden registrierte ihr Lächeln, das sich über ihre angespannten Lippen legte, mit einem hoffnungsvollen Ausdruck in den Augen.

Violet nickte, als könnte Vivienne es sehen. „Okay, ich versuche es.“

„Lass dir Zeit, Kindchen. Wenn du da bist, können wir in Ruhe über alles reden. Ich freue mich auf dich.“

Das klang ehrlich und tat Violet in der Seele gut. „Danke“, flüsterte sie.

„Für was denn, Kindchen? Mach’s gut.“

Sobald Violet aufgelegt hatte, teilte sie den anderen die Neuigkeit mit. „Sie war so nett!“

„Es ist gut, dass Vivienne aus ihrer Deckung kommt und sich auf deine Seite stellt. Die Fans von Kevin mögen und schätzen sie“, sagte Monty. „Das ist ein Schritt in die richtige Richtung.“ Payden und Barbara nickten lächelnd.

„Aber die Presse wird das sicher bald herausfinden“, überlegte Violet.

„Sollen sie ruhig. Wenn du sie hinter dir stehen hast, ist das ein gutes Zeichen“, bemerkte Monty.

„Ich glaube ja, im Moment ist alles, was ich tue, falsch. Schweige ich, will ich mich interessant machen, würde ich an die Öffentlichkeit gehen, wäre ich mediengeil und so weiter“, gab sie zu bedenken.

„Rede erst einmal mit Vivienne, dann sehen wir weiter. Ich werde dich dorthin begleiten. Natürlich so unauffällig wie möglich“, schlug Payden vor.

„Das ist eine sehr gute Idee“, stimmte Barbara zu.

Violet war dankbar, dass Vivienne sie überhaupt kontaktiert hatte, und dann auch noch so verständnisvoll, ja sogar liebevoll, reagiert hatte. So wie damals, als sie sich begegnet waren. Ihre Stimme hatte fest und entschlossen geklungen, nicht wie die einer Frau, die nicht mehr klar denken konnte.

Man konnte die Terrasse auf der Rückseite von Kevins Haus in Mayfair durch einen verwinkelten Weg hinter dem Zaun erreichen, der noch einen separaten Eingang hatte und in den großzügigen Garten führte.

Es war mitten in der Nacht, kurz vor elf, als Payden und Violet das Haus von Monty und Barbara still und heimlich verlassen hatten. Monty hatte sie gefahren, während Barbara die Presse gekonnt abgelenkt hatte.

„Wir bleiben in Verbindung", hatte er zum Abschied gesagt. Noch einmal bedankte sich Violet bei ihm und Barbara. Es war so schön, die beiden nun persönlich zu kennen. Vor allem waren sie ganz natürlich.

„Danke, dass du bei mir bleibst", flüsterte sie Payden auf dem Weg zum hinteren Teil des Hauses zu. Er hatte Vivienne eine SMS geschrieben und sie gefragt, ob er Violet begleiten dürfe, und sie hatte nichts dagegen gehabt.

Nun ließ er Violet den Vortritt durch das Tor und sah sich prüfend nach allen Seiten um. Durch die Glasfensterfront des Wintergartens drang warmes, gedämpftes Licht.

Kurz hielt Violet inne und ließ die Blicke schweifen. Neben einem Pool gab es sogar einen kleinen Springbrunnen, der von einer Trauerweide bewacht wurde. Leuchtende Buchskugeln verliehen dem Garten eine geheimnisvolle Magie, genau wie die in den Boden eingelassenen Lichter, die rechts und links einen Weg aus Steinplatten zierten, der zum Wintergarten führte.

„Wow! Ich dachte nicht, dass das Haus so einen großen Garten hat. Bis eben kannte ich es nur von vorne", flüsterte Violet.

„Kevin hat sich damals sofort in das Anwesen verliebt. Vor allem wegen des Gartens. Das hat er mir
einmal erzählt", erwiderte Payden.

Offensichtlich hatte Vivienne sie bereits kommen
sehen. Violet erkannte ihre Silhouette, die hinter dem
gläsernen Eingang des Wintergartens auftauchte. Sie
trug eine weite, graue Stola, die ihr bis zu den Knien
reichte, und helle Stiefel zu ihrer dunklen Leggins.
Lächelnd öffnete sie die Tür und winkte ihre Besucher
herein. Violet wollte ihr eine Hand reichen, doch Vivienne zog sie gleich in ihre Arme. Ihr Duft nach Vanille
und Zimt umhüllte sie. Ihre Umarmung tat Violet
unglaublich gut und sie glaubte zu spüren, dass es
umgekehrt auch so war.

„Ich bin so froh, dass du da bist, Kind. Dass ihr da
seid", sagte sie und musterte danach prüfend den Garten.

„Ich glaube, dank Monty und seiner Frau sind wir
unentdeckt hierhergekommen", sagte Payden und
umarmte Vivienne kurz, sobald sie Violet losgelassen
hatte.

„Es ist besser, dass Thelma und Rose erst einmal
nichts von unserem Treffen wissen", gab Vivienne
zurück und führte sie in ein großzügiges Wohnzimmer mit offenem Kamin. Sie bat sie, auf der schwarzen Ledercouch Platz zu nehmen, und setzte sich seufzend neben sie. Dann legte sie die Hände in den Schoß
und sah zu Violet hinüber. Tränen stahlen sich in ihre
Augen. „Meine Güte. Es ist wie ein Geschenk, dass es
dich gibt. Wenn ich dich ansehe, Violet, sehe ich Kevin
direkt vor mir. Ich weiß nun auch, warum er mir
nichts von dir erzählt hat. Es war mein Fehler." Sie

biss sich kurz auf die Unterlippe. „Aber erst zu dir, zu euch. Wie geht es euch? Möchtet ihr etwas trinken?"

Payden und Violet winkten gleichzeitig ab.

„Erzählen Sie …", begann Violet, die immer noch nicht glauben konnte, dass sie neben Vivienne Sky saß und dass sie ihre Großmutter war.

Vivienne hob eine Hand. „Nein, bitte nicht so förmlich."

Violet lächelte und nickte. „Erzähl mir mehr von Kevin, von allem. Bitte! Und mach dir keine Sorgen um mich, ich werde mich schon durchbeißen."

Vivienne lächelte wehmütig. „Du scheinst wie Kevin zu sein. Der wollte auch nie wirklich über seine Probleme reden. Aber wie gesagt, dass er mir nichts von dir erzählt hat, kann ich nur auf ein Gespräch zurückführen, das wir einmal geführt haben. Ich habe lange nachgedacht, aber ich bin mir sicher, dass es das ist." Sie schwieg für einen Moment und schien nach den richtigen Worten zu suchen. „Matteo war damals auch dabei. Es hatte mich geehrt und gefreut, dass die zwei meine Meinung dazu hören wollten. Aber letztendlich konnte ich der Sache nicht zustimmen."

Gespannt lauschten Violet und Payden.

„Die beiden erzählten mir von ihrem Vorhaben, eine Leihmutter zu beauftragen, da ihnen eine offizielle Adoption nicht genehmigt wurde. Ich habe ihnen abgeraten, denn ich bin selbst eine Mutter und weiß, wie schwer es ist, ein Kind, das man neun Monate im Bauch getragen hat, aus der Hand zu geben. Noch dazu wusste ich ja, dass Kevin seine Drogensucht noch nicht überwunden hatte. Die beiden waren enttäuscht über meine Meinung, aber es schien mir damals, dass ich sie mit meinen Argumenten überzeugt hatte. Wie ich jetzt weiß, war das nicht der Fall, und wohl aus schlechtem Gewissen mir gegenüber und weil er wusste, dass ich es nicht gutgeheißen hätte, hat Kevin mir nichts von dir erzählt." Sie verstummte und schien ihren Erinnerungen nachzuhängen. „Weißt du Violet, ich kann die Entscheidung deiner Mum verstehen. Sie wollte nur das Beste für dich. Die Entscheidung zeigt, sie hat dich geliebt, so wie Kevin dich geliebt hat. Er war nur lange zu schwach", sagte sie schließlich. Sie lächelte Violet wehmütig zu. „Unter den gegebenen Umständen war es sicher das Beste für dich, dass deine Mutter dich ganz behalten hat, auch wenn es für Kev und Matteo natürlich sehr schmerzlich war. Matteo hat mich kürzlich angerufen, als er durch die Medien von dir gehört hat. Er hat mir erzählt, dass er dich nie vergessen hat, aber Melodys Wünsche respektieren wollte. Der Kinderwunsch meines Sohnes und seines Partners war eine verzwickte Sache, die jedoch ein Gutes hervorgebracht hat – dich!"

Sie beugte sich zu Violet und tätschelte ihre rechte Hand.

Die Erzählung ihrer Großmutter kam nach und nach bei ihr an. Eine kleine Pause entstand, die Violet schließlich brach.

„Sicher hatte Mum auch Angst, ich könnte ihr böse sein, wenn ich alles erfahre. Dass sie sich als Leihmutter hergab, meine ich. Aber es gab keinen Tag, an dem ich nicht gespürt habe, dass sie mich von Herzen liebt. Daher könnte ich ihr gar nicht böse sein, auch wenn ich wollte. Sie hätte mich auch nie hergegeben, wenn

Kevin nicht wieder seine Dämonen eingeholt hätten. Nie wirklich, jedenfalls. Ich kann sie beide verstehen, beziehungsweise alle drei. Matteo, Kevin, Mum. Und ich kann auch verstehen, dass du damals erst so reagiert hast." Sie sah ihrer Großmutter direkt in die Augen, die zittrig ausatmete.

„Eine schöne Sichtweise. Danke, Violet. Und ich sehe das alles nun genauso wie du. Zu gegebener Zeit solltest du vielleicht einmal mit Matteo sprechen, er würde sich sehr freuen. Auch mit Brian habe ich telefoniert. Er hat da eine Idee, die ich ganz gut finde. Zuvor möchte er aber noch einmal mit dir darüber sprechen. Selbst meine Amy hat sich gemeldet. Sie ist erschüttert über Thelma! Du wirst sehen, alles wird gut, Violet. Es gibt Menschen, die an dich glauben und zu dir halten. Du wurdest ins kalte Wasser geworfen und das muss schlimm für dich sein, aber bitte, gib nicht auf."

Vivienne wandte sich an Payden. „Danke, dass du meine Violet so unterstützt hast, Payden. Ich bin sicher, dass du sehr enttäuscht von Rose bist, und ich kann dich gut verstehen, mein Junge."

Mit einem tiefen Seufzen stand Vivienne auf und zeigte auf den Kamin, zu dessen rechter Seite ein Liegesessel stand. An den Wänden hingen Fotos. Der Stil der Einrichtung war modern und altmodisch zugleich. In einer Ecke stand ein schwarzer Flügel, auf dem Notenblätter lagen und über einem Stuhl, der aussah, als käme er aus dem Königshaus der Queen, hing eine Lederjacke, die Kevin wohl selbst dorthin gelegt hatte. Ein Stich durchfuhr Violet. Alles hier machte auf sie den Eindruck, als würde er gleich durch die Tür kommen.

„Jedes Zimmer hier, jeder Gegenstand trägt einen Teil von Kevins Seele in sich", flüsterte Vivienne, ging zu dem Sessel am Kamin und legte beide Hände auf die Kante der karamellfarbenen Rückenlehne. „Das war einer seiner Lieblingsplätze im Haus. Ein Ort, an dem ihm viele Ideen kamen. Mein Kevin … Wenn ich allein an seine Kindheit denke … Er hat Musik immer schon geliebt. Als Kleinkind klopfte er auf allem herum, das einen Ton von sich gab und hat dazu vor sich hingesungen. Das war seine Lieblingsbeschäftigung. Später wollte er verschiedene Instrumente lernen. Und er lernte schnell. Er war ein richtiger Wirbelwind. Die Realität war ihm oft zu langweilig. Er brauchte seine Träume."

Sie blickte zu Violet, die angesichts dieser Erzählung lächelte. „Wie erging es dir als Kind, Violet? Sicher hat deine Mum alles getan, damit du glücklich warst."

„Ja, das hat sie, auch wenn wir nie viel hatten. Es war genug, um glücklich zu sein", antwortete Violet.

Vivienne nickte lächelnd. „Das ist schön. Du musst mir unbedingt einmal Kinderfotos von dir zeigen. Mein Gott, all die Jahre, was ich da alles verpasst habe!" Sie hielt inne und biss sich auf die Unterlippe. „Er hätte es bestimmt erzählt, wenn … wenn ich damals nicht so reagiert hätte", sagte sie bedrückt.

„Gib dir keine Schuld. Du wolltest nur das Beste für ihn, so wie Mum für mich", erwiderte Violet. Vivienne atmete zittrig aus.

Violet ging auf den Flügel zu und strich mit den Fingern über das edle, lackierte Holz. Wie viele Songs ihr Vater wohl darauf gespielt und damit komponiert hatte?

„Darf ich?", fragte sie leise und deutete auf den kleinen Lederhocker der vor dem Klavier stand.

„Natürlich, Violet. Oben gibt es noch einen Flügel. Du darfst hier alles tun was du möchtest. Denn das Haus gehört ja nun dir", entgegnete Vivienne.

Die Worte trafen sie wie ein Blitzschlag. Mit geweiteten Augen starrte sie zu Vivienne hinüber. Ihrer Großmutter! Noch immer hatte sie nicht die ganze Tragweite dessen erfasst, dass Kevin Sky ihr Vater war.

„Das steht im Testament. Das wusstest du auch nicht?" Violet schüttelte mechanisch den Kopf und Vivienne seufzte.

„Naja, ich hätte es mir denken können. Das mit dem Haus ist also auch ein Grund, warum Thelma dir das Testament vorenthalten möchte." Vivienne hielt inne, als sie ihren fragenden Blick bemerkte. „Wenn du es nicht willst, soll Thelma sich um den Verkauf kümmern und den Erlös an eine gemeinnützige Stiftung geben. Ich glaube, auch da würde sie Wege finden, um das Ganze zu ihren Gunsten zu umgehen", sagte sie bitter und ging zu einer der Vitrinen hinüber. Sie zog eine Schublade auf, die sich direkt unter den gläsernen Türen befand, und holte daraus ein Dokument hervor. Langsam ging sie damit auf Violet zu, die immer noch beim Flügel stand.

„Es war wie ein Wink des Schicksals, vielleicht auch von Kevin selbst, als ich vorhin hierauf gestoßen bin."

Mit ernstem Gesichtsausdruck und einem Leuchten in den Augen, das Violet nicht wirklich deuten konnte, reichte ihre Großmutter ihr das Dokument. Gespannt nahm sie das Stück Papier entgegen und sah, dass über dem Briefkopf ein gestempeltes Wort stand – *Kopie*. Über den folgenden Zeilen war *Mein letzter Wille* zu lesen.

„Mein Gott, das ist eine Testamentkopie“, flüsterte Violet.

Vivienne lächelte triumphierend.

„Sehr gut“, rief Payden von der Couch aus und klatschte in die Hände, während sich Violet wie benommen auf den Hocker sinken ließ. Skys Mutter stellte sich hinter sie und legte beide Hände auf ihre Schultern, als sie zu lesen begann.

Dies soll mein, Kevin Jordan Skys, letzter Wille sein: Meine Tochter, Violet Blue McLovely, wohnhaft bei Angela und Marcus Bennington in 196 Oxfordshire Street, London, soll mein Haus in der 123 Sussex Lane, Mayfair in London mit komplettem Inventar, sowie 57 % meines geldlichen Vermögens (Auflistung Anlage 1) und zehn unfertige Songs (Auflistung Anlage 2) erhalten, sowie alle zukünfigten Song-Tantiemen. Die unfertigen Songs darf (ausschließlich) meine Tochter Violet, wenn sie dies möchte, fertig schreiben und veröffentlichen. Weitere Immobilien im Ausland (Anlage 3) und 15 % meines Vermögens gehen an meine Mutter, Vivienne Morgan Sky. 8 % an meine Schwester Amy, 5 % an meine Treuhänderin Thelma Matthews, 3 % an ihre Tochter Rose. 2% an Matteo Dunaway. Die letzten 10 % sollen in Stiftungen (Anlage 4) fließen.

Den Abschluss des Schriftstücks bildeten Kevins und Brians Unterschriften, sowie die seiner Anwälte.

„Er hat sogar Matteo berücksichtigt. Aber hier steht nichts davon, dass die Songs auch für Rose gedacht wären. Im Gegenteil", murmelte Violet, sobald sie ihre Stimme wieder gefunden hatte.

„Thelma überrascht mich immer wieder", warf Payden ein.

„Und sie ist mit äußerster Vorsicht zu genießen. Aber auch wir haben unsere Waffen", gab Vivienne mit fester Stimme zurück.

„Darauf bin ich jetzt gespannt, Vivienne", erwiderte Payden mit hochgezogenen Augenbrauen. Vivienne lächelte geheimnisvoll. „Nun, ich habe mich mit Brian in Verbindung gesetzt, der sich selbst schon etwas überlegt hatte. Du musst nur noch zustimmen, Kind."

Als sie Brians Namen hörte, hatte sie gleich ein gutes Gefühl.

„Er erzählte mir, dass er dir Videos gezeigt hat, und den Brief deiner Mutter an Sky", fuhr Vivienne fort.

„Ja, das stimmt", murmelte Violet immer noch baff.

„Und eben die können doch am besten beweisen, ohne, dass du an die Öffentlichkeit treten musst, dass du die Wahrheit sagst. Beides widerlegt eindeutig, dass du Kevin ausnehmen willst."

Violet atmete tief ein. Sie hatte absolut recht! Erleichtert erhob sich Violet, wandte sich nach ihrer Großmutter um und nahm sie in die Arme. Die Wärme, die sie ausstrahlte, kroch in jede Faser ihres Körpers. „Es bedeutet mir so viel, dass du mir glaubst, Granny." Das Wort auszusprechen war wie ein Geschenk. Es war wahr, sie hatte tatsächlich eine Großmutter. Vivienne entfuhr ein leises Schluchzen.

„Ich habe eine Enkelin. Eine wunderschöne, liebe, vom Schicksal gebeutelte Enkelin. Aber wir kriegen das hin. Gemeinsam!", sagte Vivienne bewegt. Sie drückte sie sanft von sich und sah ihr direkt und fest in die Augen. „Soll Brian die Videos und den Brief veröffentlichen?"

Violet wandte sich zu Payden, der nickte. „Ja", sagte sie daraufhin mit fester Stimme. „Gehen wir es an. Gemeinsam."

Neue Freunde

Das Interesse der Medien schien grenzenlos. Noch immer kannte die Klatschpresse nur ein Thema, und das war Kevin Skys Tochter. Laut Noelle, die Violet eine Nachricht geschrieben hatte, nutzte Betty die Wellen, die jede noch so kleine Neuigkeit schlug, um weiterhin Werbung für sich und ihr Café zu machen.

„Ich wusste ja, dass sie eine Schlange ist. Aber das schlägt dem Fass den Boden aus. Ich bin wirklich maßlos enttäuscht von ihr", sagte Noelle, als Violet sie auf die Nachricht hin zurückrief.

„Ich auch und nicht nur von ihr. Danke, dass ich auf dich zählen kann", sagte Violet bedrückt.

„Absolut, Vi. Die erfahren kein Wort von mir. Obwohl ich nur Gutes erzählen könnte", erwiderte Noelle und Violet wusste, dass sie es ehrlich meinte.

„Tut mir leid, dass ich dir nichts gesagt habe. Aber ich weiß es selbst noch nicht lange", sagte sie entschuldigend.

„Ich denke mir einfach, dass du es mir bestimmt auch so irgendwann erzählt hättest. Also alles gut. Ich bin immer noch völlig geflasht. Das ist alles völlig … unglaublich", antwortete ihre Freundin leise.

Im Hintergrund hörte Violet die Stimme Bettys, die nach Noelle rief.

„Du, ich muss weitermachen. Machs gut, Vi. Melde dich mal wieder."

„Und du lass dich nicht unterkriegen!", legte Violet Noelle ans Herz.

„Dito!", erwiderte diese.

Nach dem Gespräch legte Violet das Handy zur Seite und ging zum Fenster des Gästezimmers im ersten Stock hinüber, das sie für die Nacht bezogen hatte. Es war bereits drei Uhr. Payden schlief gleich nebenan und Vivienne in einem weiteren Gästezimmer am anderen Ende des Flurs. Langsam zog sie die Jalousie nach oben, sodass sie durch die Schlitze der Lamellen einen Blick nach draußen werfen konnte. Sicherheitshalber hatte sie das Licht zuvor gelöscht. Vivienne hatte ihr erklärt, dass seit Kevins Tod immer mal wieder jemand aus seiner Familie oder seinem engen Freundeskreis hier im Haus gewesen war. Die Journalisten und Fans waren also daran gewöhnt. Dennoch musste sie aufpassen, dass man sie nicht hinter den Fenstern sehen konnte.

Von Violets Fenster aus hatte man einen guten Blick über das Tor und den Zaun hinweg zur Straße. Sie erinnerte sich, dass sie vor ein paar Tagen mit Jack dort gestanden hatte. Noch immer tummelten sich Fans mit Blumen in den Händen auf dem Gehsteig, selbst um diese Uhrzeit. Ein seltsames Gefühl plötzlich auf der anderen Seite zu stehen, dachte Violet, ließ die Jalousie leise wieder nach unten fahren und kuschelte sich in das große Bett mit der zartgrünen Bettwäsche und dem weißen, seidenen Himmel. Alle Zimmer, die sie bisher gesehen hatte, waren offensichtlich mit viel Liebe eingerichtet worden. Ihres hatte wundervolle Orchideenarrangements, die den Eichenschreibtisch, einen barocken Schrank und ein weißes Tischchen zierten. An den Wänden hing ein Kunstdruck von Monet. Möbel und Vorhänge waren in grünen und blauen Pastelltönen gehalten.

Ihr Vater hatte auch einmal einen champagnerfarbenen Labrador besessen, wie Violet wusste. Lucky Star war sein Name gewesen. Er hatte ihn über alles geliebt, sodass er ihm sogar ein eigenes Spielzimmer mit Bett hatte einrichten lassen. An manchen Möbelstücken hatte sie Luckys Spuren entdeckt, so auch hier am rechten vorderen Bettpfosten. Payden hatte ihr vorhin lachend erzählt, dass Lucky verrückt danach gewesen war, Holz anzuknabbern. Kevin war seinem Lucky Star nie böse gewesen. Als der Labrador vor vier Jahren starb, hatte Kevin seine Trauer eine Zeit lang in Alkohol und Drogen ertränkt. Danach hatte er sich nie wieder ein Tier angeschafft. Payden hatte Violet auch erzählt, dass Kevin ihm einmal einen innigen Wunsch anvertraut hatte: eines Tages mit seiner Tochter und Lucky Star durch den Garten zu tollen. Violet hätte es zu gern erlebt. Sie schloss die Augen und stellte es sich vor.

„Ich glaube ständig zu träumen. Manchmal denke ich, ja, ich kann es greifen, begreifen, doch dann entgleitet mir auch schon wieder alles", flüsterte sie eine

Weile später und hatte das Gefühl, ihre Eltern könnten sie hören.

Die Ereignisse hatten sie müde und aufgedreht zugleich gemacht. Sie wusste nicht, wohin mit all den Emotionen. Aber es war wohl besser, ihrem Körper Ruhe zu gönnen. Ein letztes Mal checkte sie ihr Handy. Brian hatte ihr eine Mail geschickt, die sie nicht ignorieren wollte und konnte.

Hallo Violet,

ich hoffe, du schläfst schon, dennoch schreibe ich dir die Nachricht jetzt noch, damit du morgen früh gleich Bescheid weißt. Vivienne habe ich bereits informiert. Die Videos und Briefe gehen morgen online. Ich habe es nicht eingesehen, sie irgendeinem Blatt zu verkaufen und zusammen mit Amy, die mich kontaktiert hat, beschlossen, alles auf Skys Homepage zu stellen. Der junge Mann, der für die Inhalte der Seite verantwortlich ist, weiß bereits Bescheid. Auch die Band ist einverstanden. Es wäre vielleicht gut, wenn du ein paar Worte dazu schreiben würdest. Ich finde, das würde deine Glaubwürdigkeit unterstreichen. Außerdem bin ich sicher, du findest die richtigen Worte, die die Welt da draußen berühren und zeigen wird, wer du wirklich bist. Ich glaube und denke an dich. Mit den besten und liebsten Grüßen, B.

Ein dankbares Lächeln huschte über ihre Lippen. Eine Weile starrte sie auf das Display, bis die Buchstaben vor ihren Augen verschwammen. Auch dass Amy ihr glaubte, bedeutete ihr eine Menge. Schließlich antwortete sie Brian:

Ich bin noch wach, möchte dir aber gleich Danke sagen. Das klingt nach einer tollen Idee. Ein paar Zeilen kann ich sicher schreiben, nur persönlich für die Öffentlichkeit zu treten, das möchte ich nicht. Vielleicht irgendwann.

Für einen Moment stoppte sie und holte Luft, um ihre Tränen zu unterdrücken, dann schrieb sie weiter:

Weißt du, hier in diesen Räumen zu sein, wo er war, schon allein damit bin ich überfordert. Ich kannte ihn nicht persönlich und doch vermisse ich ihn mit jeder Sekunde mehr. Sorry, dass ich so feige bin. Es ist nur ... Ich kann es nicht in Worte fassen. Aber ich denke, du weißt was ich meine.

Brian antwortete prompt:

Keine Sorge, ich kann dich sehr gut verstehen, Kleines. So ging es mir am Anfang unserer Beziehung, als alles auf einmal auf mich einstürmte. Deshalb – alles gut, lass dir Zeit. Ich glaube, genau das wird dich da draußen noch glaubwürdiger machen. Nein, ich weiß es. Du bist toll!

Violet bedankte sich von Herzen und wünschte ihm eine gute Nacht, bevor sie das Handy endgültig weglegte. Nach Brians Nachrichten beruhigte sich ihr Herzschlag allmählich. Dass jemand so fest hinter ihr stand, kannte sie sonst nur von Jack und ihrer Mutter und es gab ihr Kraft, die sie für den nächsten Tag dringend brauchen würde.

„Amy ist auf dem Weg hierher“, verkündete Vivienne beim Frühstück. Man hörte ihr an, dass sie sich freute, ihre Tochter zu sehen. Dann musterte sie Violet prüfend. „Aber, mein Kind, es gibt etwas, das du vorher tun solltest.“ Zaghaft legte sie ihr einen Stift und einen kleinen Block hin. „Du kannst dich ruhig zurückziehen. Du hast alle Zeit der Welt. Die Videos und Briefauszüge werden erst zusammen mit deinen Worten veröffentlicht werden. Das hat Brian noch einmal bestätigt.“ Vivienne blickte sie über den Tisch hinweg an und lächelte sanft. Violet schaffte es gerade mal, ihren Kaffee zu trinken. Hunger verspürte sie keinen. Sie zerbrach sich bereits den Kopf nach den richtigen Worten, die sie der Öffentlichkeit über sich mitteilen wollte.

Payden, der zu ihnen an den großen, rechteckigen Holztisch trat, wünschte ihnen einen guten Morgen. Seiner Stimme nach zu urteilen, hatte er wohl nicht gut geschlafen. Sie klang rau, leicht heiser. Aber er sah noch einmal süßer aus mit zerzaustem Haar, fand Violet und schmunzelte kurz.

„Guten Morgen“, erwiderte sie leise und beobachtete, wie er sich ihr gegenübersetzte und einen Orangensaft trank. Vivienne reichte ihm den Korb mit Croissants.

„Vor dem Haus sind immer noch Fans. Journalisten habe ich aber keine gesehen“, sagte er. Offensichtlich hatte er durch sein Zimmerfenster die Lage gecheckt.

Violet ertappte sich dabei, dass sie die Augen nicht von Payden lassen konnte. Erst jetzt fiel ihr auf, dass er sein Hemd falsch geknöpft hatte.

„Brian hat mir schon geschrieben, was der weitere Plan ist“, sagte er und goss sich Kaffee ein. Dann erwiderte er Violets Blick. Der sanfte Schimmer darin löste eine wohlige Wärme in ihr aus.

„Kann ich dir irgendwie helfen? Oder, ähm, besser formuliert, soll ich oder darf ich?", fragte er.

Vivienne lachte und verdrehte die Augen. „Männer sind manchmal komplizierter als wir Frauen. Herrlich!"

„Vielen Dank für das morgendliche Kompliment, Mrs Sky!" Payden presste die Lippen gespielt schmollend aufeinander, was nun auch Violet zum Lachen brachte.

„Danke Payden, aber ich glaube, das ist etwas, das ich alleine tun muss", sagte Violet. „Ich weiß nur noch nicht genau, wie." Nachdenklich blickte sie sich im Zimmer um. Plötzlich kam ihr der Flügel im Wohnzimmer in den Sinn. Sie entschuldigte sich bei Vivienne und Payden und ging hinüber. Tief durchatmend ließ sie sich auf den Hocker nieder und legte die Finger auf die Tasten. Dann schloss sie die Augen und begann eine Melodie zu spielen, die sie vor langer Zeit einmal geschrieben hatte. Die Musik ließ sie schweben und kitzelte noch einmal alle Emotionen und Erinnerungen hervor. Auch wenn sie ihren Vater nicht gekannt hatte, war sie sicher, dass sie sich gut verstanden hätten, dass sie einander in gewisser Hinsicht hätten retten können. Als sie die Augen wieder öffnete, sah sie Vivienne und Payden in der Tür stehen. Beide sagten kein Wort, aber sie lächelten, und auch Violet merkte, wie sich ihre Gesichtszüge entspannt hatten und ein Lächeln auf ihre Lippen getreten war. Nun wusste sie, was sie schreiben wollte, und ihr war, als würde sie die Worte nicht allein formulieren. Sie

holte den Block und den Stift aus dem Esszimmer und
begann zu notieren:

Ihr Lieben,

mein Name ist Violet McLovely. Nach allem, was
in den letzten Tagen über meine Eltern und
mich geschrieben und gesagt wurde, möchte ich
mich nun doch auch einmal zu Wort melden. Bitte versteht, dass ich dazu diesen Weg wähle. Ich
bin kein Mensch der Öffentlichkeit, auch wenn
man mir das nun leider anzudichten versucht.
Ich habe Thelma und ihrer Tochter nichts getan,
ich hasse sie auch nicht. Doch ihr Verhalten enttäuscht mich maßlos. Nun, jeder Mensch hat
seine Beweggründe für sein Tun. Aber ich muss
klarstellen, und das tue ich hier vor allem für
meine verstorbene Mum, dass sie kein Mensch
war, der auf Ruhm und Geld aus war. Niemals
hätte sie Kevin erpresst oder etwas in der Richtung. Sie wollte mich vor der Drogensucht meines Vaters schützen und Kevin damit wohl auch
wachrütteln. Sie wollte das Beste für mich, das
weiß ich.
Ich wünschte, ich hätte Kevin, meinen Dad,
kennenlernen dürfen. Mum war, trotz ihrer Entscheidung damals, bis zuletzt ein Fan von ihm.
Im Nachhinein kann ich so viele Kleinigkeiten in
ihrem Verhalten, ihren Worten über Kevin richtig deuten. Ich weiß noch genau, wie sie ge-
strahlt hat, wenn sie gelesen hat, er wäre von
den Drogen losgekommen und wie niederge-
schlagen sie war, wenn er einen Rückfall erlitten
hat. Ich sehe noch das Glitzern in ihren Augen,
als wir gemeinsam eines seiner Konzerte be-
suchten. Auch ich liebe seine Musik.

Meine Mum wollte nichts Falsches und Kevin auch nicht. Davon bin ich überzeugt. Sie waren keine Engel. Aber wer kann das schon von sich behaupten? Ich nicht. Doch sie wussten, was wahre Liebe ist, und das ist schon einmal sehr wichtig! Sie fehlen mir beide so wahnsinnig, dass es mit Worten nicht zu beschreiben ist. Ich will kein Star sein und ich bin auch keiner. Ich bin ein einfaches Mädchen, das gerade nur eines will, klarzukommen in diesem Chaos. Ich bin so dankbar dafür, dass ich eine liebe Großmutter dazugewonnen, und sehr gute Freunde in Brian, Monty und Payden gefunden habe. Und auch euch allen da draußen, die ihr versucht mich zu verstehen, bin ich sehr dankbar.

Liebe Grüße, Violet

Violet ließ den Stift sinken. Sie wollte nicht noch einmal lesen, was sie geschrieben hatte. Jede Zeile erschien ihr richtig, aufrichtig. Alles sollte so bleiben. Sie hatte Angst, es sich wieder anders zu überlegen. Vivienne und Payden waren inzwischen gegangen. Langsam erhob sie sich, ging durch das Zimmer zurück ins Esszimmer und traf dort nur noch auf Payden.

„Wir wollten dich nicht stören oder ablenken", sagte er leise und der Anflug eines Lächelns umspielte seine Mundwinkel.

Langsam ging sie zu ihm und ließ sich auf dem Stuhl direkt neben ihm nieder. Das Blatt mit ihren Zeilen legte sie offen auf den Tisch.

„Darf ich?", fragte Payden.

Violet nickte.

„Amy hat sich gemeldet. Vivienne telefoniert gerade mit ihr", erzählte Payden und vertiefte sich danach in ihre Worte. Sie konnte nicht anders, als ihn zu beobachten und hoffte, dass er nichts merkte. Ein paar Mal blinzelte er, als würde ihn die Sonne blenden und einmal legte er einen Finger an seine Lippen und öffnete sie leicht.

„Ich habe es nach Gefühl geschrieben, aus dem Herzen heraus. Oder ist es zuviel?", wollte sie wissen, nachdem er fertig gelesen hatte.

Kopfschüttelnd legte er den Zettel zurück auf den Tisch. „Dann ist es genau richtig, Vi."

Sie spürte, dass sich ihre Hände berührten. Payden schloss seine Finger um ihre, so vorsichtig, als wären sie aus Porzellan. Obwohl sie überrascht war, zuckte sie nicht zurück, sondern suchte seinen Blick, in dem sie ein warmes Leuchten fand. So wie in jener Nacht auf dem Balkon. Es lag ihr auf der Zunge, danach zu fragen, ob es Neuigkeiten aus den Medien gab, doch sie brachte keinen Ton heraus. Jetzt gab es nur sie beide. Es schien, als würde sich ein eigener kleiner Kosmos um sie bilden, eine Art Kokon, in dem sie sicher waren, solange sie sich so nahe waren.

„Du bist wirklich ein ganz besonderer Mensch, Violet."

„Du auch", bekam sie flüsternd heraus.

„Es ehrt mich sehr, dass du mich in deinen Zeilen als wahren Freund bezeichnest."

„Was du auch bist für mich, Payden. Jedes Wort, das ich geschrieben habe, meine ich auch so."

„Daran habe ich keine Sekunde gezweifelt, Vi. Nur glaube ich, dass ich dich schon mehr ..."

Er brach ab, da Vivienne zurückkam. Ihr Gesicht war weiß wie Schnee.

„Amy kann nicht kommen, noch nicht", stieß sie aus und ließ sich auf einen der Stühle sinken. „Ihr Mann hatte einen Surfunfall und liegt nun im Krankenhaus. Aber in Gedanken ist sie bei dir Violet. Das soll ich dir ausrichten."

Violets Augen weiteten sich. „Ich hoffe, es ist nichts Schlimmes."

„Er hat sich drei Rippen gebrochen und das Steißbein geprellt. Für Amy ist es, als würde er im Sterben liegen. Sie vergöttert Ray und weicht ihm nicht von der Seite, wie ich sie kenne." Für einen Moment huschte ein Lächeln über ihre Lippen, doch Violet kam es so vor, als ob ihre Großmutter noch etwas anderes auf dem Herzen hatte.

Auch Payden schien zu bemerken, dass das noch nicht alles an Neuigkeiten war. „Was ist los, Vivienne? Gibt es noch etwas, das Sie bedrückt?", fragte er sanft.

Schließlich rückte sie mit der Sprache heraus. „Amy hat gestern mit meinem Arzt telefoniert. Ihr wisst ja aus den Medien, dass ich angeblich an Demenz leide, und dass mein Sohn mich auch deswegen nicht als Treuhänderin für seinen Nachlass eingesetzt hat."

Vivienne holte einmal tief Luft. Ihre Augen schimmerten feucht. „Amy fand das immer schon seltsam, denn wir telefonieren beinahe jeden Tag und ich kam ihr nie richtig dement vor. Als sie nun gehört hat, wie Thelma sich in den letzten Tagen verhalten hat, wurde sie noch misstrauischer und hat meinem Arzt quasi das Messer auf die Brust gesetzt. Erst wollte er nicht mit der Sprache herausrücken, aber dann ... dann knickte er ein und erzählte, dass Thelma ihn erpresst hatte. Sie hatte schon vor längerer Zeit herausgefunden, dass er ein Hochstapler ist und dies für ihre Zwecke genutzt. Jedenfalls ..." Erneut atmete sie tief durch, bevor sie weitererzählte: „Jedenfalls hat Thelma ihn gezwungen, ihr Tabletten für mich zu geben, die bei längerer Einnahme eine Demenz vortäuschen können. Bei meinem ersten Besuch bei ihm hat er gesagt, ich würde unter einem Vitaminmangel leiden. Dann wurde ich plötzlich vergesslich und etwas wirr, und Thelma hat mich gedrängt, wieder zum Arzt zu gehen. Er diagnostizierte eine beginnende Demenz und verschrieb mir Tabletten, die Thelma aber immer abgeholt und rationiert hat. Sie sagt, es sei zu meinem Besten, weil auf mein Erinnerungsvermögen ja kein Verlass mehr sei. Ich habe also keine Packungen. Ich habe angenommen, dass es tatsächlich Tabletten gegen Demenz waren, aber was sie mir wirklich gegeben hat ... keine Ahnung! Ich glaube, ich möchte es auch gar nicht wissen."

„Was?" Violet glaubte nicht richtig zu hören und auch Payden sah geschockt aus. Vivienne fuhr fort: „Amy hat recherchiert und es gibt tatsächlich Medikamente, die die Konzentration verringern, was sich längerfristig auf die Gedächtnisleistung auswirken kann."

„Und welche Medikamente sind das?", wollte Violet entsetzt wissen.

„Zum Beispiel solche, die man bei Parkinson, Depressionen, Allergien und Psychosen verschreibt."

„Himmel", sagte Payden.

„Thelma hat behauptet, es seien Vitaminpillen, die gegen die anfängliche Demenz, die dieser Doktor festgestellt haben will, helfen. Und ich habe ihr und meinem Arzt blind vertraut. Amy hat mich vor kurzem gebeten, ein Foto von den Tabletten zu schicken, damit sie sich ein besseres Bild von meiner Behandlung machen kann." Fassungslos schüttelte Vivienne den Kopf.

Violet schauderte. Sie musste zu ihrer Großmutter gehen und sie in den Arm nehmen.

„Sie hat die Fotos einem Apotheker gezeigt und der hat gemeint, dass die Vitaminpillen eine ganz andere Form hätten. Da ging ihr ein Licht auf und sie hat meinen Arzt zur Rede gestellt."

„Mein Gott", stammelte Violet. Sanft drückte Vivienne sie von sich, tätschelte ihre Hand und zückte ihr Handy. Payden und Violet tauschten fragende Blicke. Was hatte sie vor?

„Thelma? ... Ja, ich bin es. Wir müssen reden. ... Nein, du hörst mir zu. Ich glaube dir kein Wort mehr ... Ah, dann hat dich dein sogenannter Arzt also schon informiert. Es geht aber nicht nur darum. Ich habe eine Kopie von Kevins Testament gefunden ... In seinem Haus. Ich erwarte dich morgen hier ... Ja, in seinem Haus in Mayfair. Noch eins, ich würde dir raten, die Füße still zu halten." Ohne einen Abschiedsgruß beendete sie das Gespräch und pustete geräuschvoll Luft aus. „Das tat irgendwie gut", sagte sie.

„Wird sie kommen?", wollte Payden wissen.

Violet schlug das Herz bis in den Hals, wenn sie daran dachte, dass sie Thelma noch einmal gegenübertreten sollte. Aber warum eigentlich nicht? Am liebsten hätte sie ihr sofort ihre Meinung über diese gemeine Sache gegen Vivienne an den Kopf geknallt. Und zwar gehörig!

„Ihr wird nichts anderes übrig bleiben", entgegnete Vivienne und blickte zu Violet hinüber. „Mach dir keine Sorgen."

Vivienne schien sich wieder gefasst zu haben. Violet merkte, wie stark ihre Großmutter im Grunde war. Wieder klingelte ihr Handy. „Ein Anruf von Amy", sagte sie. Während sie mit ihr telefonierte, trat Payden zu Violet. Er blickte auf sein eigenes Handy und runzelte die Stirn. „Rose hetzt gegen mich. Sie hält mich für untalentiert und möchte sich deshalb von mir distanzieren. Außerdem hat sie verkündet, dass sie nun eine Solokarriere starten wird", berichtete er.

„Tut mir leid, Pay."

Payden schüttelte kaum wahrnehmbar den Kopf. „Mir nicht. Ich bin froh, dass ich jetzt ihr wahres Gesicht kenne. Es tut weh, so verarscht worden zu sein. Sie hat mich nur benutzt. Nun verstehe ich Kevin noch besser. Er sagte, er hatte viele Freunde, von denen am Ende nur sehr wenige geblieben sind, wenn es hart auf hart kam."

Violet legte ihm die Hand auf den Arm. „Danke, dass du da bist. Ich verspreche, ich werde dich nicht enttäuschen, auch wenn ich kein Engel bin."

„Wirklich nicht?" Sie meinte ein Schmunzeln auf seinen Lippen zu erkennen.

„Deine Zeilen", fügte er nach einem kurzen Moment der Stille hinzu, „haben mich jedenfalls wirklich berührt."

„Danke“, sagte sie leise. „Wirst du auch morgen bei mir bleiben, wenn Thelma kommt?“, fragte sie. Immer noch schauten sie einander tief in die Augen.

„Wenn du das möchtest.“

Sie nickte und er kam einen Schritt näher, was ihr Herz zum Wummern brachte. Am liebsten hätte sie sich fest an ihn gedrückt, seinen Herzschlag und seine Wärme an ihrem Körper gespürt. Hitze stieg in ihre Wangen, dennoch konnte sie das Gesicht nicht abwenden. Payden hob eine Hand und strich ihr eine ihrer kurzen Strähnen, die ihr in die Stirn gefallen war, nach hinten.

„Du bist so … perfekt mit deinen Ecken und Kanten, dass ich es kaum aushalte in deiner Nähe“, flüsterte er.

Violet überflutete ein Prickeln. Sie wusste nicht, was sie erwidern sollte. Es kostete sie eine Menge Kraft, ihn nicht zu küssen oder zu umarmen.

„Ich … du bringst mich ganz durcheinander, Vi.“ Beinahe klang es wie ein Vorwurf.

„Du mich auch“, brachte sie heraus. In diesem Moment kehrte Vivienne zurück. Gleichzeitig gingen sie einen Schritt zurück, was Vivienne lächelnd bemerkte. Violet war ihr dankbar, dass sie es nicht weiter kommentierte. Stattdessen berichtete sie ihnen, was Amy erzählt hatte.

„Wenigstens geht es ihrem Mann besser. Außerdem hat sie erzählt, dass der Arzt sie noch einmal kontaktiert hat. Er hat sich nicht getraut, mich selbst anzurufen. Dafür hat er sich über Amy noch einmal entschuldigt und ihr gesagt, dass er sich selbst anzeigen wird. Außerdem hat er erzählt, dass er Thelma gebeichtet hat, dass sie aufgeflogen sind und sie ihm die Hölle heiß gemacht hätte."

„Das ist unglaublich. Aber somit kommen auch die Machenschaften von Thelma ans Licht", bemerkte Payden. Doch daran glaubten weder Vivienne noch Violet. Thelma würde mit Sicherheit Wege und Mittel finden, ihren Namen aus der Sache rauszuhalten.

„Das werde ich Thelma nicht verzeihen. Bei Rose habe ich allerdings noch eine kleine Hoffnung. Es ist zwar nur so ein Gefühl, aber ich habe mir schon lange angewöhnt, auf mein Herz zu hören." Nachdenklich nickte sie und wechselte das Thema. „Hast du deinen Brief fertig, Violet?"

Violet reichte ihr wortlos den Block. Mit jeder Zeile, die ihre Großmutter las, wichen die Sorgenfalten von ihrer Stirn und der Ausdruck in ihren Augen wurde heller. Ohne etwas zu sagen, gab sie ihr den Zettel zurück, nachdem sie fertig gelesen hatte, nahm ihr Gesicht zwischen die Hände und küsste sie auf die Stirn.

„Es wird Zeit, denen da draußen die andere Seite der Medaille zu zeigen", hörte sie Payden sagen.

„Allerdings", entgegnete Vivienne.

Umschwung

Jack umarmte sie so überschwänglich, dass sie für einen Moment glaubte, keine Luft mehr zu bekommen. Wie verabredet war er über den Hintereingang gekommen. Die schwarzen Klamotten, sowie die Sonnenbrille und das Cape standen ihm gut, auch wenn er damit eher wie ein Gangster wirkte.

„Leider kann ich nicht lange bleiben, die Arbeit ruft. Aber he, ich bin so froh dich zu sehen", sagte er.

„Schade, aber das verstehe ich."

„Am Wochenende habe ich mehr Zeit." Er warf einen Blick über ihre Schultern hinweg. „Wow, was für ein schöner Garten. Ich glaube nicht, dass ich wirklich hier bin."

„Frag mich mal."

Verständnisvoll nickte er und schenkte ihr ein Lächeln. Wie sie ihn vermisst hatte!

„Thelma ist wirklich ein Aasgeier", sagte er und folgte ihr ins Wohnzimmer, wo sie sich auf die Couch setzten. „Aber deine Zeilen auf der Homepage sind echt klasse. Das wirft positive Wellen und zwar in deine Richtung." Violet nickte. Dass die Resonanz auf ihre Zeilen größtenteils positiv waren, hatte ihr Brian bereits erzählt, und es freute und erleichterte sie.

„Ich habe gehört, dass sich Thelma erst einmal zurückgezogen hat", fuhr Jack fort. „Oh Mann, ich habe die Kommentare verfolgt, sobald ich eine freie Minute gefunden habe. Nicht, dass das besonders oft gewesen wäre. Dieser Mistkerl von Vermieter hat die Miete noch einmal erhöht. Das heißt Doppelschichten einlegen."

„Oh nein! Das darf ja wohl nicht wahr sein. ... Soll ich dir was leihen?"

Sofort lehnte er ab. „Ich komm schon klar. Und du?"

Typisch Jack, dachte sie, verfolgte das Thema jedoch vorerst nicht weiter. „Ja! Granny Vivienne und Payden sind toll."

Ein schelmisches Lächeln umspielte Jacks Lippen. „Vor allem Payden, oder?"

„Nicht du auch noch! Wir sind Freunde", sagte sie verlegen.

Er stieß sie in die Seite. „Noch! Ich sehe da ein Funkeln in deinen Augen. Außerdem wirst du rot wie eine Tomate."

„Okay, okay! Ich weiß es selbst nicht genau", knickte sie ein.

„Verstehe! Das ist alles ein bisschen viel, hm?" Er strich ihr liebevoll über die Wange.

„Ein bisschen ja", sagte sie schief lächelnd.

„Was hast du nun als Nächstes vor?", wollte Jack wissen. Sie erzählte ihm von dem bevorstehenden

Treffen mit Thelma und er wünschte ihr Glück, das sie gut gebrauchen konnte.

„Und lass dir von der bloß nichts einreden", sagte er beschwörend.

Violet nickte. „Hast du noch etwas von Angela und Marcus gehört? Oder von Betty?"

„Nein, nichts. Du?"

„Tantchen hat mir noch ein paar vorwurfsvolle Nachrichten geschrieben und das mit Betty hat sich wohl erledigt."

Noch einmal nahm Jack sie in den Arm und drückte sie fest an sich. „Vergiss die. Die wichtigsten Menschen stehen an deiner Seite und nur das zählt!"

Thelma kam überpünktlich und hatte Rose im Schlepptau. Sichtlich widerwillig hatten die beiden den Hintereingang genommen. Vivienne hatte darauf bestanden.

Violet und Payden standen von der Couch auf, als sie zusammen mit Vivienne im Wohnzimmer erschienen. Mit gestrafften Schultern und erhobenem Kinn standen Mutter und Tochter wie zwei Zinnsoldaten nebeneinander und erwiderten Paydens und Violets Gruß nicht einmal, was diese nicht anders erwartet hatte. Thelmas Gesichtsmuskeln zuckten, sie wirkte insgesamt blasser und verhärmter. Das blutrote Kostüm, das sie trug, unterstrich die Kühle, die sie ausstrahlte.

„Also! Hier sind wir!", sagte sie monoton und vermied es, Payden und Violet anzusehen. Vivienne schüttelte kaum wahrnehmbar den Kopf. „Ich bin wirklich über alle Maßen enttäuscht von dir, Thelma."

Thelmas Lippen begannen leicht zu zittern. „Das mit dem Testament ist ein Bluff, oder?“

Mit hochgezogenen Brauen erwiderte Vivienne: „Nein! Ist das alles, was dich interessiert?“

„Dieser Arzt redet Blödsinn. Ich habe überhaupt nichts mit den Tabletten zu tun. Wenn er nicht fähig ist …“, zischte Thelma.

„Hör schon auf, Thelma. Du wusstest genau, was du tust. Es ist wirklich traurig, was die Gier aus manchen Menschen macht.“ Vivienne unterbrach Thelmas Tirade mit ruhiger Stimme.

„Wie redest du denn mit mir?“, schimpfte Thelma.

Vivienne ging zur Glasvitrine hinüber, zog das Schubfach auf und kehrte mit dem Testament in den Händen zu Thelma zurück. Rose wirkte irritiert und schielte zu ihrer Mutter hinüber.

„Das Testament“, sagte Vivienne.

„Das … das ist …“, stotterte Thelma.

„Ich wusste, es geht schief“, flüsterte Rose und senkte den Blick.

„Das habe ich alles für dich getan“, zischte Thelma ihr daraufhin zu.

„Hast du doch alles gewusst, Rose“, murmelte Vivienne. Die Enttäuschung war ihr deutlich anzumerken. Es fiel Violet schwer, ruhig zu bleiben. Als würde Payden es spüren, ergriff er ihre Hand. Ihre Finger verschränkten sich ineinander. Rose bemerkte es, hob den Blick und zeigte auf sie. „Glaubst du denn, du kannst denen mehr trauen als uns?“

„Bestimmt nicht“, fügte Thelma sofort lachend hinzu. An Violet gewandt sagte sie: „Deine Zeilen sind übrigens sehr beeindruckend, rührend. Aber ich fürchte, dass dir nicht alle glauben werden."

„Ich nehme an, du willst weiter dafür sorgen", entfuhr es Payden.

„Misch dich nicht ein", zischte Rose, was ihm nur ein müdes Lächeln entlockte.

„Schluss jetzt! Du solltest dir wirklich gut überlegen, ob du dich mit uns anlegen willst, Thelma", warnte Vivienne.

„Was willst du tun? Mich verklagen? Ich habe mir jahrelang den Arsch für Kevin aufgerissen! Ich war so oft bei ihm, als er versuchte clean zu werden, ich habe ihm gut zugeredet, wenn er mal wieder unten war ...", erwiderte Thelma, wobei ihre Stimme zunehmend hysterischer wurde.

„Du hast ihn von uns abgeschottet und uns denken lassen, er wolle das so. Ihm hast du wiederum etwas anderes erzählt. Jetzt fügt sich alles wie ein Puzzle zusammen", gab Vivienne zurück. Ihre Stimme drohte zu kippen.

„Er hätte mir die Songs geben sollen. Von wegen ich hätte nicht genug Gefühl", warf Rose ein und begann zu schluchzen, wohl um Vivienne damit zu erweichen. Doch das schien nicht mehr zu ziehen.

„Dieser Undank! Ein paar Prozent seines Vermögens. Das soll alles sein?", rief Thelma.

„Ja. Eine Frechheit! Dieser elende Junkie", brach es aus Rose heraus.

„Nicht anders als diese Groupiebraut Melody", lachte Thelma leise.

„Es reicht!", rief Vivienne und presste eine Hand auf ihren Brustkorb.

Violet holte Luft. „Redet nie wieder so über meine Eltern!“, stieß sie aus.

„Oho. Das Lamm wacht auf“, zischte Thelma.

„Ja, das dachtest du wohl, dass ich ein dummes Lamm bin“, entfuhr es Violet. Sie konnte nicht mehr an sich halten, schwor sich zugleich aber, sich keinesfalls auf das gleiche Niveau herabzubegeben wie Rose und ihre Mutter.

Thelma lachte verächtlich. „Was soll's. Rose wird es auch ohne Payden und Kevins Hilfe schaffen. Talent kann man nicht kaufen.“

Rose nickte. „So ist es! Ich dachte, du wärst cooler, Pay.“

„Lass dich überraschen. Auf jeden Fall werde ich weiter ehrlich bleiben!“, erwiderte er lässig, ohne Violets Hand loszulassen.

„Mein Mann hat beste Kontakte in der Musikszene. Er kann Rose genauso weiterhelfen“, knurrte Thelma.

„Warum hat er es dann nicht schon längst getan?“, wollte Payden wissen.

„Lass du dich überraschen“, gab Rose fauchend zurück.

Thelma, die endgültig die Kontrolle über sich verloren zu haben schien, zerriss die Kopie des Testaments.

„Das wird dir nichts nützen. Ich habe zur Sicherheit noch ein paar davon angefertigt. Du wirst dafür sorgen, dass Violet bekommt, was ihr zusteht, und zwar bald“, erklärte Vivienne ruhig, was sie sichtlich Mühe kostete.

Thelma machte eine wegwerfende Handbewegung. „Denkst du nicht einmal an Rose? Sie hätte mehr verdient als das bisschen.“

„Und Kevin hätte mehr Ehrlichkeit verdient als eine Verwandte, die nur ein hinterlistiges Ziel verfolgt", entgegnete Vivienne.

„Ihr werdet schon sehen, du und Amy. Ehrlichkeit! Pah. Wer ist schon ehrlich?", zischte Thelma. Ihr Gesicht war feuerrot vor Wut.

„Violet und Vivienne", wagte Payden einzuwerfen, wofür er einen mörderischen Blick von Rose erntete.

„Das bringt nichts. Wir drehen uns nur noch im Kreis. Also! Du weißt, was du nun zu tun hast, Thelma", schloss Vivienne. „Kevin hat klar und deutlich aufgeschrieben, was er wollte, also setz es jetzt gefälligst auch um. Und nun verlasst bitte dieses Haus, alle beide."

Für einen kurzen Moment herrschte absolute Stille. Violet spürte, dass sie noch etwas sagen musste.

„Ich habe euch nichts getan. Dass ich die Tochter von Kevin Sky bin, das habe ich mir bei Gott nicht ausgesucht. Es bedeutet mir jedoch viel, nun zu wissen, wer mein Vater ist. Ich werde sein Andenken in Ehren halten, und auch das meiner Mutter. Komme, was wolle! Mum war der beste, liebste Mensch der Welt. Ich bin sicher, Kevin und sie haben nur das Beste verdient."

„Genau wie du", flüsterte Payden.

„Mistkerl", zischte Rose. Thelma schnappte empört nach Luft und schob Rose mit sich in Richtung Haupteingang. Vivienne sah den beiden nach, ließ sie jedoch ohne Einwand ihren Weg fortsetzen. „Sie braucht das Blitzlichtgewitter einfach. Lassen wir sie. Ich glaube nicht, dass sie erzählen wird, wen sie hier getroffen hat", sagte sie ruhig, obwohl Violet ihren Augen ansah, dass sie weniger gelassen war, als sie nach außen hin den Anschein machte.

Vivienne behielt recht. Thelma machte zwar ein paar giftige Andeutungen, blieb sonst aber, jedenfalls für ihre Verhältnisse, handzahm. Rose nutzte die Gelegenheit und kündete noch einmal ihre Solokarriere an, der jetzt nichts mehr im Wege stünde. Als hätte es das je, außer sie selbst.

Einige Zeit später trat auch Thelmas Mann vor die Kamera und lobte das musikalische Talent seiner Tochter über den grünen Klee. Er wurde nicht müde, Rose eine großartige Karriere vorauszusagen. Gleichzeitig schien es ihm aber auch wichtig zu sein, immer wieder auf sein neues Album hinzuweisen und Werbung in eigener Sache zu machen.

Die Vorhänge der Fenster waren zugezogen, als Payden zu Violet trat. Sie konnte seinen warmen Atem in ihrem Nacken spüren. Ob er merkte, dass sie dabei leicht zusammenzuckte? Eine wohlige Gänsehaut überlief ihren gesamten Körper.

Die Anwälte waren am Nachmittag vorbeigekommen und hatten alles Weitere mit ihr und Vivienne geklärt. Inzwischen hatte Thelma alle nötigen Papiere unterzeichnet, wollte aber weder Vivienne noch Payden und Violet unter die Augen treten.

„Die Presse ahnt, dass ich hier bin", flüsterte Violet.

„Ich weiß. Ich habe es gelesen. Wie fühlst du dich?"

Ganz langsam drehte sie sich zu Payden um. Im sanften Licht des Zimmers wirkte sein Gesicht verschwommen, wie mit einem Weichzeichner bearbeitet.

„Hier, meinst du?", fragte Violet.

Er nickte.

Für einen Moment dachte sie nach. „Auch wenn es alles fremd ist, fühlt es sich heimelig an. Ich bin ihm hier näher und das beruhigt mich."

„Du gehörst hierher. Und was den Rummel angeht, der wird sich legen."

„Fragt sich nur wann", seufzte sie.

„Nun ja. Ehrlich gesagt würde ich dich an ihrer Stelle auch sehr gerne näher kennenlernen. Damit meine ich die Fans, nicht die Presse." Er schmunzelte und ihr Herz klopfte schneller.

„Heißt das, ich soll mich zeigen und ...?", fragte sie erstaunt.

„Es sollte nur ein Kompliment werden. Sorry, ich bin wohl mal wieder ins Fettnäpfchen getreten. Verzeihst du mir noch einmal?"

Nun war sie es, die schmunzeln musste.

„Übrigens soll ich dir liebe Grüße von der Band ausrichten", fuhr Payden fort. „Ich habe ihnen alles erzählt. Sie finden es klasse, dass Thelma klein beigeben muss. Monty will bald mal wieder einen privaten Gig für Freunde und Familie starten. Wir könnten auch dabei sein. Die Leidenschaft lässt sie trotz allem nicht los und das ist gut so. Kevin hätte es so gewollt."

„Und wie ist es bei dir? Ich meine, ich will dich nicht aufhalten."

Sachte strich er ihr eine Strähne aus der Stirn. „Tust du nicht. Ich bin gerne bei dir. Sehr gerne!"

Wieder war da dieses Kribbeln, das sie durchflutete bis in die Zehenspitzen.

„Hast du das Kuvert mit den unfertigen Songs schon geöffnet?", wollte er wissen.

Violet schüttelte den Kopf und blickte Richtung Flügel, wo sie es abgelegt hatte. Der Gedanke daran, was darin war, machte sie zugleich ehrfürchtig und neugierig. Payden nickte ihr zu, als sie seinen Blick noch einmal streifte. Langsam ging sie an ihm vorbei auf das Klavier zu, nahm das Kuvert und ließ sich damit auf den Hocker nieder.

„Ich lasse dich mal allein", sagte Payden, der noch am Fenster stand. Sie blickte zu ihm. „Bleib doch!" Aber er machte sich bereits auf den Weg. „Glaube mir, so ist es besser. Der Moment gehört dir allein. Du kannst es mir später zeigen", erklärte er. Wieder einmal verblüffte er Violet mit seinem feinen Gespür für das, was sie brauchte.

Behutsam legte Violet das Kuvert auf ihren Schoss und öffnete es. Sie zog eine marineblaue Mappe heraus, in deren Mitte der Schriftzug *Violet Blue Sky* prangte. Der geschwungene silberne Schriftzug gefiel Violet. Das S von Sky schien sich Richtung Himmel zu recken, wo es sich an der Spitze in Splitter auflöste und mit dem i-Tüpfelchen ihres Namens ein kleines Feuerwerk veranstaltete. Ein unbewusstes Lächeln umspielte ihre Mundwinkel. Sie öffnete die Mappe und nahm einen ganzen Stapel beschriebener Notenblätter heraus. Anbei lag auch ein USB-Stick.

Kevins Schrift war klar und deutlich, wenn er auch mehrere Passagen wieder gestrichen hatte, stellte Violet fest, als sie die Seiten durchblätterte. Da war es wieder – dieses surreale Gefühl, eine Mischung aus Sehnsucht und einem Drang, der tief aus ihrem Herzen kam. Als wäre es zerbrechlich, nahm sie eines der Notenblätter aus der Mappe und legte es am Flügel an. Ihre Finger wanderten zu den Tasten. Ein paar Sekunden ging sie in sich, dann begann sie zu spielen. Die Melodie kroch in sie, elektrisierte sie ab dem ersten Ton und erfüllte sie. Es gab nur wenige Stellen, an denen sie noch nicht ganz rund in sich klang. Kevin hatte sie mit Rotstift markiert. Trotzdem war die Melodie, die in diesen paar Noten steckte, schon so gut wie perfekt, gleich einem wundervollen Gedicht. Töne, in denen sich so viel von dem widerspiegelte, das ihren Vater ausgemacht hatte, die aus seinem tiefsten Inneren geflossen waren. Sie versuchte ihn in sich zu spüren, doch es gelang ihr nicht. Sie wollte die Empfindungen nicht verfälschen, wenn sie Kevins Melodien spielte. Sie musste die Parallele zu ihm finden, seinen Stil mit sich nehmen, aber nicht kopieren. Plötzlich öffnete sich die Tür und Vivienne warf einen Blick herein.

„Payden hat mir gesagt, dass du hier bist", sagte sie.

Violet lächelte ihr zu. „Komm doch rein." Viviennes Lippen zitterten, als sie mit den Fingern über die Notenblätter strich.

„Spielst du mir eines vor? Ich weiß ja, dass sie unvollständig sind. Aber ich bin sicher, du wirst sie irgendwann fertig schreiben und sie werden ganz wundervoll sein. Er wäre sicher der glücklichste Mensch gewesen, wenn er das mit dir zusammen hätte tun können. Dann hätte er das auch wieder aus dem Testament streichen lassen können. So ging er auf Nummer sicher, dass du sie auf jeden Fall einmal bekommen wirst. Ich denke, ein Teil von ihm wird immer bei uns sein und uns begleiten. So gesehen macht ihr es ja zusammen."

Violet nickte. Das hatte sie schön gesagt. Violet wusste nur nicht, ob sie dazu imstande war, aber sie wollte es. Irgendwann!

„Du wirkst nicht überzeugt", bemerkte Vivienne.

„Wenn ich ihn nur einmal getroffen hätte. Ich meine, persönlich. Vielleicht hätte ich dann ... Wie soll ich das richtig erklären? Es ist so ..."

„Unwirklich? ... Das verstehe ich absolut", half Vivienne ihr weiter.

Dieses Mal nickte Violet. Ihre Großmutter streckte ihr eine Hand hin und Violet sah verdutzt auf.

„Es wird Zeit!", sagte Vivienne fest.

Violet verstand nicht, was sie damit meinte. „Für was?"

„Wir werden das Grab deines Vaters besuchen. Und auch das deiner Mutter. Das wird uns beiden helfen, davon bin ich überzeugt."

Violet legte ihre Hand in die ihrer Großmutter. Ihre Blicke begegneten sich in stillem Einverständnis.

Kampf gegen Dämonen

Der Chauffeur, der Vivienne und Violet zum High Gate Friedhof fuhr, trug weiße Sneakers zu seinem Anzug. So wie damals, erinnerte sich Violet, als er Payden und Rose gefahren hatte. Er zwinkerte Violet zu, bevor er die Tür hinter ihr schloss. Violet hatte sich eine lockige kastanienbraune Langhaarperücke aufgesetzt, die Vivienne für sie besorgt hatte und die ihr ganz gut stand, wie auch ihre Großmutter fand.

„Das ist Geoffrey. Er arbeitet schon seit Jahren für mich. Ein bisschen frech, aber man kann ihm vertrauen. Er weiß natürlich, wer du bist", erklärte ihr Vivienne lächelnd. Er hatte in einer nahegelegenen Seitenstraße auf sie gewartet, wobei die Limousine nur bei ein paar vorbeieilenden Leuten Aufmerksamkeit erregte.

„Ich glaube nicht, dass Journalisten darunter waren", sagte Vivienne und reichte Violet eine Sonnenbrille. „Sollten uns doch welche auf dem Friedhof auflauern, dann lass mich das machen."

„In Ordnung", gab Violet zurück und erwiderte Viviennes Lächeln. So warmherzig sie auch war, so tough konnte sie sein. Sie tätschelte Violets Hand, während sich der Wagen in Bewegung setzte. Payden war am Morgen zu seinen Eltern gefahren, um dort nach dem Rechten zu sehen. Auch wenn Vivienne an ihrer Seite war, merkte sie, dass er ihr bereits fehlte. Das Handy hatte sie zu Hause gelassen, als sie gesehen hatte, dass Angela bereits dreimal versucht hatte, sie zu erreichen. Sie wollte nicht mit ihr reden.

„Wie geht es Amy und ihrem Mann?", fragte Violet.

„Er ist auf dem Weg der Besserung. In kleinen Schritten zwar, aber Amy ist heilfroh. Ich natürlich auch. Sie war übrigens sehr gerührt von deinen Zeilen. Damit hast du offensichtlich sehr viele Herzen erreicht. Allen voran meines! ... Du hast diese Gabe, Menschen sofort zu verzaubern, Violet. Das konnte Kevin auch. Wenn er er selbst war." Besonders den letzten Satz sagte sie nicht ohne Wehmut. Schnell wechselte sie das Thema. „Seit ich diese Tabletten nicht mehr nehme, fühle ich mich, als hätte ich einen neuen Kopf. Alles ist so klar, keine Dämmerzustände mehr. Wenn ich daran denke, was geworden wäre, wenn ich die weiter genommen hätte ..."

„Ich bin so froh, dass es dich gibt. Du musst auf jeden Fall noch sehr lange gesund bleiben."

Ihre Großmutter gab ihr einen Kuss auf die Wange. „Das habe ich vor."

Durch die getönten Scheiben sah Violet, dass sie bereits in Camden angekommen waren. Ihr letzter Besuch auf dem Friedhof war noch nicht allzu lange her und hatte ihr Frieden gegeben, auch wenn die Trauer um ihre Mutter nie lange fernblieb. Der Friedhof war durch eine öffentliche Straße, der Swain's Lane, geteilt. Kevins Grab lag auf der westlichen Seite, genau wie das ihrer Mutter. Der Charme des Verfalls, der den Friedhof auszeichnete, war reine Absicht. Highgate war ein Ort, der Mystik, Idylle, Ruhe und Romantik vereinte. Hier gab es keine schnurgeraden Grabreihen oder sorgfältig gerechte Wege. Die Natur schien alles zu beherrschen. Einige Baumwurzeln wanden ihre starken Finger um Erde und Steine, als wollten sie sie festhalten, damit sie nicht auch noch in den Himmel entschwanden.

„Glaubst du an ein Danach?", fragte Violet leise, als Geoffrey im Schatten einer dickstämmigen Eiche nahe des Eingangs parkte.

„Ja, und es macht es mir ein bisschen leichter, meine Trauer zu ertragen", entgegnete Vivienne.

Violet nickte. „Geht mir genauso!"

„Das ist gut, Violet. Das ist sogar sehr gut! Ich habe übrigens der Verwaltung Bescheid gegeben. Wir werden Ruhe haben. Zumindest hoffe ich das", erzählte Vivienne. Geoffrey öffnete die Wagentür auf Viviennes Seite und beugte sich zu ihr. „Die Luft scheint rein zu sein", flüsterte er. Er spannte einen Schirm über ihrer beide Köpfe, denn es hatte begonnen zu regnen.

„Sie brauchen nicht zu flüstern", schmunzelte Vivienne.

Kaum hatten sie den Eingangsbereich erreicht, preschte wie aus dem Nichts ein schwarzer Audi auf sie zu. Sofort stellte sich Geoffrey vor sie und breitete schützend die Arme aus. Durch die geöffnete Scheibe auf der Fahrerseite des Audis drang ein Blitzlichtgewitter. Zeitgleich stürmten zwei Männer aus einem nahegelegenen Gebüsch, gingen nur ein paar Meter von Vivienne, Violet und Geoffrey entfernt in die Hocke und zückten ihre Kameras. Beinahe kam es Violet vor, als wären es Waffen, die sie auf sie richteten. Instinktiv schirmte sie ihr Gesicht mit beiden Händen ab. Vivienne ging an Geoffrey vorbei, den Kopf hoch erhoben.

„Lassen Sie uns in Ruhe! Verstanden? Das Mädchen möchte nur das Grab ihrer Mutter und ihres Vaters besuchen. Herrgott nochmal, haben Sie denn keinen Funken Respekt?"

Tatsächlich nahmen die Paparazzi, zwei junge, schlaksige Männer, ihre Kameras herunter, wenn auch zögerlich.

„Violet, wie fühlt es sich an zu wissen, dass man die Tochter eines Weltstars ist?", fragte einer von ihnen.

Violet tauschte einen unsicheren Blick mit Vivienne, die mit den Schultern zuckte und ihr bedeutete, dass die Entscheidung ganz bei ihr lag. Violet nickte. „Vor allem war er mein Vater", hörte sie sich sagen.

Der Typ im Audi drehte bereits ab. Er hatte, was er wollte. Seine Fotos würden ihm gutes Geld bringen.

„Du bist jetzt eine reiche junge Frau. Wirst du in die Fußstapfen deines Vaters treten?", fragte der junge Mann, der sein Glück wohl kaum fassen konnte.

„Das alles ist im Moment nicht wichtig. Ich ... brauche Zeit, um alles, was passiert ist, richtig zu begreifen. Keine Ahnung, wie es dann weitergeht. Ruhm und Geld sind jedenfalls das Letzte, das mir gerade im Kopf herumgeht. Jeder, der schon einmal so einen herben Verlust erlebt hat, wird das nachempfinden können."

Sie lehnte ihren Kopf an Viviennes Schulter, die einen Arm um sie legte und ihr zuflüsterte: „Komm, gehen wir!"

Die beiden Paparazzi zögerten und waren sichtlich unwillig, Violet einfach so gehen zu lassen.

„Hauen Sie ab!", donnerte Geoffrey und machte einen Satz auf die beiden Männer zu, was sie unwillkürlich zwei, drei Schritte zurückweichen ließ. In ihren Augen lag ein gieriger Glanz. Erneut zückten sie ihre Kameras.

„Ich finde heraus, von welcher Zeitung Sie kommen", sagte Vivienne ruhig, aber betont.

„Wir wollen ihr nichts Böses", rief einer der zwei.

„Antworte nicht mehr", riet Vivienne und Violet nickte.

Gewundene Pfade verbanden sich zu einem Labyrinth. Sie führten zu kreisförmig angeordneten Gräberringen, dem Circle of Lebanon. In der Nähe stand eine mächtige Zeder.

„Tut mir leid, dass ich sie nicht früher gesehen habe", entschuldigte sich Geoffrey, der einen Meter entfernt hinter ihnen ging.

Vivienne winkte ab. „Ach was! Manchmal glaube ich, sie können sich unsichtbar machen."

Sie wandte sich zu Violet. „Was du gesagt hast, war gut und absolut passend."

„Es kam von Herzen", sagte Violet leise.

Schritt für Schritt näherten sie sich Kevins Grab. Das Zwitschern der Vögel beruhigte sie, genau wie der

Geruch der Bäume, des Mooses und der Blumen. Über einen schlangenförmigen Weg, den verschiedene Gewächse und Bäume mit verwunschen wirkenden Ästen säumten, gelangten sie zu Kevins Grab, das durch eine kleine Mauer aus Buchs abgegrenzt im Schatten einer großen Eiche lag. Kevin hatte sich das Grab zu Lebzeiten selbst gekauft.

„Der Platz hat ihm gefallen. Auf der anderen Seite liegen unsere Vorfahren und auch mein Mann begraben", sagte Vivienne leise und ließ Violet den Vortritt.

Ihr Herz zog sich zusammen, als sie dicht an das Grab herantrat und die Sonnenbrille abnahm. Die Erde war inzwischen mit frischen roten Rosen bepflanzt. Um den einfachen, kreuzförmigen Grabstein herum verteilt lagen Briefe, Zeichnungen, Blumen und Fotos. Dazwischen saßen drei Teddys mit treu dreinblickenden Knopfaugen. Der Grabstein selbst war mit Lippenstiftküsschen verziert. Unter Kevins Namen waren die Worte *You'll be loved* eingemeißelt. Direkt darüber befand sich ein kleines Foto von Kevin, das hinter Glas eingebracht war und auf dem er zufrieden lächelte. Für einen Moment glaubte Violet, ihre Beine würden versagen. Sie ging in die Hocke. Der Wind spielte mit ihrem Haar, während ihre Finger die kühle Erde berührten. Eine kleine Geste, die sie irgendwie noch mehr mit Kevin verband. Vivienne legte ihr die Hände auf die Schultern. Zusammen schwiegen sie eine kleine Weile. Tausend Gedanken durchfluteten Violets Kopf. Doch dieses Mal schienen sie geerdet, sortierter, greifbarer. Dann sagte sie:

„Hi Dad. Auch wenn ich dich nicht persönlich gekannt habe, glaube ich doch, dass wir in einigen Dingen gleich sind. Ich trage dich in mir und ich verspreche dir, dass ich versuchen werde, alles richtig zu machen. Danke dafür, dass du so an mich glaubst. Ich liebe die Musik, genau wie du und Mum. Sie hat mich ein Leben lang begleitet. Mit ihr verbinde ich viele Erinnerungen, in denen auch du vorkommst. Danke für jedes Lächeln, dass du in Mums Gesicht gezaubert hast. Weißt du, ich verstehe euch beide. Es gibt nichts, für das ich euch böse bin. Und ... ich liebe euch."

Sie hauchte eine Kusshand Richtung Himmel und schloss die Augen.

Payden setzte sich neben sie an den Flügel. Zum Glück war ihre Rückkehr ohne weitere Vorfälle verlaufen. Es war schön, ihn wieder bei sich zu haben. Sie beobachtete, wie er mit den Fingern über die Tasten glitt. „Die Fotos der zwei Journalisten gehen bereits um die Welt. Aber das war zu erwarten. Was du gesagt hast, scheint sie jedenfalls richtig beeindruckt zu haben, Violet."

„Ich habe nur gesagt, was ich dachte", erwiderte Violet und nahm die Perücke ab. Auch Payden war davon begeistert gewesen, obwohl er sie mit ihrem natürlichen Haar noch hübscher fand, wie er gesagt hatte.

„Das ist auch gut so. Die Leute merken, wenn man authentisch ist", gab er auf ihre Worte hin zurück.

Gedankenversunken blätterte Violet in Kevins Noten.

„Du hast immer mehr Leute auf deiner Seite. Brians Beitrag, deine Zeilen und das jetzt – das war genau richtig. Thelma und Rose haben es nach den Aktionen nicht besser verdient, dass viele nun mit Verachtung reagieren und dir Respekt zollen."

Violet begann die Melodie, die ihr von dem vorletzten Blatt ihres Stapels entgegenlächelte, zu summen. Payden lehnte sich zurück. „Verstehe! Das hier ist viel wichtiger", flüsterte er. Violet sah ihm in die Augen.

„Der Besuch am Friedhof hat mir noch einmal richtig deutlich gemacht, was wirklich zählt. Und dass das hier alles wirklich passiert. Vivienne sagte, ihr geht es genauso, nachdem wir noch an Mums Grab waren. Das ist wichtiger als das, was draußen passiert."

„Ja, das kann Angst machen. Und es ist gut, wenn du erst einmal zu dir selber kommst", sagte er verständnisvoll.

„Alles zu seiner Zeit, hat meine Mum immer gesagt."

„Witzig! Das sagen meine Eltern auch immer." Payden lachte.

„Wie geht es ihnen?", fragte Violet.

„Gut! Ich soll dich lieb grüßen. Sie freuen sich wirklich schon, dich einmal kennenzulernen. Deine Zeilen haben auch sie sehr berührt."

„Wenn sie so nett sind wie du, was ich stark annehme, dann freue ich mich auch schon", entgegnete Violet mit einem verlegenen Lächeln.

„Sind sie. Und sie wollten wissen, ob wir ... na, du weißt schon." Payden warf ihr einen vielsagenden Blick zu.

Natürlich wusste sie, dass er das Balkonfoto meinte, und konnte nicht verhindern, dass ihre Wangen rot wurden. Schnell riss sie sich von seinen glänzenden Augen los und konzentrierte sich wieder auf die Noten. „Was hast du gesagt?", fragte sie und merkte, dass auch Payden verlegen war.

„Das ich dich sehr nett finde. Sehr, sehr nett sogar. Aber das weißt du ja“, gab er zu. Seine Stimme klang rau und unsicher und brachte Violet zum Lächeln. Spürte er das gleiche Kribbeln wie sie? Just in dem Moment kam Vivienne in den Raum, um ihnen mitzuteilen, dass sie sich mit einer alten Freundin treffen würde. Dass etwas in der Luft lag, schien ihr nicht zu entgehen.

„Irgendwie scheine ich immer im günstigsten Augenblick zu stören“, bemerkte sie.

„Wie kommst du denn darauf?“, fragte Payden und zog die Brauen nach oben.

„Ja, wie kommst du darauf?“ Violet verkniff sich ein Kichern.

„Ich sehe schon, ihr kommt auch gut ohne mich klar“, entgegnete Vivienne. Ihr Schmunzeln war eindeutig.

„Ich wollte dich nicht in Verlegenheit bringen“, sagte Payden, sobald sie aus der Tür war.

Violet stellte sich dumm. „Wegen was genau?“

Er stupste sie an. „Das weißt du doch.“

Sie musste lachen und er stimmte mit ein.

„Spielst du mir was vor?“, fragte er.

Ihre Blicke trafen sich. Es fiel Violet schwer, sich abzuwenden. Sie wusste immer noch nicht genau, wohin es führen würde, und ob es angesichts des Chaos in ihrem Leben gut wäre, auch wenn Payden einfach toll war.

„Ich habe da eines gefunden, das mir sehr gefällt. Es ist ein Mix aus schnell und langsam. Die Melodie macht nachdenklich und reißt zugleich mit.“

„Klingt gut!“

„Spielst du mit?", fragte Violet und legte das Notenblatt bereit.

„Ich höre dir lieber zu. Übrigens, spielst du eigentlich noch andere Instrumente?", wollte Payden wissen.

„Gitarre finde ich auch toll."

Er zeigte einen Daumen nach oben. „Cool! Dann haben wir schon wieder eine Gemeinsamkeit."

Bevor sie sich wieder in seinen Augen verlor, begann sie den Song zu spielen. Der Rhythmus und die Melodie füllten ihr Herz. Viel würde sie daran nicht ändern, eigentlich nur Winzigkeiten. Im Grunde war er fertig. Was hatte Kevin nur daran auszusetzen gehabt? Aus Erzählungen über ihren Vater wusste sie jedoch, dass er in Sachen Musik ein Perfektionist gewesen war und eigentlich nie ganz zufrieden war mit seinen Songs. Vielleicht lag dies aber auch daran, dass er sich selbst meist nicht komplett fühlte, dachte Violet und erinnerte sich, was Payden und auch Brian bezüglich der unfertigen Songs gesagt hatten. Und es rührte sie nach wie vor.

„So wie du es spielst, mit so viel Gefühl, klingt es jetzt schon wie ein Hit. Und auch wenn es sich anhört, als würde ich schleimen, ist es mein völliger Ernst", schwärmte Payden.

„Er hatte so viel Talent. Ich bin sicher, wenn er kein gutes Herz gehabt hätte, hätte er so etwas nie schreiben können", erwiderte Violet und suchte bereits nach dem nächsten Song. Das Fieber hatte sie wieder gepackt. Dieses Mal konnte sie Payden dazu überreden, ihn mit ihr gemeinsam zu spielen. Es machte richtig Spaß. Auch darin stimmte die Chemie zwischen ihnen, stellte sie fest. Zeit mit Payden war wirklich eine Art

Therapie für sie. Jede Minute, die sie miteinander verbrachten, schweißte sie ein Stückchen mehr zusammen.

„Es ist das erste Mal, dass ich ganz allein hier im Haus bin", erzählte Violet Jack, der sie am nächsten Morgen gegen Mittag anrief. Vivienne war bei sich zu Hause, ein paar Sachen erledigen und Payden wollte ins Studio, um an neuen Songs zu feilen, die er ihr, wenn sie fertig waren, vorspielen wollte. Außerdem hatte sein Manager Paul Jefferson ein paar Dinge mit ihm zu besprechen.

„Vor Kevins Haus, also deinem, sieht es echt unglaublich aus. Die Fans haben eine ganze Mauer aus Blumen, Fotos und Briefen errichtet. Sogar in den Bäumen hängen Briefe. Alle warten auf dich. Ich glaube, sie denken, du könntest ihnen durch deine Anwesenheit auch irgendwie Kevin zurückholen", erzählte Jack und Violet konnte sich das Leuchten in seinen Augen vorstellen, während er mit ihr sprach.

„Wie gesagt ..."

„Ich weiß. Und ich sehe es wie Payden: Lass dir alle Zeit der Welt. Ich wollte es nur sagen. He, du fehlst mir", unterbrach Jack sie sanft.

Violet vermisste Jack ebenfalls. „He, Jack the Ripper. Dann besuch mich doch!"

Die Antwort kam prompt. „He, Violet Blue Sky. Ist gebongt. Mein Gott, ich werde durchdrehen. Ich wollte mich schon das letzte Mal genauer in den heiligen Hallen umsehen. Entschuldige, dass ich so neugierig bin. Aber ich liebe Kevin und seine Musik!"

Violet lachte. „Hallo? Das weiß ich! Ich würde dich nur bitten wieder den Hintereingang zu nutzen und mir eine Nachricht aufs Handy zu schreiben, wenn du da bist. Okay?"

„Oh Mann. Okay!"

Violet kräuselte die Stirn. „Sag besser nicht Oh Mann. Das bedeutet nie was Gutes."

„Dieses Mal schon. Außer ich sterbe vor Aufregung!", rief Jack schwärmerisch.

„Jack. Hör auf! Wann kommst du voraussichtlich?", fragte Violet ungeduldig.

„Gegen sechs heute Abend. Dieses Mal habe ich etwa eine Stunde Zeit, bevor ich zum nächsten Job muss."

„Gut! Ich freue mich auf dich."

„Und ich mich erst. He, natürlich auch auf dich. Vor allem auf dich." Sein Lachen zu hören war schön.

Nach dem Telefonat beschloss sie, das Haus noch genauer zu erkunden. Die gerahmten Bilder im Flur des Erdgeschosses zeigten Kevin zusammen mit verschiedenen Leuten. Ein paar darunter erkannte Violet sofort. Es waren Schauspieler und Musiker, in deren Mitte er sich immer lachend zeigte. Auch gab es Fotos mit Lucky Star. Auf anderen hingegen wirkte Kevin in sich gekehrt. Oft waren es auch nur Schnappschüsse von Kleinigkeiten. Fliegende Blätter im Wind, eine Schwarz-Weiß-Fotografie von spielenden Kindern vor einer Pfütze, in der sie sich spiegelten. Als sie an dieses Bild näher heranging, erkannte sie, dass er ein Herz neben eines der höchstens fünfjährigen Mädchen gemalt hatte, in dem ein V zu erkennen war. Violet runzelte die Stirn. War das etwa sie? Das Mädchen saß in der Hocke neben ihrer Freundin und rücklings zu dem, der das Foto geknipst hatte. Das Haar trug sie unter einer Mütze versteckt. Es musste Spätherbst gewesen sein, als das Bild aufgenommen worden war. Vage erinnerte sie sich an Anne aus dem Nachbarhaus, mit der sie hin und wieder gespielt hatte und die später mit ihren Eltern nach New York gezogen war. Anne hatte genau solches schwarzes, krauses Haar gehabt wie das zweite Mädchen auf dem Foto. Es konnte also gut sein. Ein warmes Gefühl erfüllte Violet. Er war wirklich oft da gewesen!

Violet durchstreifte die Zimmer wie eine Katze, die ihr neues Heim inspizierte. Jeder neue Raum zeigte ihr ein Stückchen mehr von Kevin. Sie fühlte sich ein wenig unbehaglich, als würde sie schnüffeln. Auch wenn ihr, sie konnte es noch immer nicht begreifen, das nun alles gehörte, würde es immer sein Haus bleiben. Neben dem Ess- und Wohnzimmer gab es einen Raum, in dessen Mitte ein Sessel stand, der aussah wie einer dieser teuren Massagesessel aus den großen Möbelhäusern. Sobald Violet den Raum betreten hatte, ging das Licht an und beleuchtete warm die Wände, die mit Palmentapeten tapeziert waren. Erstaunt und ein wenig erschrocken schaute Violet sich um. Anscheinend war das Zimmer eine Art Oase für ihren Vater gewesen, in Erinnerung an Hope Island. Auf Zehenspitzen ging sie auf die Gitarre zu, die offensichtlich schon ein paar Jahre auf dem Buckel hatte. An der Seite war sein Name eingraviert. Sehnsüchtig besah sie sich die Saiten, die er mit seinen Fingern sicher unzählige Male berührt hatte. Plötzlich entdeckte sie etwas aus dem Augenwinkel. Auf dem Sideboard lag eine Klarsichthülle, in der ein Zettel steckte. Sie zögerte einen Moment, nahm den Zettel dann jedoch hinaus und las:

Für alle (Rück-)Fälle
Punkt 1: Violet!!!
Punkt 2: Mum, wahre Freunde, Amy (muss bald mit ihr reden)
Punkt 3: Fans
Punkt 4: Die Freiheit, selbst zu bestimmen – Musik aus klarem Herzen
Punkt 5: To-Do-Liste
Punkt 6: Mann, du willst nicht zu früh ins Gras beißen. Nicht immer sterben die Besten jung!

Violet glaubte zu verstehen. Die Liste war seine Motivationsliste, wenn ihn die Geister der Drogen wieder gerufen hatten. Dass er ihren Namen ganz oben aufgeführt hatte, berührte sie mehr, als sie es hätte in Worte fassen können. Sie legte den Zettel zurück, der für sie ein weiterer Beweis dafür war, dass Kevin wirklich von dem Teufelszeug wegkommen wollte. Endgültig! Dann setzte sie sich neben die Gitarre, nahm sie an sich und hielt sie ein paar Minuten in ihren Armen, ohne sich zu regen. Langsam schloss sie die Augen und sprach mit Kevin, als würde er direkt neben ihr sitzen.

„Ich könnte nie damit aufhören Musik zu machen, Dad", flüsterte sie. „Ich bewundere dich, dass du so oft da raus gegangen bist und gespielt hast, als würdest du die Leute alle kennen. Ja, sie waren letztendlich ja auch wie eine große Familie für dich. So hast du das einmal in einem Interview gesagt. Aber ich kann das einfach nicht so wie du, irgendetwas blockiert mich, wenn ich vor Fremden spielen und singen soll. Vor Jack macht es mir nichts aus, bei Payden funktioniert es auch gut. Ich denke, bei dir hätte ich es auch gekonnt. Und bei Vivienne. Bei Noelle könnte ich es mir auch vorstellen. Granny ist übrigens großartig. Rose und Thelma wissen gar nicht, wie viel Glück sie eigentlich hatten, dass sie ihnen ihre bedingungslose Liebe geschenkt hat." Violet schluckte den Kloß in ihrer Kehle hinunter. „Ihr – du, Mum, Vivienne, Jack und Payden, immer mehr auch Noelle, seid die wichtigsten Menschen, die ich kenne."

Wieder schwieg sie. Danach bewegten sich ihre Finger wie von selbst und sie begann eine Melodie zu spielen, die ihr gerade in den Sinn kam und genau das auszudrücken schien, was mit Worten unmöglich gewesen wäre. Der Gedanke, dass ihre Eltern es hören könnten, gab ihr Kraft. Vielleicht war es auch so, dass Kevin gerade zusammen mit ihr diesen Song spielte und ihre Mutter zuhörte.

„Ich würde einen hervorragenden Undercover-Agenten abgeben", lachte Jack und drückte Violet fest an sich. Sie lachte ebenfalls und zog ihn schnell ins Haus. Sie konnte es kaum abwarten, ihm Kevins Oase zu zeigen.

„Du hättest mich sehen sollen. Flink wie ein Wiesel", schwärmte Jack von sich selbst.

„Jaja. Jack the Ripper, die Inkarnation von James Bond, 007", lachte sie.

Nun saßen sie sich im Schneidersitz vor der großen Palmenwand gegenüber und Jack ließ das Stück, das Violet ihm auf der Gitarre vorspielte, auf sich wirken.

Es klappte noch besser als vorhin, stelle Violet glücklich fest. Jack war Heimat für sie. Sie war froh, dass er hier bei ihr war. Als sie die Finger von den Saiten der Gitarre nahm, sah er sie an, als würde er gerade aus einem Traum erwachen.

„Ist es einer der unfertigen Songs?", fragte er.

„Nein, das ist von mir. Die Melodie kam mir vorhin erst in den Sinn. Ich weiß, ich muss noch daran feilen und der Text ..."

„Wow! Das ist der Wahnsinn, Vi. Klar, manche Übergänge hören sich noch ein wenig holprig an. Aber he, wenn das am Ende kein Diamant wird, weiß ich auch nicht."

Verlegen lächelte sie. „Ach Quatsch."

„Doch, wirklich, glaub mir! Ich bin echt begeistert", sagte er mit Nachdruck.

„Hast du wieder einmal an einem Song geschrieben?", wollte sie wissen.

„Leider hatte ich keine Zeit dafür. Die Jobs fressen mich auf."

„Ich kann dir wirklich Geld geben, Jack. Ich bin sicher, Kevin hätte nichts dagegen gehabt, wenn ..."

Sofort winkte er ab. „Nein! He, schon vergessen? Ich bin Superman. Ich kriege das alles schon hin. Auf alle Fälle will ich aus dem Loch raus, das sich Wohnung nennt. Ich habe neue Nachbarn. Oh Mann! Die streiten andauernd. Ich wollte mich beschweren, aber he, mit denen legt man sich wohl besser nicht an."

„Dann zieh doch zu mir. Das Haus ist groß genug", schlug sie vor.

Er riss die Augen auf. „In das Haus von Kevin Sky? Bist du irre? Entschuldige, du weißt, dass ich das anders meine, als es klingt."

Sie lachte. „Klar, weiß ich doch."

Jack holte Luft. „Das könnte ich nicht annehmen."

„Doch könntest du. Mach es. Außerdem brauche ich dich als Muse", entgegnete Violet entschlossen.

„Du hast mir eben das Gegenteil bewiesen. Glaub mir, Süße, in dir steckt etwas Großes! Talent, Herz und Muse. Das ist mehr wert als alles Geld der Welt."

Ihre Blicke hielten aneinander fest. „Schön, dass du da bist", flüsterte Violet und lächelte.

Jack rutschte näher und gab ihr einen Kuss auf die Wange. „Schön, dass du wieder lächeln kannst."

„Hat Landen sich noch einmal gemeldet?", wollte sie wissen, nachdem sie es sich im Wohnzimmer gemütlich gemacht hatten. Sie hatte Jack den Rest des Hauses und die unfertigen Songs gezeigt, wobei er mehr als einmal die Fassung verloren hatte vor Begeisterung. Violet hatte ihren Freund auch Vivienne vorgestellt, die inzwischen zurückgekehrt war, und die beiden schienen einander auf Anhieb sympathisch zu finden.

„Zum Glück nicht. Ich habe ihn aber einmal im McDonald's gesehen. Mit so einem komischen Kauz, der schon viel älter war als er. Ist wohl sein Neuer. Mir ist es egal. Hauptsache er lässt mich in Ruhe", erzählte Jack.

„Trotzdem beunruhigt es mich, dass er dir immer noch nicht den Schlüssel zurückgegeben hat."

„Ich werde ihn sicher nicht kontaktieren und ihn noch einmal danach fragen. Außerdem kann ich mich gut wehren, wenn er nachts plötzlich vor meinem Bett steht." Jack lachte.

„Das ist nicht witzig. Du solltest wirklich hierherkommen", sagte sie.

„Du willst also hier bleiben?", fragte Jack wieder ernst.

Violet nickte. „Wo sollte ich sonst hin? Zurück zu Angela und Onkel Marcus gehe ich mit Sicherheit nicht. Lieber schlafe ich unter einer Brücke. Und hier ... hier fühle ich mich Dad so nahe. Seit ich mit Granny bei ihm am Grab war, habe ich das alles so richtig realisiert."

Sie brauchte eine Umarmung, und weil Jack sie so gut kannte wie kaum ein anderer, merkte er es sofort. Er breitete die Arme aus und sie schmiegte sich dankbar an ihn.

„Hätte Payden nichts dagegen? Ich meine, wenn ich hier wohnen würde?", fragte er.

„Ich kann Payden nicht ewig vereinnahmen. Er hat schon so viel für mich getan."

„Und ich glaube, er hat das sehr gerne getan, Vi. Dass da mehr ist, sieht man allein schon auf dem Foto."

„Das Balkonfoto." Sie seufzte.

Jack löste sich von ihr. „Ich weiß, du findest, dass es falsch interpretiert wurde, aber ehrlich, eure Blicke sind eindeutig. Auf beiden Seiten. Ihr habt euch das nur noch nicht offen eingestanden. Zugegeben, das Foto kam zu einem blöden Zeitpunkt und einige Idioten haben euch die wildesten Geschichten angedichtet. Aber vergiss nicht, deine wahren Freunde glauben diesen ganzen Mist nicht und stehen hinter dir. Übrigens, Noelle war bei mir. Sie hat mir erzählt, dass deine ehemalige Chefin jetzt sogar Führungen durch das Café gibt und dabei alles mögliche über dich verrät. Wie du gearbeitet hast, was du gesagt hast, wo du oft gestanden hast, wie oft du Luft holst und so weiter. Das Café ist nun berühmt durch dich und das nutzt sie vollends aus. Noelle war so sauer, dass sie gekündigt hat, was ich gut finde. Sie hat schon einen neuen Job in Aussicht.“

„Sehr gut! Betty hat im Grunde alle ihre Mitarbeiter nur ausgenutzt. Über Jahre. Genau wie mich.“ Violet seufzte leise.

Jack warf einen Blick auf seine Armbanduhr. „Ich glaube, ich muss wieder. Der nächste Job ruft.“

„Überleg dir, was ich gesagt habe. Du weißt, es ist ernst gemeint“, bat sie ihn inständig.

Jack nahm ihr Gesicht zwischen seine Hände. „Mache ich. Danke für den Vorschlag. Ich hab dich lieb, Süße.“

„Ich dich auch, du Verrückter!“

Er küsste sie auf die Stirn, bevor er ging.

„Ich mag deinen Freund, Violet“, sagte Vivienne, als sie sich beide später ins Wohnzimmer zurückzogen. „Er hat eine warme Aura. Ich bin vorsichtig geworden, aber seine Blicke, mit denen er dich angesehen hat, waren von dieser Intensität, die ich von Kevin kenne, wenn er völlig eins mit jemandem war.“

Violet lächelte. „Ich glaube, ich war heute gemeinsam mit ihm auf Hope Island. Sozusagen! Er hatte es genauso nötig wie ich. Ich kann Dad verstehen. Hin und wieder braucht man einen Ort, an dem man Kraft tanken kann, der einen reinigt. Auch von sich selbst, von den dunklen Seiten, den Dämonen."

„Wie wahr, Violet!", erwiderte Vivienne und schenkte ihr dieses warme Lächeln, das sie so liebte. „Und es muss nicht mal unbedingt eine einsame Insel sein, sondern es genügt oft schon, mit einem guten Freund zusammen zu sein. Oder wunderbare Musik zu hören. Spielst du mir heute etwas vor? Kevin hat das als Kind und in der Anfangszeit seiner Karriere so gerne getan. Es hat mich immer beruhigt und inspiriert."

Was für eine wundervolle Vorstellung, dachte Violet und nickte. Payden würde sowieso erst in zwei Stunden zurückkommen. Die Proben im Studio und die Gespräche mit seinem Manager liefen anscheinend gut, was sie sehr freute, genau wie die zwei kleinen Worte am Ende seiner Message: *Miss you!*

Vivienne erwähnte kein Wort von dem, was sie draußen gehört oder gesehen hatte, und Violet wollte auch nicht fragen. Sie brauchte noch diese Oase, die sie wie ein Schutzwall umgab.

Die Klänge des Klaviers hallten durch das Haus wie eine geheime Botschaft und trieben Vivienne Tränen in die Augen. Violet hatte, auf den dringenden Wunsch ihrer Großmutter, sogar ein paar Zeilen gesungen. Das Vertrauen zu ihr machte es möglich.

„Du hast Soul in der Stimme", sagte Vivienne, als sie danach bei einer Tasse heißer Schokolade zusammen saßen. „All diese Stimmfarben. Das ist ein Geschenk von Gott."

Violet fühlte sich geschmeichelt. „Danke", sagte sie leise. Sie glaubte ihrer Großmutter, dass sie es ehrlich meinte und freute sich über das Kompliment. Dann zögerte sie. Sie wollte Vivienne gern noch viele Fragen über ihren Vater stellen, wollte die ältere Frau jedoch auch nicht drängen, verletzen oder gar schmerzliche Erinnerungen in ihr wachrufen. Andererseits – vielleicht würde es ihr guttun, mehr über Kevin zu sprechen? Unsicher sagte sie: „Vivienne, darf ich dich etwas fragen? Du musst auch nicht antworten, wenn es dich zu traurig macht. Aber kannst du mir noch etwas von meinem Dad erzählen?"

Vivienne räusperte sich und war sichtlich bewegt. „Natürlich, mein Kind. Ich spreche gern über ihn und möchte die Erinnerungen lebendig halten. Also, Kevin war ein kleiner Wildfang – einerseits. Das sagte ich ja schon einmal. Meine Güte, er hatte einen Kopf, der manchmal hart sein konnte wie eine Kokosnuss. Sein Vater wollte eben immer, dass er etwas Anständiges lernt. Zugegeben, mir machte das Ganze auch Sorgen. Aber gegen diese Liebe zur Musik, die er in sich trug, kam niemand an, und als ich sie erkannte, da ließ ich ihn machen. Eine innere Stimme sagte mir, dass es keinen anderen Weg für Kevin geben würde und ihm wohl auch."

„Er hat Glück gehabt, dass er jemanden wie dich hatte, der ihn so unterstützt hat", sagte Violet leise.

„Ich weiß, dass auch sein Vater die Musik, die Kevin gemacht hat, letztendlich gut gefunden hat. Leider konnte er aber nicht über seinen Schatten springen. Und als er erfahren hat, dass Kevin homosexuell ist, hat ihn das sehr getroffen. Ich weiß noch, als er uns damals Matteo vorstellte, da hat sein Vater kaum ein Wort herausbekommen. Aber er hat Kevin genauso geliebt wie ich und Matteo war ihm im Grunde sehr sympathisch. Er war ein sehr zarter Mann, sehr feinfühlig, und Kevins Ruhepol. Kevin war komplizierter, vielseitiger. Er war ein Rebell. Ein liebevoller Rebell, würde ich sagen. Seine Songs waren so vielschichtig wie er selbst. Er wollte alles ausprobieren. Er dachte anfangs, er würde auch die Dämonen in den Griff bekommen. Doch da hat er sich leider geirrt. Vielleicht hätte er es aber letztendlich doch noch geschafft, wenn er dich persönlich in seinem Leben gehabt hätte, an seiner Seite. Tja, bis Gott einen anderen Weg für ihn entschieden hat."

Violet hatte sich dicht an Vivienne gekuschelt und hörte sich die Geschichten an, die ihr Herz schneller schlagen ließen und sie zugleich in eine Decke hüllten.

„Doch wie schon gesagt, ich verstehe deine Mutter und jetzt weiß ich auch, was Kevin damals ins Straucheln gebracht hat. Er hat immer versucht, die Schattenseiten wenn möglich von mir fernzuhalten, und so war er im Grunde ganz allein mit seinen Problemen. Ich glaube, es war der Druck, den Kevin sich selbst machte, der ihn wieder zurück zu den Dämonen geführt hat. Dazu kam der unerwartete Tod seines Vaters, der ihm zugesetzt hat. Er wollte erreichen, dass sein Vater stolz auf ihn ist. Er wollte es einmal aus seinem Mund hören. Mein Mann und auch Kevin konnten solche Sturschädel sein. Er hatte gelernt, dass die Dämonen ihn erleichtern konnten, wenn es zu hart wurde, auch wenn es immer nur kurz war. Er hatte dich verloren und auch Matteo. In uns hatte er kein großes Vertrauen mehr. Er ist immer wieder auf diese falschen Freunde hereingefallen und hat so viele

Leute kennengelernt, die sich im Nachhinein als Lügner entpuppten. Sein Erfolg überrollte ihn, auch wenn er nach wie vor nicht ohne Musik sein konnte und wollte. Er musste weitermachen. Seine Fans waren seine Familie geworden. Ach Violet, ich frage mich immer wieder, was ich anders hätte machen können. Vielleicht, wenn ich energischer gewesen wäre …"

Violet blickte zu ihr auf. „Er wusste, dass du nur das Beste für ihn gewollt hast, da bin ich sicher. Er wollte es allein schaffen und keinem zur Last fallen. Er fühlte sich schuldig wegen Matteo und Mum. Aber er wusste bestimmt, dass er nie allein war. Dass er nur auf dich hätte zugehen müssen. Das hätte er bestimmt auch noch getan. Auch bei Amy. Und denk an Thelma. Sie hatte auch ihre Hand im Spiel."

Eine Träne tropfte auf Viviennes weiße Bluse. Behutsam legte sie eine Hand auf Violets Wange und nickte.

Big Brother

„Ich glaube, die Frau da draußen zwischen den Leuten ist Agnes White", sagte Vivienne. Sie stand an einem der Fenster in einem Zimmer im ersten Stock und spähte vorsichtig hinaus. Seit ungefähr einer halben Stunde war Violet wach und trank dort ihren Kaffee. Vivienne hatte ihr den weißen Flügel gezeigt, der in dem grün gestrichenen Zimmer mit dem Spiegelboden und einer weißen Rundcouch stand. Violet hatte die Notenblätter ihres Vaters dabei und studierte sie gerade. Vivienne hingegen hatte fast die ganze Nacht kein Auge zu tun können, da sie, wie sie erzählte, Kopfschmerzen plagten, die erst jetzt langsam abflauten.

Die Melodien verschmolzen in Violets Kopf, verankerten sich in ihrem Herzen und entstiegen ihrer Seele mit neuen Ideen. Es war ein Kreislauf, der sie glücklich machte. Er machte sie lebendig und schaffte es immer wieder die Dunkelheit zu verdrängen. Genau wie Payden es tun würde. Vivienne erzählte, dass er mitten in der Nacht zurückgekommen war und noch schlief. Auch ihn hatte die Muse anscheinend fest im Griff.

„Agnes White? Ist das nicht die beste Freundin von Kevin?", fragte Violet. Vivienne nickte und wandte sich um. „Ich gehe mal raus und helfe ihr. Die Securityleute halten sie ab. Die meisten wissen ja, dass ich hier bin. Anscheinend will sie zu mir."

Während Vivienne zur Tür ging, kam Payden mit noch schlaftrunkenen Augen ins Zimmer geschlurft. Sobald sich ihre Blicke trafen, wirkte er munterer und begrüßte sie mit einem sanften Kuss auf die Wange. „Da bist du also. Guten Morgen."

„Guten Morgen, Payden!"

„Sorry, dass ich so zerknautscht aussehe. Ich konnte kein Ende im Studio finden", murmelte er.

Dass er unzufrieden wirkte, entging ihr nicht. Er gähnte herzhaft. Violet reichte ihm ihren Kaffee, den er dankbar annahm.

„Den Songs fehlt die Würze. Es ist zum Verzweifeln", erzählte er dann und lehnte sich an den Flügel.

„Wenn du nicht so hundemüde wärst, würde ich dich jetzt bitten mir einen vorzuspielen", erwiderte Violet.

„Glaub mir, das willst du nicht hören. Auch wenn Paul, mein Manager, damit schon nach draußen gehen würde, für mich sind sie matte Rohkristalle. Nichts weiter. Er findet, ich sollte mich langsam wieder öffentlich zeigen, da die Leute einen schnell vergessen. Und er wollte wissen, ob an den Gerüchten etwas dran ist. Du weißt schon. Mit uns."

Für einen Augenblick glaubte sie ein Blitzen in seinen Augen zu entdecken, das ihr das Blut in die Wangen steigen ließ.

„Das tut mir leid, Payden“, flüsterte sie und sie fühlte mit ihm.

„Das mit uns geht jedenfalls keinem was an. Wie auch immer. Und du? Wie geht es dir? Hat dich die Muse geküsst?“, fragte er.

Er rückte einen Stuhl heran, der in einer Ecke stand, und setzte sich neben sie. Violet blickte abwechselnd zu ihm und auf die Tasten. Dann erzählte sie ihm von der Oase und Jacks Besuch.

„Kevin hat mir das Zimmer einmal gezeigt. Es war tatsächlich seine Ruheoase und ein Ort, an dem ihn die meisten Ideen kamen, wie er sagte. Da und vor dem Kamin unten. Ich habe mich in dem Raum auch sofort wohlgefühlt. Und was Jack angeht, er tut dir offensichtlich sehr gut. Es ist wirklich ein Glück, wenn man wahre Freunde hat. Also fände ich es gut, wenn er wieder öfter in deiner Nähe wäre.“

„Finde ich auch“, sagte sie, dankbar, dass er sie so gut verstand.

„Wo sind die Noten zu deinem Song?“, wollte er dann wissen und unterdrückte ein Gähnen.

„Alle abgespeichert.“ Mit einem Finger deutete sie an ihre rechte Schläfe. „Ich werde sie aber noch aufschreiben.“

Payden stellte die Tasse auf dem Flügel ab und verschränkte die Arme vor der Brust. „Du machst mich neugierig. Spiel mir was vor, ja?“

Doch daraus wurde vorerst nichts, denn Vivienne kehrte zurück.

„Was hat sie gesagt?", fragte Violet sie. Ihre Großmutter legte eine Hand auf den Flügel.

„Wer?", wollte Payden wissen.

„Agnes White!", antworteten beide zugleich.

„Kevins beste Freundin war hier?", fragte er erstaunt.

Vivienne nickte. „Ja! Stell dir vor, Violet, sie wusste das von dir. Kevin hat es ihr kurz vor seinem Tod anvertraut. Ich soll dich lieb grüßen. Irgendwann möchte sie dich auch einmal persönlich kennenlernen. Eine reizende Person. Allerdings kamen uns zwei Presseleute ins Gehege und wollten Fotos machen." Viviennes Blick richtete sich in die Ferne. „Sie sagte, dass er auch vorhatte mit mir und Amy darüber zu reden. Und er wollte Thelma als Treuhänderin wieder aus dem Testament streichen lassen. Anscheinend hatte er sie durchschaut. Mein Gott! Mein Junge! Sie sagte, er hat sich so darauf gefreut – auf eine Zukunft mit dir."

„Ich wusste es. Er hat nie aufgehört dich zu lieben, Vivienne", flüsterte Violet und lächelte ihr zu. Vivienne kam zu ihr herum. „Genau wie dich, Kind."

Payden strich nachdenklich mit den Fingern über die Tasten. „Er war wirklich großartig. Es melden sich immer mehr Menschen, denen er geholfen hat. Das hat er mir auch, in vieler Hinsicht und das werde ich ihm nie vergessen", sagte er mit rauer Stimme.

Stolz erfüllte Violet. „Ich lerne Dad immer besser kennen. Mit jeder noch so kleinen Geschichte, die ich höre, mit den Melodien, die er geschrieben hat, mit jeder Zeile, jedem Foto, jeder Erinnerung."

Plötzlich stimmte Payden leise einen Song an. Wohl einen von denen, mit denen er noch nicht zufrieden war. „Er war meine Muse und nun bist es du", sagte er ernst.

Violets Bauch zog sich zusammen. Zusammen mit Vivienne lauschte sie der Melodie. Gänsehaut überlief ihren Körper, als Payden wieder zu singen begann. Er schaffte es, sie in eine magische Welt zu entführen. Sie hätte ihm stundenlang zuhören mögen.

„Es fehlt noch was", sagte er danach und fuhr sich mit einer Hand durch sein dichtes Haar.

„Warte! Spiel noch mal den Refrain", bat Violet ihn. Abwehrend schüttelte er den Kopf.

„Komm schon", hakte Vivienne nach und zwinkerte ihrer Enkelin zu.

„Davon wird es nicht besser", gab Payden zurück. Dennoch tat er, um was Violet ihn bat, wenn auch sichtlich widerwillig. Violet ließ die kleine Melodie in sich nachwirken.

„Und?", fragte Payden. „Ich sagte doch ..."

Ohne Erwiderung legte Violet ihre Finger auf die Tasten und spielte das Stück mit einer kleinen Änderung darin nach. Payden stockte. Dann ließ er den Blick zu Vivienne wandern.

„Das ist es", flüsterte er und sie nickte. „Das Salz in der Suppe. Das ist ..."

Payden starrte sie an und umarmte sie anschließend. Sie fühlte das Kribbeln bis in ihre Haarspitzen. „Das ist ... der Hammer! Danke, Vi", flüsterte er in ihr Haar. Meine Güte, er roch unglaublich gut.

„Danke fürs Vorspielen", sagte sie fast schüchtern.

„Jetzt aber du! Bitte." Er ließ sie los.

Seine neu gewonnene Euphorie machte sie glücklich.

„Übrigens wollte ich dir vorhin noch etwas sagen, Violet", unterbrach Vivienne.

Fast ängstlich sah diese zu ihr hinüber. „Nein, nein. Nichts Schlimmes. Keine Sorge. Mrs White hat gesagt, dass Kevin gehofft hat, du würdest zu ihm ziehen. Das weißt du ja schon. Aber da gibt es noch was. Ich habe es noch nicht entdeckt. Er hat wohl, bevor er zu dieser Tour nach Amerika aufgebrochen ist, begonnen, hier ein Zimmer für dich einzurichten. Sie sagte, es hätte ihm so gutgetan. Er ist dabei richtig aufgeblüht, hat nicht einmal mehr an Drogen gedacht. Die Aussicht, dich endlich bei sich zu haben, bedeutete ihm alles."

Violet öffnete ungläubig den Mund. „Ein Zimmer ... für mich?"

Sie blickte zu Payden, der beide Hände hob. „Ehrlich! Ich wusste nichts davon."

„Es ist im zweiten Stock. Hinter der letzten Tür, rechter Gang, hat sie gesagt", verriet Vivienne.

Violet sprang auf und Payden beschwerte sich lachend: „He, was ist mit deinem Song, den du mir versprochen hast?"

„Versprochen?", grinste sie.

„Na hau schon ab."

„Kommst du nicht mit, Pay?", fragte sie schüchtern.

Das ließ er sich nicht zweimal sagen. Vivienne nahm Violet an der Hand und führte sie und Payden nach oben.

„Ich muss gestehen, dass ich erst einmal hier oben war, seit Kevin das Haus gekauft hat. Du gehst vor", flüsterte Vivienne, als würde sie jemand belauschen. Obwohl sie aufgeregt und ungeduldig war, öffnete

Violet die Tür langsam. In ihrer Mitte war ein kleines Holzschild angebracht. Violettblaue Buchstaben formten neben einem weißen Herz das Wort *Welcome*. Violets Finger zitterten, als sie den silbernen Türgriff losließ. Eine neue Welt eröffnete sich dahinter. Eine Welt, die ihr Vater für sie alleine hergerichtet hatte. Das war das Bewegendste daran. Violet biss sich auf die Innenseite der linken Wange und schluckte. Wie von Geisterhand erleuchteten die Strahler an der Decke, die an einen Sternenhimmel erinnerten. Ein Himmelbett mit weißen Schals, dessen hölzernes Gestell an Seilen befestigt war, beherrschte die rechte Seite des großzügigen Raumes, der durch eine Wand mit Halbbogenöffnung getrennt war. Wie in Trance betrat Violet das Zimmer, gefolgt von Vivienne und Payden. Der Parkettboden hatte einen urigen Charme und erinnerte an den Boden eines alten Schiffes, was genau Violets Geschmack traf. Auf der zartgrünen Bettwäsche lag ein Brief. Für ein paar Sekunden hielt Violet inne, nahm ihn dann an sich und las:

Liebe Violet,

ich hoffe du hast schöne Träume in deinem Reich und viel Freude. Ich bin so froh, dass du hier bei mir bist. So oft habe ich davon geträumt. Wir haben so viel nachzuholen. Ich danke dir von Herzen, dass du dich dafür entschieden hast. Ich will dich nie enttäuschen, so wie ich deine Mum enttäuscht habe. Ich liebe euch beide! Für immer!

Dein Dad

Violet setzte sich auf die Bettkante und drückte den Brief, leise nach Luft ringend, fest an ihren Brustkorb. „Ich liebe dich auch, Dad. Genau wie Mum", sagte sie leise und spürte Viviennes Hand auf ihrer Schulter. Langsam erhob sich Violet und ging weiter. An den Wänden hingen Fotos, auf denen sie gleich mehrere ihrer Lieblingsstars entdeckte. Darunter waren auch einige Sängerinnen, die sie bewunderte.

„Mein Gott. Das sind Rosie Morisette und Ginger Gale. Die zwei sind der Hammer. Nein oder? Sie haben sogar auf dem Foto unterschrieben", keuchte sie und wandte sich aufgeregt zu Payden, der eher unbeeindruckt war. „Du bist besser."

Sie lachte. „Charmeur!"

Seine Augen weiteten sich. „He, ich meine das völlig ernst."

„Er wusste genau, was du magst, wen du magst ...", flüsterte Vivienne. Je weiter Violet ging, desto mehr musste sie ihr zustimmen. Immer wieder war sie überrascht, wie gut er ihren Geschmack getroffen hatte. Es berührte sie tief.

„Er wollte, dass du glücklich bist", sagte Vivienne und wischte ihr eine Träne von den Wangen.

„Ich wünschte, ich hätte ihn glücklich machen können, Granny."

Payden legte seinen Arm um sie beide. „Das tust du mit jedem Lächeln", flüsterte er Violet zu, und Vivienne nickte. Hinter dem Halbbogen zum nächsten Zimmer fand sie noch mehr, das sie staunen ließ. Grüne Veloursteppiche, Orchideen in blau, weiß und violett, sogar ihre Lieblingsbonbons mit süßsaurem Apfelgeschmack in einer Schale, die mitten auf einem eckigen Glastisch stand, eine graue Eckcouch, Kerzen, ein Kamin, weitere Rahmen, die noch gefüllt werden mussten, an den pastellfarbenen Wänden. Bunte Seidenschals an den Fenstern. Das Highlight war ein violettblaufarben lackierter Flügel. Violet ging darauf zu und strich ungläubig mit den Fingern darüber. Dabei entdeckte sie einen goldenen Schriftzug, der etwa mittig auf den Flügel aufgebracht war - *Violet Blue Sky*.

„Dad. Ich weiß gar nicht was ich sagen soll. Es ist wundervoll. Danke!"

Für Violet zählte vor allem, dass er das alles mit sichtlich so viel Liebe ausgewählt und eingerichtet hatte. Vivienne führte Violet weiter. Durch die zweite Tür des Raums gelangte man zu einem Bad mit freistehender, ovaler Wanne. Auf einem weißen Schränkchen stand, sie glaubte es nicht, ihr Lieblingsparfüm, das nach Schokolade duftete.

„Er hat sich so viel Mühe gegeben", flüsterte sie. Vivienne nahm sie in die Arme, als die Gefühle sie schließlich überwältigten. Den Rest des Tages verbrachten Payden, Violet und Vivienne damit, sich gegenseitig kleine Geschichten aus ihrem Leben zu erzählen, um sich noch besser kennenzulernen. Es waren Stunden, in denen sich Violet richtig geborgen fühlte und die sie nie vergessen würde.

Gegen zwölf Uhr waren Violet, Payden und Vivienne ins Bett gegangen. Violets kleine Nachttischlampe erfüllte das Zimmer mit einem warmen Licht. Violet hatte es sich in ihrem neuen Bett gemütlich gemacht, genoss die heimelige Atmosphäre und träumte vor sich hin. Payden und Vivienne schliefen bestimmt schon, es war weit nach Mitternacht. Sie ließ ihre Blicke schweifen.

Das liebevoll eingerichtete Zimmer erinnerte Violet an ihre Kindheit und die gemütliche kleine Wohnung, in der sie mit ihrer Mutter gelebt hatte. Ihre Mutter hatte ihr nie teure Geschenke machen können, aber das, was sie ihr gegeben hatte, war umso wertvoller für sie gewesen. Violet erinnerte sich, dass sie als Kind immer eine Schatzkiste besessen hatte, in der sie kostbare Erinnerungen aufbewahrte. Die ersten Ohrringe etwa, die ihr Melody zum achten Geburtstag geschenkt hatte. Es war ein wundervoller Tag gewesen. Sie hatten viel gelacht und waren mit Freunden essen gewesen. Und auch, wenn sich Violet noch immer nicht viel aus Schminke, Schmuck und Kleidung machte, waren es die schönsten Ohrringe, die sie je gesehen hatte. Es hatte ihr einen richtigen Stich versetzt, als die Schatzkiste beim Umzug zu Angela und Marcus verloren gegangen war.

Sie seufzte bei den glücklichen Erinnerungen und drehte sich zu dem kleinen Nachttisch, um ihr Handy in die Schublade zu legen. Als sie sie aufzog, bemerkte sie, dass diese nicht leer war. Ein Album lag darin, das allem Anschein nach für sie gedacht war. Auf dem Einband war ihr Name mit einem silbernen Faden eingestickt worden. Behutsam zog sie das Album heraus und schlug es auf. Schon die erste Seite ließ ihr den Atem stocken. Es war ein Foto, das Matteo und Kevin zeigte, die Melody in ihre Mitte genommen hatten. Wie schön ihre Mutter war mit ihrem lockigen Haar! Ihre Augen strahlten mit Kevins und Matteos

um die Wette. Unter das Foto hatte Kevin geschrieben:
„Sie hat JA gesagt!"

Zu was, das konnte sich Violet nur allzu gut vorstellen. Es war faszinierend und seltsam zugleich, diese Szene aus der Vergangenheit bildlich vor sich zu sehen. Eine Seite weiter waren Kevin und Melody alleine auf einem Foto zu sehen. Melody trug ein seidenes Kleid mit Blumendruck und küsste Kevin auf die rechte Wange. Er hatte den Arm um ihre Taille gelegt und lächelte. Neben dem Foto klebte ein Kuvert, in dem ein Brief steckte. Neugierig und mit erhitzten Wangen zog Violet ihn heraus und las:

Lieber Kevin,
du weißt sicher inzwischen, dass ich mich in dich verliebt habe. Und ich weiß, dass diese Liebe keine Erwiderung finden wird. Jedenfalls nicht in der Art, die ich mir wünsche. Ich habe versucht, die Gefühle für dich zu unterdrücken. Doch nach unserer gemeinsamen Nacht war es restlos um mich geschehen.

Violet holte Luft und sammelte sich, bevor sie weiterlas.

Ich weiß, du liebst Matteo und willst mit ihm eine Familie gründen. Und das akzeptiere und respektiere ich. Aber ich werde dich immer lieben, Kevin. Du bist nicht nur mein Lieblingssänger, sondern vor allem mein bester Freund. Unsere Tochter wird einen wundervollen Dad haben. Auch Matteo wird ein wundervoller Vater für sie sein. Bitte Kev, sag ihm nichts von diesem Brief. Ich musste es dir nur schreiben. Es zu

sagen, das brachte ich nicht übers Herz. Ich
denke jedoch, du weißt es auch so.
In Liebe, Melody

Violet fuhr ein paar Worte mit ihren Fingern nach.
Nie wieder hatte ihre Mutter nach ihrem Vater eine
wirkliche Beziehung zu einem Mann gehabt. Lange
glaubte Violet, es wäre ihretwegen gewesen, weil ihre
Mutter nicht wollte, dass sie sie teilen musste. Natürlich aber hätte sie ihrer Mutter einen Mann an die
Seite gewünscht, der es ehrlich mit ihnen beiden
meinte. Nun war sie sicher, dass es hauptsächlich
daran lag, dass keiner Melodys Herz so berühren
konnte, wie Kevin es getan hatte. Wann immer Violet
sie darauf angesprochen hatte, ob sie sich nicht mal
mit einem Mann verabreden wollte, hatte sie geantwortet: „Du bist mein ganzes Glück."
    Violet blätterte weiter und fand einen weiteren
Brief, dieses Mal von Kevin geschrieben.

Liebe Melody,
ja, ich habe es bemerkt. Für mich bist du die beste Freundin, die man sich wünschen kann und
ich will für unser Kind der beste Vater sein, den
es gibt. Zusammen mit Matteo. Und du wirst
immer die Mutter sein. Ich bewundere dich und
bin dir so unendlich dankbar für dieses Geschenk. Du weißt, du kannst immer in unserer
Nähe bleiben. Du freust dich genauso wie wir auf
das kleine, große Wunder. Oh mein Gott, das ist
es wirklich! Weißt du, wenn ich Frauen lieben
würde, hätte ich mich unter Garantie in dich
verliebt, Melody. Das schreibe ich nicht nur so!
Du, unser Kind, Matteo und ich werden für immer eine Familie sein. Danke für ALLES!

In wahrer Freundschaft,
Kevin

Wieder einmal überwältigten Violet die Gefühle. Auf die nachfolgende Seite war ein Foto geklebt, das Kevin und Melody Arm in Arm zeigte. Kevins Hand ruhte auf ihrem leicht gewölbten Bauch. Darunter stand: *12. Woche*

Es folgten Fotos, die ihre Mutter, Matteo und Kevin mit Babykleidung zeigten, die sie stolz in die Kamera hielten, von Melodys nacktem Bauch, der mit jedem weiteren Bild wuchs, von Kevin allein, wie er einen Kinderwagen schob, den er wohl gerade neu gekauft hatte, von Matteo, der Melody auf den Bauch küsste. Nur auf den letzten Fotos wirkte Melody verkrampft und unglücklich. Auf der letzten Seite fand Violet einen Brief von Kevin, der an ihre Mum und Matteo gerichtet war. Ihr Herz schien für einen Moment still zu stehen.

Liebe Melody, lieber Matteo,
ich habe es versaut. Verdammt, ich hätte die Finger davon lassen sollen, als June und Toby mir das Dreckszeug unter die Nase gehalten haben. Ich hab ihnen nun die Freundschaft gekündigt. Ich freue mich so unendlich auf unser Mädchen. Leider kann ich die Freude noch mit keinem weiteren Menschen teilen. Wir haben ja abgemacht, dass es erst offiziell gemacht wird, wenn das Kind auf der Welt ist und ein paar Wochen vergangen sind, damit wir bis dahin Ruhe haben. Versprochen, das wird nicht wieder vorkommen. Ich weiß, ich sage das jedes Mal. Aber es stimmt. Lasst uns reden.

Euer Kev

Auf der Rückseite des Umschlags hatte er notiert:

Damals haben sie mir noch einmal verziehen. Aber eine Weile später, nach Ärger mit der Plattenfirma und so habe ich mich dann doch wieder verleiten lassen. Das war zu viel für deine Mum und Matteo. Sie hat mich kurz vor der Entbindung verlassen. Matteo folgte kurz darauf. Du siehst Violet, ich war lange einer fremden Macht ergeben. Doch letztendlich siegte die Liebe. Und ich bin so froh, dass es dich in meinem Leben gibt. Brian hat einmal gesagt, dass es nie zu spät ist. Für nichts!

Sie klappte das Album zu und legte es sich auf die Brust. Sie war aufgewühlt und doch glücklich über die Erinnerungen, die ihr Dad ihr geschenkt hatte. Überwältigt und erschöpft schloss sie die Augen und ließ die Gedanken weiterfließen wie einen plätschernden Bach, in dem sich Sonnenstrahlen brachen.

„Die anderen Bandmitglieder möchten dich endlich kennenlernen. Wenn du magst, könnten wir uns treffen. Sagen wir, in drei Tagen? Ich habe da schon eine sehr gute Location im Auge. Dort haben wir ganz sicher unsere Ruhe. Du wirst sehen, Carl, unser neuer Manager, ist auch echt in Ordnung. Er war vorher ein Mitarbeiter Angelinas. Er wäre gern dabei", erzählte Monty, der sie am nächsten Tag anrief.

Violet warf einen Blick in den Spiegel und nickte. Sie hatte ein gutes Gefühl bei der Sache. „Okay! Wenn

Payden und Jack mitkommen können? Jack ist mein bester Freund.“

„Und Payden?“, lachte Monty.

„Kein Kommentar!“ Violet lachte ebenfalls.

„Verstehe“, sagte er vielsagend.

„Dann verstehst du mehr als ich. Du, das mit Payden …“

„He, du brauchst dich nicht rechtfertigen, Violet. Mach's gut, Kleines. Bis bald.“

Vor ihrem inneren Auge konnte sie sein Lächeln sehen. „Bis bald, Monty.“

Als sie aufgelegt hatte, blickte sie sich noch einmal im Zimmer um, dankbar für all die lieben Menschen, die sie begleiteten und für die kleinen, wichtigen Einblicke, die ihr Vater und ihre Mutter ihr hinterlassen hatten. Von draußen hörte sie Paydens und Viviennes Stimmen und freute sich darauf, sie zu sehen. Als sie das Zimmer verlassen wollte, piepste ihr Handy, und sie warf einen schnellen Blick darauf. Brian hatte ihr eine nette Nachricht mit Grüßen und guten Wünschen geschickt und sie lächelte dankbar.

Genau in diesem Moment klingelte das Handy. Die Anruferkennung zeigte Thelmas Namen an. Violet zögerte und es lief ihr eiskalt über den Rücken. Doch dann sagte sie sich, dass Thelma ihr nichts mehr anhaben konnte und hob ab, ohne zu grüßen.

„Violet?“, fragte Thelma.

„Ja?“

„Warum sagst du denn nichts?“, fragte Thelma beleidigt.

Violet verdrehte die Augen. „Es ist alles gesagt!“

„Die Hetzjagd haben wir nur dir zu verdanken. Aber, damit du es weißt, wir geben nicht auf. Rose ist auf einem guten Weg. Also Schluss mit den Gerüchten. Hör auf damit!"

„Ich streue keine Gerüchte", sagte Violet müde.

Thelma lachte höhnisch. „Natürlich nicht! Es geht um die Karriere, um nichts sonst. Und natürlich um die Ehre. Möge die Bessere gewinnen, Violet McLovely."

Seufzend ließ Violet das Handy sinken. So viel Hass hatte ihr bisher kaum jemand entgegengebracht, nicht einmal ihre missmutige Tante Angela. Seufzend ließ sie sich auf ihre Bettkante nieder. Sie beschloss Payden und Vivienne nichts von dem Anruf zu erzählen, um sie nicht aufzuregen. Nur ein paar Minuten später kam eine Nachricht von Angela, als hätte sie sich zusammen mit Thelma und Rose gegen sie verschworen.

Dein Zeug liegt noch hier. Es nimmt Platz weg und du kommst deinen Aufgaben im Haushalt nicht mehr nach. Also zahl gefälligst Miete. Gruß A.

Violet antwortete: *Du wirst bekommen, was dir zusteht. Gruß Violet.*

Ihre Tante schrieb knapp zurück: *Na hoffentlich!*

Da schien jemand mächtig gekränkt. Bis zu einem gewissen Grad konnte Violet es verstehen, eigentlich war sie Angela und Marcus noch eine Erklärung schuldig. Sie beschloss, sie inkognito zu besuchen, wenn die Luft vor dem Haus rein war – etwas, das Jack für sie auskundschaften könnte. Sie schickte ihm gleich eine Nachricht übers Handy und er antwortete ihr binnen Minuten.

Ich liebe Undercoverspielchen. Erledige ich zwischen den Jobs. Ich finde es mega, dass Payden und Vivienne nichts gegen meinen Einzug haben. Das wird ein Riesenspaß! Ich freue mich so auf dich.
Ich freue mich auch, antwortete Violet.

Payden saß am Klavier und stimmte seinen neuesten Song an. Violet lehnte sich an den Flügel und lauschte. Die Musik war wunderbar und tat ihrer Seele mehr als gut. Sie half ihr, Angela und Thelma aus ihren Gedanken zu verdrängen. Vivienne war nach Hause gefahren, würde aber in ein paar Stunden zurück sein. Payden schien die gemeinsame Zeit genauso zu genießen wie Violet. Für einen Moment hielt er inne. Frischer Abendwind wehte durch ein gekipptes Fenster des Wohnzimmers. „Magst du den Text dazu hören?"

Da brauchte Violet nicht zu überlegen. „Sehr gern!"

„Schön!" Der Klang seiner Stimme verriet deutlich, dass er etwas vorhatte. Er winkte sie näher.

Lächelnd schüttelte Violet den Kopf.

„Komm schon. Sing ... für mich. Ich bin sicher, Kevin würde sich auch freuen."

„He, das ist unfair." Violet schüttelte unwillig den Kopf.

„Ich meine das ernst, Vi."

Violet hob eine Braue. „Ich auch."

Payden spielte weiter und ließ sie dabei nicht aus den Augen. „Dann gemeinsam?"

Das klang schon besser. Dennoch ließ sie ihn noch eine kleine Weile zappeln.

„Bitte", sagte er und setzte einen unwiderstehlichen Blick auf, der ihr durch und durch ging. Schon spürte sie die Hitze in die Wangen steigen und sie stellte sich schnell hinter ihn. Von dort warf sie einen Blick über seine Schultern auf den Text, den er unter seine Noten geschrieben hatte. Es war ein Song, der von Hoffnung und Träumen handelte, die einen antrieben, einen innerlich lebendig machten.

Seine Stimme verschmolz mit ihrer, sie trugen sich gegenseitig, ergänzten sich. Fliegen konnte nicht schöner sein.

„Welcher Song von deinem Dad gefällt dir eigentlich am besten?", wollte Payden danach wissen.

„Ich weiß nicht. Es gibt so viele."

Er rutschte ein Stück zur Seite, sodass sie genug Platz hatte, um sich neben ihn zu setzen.

„*Melody* ist klasse und jetzt, nachdem ich nun alles weiß, ergibt der Song einen ganz neuen Sinn", sagte sie nachdenklich.

Payden nickte. „*The sun goes down, when my best friends are gone. A cold wind blows in my soul. You don't know me, but I stay by your side*", zitierte er leise. Sie nickte und sang den Text weiter. Es fiel ihr überhaupt nicht mehr schwer.

„Melody made my dreams come true, woke me up, from dusk till dawn.

I felt alive, I wanted to see the better side of me in your eyes.

Melody in my mind. Remember our best times.

When I see you, I feel better, the sun's shining.

Plötzlich erklang ein kratzendes Geräusch und etwas blitzte hell auf.

Violet schreckte zurück und Payden hörte augenblicklich auf zu spielen. Beide fuhren herum. Hinter der Scheibe eines der Fenster lugte ein Mann herein. Als Payden hastig aufstand, verschwand er. Sofort eilte Payden zum Fenster und ließ die Jalousie herunterfahren. Wie angewurzelt beobachtete Violet ihn. Der Schrecken saß ihr in den Knochen.

„Vivienne hat doch weitere Security-Leute angeheuert. Wo sind die verdammt?", schimpfte Payden und kam zu ihr zurück. Kaum hatte er es ausgesprochen, hörten sie laute Rufe aus dem Garten. So wie es sich anhörte, hatten die Security Leute den Typ von der Presse in der Mangel.

Der Zauber ihrer eigenen kleinen Welt war mit einem Mal zerplatzt wie eine Seifenblase. Schweigend zog Payden sie an sich. Sie legte den Kopf in die Beuge seines Halses. Wieder einmal merkte sie, wie sicher sie sich bei ihm fühlte und wie sehr sie seine Nähe genoss.

Violets Befürchtungen bewahrheiteten sich noch am selben Tag. Der Typ vom Fenster hatte nicht nur Fotos von ihnen veröffentlichen lassen, sondern auch ein

Video an die Medien verkauft, auf dem man sie beide singen hörte. Leider hatte ihn die Security, wie sie inzwischen wussten, doch nicht mehr erwischt. Gleich nach Veröffentlichung des Videos gab Rose ein Interview, in dem sie sich traurig und verletzlich gab.

„Ich wusste es. Die beiden feilen an einer gemeinsamen Karriere und sind ein Paar. Fragt sich nur, ob es wahre Liebe ist. Ich bin wahnsinnig enttäuscht von beiden. Ich habe Payden Rapsody so geliebt!"

Es gab Leute, die ihr glaubten, aber auch viele, die nichts auf das Gerede gaben.

„Zum Glück", sagte Vivienne, die Violet half, ihren Koffer zu packen. Es fiel ihr schwer, die passenden Sachen zusammenzusuchen, da sie nicht wusste, was ihr Ziel sein würde.

„Kannst du mir nicht sagen, wo es hingeht?", fragte Violet nicht zum ersten Mal. Sie wusste nur, dass Payden mit Monty und auch Brian telefoniert und danach mit Vivienne alleine gesprochen hatte.

„Lass dich überraschen. Ich glaube, es wird dir gefallen", bemerkte Vivienne und strich ihr eine Haarsträhne aus der Stirn.

Violet nahm ihre Hände in ihre und sah sie eindringlich an. „Kommst du mit, Granny?"

„Oh Kind! Ich glaube, das würde mir mein Herz übel nehmen. Ich bin doch nicht mehr die Jüngste. Aber wir können jederzeit telefonieren, auch skypen, wenn du magst. Amy lässt dich lieb grüßen. Sie und ihr Mann kommen sehr bald nach England. Ray wurde schon aus der Klinik entlassen. Und wenn du zurückkommst, wirst du die zwei kennenlernen. Ich denke, der Abstand wird dir guttun. Und Payden auch."

„Das freut mich, dass sie kommen. Ähm, du skypst?", fragte Violet erstaunt.

Vivienne lächelte. „Ab und zu."

Violet blickte sich um. „Ich habe gerade angefangen mich hier zu Hause zu fühlen. Ich werde es vermissen."

„Es wird auf dich warten. Weißt du, Violet, nimm das mit dem Video nicht so schwer. Die meisten Menschen da draußen fanden das, was sie gesehen und gehört haben, traumhaft. Wie bei deinem Vater."

„Die Musik hilft mir. Aber das da draußen ..." Sie brauchte den Rest nicht auszusprechen, Vivienne wusste genau, was sie meinte.

„Nach all dem, was auf dich hereinprasselt, brauchst du Zeit und Raum für dich selbst. Was sagt denn dein Freund Jack dazu?", wollte sie dann wissen.

„Er sieht es genauso. Vielleicht kann er nachkommen. Er erdet mich, so wie du und Payden es tun."

Jack hatte sie vor Kurzem angerufen und erzählt, dass die Presse ihre Tante und ihren Onkel weiter belagerte und die beiden scheinbar wahllos Interviews gaben. Auch Jack war sofort angesprochen worden, nachdem die Journalisten ihn entdeckt hatten. Mittlerweile erkannten sie ihn als ihren besten Freund. Violet hatte ohne nachzufragen gewusst, dass sie sich auf ihn verlassen konnte und er dicht gehalten hatte. „Wenn ich weiß, wohin die Reise geht, kommst du nach. Die Reisekosten übernehme ich. Keine Widerrede! Du musst ja auch mal Urlaub nehmen können, Jack."

„Jawohl, Madam!" hatte er lachend gesagt und sie
war überglücklich, dass er auf ihren Vorschlag einging.

Vivienne zog sie in ihre Arme. „Ich werde dich vermissen, mein Kind."

„Willst du mir nicht doch sagen, wohin es geht,
Granny? Ich komme um vor Neugier", flüsterte Violet.

„Das habe ich gehört", sagte Payden, der an der Tür
ihres Zimmers lehnte, und lachte.

Vivienne stimmte ein und drückte ihre Enkelin so
fest, als wolle sie sie gar nicht mehr loslassen.

Auszeit

„Da ist sie!", rief Payden mit einem strahlenden Lächeln im Gesicht. Erst im Flugzeug hatte Payden ihr endlich offenbart, wohin die Reise ging. Ihre Tarnung – Perücken und Sonnenbrillen – war nicht aufgeflogen. Am Flughafen Nadi waren sie in einen Helikopter umgestiegen, der sie über ein türkis- und marineblau geflecktes Meer trug, direkt auf Hope Island zu. Violet nahm ihre Perücke und Sonnenbrille ab. Ihr Herz machte einen Satz und sie hielt den Atem an. Das laute Brummen des Helikopters dröhnte in ihren Ohren, doch es machte ihr nichts aus. Die Schönheit und Weite der Natur und des Himmels waren unaussprechlich. Sie hatte das Gefühl, von hier oben aus die ganze Welt umarmen zu können. In Gedanken war sie bei Kevin und Brian. Auf dieser Insel hatten die beiden sich frei gefühlt und viele schöne Stunden verbracht.

„Ein Stückchen Paradies auf Erden", schwärmte Payden. Von hinten berührte Monty sanft Violets Schulter. Sie drehte sich kurz nach ihm um und lächelte. Er war vorausgeflogen und hatte sie am Flughafen abgeholt. Seine Frau Barbara wartete bereits mit dem Rest der Band auf der Insel.

Nachdem das Flugzeug sicher auf einem kleinen Plateau aufgesetzt hatte, sah Violet sich neugierig um. Ein Stück entfernt, im Schatten von Kokospalmen und Schraubenbäumen, standen ein paar gepflegte kleine Holzhäuschen mit südseitiger Veranda. Tropisch heißer Wind strich über die Insel und brachte die Palmwedel zum Rauschen.

„Meine Güte! Sie sieht ihm wirklich verdammt ähnlich", bemerkte ein schlaksiger Mann mit Dreitagebart und einer Sonnenbrille, in deren blauem Glas sie sich widerspiegelte. Violet erkannte sofort Craig Mitchell, den Bassist der Band. Auf seinem Eckzahn klebte ein Diamant, der seine kleine Tochter Mary Jane symbolisieren sollte.

„Ja, Violet ist ein großer Teil von Kev", sagte Monty leise.

Barbara legte einen Arm um sie und küsste sie zur Begrüßung auf die Wangen. „Schön, dass ihr da seid. Sicher bist du müde." Das pinkfarbene Bikinioberteil und das zart rosa Tuch, das sie sich um die Hüften gebunden hatte, standen ihr außerordentlich gut.

Violet war gerührt. Sie alle waren hier. Wegen ihr!

Nach und nach wurde sie auch von den anderen begrüßt. Jonathan East, Axel Chaplin und Sasha Bast. Sogar die Backroundsänger waren angereist, Nicole May und Chad Bayron. Auch Carl Pattinson, der Band Manager war da. Carl war ein eher ruhiger Typ mit einem souveränen Auftreten. Die Band war so, wie Violet sie aus den Medien kannte. Sie waren locker und witzelten miteinander, konnten jedoch auch ernst und tiefgründig sein. Payden freute sich sichtlich, jedes einzelne Mitglied wiederzusehen.

„Kevin und eine Tochter. Mann, als ich das das erste Mal hörte, musste ich gleichzeitig lachen und weinen", gab Axel zu und band sich sein langes, schwarzes Haar im Nacken zusammen.

„Du brauchst Farbe, Mädchen, du bist ja ganz blass. Die Sonne wird dir guttun und alles andere hier auch. Hier kannst du atmen", sagte Nicole May und nahm sie in die Arme. Die zarte, dunkelhäutige Südamerikanerin schlang ihre Arme um sie. „Ich kann es immer noch nicht fassen. Kevin ist Vater! Mein Gott!" Sie trat einen Schritt zurück und warf einen Blick Richtung Himmel.

Carl, der Manager, schüttelte ihr herzlich die Hand. „Mädchen! Es tut mir so leid, dass du deinen Dad verloren hast, noch bevor du ihn persönlich kennenlernen konntest. Ja, Kevin hatte seine Schattenseiten, die haben wir schließlich alle. Aber im Großen und Ganzen war er ein feiner Kerl. Ich bin zwar noch nicht lange im Team, aber Kev und ich kannten uns von früher. Ich hab auch mit Angelina zusammengearbeitet. Nach allem, was ich gehört habe, hast du die besten Züge von Kev geerbt."

Monty zeigte demonstrativ auf Carl. „Und er schleimt nie!"

Alle lachten und nickten zustimmend.

„Deshalb lieben wir ihn. Auch wenn er uns manchmal mit seiner Direktheit und dem Hang zur Perfektion auf die Nerven geht", warf Axel ein. Carl schmunzelte. Es war unverkennbar für Violet, dass sie alle wie eine Familie waren. Und das Schönste war, dass sie sich von Anfang an aufgehoben in ihrer Mitte fühlte. Ihr Herz wurde ein wenig leichter und sie strahlte.

Chad Bayron, ein blonder, sportlicher, Mann mittleren Alters war der nächste, der sie in die Arme schloss. „Er hat so oft davon gesprochen, wie toll es wäre, ein richtiger Vater sein zu können. Du bist ein toughes Mädchen, das sehe ich dir an. Deine Zeilen auf der Homepage..." Er brach ab. Seine strahlend blauen Augen überzog ein feuchter Schimmer.

„Und das Video, das euch beim Singen zeigt – wenn man mal vergisst, wie es zustande kam – ist der Wahnsinn! Gänsehaut pur! Das brachte auch Kevin fertig, wenn er anfing zu spielen und zu singen und dabei ganz er selbst war", bemerkte Sasha Bast, ein kleiner, drahtiger Mann mit coolem Ziegenbart und Glatze. Er hob die Hand für ein High Five und Violet schlug ein.

Der Keyboarder und Songwriter Jonathan East überragte Sasha, der ebenfalls Keyboarder in der Band war, um mindestens zweieinhalb Köpfe. Er war deutlich jünger als die anderen, da er erst vor etwa drei Jahren zu ihnen gestoßen war, als Kevin und die Band sich neu erfunden hatten. Er hatte einen frischen Sound mitgebracht, der ihre Singles wieder einmal ganz an die Spitze der Charts katapultiert hatte. Er könnte Jack gefallen, dachte sich Violet, als er sie in seine Arme schloss. Jonathan war genau Jacks Typ. Schwarzes kurzes Haar, leuchtend grüne Augen, lässig und sportlich. „Schön dich kennenzulernen. Mann, unglaublich! Es ist, als wäre ein wichtiger Teil von Kevin zurückgekehrt", flüsterte er.

„Danke", gab sie leise zurück und versuchte den Kloß in ihrer Kehle hinunterzuschlucken. Die Chemie zwischen ihnen stimmte, dachte sie erleichtert. Ihre Unsicherheit löste sich und die Angst, dass inzwischen vielleicht doch einer von ihnen Roses und Thelmas Meinung teilte, verschwand endgültig. Barbara zeigte ihr ihre neue Unterkunft. Die kleine Hütte war mit allem ausgestattet, was man brauchte. Violet fühlte sich sofort zuhause. Neben einem einfachen, aber urgemütlichen Bett gab es eine große hölzerne Truhe, die sie an eine Piratenschatzkiste erinnerte. Die Küche war klein, aber sehr gut ausgestattet. Der Kühlschrank bereits gut bestückt. Gleich daneben gab es eine Nasszelle mit Duschvorrichtung. Am besten gefiel es Violet jedoch auf der Veranda, die mit zwei Liegestühlen und Pflanztöpfen bestückt war.

„Kevin und Brian mochten es hier so naturnah wie möglich. Die Käufer, Mr und Mrs Wilson, ein nettes Ehepaar aus Chile, haben alles so gelassen, wie Kevin es verlassen hat. Es sind seitdem nur ein paar kleine Holzhütten dazugekommen, weil sie die Insel auch an Urlauber vermieten möchten, natürlich ohne etwas von ihrem Wissen bezüglich deines Dads preiszugeben. Weißt du, sie sind Freunde von Kevin. Ich weiß nicht, ob Brian dir von ihnen erzählt hat?"

Violet verneinte. Er hatte es wohl vergessen.

„Es sind liebe Leute, absolut vertrauenswürdig. Wir sind übrigens mit dem Boot gekommen. Die Security ist eingeschaltet und gibt sofort Bescheid, wenn sich der Insel verdächtige Personen nähern."

Das Boot, von dem Barbara sprach, hatte Violet schon vom Helikopter aus entdeckt. Es war an dem

kleinen Steg befestigt, der etwa hundert Meter über
das Meer reichte. Violet öffnete das Fenster. Dann
schloss sie die Lider und ließ den Wind mit ihren kurzen Haaren spielen. „War das seine und Brians Hütte?", fragte sie.

Barbara trat dicht hinter sie und legte ihre Hände
auf ihre Schultern, um sie leicht zu kneten. Violet
genoss die sanfte Berührung. „Ja, war es! Weißt du
was, ich mache uns allen nun etwas zu essen. Ruh
dich so lange aus. War ein langer Flug. Und wenn du
reden willst oder was brauchst, wir sind alle für dich
da."

Violet drehte sich nach ihr um. Tränen stiegen ihr in
die Augen und sie umarmte Barbara, die mit ihren
Händen über ihren Rücken strich, so wie es ihre Mutter oft getan hatte, wenn sie aufgebracht oder traurig
gewesen war.

Paydens Hütte lag direkt neben ihrer, die anderen
hingegen ein wenig abseits. Violet freute sich auf das
gemeinsame Essen, die Ruhe. Erst nach und nach kam
sie wirklich auf der kleinen Insel an, die ein ganzes
Stück westlich von der größten Fidschi-Insel Viti Levu
lag. Umgeben wurde sie von einem Korallenriff.

„Sie ist etwa einen Kilometer lang und sechshundert
Meter breit und hat einen vulkanischen Ursprung",
erzählte Payden nach dem Essen, das sie im Freien
unter Palmen am weißen Sandstrand eingenommen
hatten. Gegrillter Fisch, Meeresfrüchte, Obst und Ko-
kosmilch mit Orangensaft. Wie Violet erfuhr, war dies
eines von Kevins Lieblingsgetränken gewesen.

Die Bandmitglieder und auch ihr Manager waren
sehr zurückhaltend gewesen und überließen es ganz
ihr, ob sie mehr über sich und Melody erzählen wollte
oder nicht, was ihr den restlichen Druck nahm. Nach
und nach sollten sie alles erfahren, dachte Violet, doch
zunächst einmal war sie froh um die Ruhe und die
Zeit, um wieder zu sich selbst zu finden. Dicht neben
Payden ging sie den Steg entlang. Allmählich wurde es
dämmrig. Die Luft war noch immer warm und der
Wind, der über das Meer blies, tat gut. Violet liebte
den Duft von Salz in der Luft. Sie setzten sich an das
Ende des Stegs und ließen die Beine über den Rand
baumeln. Violets Fußspitzen reichten ins Wasser,
wenn sie bis an die Kante rutschte.

„Ich fühle mich hier so … leicht. Wie eine Feder“, sagte sie zu Payden. Der Wind pustete sein offenes weißes
Hemd zur Seite und entblößte seine Brust. „Geht mir
auch so, Vi“, sagte er sanft. Schnell guckte sie wieder
aufs Meer, konnte das aufsteigende Kribbeln in ihrem
Bauch aber nicht unterdrücken. Sie schwiegen eine
kleine Weile und hingen ihren Gedanken nach. Dann
sagte sie laut: „Mum hätte es auch auf Hope Island
gefallen. Mit Sicherheit. Dass Dad hier einige seiner
besten Songs geschrieben hat, kann ich verstehen. Die
Insel ist magisch, richtig inspirierend. Es gibt tausend
wundervolle Dinge zu entdecken.“

„Es liegt nicht nur an der Insel, dass ich mich so fühle“, sagte Payden plötzlich, ohne sie anzusehen. Dabei
biss er sich auf die Unterlippe, als wäre ihm etwas
herausgerutscht. Violet bemerkte seine Verlegenheit
und fand sie süß. Erneut berührte sie mit den Zehen-

spitzen das milde Wasser. Es war nicht gerade geeignet, um die plötzliche Hitze, die sie fühlte, abzukühlen.

„Ich bin sehr gern mit dir zusammen", flüsterte Violet und schluckte. Noch immer blickte Payden geradeaus. Seine Mundwinkel verzogen sich zu einem Lächeln und er rückte ein Stückchen näher, sodass ihre Arme sich berührten. Das Kribbeln wurde stärker. Es war, als hätte sie tausend Brausestäbchen im Bauch. Aus dem Augenwinkel bemerkte sie, dass Payden seinen Blick nun auf sie richtete.

„Du wirst mir immer wichtiger, Violet." Paydens Stimme klang rau und liebevoll.

Sie schluckte wieder. Sie hatte diesen Moment herbeigesehnt, aber irgendwie auch immer Angst davor gehabt. Nun war er da.

„Ich weiß, wir kennen uns noch nicht lange ..." Er brach ab und schaute wieder nach vorne. „Vergiss lieber, was ich eben gesagt habe", ergänzte er dann schnell.

„Schade", hörte Violet sich sagen.

Ein paar Sekunden herrschte Stille. „Das wird kompliziert", flüsterte Payden dann. Für einen Augenblick sahen sie sich an und mussten lachen, was die Spannung zwischen ihnen ein bisschen löste. Es schien, als könnten sie beide nicht sagen, was sie sagen wollten. Als wären die Worte tief in ihnen eingeschlossen. Sie sahen sich wieder an, ließen die Blicke dieses Mal tiefer tauchen.

„Es ist so schwer, die richtigen Worte zu finden. Aber ich kann es dir zeigen", flüsterte Payden. Es war unmöglich, diesen Augen zu entkommen, und sie wollte es auch nicht.

„Gefühle soll man nie unterdrücken", hatte Jack einmal gesagt. Violet hielt die Luft an. Paydens Gesicht näherte sich ihrem, Millimeter für Millimeter. Sie schloss die Augen, als sie seinen Atem auf ihren Lippen spürte. Das Kribbeln wurde auf eine wundervolle Art unerträglich. Er ließ sich Zeit und spannte sie auf die Folter. Und dann war es soweit. Er legte seinen Mund auf ihren, vorsichtig, als könnte er sie verletzen. Seine Lippen waren sanft, weich, warm, ganz so wie sie sich eine Wolke vorstellte, könnte man sie berühren. Zärtlich fuhr Payden Violet mit den Fingern durchs Haar. Danach legte er eine Hand auf ihren Nacken und drückte sie ein wenig fester an sich. Ihre Zungenspitzen trafen sich und Violet fühlte sich, als würde etwas in ihr explodieren. Eine kleine, wundervolle Ewigkeit später wich Payden zurück und atmete zittrig aus. Tief sahen sie sich in die Augen.

Sie brauchten nicht einmal etwas zu sagen. Jeder sah, was los war, als sie wieder zu den anderen stießen. Es waren keine Erklärungen nötig, denn für Liebe brauchte und gab es keine. Sie war einfach da, geboren aus der Zuneigung zweier Seelen. Dennoch gab Carl zu bedenken, dass nicht jeder in der Außenwelt so denken würde und sie ihre Beziehung vielleicht besser unter Verschluss halten sollten.

„Ich finde, sie brauchen ihre Liebe nicht zu verstecken", sagte Monty fest, und die anderen gaben ihm recht. Doch sie wussten alle, was Carl meinte. Rose war auf dem Weg, sich einige Herzen zurückzuerobern, nachdem sie noch zwei weitere weinerliche Interviews gegeben hatte. In den Medien wurden bereits eine Single und ein Album, an dem Rose und ihr Team gerade arbeiteten, angekündigt. Zudem behauptete Rose, dass sie sich verändert habe. Sie wurde nicht müde zu wiederholen, dass wahre Freundschaft das Wichtigste sei und dass man seinen Feinden verzeihen sollte. Noch nie zuvor hatte sie den anderen so etwas laut gesagt. „Ich bin auch nur ein Mensch, der seine Schwächen hat. Payden war meine. Und die Musik. Und auch, dass ich schnell aus der Fassung zu bringen bin. In mir schlummern so viele Gefühle", wurde sie zitiert.

„Ich denke nicht, dass man sich so schnell ändern kann", bemerkte Barbara.

„Das glaube ich allerdings auch nicht. Und sie scheint es ganz schön eilig zu haben", gab Carl zurück.

Axel nickte düster. „Ich traue Thelma noch viel mehr zu als ihrer Tochter."

Brian, mit dem Violet später telefonierte, riet ihr, weiter nach ihrem Herzen zu handeln. Als sie mit ihrer Großmutter sprach und ihr von Payden erzählte, war Vivienne nicht besonders überrascht, aber sie freute sich umso mehr für ihre Enkelin und den jungen Musiker, den auch sie ins Herz geschlossen hatte.

Gegen Abend versammelte sich die gesamte Band am Strand. Mit Drums, Keyboard und Gitarren bewaffnet wollten sie ein paar neue Songs zusammen spielen. Payden sollte singen und Violet ahnte, dass das noch nicht alles war. Sie ließ den samtweichen Sand, in dem sie saß, durch ihre Finger rieseln und lauschte zusammen mit Barbara den ersten Tönen. Dazu wippten sie im Takt der Musik und genossen die fröhliche, entspannte Atmosphäre.

Schließlich winkte Payden sie zu sich. Warum hatte sie das schon geahnt? Als sie den Kopf schüttelte, begannen die anderen auffordernd zu klatschen.

„Trau dich!", rief Monty. Barbara nickte ihr zu.

Payden rannte zu ihr und zog sie hoch. „Na komm schon, Vi. Zeig ihnen deinen Song."

„Ich weiß nicht, Payden." Violet wurde rot.

„Aber ich! Wir wollen ihn hören!" Er lachte freudig und stellte sich neben sie, direkt vor Carl und den Rest der Band. Ihr Herz begann zu flattern.

„Mach uns die Freude", bat Carl. Gespannte Gesichter, leuchtende Augen. Violet merkte, dass sie sie wirklich hören wollten.

„Dads Gitarre und die Noten", flüsterte sie Payden zu. Sie hatte alles mitgenommen.

„In der Hütte?", fragte er zurück

„Ich hole sie", sagte Violet, doch Payden machte sich bereits auf den Weg.

„Ich kannte Kevin vom Beginn unserer Karriere", erzählte Craig. „Er war wie du. Ich weiß nicht, wie oft er behauptet hat, er könne das nicht. Seine größte Angst war, dass die Leute es nicht gut finden, den Song in der Luft zerreißen würden. Es dauerte oft eine kleine Ewigkeit, bis er doch soweit war, um durchzustarten. Und dann, oh Mann, ging es ab. Er hat alle vom Hocker gehauen."

„Vertrau auf dich. Wir tun es", bemerkte Jonathan ernst und sah sie freundlich und einfühlsam an. Schon kehrte Payden zurück. Er war ganz außer Atem und schien es kaum erwarten zu können.

„Jonathan kann dich mit dem Keyboard begleiten. Dann bist du nicht ganz allein. Und den nächsten Song singen wir gemeinsam“, schlug er vor.

„Cool!“, rief Jonathan und kam zu ihnen.

„Es ist noch nicht ganz fertig. Vielleicht ...“, warf Violet ein.

Jonathan besah sich die Noten. „Interessant. Auf dem Papier klingt es schon mal gut.“

Payden klatschte in die Hände. „Also los.“

Er blieb an Violets Seite. Zögerlich legte sie die Gitarre an. Allmählich konnte sie den Text und die Noten schon auswendig. Sie holte tief Luft und begann zu spielen und zu improvisieren, so wie Jack es gerne tat. Anfängliche Stolpersteine überging sie, auch wenn sie ihr einen kleinen Stich versetzten. Doch Payden hatte ihr beigebracht, dass man sich nicht aus dem Takt bringen lassen sollte, und er hatte verdammt recht damit. Der Wind, das Rauschen des Meeres, die Wärme des Abends, Paydens Liebe, die beginnende Freundschaft zu den anderen, all das ließ sie in den Song einfließen. Mit jeder Sekunde fühlte sie sich sicherer. Die glänzenden Augen ihres Publikums machten sie überglücklich. Als sie endete, blieben alle stumm. Nur das Rauschen der Wellen und des Windes waren zu hören. Payden war der Erste, der klatschte, gefolgt von den anderen.

„Unglaublich!“, sagte Carl und strahlte über das ganze Gesicht.

Er trat zu ihr und legte seine Hände auf ihre Schultern. Sein Blick war ernst und eindringlich. „Du hast es! Das ist es, was ein richtiger Star braucht. Wow! Fantastisch! Das wird die Leute umhauen.“

„Das wird sich zeigen. Thelmas Saat ist nicht bei jedem auf unfruchtbaren Boden gefallen", bemerkte Sasha. Keiner reagierte darauf, vielleicht war es ihnen entgangen. Violet jedoch hatte jedes einzelne Wort in sich aufgenommen. Er hatte nicht unrecht. Was sie allerdings irritierte, war sein kühler Gesichtsausdruck, als sich ihre Blicke trafen.

„Wir nehmen dich jederzeit in die Band auf, Vi. Du hast eine Ausstrahlung, Charisma. Das merken auch die Leute draußen. Alle anderen können uns egal sein. Rose und Thelma sollen ihr Ding machen. Wir haben uns. Herz und Seele statt Angeberei und Geld", warf Monty ein und warf dabei einen schiefen Blick zu Sasha, der mit den Schultern zuckte. Also hatte er seinen Einwand doch mitbekommen.

Axel nickte. „Ich stimme Monty zu hundert Prozent zu."

„Ihr kennt ja meine Meinung. Es war nie meine Absicht berühmt zu werden", erwiderte Violet, schob die Erinnerung an Sashas Gesichtsausdruck beiseite und freute sich über den kleinen Erfolg, der für sie persönlich ein sehr großer war.

Barbara kam zu ihr. „Du bist wirklich klasse, Kleines."

„Und den Song hast du ganz alleine geschrieben? In so kurzer Zeit?", fragte Axel.

Violet nickte. „Ja! Er kam einfach so über mich."

„Kevin sagte das auch immer", erinnerte sich Nicole lächelnd.

„Jetzt ist aber Payden an der Reihe", lenkte Violet ab, die bemerkte, dass sie immer verlegener wurde, je mehr man sie lobte. Der Abend verging und mit ihm die letzten Zweifel. Am Ende sang sie sogar zusammen mit der Band einen von Kevins Songs. Auch Sasha war weiterhin dabei, hielt sich aber im Hintergrund. Tränen flossen und es wurde viel gelacht. Violet wusste, sie hatte eine neue Familie gefunden.

Jack

Violet konnte es kaum erwarten. In ihrem Magen prickelte es vor Vorfreude. Sie trat von einem Bein auf das andere, während sie und Payden am Strand in der Nähe des Stegs auf das Wasserflugzeug warteten, das Jack herbringen sollte. Die Medien fragten sich noch immer, wohin Violet wohl untergetaucht war, hatten zum Glück aber nichts herausfinden können. Payden legte einen Arm um Violet und drückte sie an sich. „Nicht, dass du noch abhebst", lachte er. „Wüsste ich nicht, dass Jack schwul ist, wäre ich jetzt wohl echt eifersüchtig."

Am Horizont entdeckte Violet einen kleinen Punkt, der langsam größer wurde.

„Das muss Jacks Maschine sein." Vor Freude darüber küsste sie Payden. Er hatte die letzte Nacht bei ihr verbracht, doch außer ein paar gegenseitigen flüchtigen Berührungen war nichts geschehen. Sie wollten es beide langsam angehen lassen. Dennoch hatte sie gemerkt, dass er es genauso wenig erwarten konnte wie sie. Aber auch das Warten hatte seinen Reiz.

„An was denkst du?", fragte er, als sich ihre Blicke trafen.

Violet lächelte vielsagend und lehnte sich an ihn. Ihre Finger verschränkten sich ineinander, erst sanft, dann fester.

Paydens Gesichtsausdruck sagte, dass er nun an dasselbe dachte wie sie, und er küsste sie noch einmal. Eine kleine Weile später war es soweit. Das Wasserflugzeug setzte Jack sicher ab. Monty holte ihn von dort mit dem Boot ab. So wie es vom Strand aus aussah, wäre Jack am liebsten gleich ins Wasser gesprungen und an den Strand geschwommen. Sobald er dort mit Monty ankam, sprang er aus dem Boot und rannte Violet direkt in die Arme.

„Wow! Es ist ... unbeschreiblich hier! Eine neue Welt. Und das Beste ist, dass du hier bist!", sagte er, hob sie hoch und wirbelte sie herum. „Ich bin da. Endlich wieder bei dir."

„Ich glaube, jetzt werde ich doch eifersüchtig", bemerkte Payden.

Violet lachte und schmiegte sich an Jack. Es war so schön ihn bei sich zu haben und seine Stimme zu hören. Er setzte sie behutsam ab und klatschte zur Begrüßung mit Payden ab.

„Brauchst du nicht, Mann. Sie ist meine Seelenschwester", sagte er beschwichtigend.

Payden lachte. „Ja, war nur Spaß."

„Ich freu mich so, dass du da bist, Jack." Violet musste ihn noch einmal umarmen. Auch die anderen hatten den Neuankömmling bereits entdeckt.

„Und ich freu mich, dass es dir offensichtlich gut geht. Schön bei dir zu sein", erwiderte Jack.

„Die Luft war rein! Jedenfalls haben wir keine Paparazzi entdecken können", rief Monty und sprang vom Boot, nachdem er es sicher am Steg befestigt hatte.

„Monty ist cool", flüsterte Jack und schulterte seinen großen Rucksack. Gemeinsam gingen sie Carl, Barbara und der Band entgegen, die Jack herzlich begrüßten. Violet merkte ihm an, dass er sich gleich wohlfühlte.

„Das ist … irre! Hallo Jungs. Wow, wow, wow! Ich glaube es nicht. Ich hier mit Skylane Avenue!"

„Du scheinst ein lustiger Vogel zu sein", lachte Nicole.

„Violets Freunde sind auch unsere Freunde", sagte Axel und zwinkerte ihm zu.

Als hätte sie es geahnt, konnte Jack seine Augen nicht von Jonathan lassen. Und auch der schien nicht abgeneigt und lächelte ihren Freund strahlend an.

Eine leichte Röte stieg in Jacks Wangen. „Ist er …?", flüsterte er Violet ins Ohr und sie nickte grinsend.

Er riss die Augen auf. „Ist das ein Traum?"

„Ich versichere dir, du bist hellwach!"

Sobald Jack ausgepackt hatte, versammelten sie sich zusammen am Strand. Auf dem Weg dorthin telefonierte Violet mit Vivienne. Zum Glück war bei ihr alles in Ordnung. Es gab nur eine traurige Nachricht. „Hast du es schon gehört? Der Arzt, der mir die falschen Medikamente verschrieben hat, hat sich umgebracht", sagte ihre Großmutter ernst.

„Was? Er ist tot?", stieß Violet aus.

Abrupt blieb sie stehen. Jack und Payden, die sie begleiteten und ein paar Schritte vor ihr gingen, drehten sich nach ihr um und sahen sie entgeistert an.

„Thelma kann nichts nachgewiesen werden. Sie wird in Bezug auf den Arzt auch in keinem Medienbericht erwähnt. Das dachten wir uns ja schon. Sie ist ein schlauer Fuchs. Aber Amy wird die Sache weiterverfolgen“, erzählte Vivienne weiter.

Violet starrte ungläubig vor sich hin.

„Thelma gibt nur oberflächlich Ruhe! Davon bin ich überzeugt. Nun versucht sie Rose zu pushen. Sie benutzt ihr eigenes Kind als Goldesel. Das ist wirklich traurig.“ Viviennes Stimme klang empört.

„Ja, ist es, Granny“, sagte Violet bedrückt.

„Wie dem auch sei, Kind. Ich hoffe, du hast eine ruhige und gute Zeit auf der Insel.“

Violet nickte, als könnte Vivienne es sehen. „Mein bester Freund ist gerade angekommen und die Band ist super. Alle sind sehr nett zu mir. Mach dir keine Sorgen, Granny.“

„Da bin ich sehr froh. Warte mal, Violet. Ich hab noch eine Überraschung für dich.“

Da war Violet gespannt. Es raschelte und Violet hörte gedämpfte Stimmen. Kurz darauf sagte eine weibliche Stimme: „Hallo Violet.“

„Hallo?“, fragte Violet, die die Stimme am anderen Ende nicht einordnen konnte.

„Hier ist Amy.“

„Was ist?“ Payden und Jack formten die Worte gleichzeitig mit ihren Lippen, als Violet zu lächeln begann. „Amy! Wie schön. Hallo!“, erwiderte sie aufgeregt.

„Ach Violet. Ich freue mich darauf, dich kennenzulernen. Es gibt so viel zu bereden." Amys Stimme hatte einen weichen, warmen Ton. Sie sprach gerade mit ihrer Tante. Auch das war unglaublich für sie. Manchmal kam sie sich vor, als wäre sie in ein neues Leben getaucht.

„Das werden wir, Amy. Ich freue mich auch darauf. Sehr!", sagte sie mit belegter Stimme.

„Du hast eine angenehme Stimme, Violet. Meine Güte, ich habe eine Nichte. Kevin und Vater! Entschuldige, ich bin immer noch dabei, das zu verarbeiten."

„Geht mir genauso!" Sie lachten kurz. Es wirkte, als würde Amy dabei ein Schluchzen unterdrücken.

Nach einer kurzen Pause sagte sie: „Nach allem, was ich bisher von dir gehört und gesehen habe, bist du ein wirklich tolles Mädchen. Habt noch eine gute Zeit auf der Insel! Es wird sich alles fügen, wenn man seinem Herzen folgt. Davon bin ich überzeugt, Violet."

Violet durchflutete ein warmes Gefühl. „Danke, Amy."

„Du musst mir nicht danken. Mach's gut. Bis bald."

„Bis bald", verabschiedete sich Violet von ihrer Tante und legte auf.

Nach dem Telefonat nahmen die Jungs sie in die Mitte. Auf dem Weg zu den anderen erzählte sie ihnen, was Amy gesagt hatte.

Axel und Chad stimmten ihre Gitarren.

Violet sah zu Payden hinüber, der neben ihr saß. „Ich wusste gar nicht, dass Chad auch Gitarre spielt."

„Er behauptet immer, er könne nur durchschnittlich gut spielen. Aber ich finde, dass er hammermäßig ist."

Payden wandte sich an Jack. „Deine Songs sind übrigens auch hammermäßig."

Jacks Augen weiteten sich. „Dann stimmt es also wirklich, was Vi gesagt hat? Na ja. Es fehlt noch der Feinschliff", bemerkte er.

Sie stieß ihren besten Freund spielerisch in die Seite. „Dachtest du etwa ich übertreibe oder lüge? Und nichts na ja. Du musst uns unbedingt eine Kostprobe geben, Jack", sagte sie und klatschte freudig in die Hände.

„Auf jeden Fall", erwiderte Payden.

Jack zog die Brauen nach oben und zuckte mit den Achseln. „Mal sehen." Er konnte nicht verstecken, dass es ihm großen Spaß machen würde. Auf halbem Wege kam ihnen Jonathan entgegen. Alles, was er trug, waren weiße Badeshorts, die seine Bräune noch mehr zur Geltung brachten. Jack geriet sichtlich ins Schwitzen.

„Wir haben noch gar nicht richtig miteinander gesprochen. Du bist also Violets bester Freund", begrüßte Jonathan ihn und lächelte strahlend.

„Ich glaube, den Platz hat nun ein anderer. Aber ich freue mich für sie", gab Jack lachend zurück. Seine Augen begannen bei Jonathans Anblick sofort zu glänzen, fiel Violet auf.

„Du weißt …", setzte sie an.

„Ja ja, ich weiß. Und zu der andren Sache. Nein, ich dachte nicht, dass du mich angelogen hast, aber vielleicht ein bisschen übertrieben. Es klang zu schön. Sorry!" Jack drückte ihr ein Küsschen auf die Wange. Violet schmollte kurz gespielt, lachte dann aber.

„Payden und Violet haben erzählt, dass du auch Musik machst", fuhr Jonathan fort. Jack wurde ernster und nickte.

„Cool! Bin schon gespannt. Du spielst doch auch gleich, oder?", fragte Jonathan ihn.

Jack blickte zu Payden und Violet. So schüchtern, wie er auf einmal wirkte, kannte sie ihn gar nicht.

„Aus der Nummer kommst du nicht mehr raus, Jack", erwiderte Violet und behielt recht. Als sie zum Strand kamen, war die Party bereits in vollem Gange. Chad und Axel spielten ein Solo, dass es in sich hatte. Danach gab es gegrillten Fisch, frisches Obst und Säfte, Bier und Sekt. Die Stimmung war ausgelassen. Letztendlich gab Jack den Bitten seiner neuen Freunde nach und spielte einen seiner Songs, wobei er nur anfangs ein wenig angespannt wirkte.

Als er geendet hatte, klatschte sein Publikum begeistert. „Das hat mich geflasht, Junge. Coole Nummer", rief Monty.

Chad hob beide Daumen. „Yep, das hat Groove."

Jonathan nickte beeindruckt und sah Jack an, dessen Wangen sofort erröteten. Bis dahin hatte Violet nicht gewusst, dass seine englische, bleiche Haut überhaupt diesen kräftigen Farbton annehmen konnte.

„Mit dir kann man auch einmal etwas auf die Beine stellen", bemerkte Carl und legte einen Arm um Jack.

„Im Moment ist nur kein Platz mehr frei. Wir sind alle gut besetzt. Payden will hauptsächlich sein eigenes Ding machen. Und nun gibt es ja Violet. Nicht wahr, Jungs?", warf Sasha ein und verschränkte die Arme vor der Brust.

Monty runzelte die Stirn. „Davon, dass Jack einsteigen will, war doch jetzt gar nicht die Rede."

„Es war nur eine Überlegung! Keine Aufregung", sagte auch Carl beschwichtigend.

„Das würde ich außerdem nicht einmal zu träumen wagen", bemerkte Jack.

„Wir wollen Spaß haben. Weiter nichts. Uns ablenken. Jack ist hier, weil er Violets Freund ist, ein Stück Familie sozusagen. Und das ist gut so. Das braucht sie", meinte Barbara.

„Genau!", erwiderte Nicole und nickte Jack lächelnd zu.

Carl klopfte Sasha auf die Schulter. „Ich glaube, du hast Angst vor Veränderung."

„Die gab es schon genug! Findest du nicht?", gab der ein wenig zickig zurück. Nicole und Chad gingen zu ihm hinüber und reichten ihm ein Bier. Dazu sagte er nicht nein. Er trank einen Schluck, behielt Jack jedoch weiter im Auge.

„Der Typ hat was gegen mich", sagte Jack leise zu Violet.

„Sasha ist in Ordnung, nur manchmal ziemlich pessimistisch und hin und wieder auch eine Diva", mischte sich Payden ein, der es gehört hatte. „He, du bist echt gut. Live klingst du noch besser als auf der Demo."

Noch nie hatte Violet ihren besten Freund derart verlegen und zugleich glücklich gesehen.

Jonathan klopfte ihm auf die Schultern. „Dein Herz schlägt für die Musik. Das merke ich. Genau wie Kevins."

„Kevin war toll, eine echte Legende. Besonders nach seinem Tod", gab Sasha zurück und hob seine Bierflasche. „Auf Kevin!"

Keinem entging die Zweideutigkeit seiner Bemerkung.

„Lasst ihn. Er hat vorhin schon einiges getrunken, ist also nicht mehr ganz nüchtern", meinte Carl und winkte ab.

„He, das war nicht böse gemeint. Ehrlich, Mann! Also auf Kevin!", wiederholte Sasha.

Violet konnte die Verzweiflung in seinen Worten deutlich hören. Wahrscheinlich war auch ihm alles, was passiert war, einfach zuviel. Violet nahm sich eine Flasche Limonade und hielt sie hoch. „Auf Kevin!"

Obwohl manche, darunter Payden, Sasha einen zweifelnden Blick zuwarfen, beschlossen sie am Ende doch, wie Violet Frieden walten zu lassen und prosteten Sasha zu.

Alles nur geklaut

Payden und Violet stahlen sich ein paar Stunden, die sie alleine zusammen verbringen wollten. Sie waren mit dem Boot hinausgefahren und hatten ein Stück vor der Küste den Anker geworfen. Der weite Sternenhimmel prangte über ihnen, das sanfte Meeresrauschen war das einzige Geräusch, das sie hörten. Payden rutschte näher, schob seine Hände zärtlich in Violets Nacken und zog sie zu sich. Voller Erwartung schloss sie die Augen und atmete tief ein. Als sie Paydens Atem auf ihren Lippen fühlte, spürte sie tausend kleine Explosionen überall in ihrem Körper. Langsam wich sie zurück, öffnete blinzelnd die Augen und sah ihn an.

„Ich liebe dich, Violet", sagte Payden.

„Ich dich auch", brachte sie leise über die Lippen. Es war wie ein Hauch, der in die Nacht entglitt.

Payden lächelte. Er breitete die Decken, die sie mitgenommen hatten, auf dem Boden des Bootes aus, legte zwei Kissen dazu, streckte sich aus und zog sie zu sich. Es war bequemer, als es aussah. Paydens Körper strahlte eine Wärme aus, die sich sanft über sie legte. Glücklich schmiegte sie sich an ihn, den Kopf auf seiner Brust. Beide blickten in die unendliche Weite des Sternenzelts.

„Das ist besser als jeder Song. Und das will was heißen", flüsterte Violet.

„Es ist Magie", erwiderte er.

Sie sahen sich an und Payden küsste sie erneut. Violets Hände legten sich in seine. Sie konnte seinen Herzschlag hören. Gemeinsam rutschten sie ein Stückchen tiefer und schmiegten sich noch enger aneinander, ohne dass sich ihre Lippen voneinander lösten. Sanfte Wellen schaukelten das Boot leicht hin und her. Plötzlich wich Payden ein Stückchen zurück. An seinem Gesicht konnte sie ablesen, was er sich wünschte und sie stillschweigend fragte. Sie sah ihm tief in die Augen und gab ihm mit einem Nicken zu verstehen, dass auch sie in dieser Nacht mit ihm verschmelzen wollte. Behutsam strich er ihr eine Haarsträhne aus der Stirn und zog sie wieder zu sich.

Noch nie zuvor war sie so zärtlich wachgeküsst worden. Sonnenlicht und Wind fluteten die offenen Fenster ihrer Hütte. Violet streckte sich. Die Gedanken an gestern Nacht waren sofort wieder gegenwärtig.

„Guten Morgen, Schlafmütze", hauchte Payden ihr ins Ohr und beugte sich über sie. Sie drehte sich ein wenig und blinzelte ihm entgegen.

„Guten Morgen."

Auch zerknautscht und zerzaust sah Payden wieder unglaublich sexy aus. Sie konnte sich kaum an ihm sattsehen. „Wie spät ist es denn?"

„Zeit spielt hier keine Rolle."

„Das ist wirklich das Paradies. Daran könnte ich mich glatt gewöhnen." Sie lächelte und streckte sich, ohne Payden aus den Augen zu lassen. Er rollte sich auf sie, stützte sich dabei mit den Handballen auf der Matratze ab und senkte seine Lippen auf ihre. Violet schlang die Arme um seinen Hals. Payden war besser als jeder Traum. Er ließ seinen Mund ihren Hals entlangwandern. Allein seinen Atem auf ihrer Haut zu spüren machte sie verrückt.

„Es war so schön", flüsterte er.

Violet atmete tief durch. „Oh ja, das war es", schwärmte sie.

Von draußen hörten sie die Stimmen der anderen. Einen Moment später klopfte es.

„Schlaft ihr etwa noch?", fragte Jack, während Jonathan lachte. Die zwei schienen sich gesucht und gefunden zu haben. Violet freute sich für Jack. Er hatte es verdient glücklich zu sein.

„Jaaa!", rief Payden.

„Nichts da! Wir machen eine Beachparty. Los, kommt!" Jonathan drückte seine Nase an einem der Fenster platt. Er und Jack waren richtig aufgedreht.

„Ich liebe die Jungs. Aber ich wäre gern noch länger mit dir allein", flüsterte Payden.

Violet drückte ihn zärtlich. „Ich kenne Jack. Der gibt nicht auf. Also los, aufstehen!"

Murrend erhob sich Payden. Violet ergriff seine Hände und folgte ihm in das kleine Bad.

Die folgenden Tage vergingen wie im Flug, ohne dass die Presse offensichtlich herausgefunden hatte, wo Violet sich aufhielt. Mittlerweile genoss sie das Singen vor Kevins Crew sogar. Auch Jack fühlte sich immer wohler und unbefangener zwischen den Musikern, die schon lange seine Idole gewesen waren.

„Sorry, falls ich mich wiederhole. Aber das alles ist der pure Wahnsinn, ein Traum! Ich hätte nie gedacht, dass ich so was einmal erleben darf, Vi", sagte er.

Sie saßen am Ende des Steges. Am Horizont versank bereits die Sonne im Meer.

Violet nickte und blickte auf das glitzernde Wasser.

Jack streckte die Arme aus. „Man glaubt es zischen zu hören, wenn ihr unterster Punkt die Oberfläche berührt. Hörst du es?", flüsterte er.

Wieder nickte Violet, doch sie war mit den Gedanken woanders und Jack schien es zu merken. Sanft strich er über ihren Oberarm. „Ich weiß, du vermisst sie."

Violet biss sich auf die Unterlippe und nickte leicht. Gemeinsam blickten sie Richtung Horizont und beobachteten die ineinanderfließenden Farben des Himmels. Blutrot-zartrosa-orange-violet-hellblau.

Payden und die anderen sprachen über ein Charity-Konzert, das bald zu Ehren Kevins stattfinden sollte. Verschiedene bekannte Bands und Sänger sollten dort auftreten, darunter auch Payden und natürlich Kevins Band. „Ich habe mich ein bisschen auf den Fanseiten und Foren umgeschaut", sagte Carl, „und die Fans wünschen sich, dass Violet mit euch auftritt. Wenn du es dir zutraust, Violet, halte ich das für eine sehr gute Idee. Es ist das, was Kevin sich gewünscht hätte, da bin ich sicher, und ich glaube, es würde sowohl dir als auch der Band helfen."

In Violets Bauch kribbelte es bei dem Gedanken, vor so vielen Menschen zu stehen und zu singen, doch sie wusste, dass Kevins Freunde geschlossen hinter ihr stehen würden. Sie war überrascht über sich selbst, dass sie es tatsächlich in Betracht zog. Ihre Stimme schien unaufhaltsam, stark, wie ein Überlebenselixier. Die letzten Tage hatten sie inspiriert und ihr Selbstbewusstsein gestärkt. Dennoch ließ sich die Angst nicht völlig verdrängen. Was, wenn sie dort oben vor all den Menschen wieder eine Blockade überkommen würde? Vor allem hatte sie Angst, die Band und die Fans zu enttäuschen. Das könnte sie nicht aushalten.

„Ich überlege es mir", versprach sie deshalb. Alle hatten Verständnis dafür, wofür sie ihnen sehr dankbar war.

Am nächsten Morgen kam Carl mit unschönen Neuigkeiten zu Violet, die nicht einmal die paradiesische Umgebung auffangen konnte. Monty, Jack und Payden, der vor dem Frühstück eine Runde schwimmen wollte, begleiteten ihn, ebenso außer sich wie er.

„Rose und Thelma können es nicht lassen. Ich bin sicher, dass sie dahinterstecken, auch wenn ihr Name in den Berichten nicht erwähnt wird", schimpfte Monty.

„Das glaube ich allerdings auch", bemerkte Payden seufzend.

„Was ist denn los?", fragte Violet.

Carl zeigte ihr ein paar Ausdrucke verschiedener Artikel, die neue Gerüchte in die Welt streuten. Es wurde behauptet, das Video, auf dem Violet und Payden in Kevins Haus zu sehen waren, sei gefälscht, die Tonspur sei nachbearbeitet worden. Man zweifelte stark an, dass Violet singen konnte, und verschiedene zuverlässige Quellen, die natürlich nicht genannt werden wollten, versicherten, dass sie in Wirklichkeit keinen einzigen Ton treffen würde.

Monty ballte die Hände zu Fäusten. „Jemand scheint den kleinen Journalisten, der es an die Medien verkauft hat, ziemlich eingeschüchtert zu haben, denn er ist einfach untergetaucht."

Violet lehnte sich an das Geländer ihrer Hütte und schüttelte den Kopf über so viel Gemeinheit. Payden und Monty hörten sich nicht so an, als wäre das schon alles gewesen.

„Was noch?", fragte sie deshalb.

„Sie wissen, dass wir hier sind", flüsterte Payden.

Violet schloss die Augen. Das war es also gewesen. Das Paradies war nicht länger eines. Carl sprach aus, was sie dachte.

„Wir sollten hier verschwinden. Wir glauben, dass jemand von der Security geplaudert hat. Hier haben wir bald keine Ruhe mehr."

Violet wandte sich nach den beiden um und nickte bedrückt.

„Tut mir leid, Kleines", flüsterte Monty.

Payden und Jack nahmen sie gleichzeitig in die Arme.

„Schon gut! Schon gut!", murmelte sie.

„Du kannst es ihnen zeigen, Violet! Du weißt wie!“, rief Carl, als sie in die Hütte ging. Sie brauchte ein paar Minuten für sich.

„Ich glaube es nicht! Das ist doch … Dieses Biest“, schimpfte Payden und ließ seine geballte Faust auf das Parkett niedersausen. Nach ihrer Rückkehr vor ein paar Stunden hatten Violet, Jack und er sich wieder in Kevins Haus verzogen. Die Paparazzi wussten inzwischen sowieso über jeden Schritt, den sie machten, Bescheid.

Violet, Jack und Payden saßen auf dem Boden in Kevins Ruheoase und schauten in Paydens Laptop. Rose erste Single war über Nacht erschienen und gleich in die obersten Plätze der Charts eingestiegen.

„Hör dir das an“, sagte Payden und klickte auf das Video zur Single, das bereits auf YouTube erschienen war. Sie hatte sich wirklich keinerlei Zeit gelassen. Violet lauschte der Melodie. Täuschte sie sich? Schon die ersten Takte kamen ihr bekannt vor. Payden hob die Brauen, sah sie an und nickte. Er hörte es also auch.

„Das ist einer der unveröffentlichten Songs. Einer, der fast fertig war“, stammelte Violet. Für ein paar Sekunden blieb ihr die Luft weg.

Jack blieb der Mund offenstehen. „Bist du sicher, Vi?“

„Absolut!“, erwiderte sie. Rose trällerte lächelnd in die Kamera, ihre Augen blitzten siegessicher. Sie – oder wer auch immer – hatten dem Song einen kitschigen Text verpasst.

„Ich glaub das jetzt nicht. Es geht um ihren Herzschmerz und meine Grausamkeit“, bemerkte Payden kopfschüttelnd. „Und was noch schlimmer ist, ich habe gelesen, dass Rose nun ebenfalls auf dem Charity-Konzert auftreten soll. Sie wird dort den Song ihrer Single präsentieren."

Jack sprang auf und fixierte Violet. „Carl hat recht. Du musst was tun, Vi!"

In den nächsten Stunden war Violets Handy kaum noch still. Brian war empört und riet ihr, sich auf einer Pressekonferenz zu äußern. Doch Monty und Carl waren dafür, erst einmal Stillschweigen zu bewahren, auch wenn ihr das wohl als Zugeständnis ausgelegt werden würde.

„Wir schlagen sie anders", bemerkte Carl dann. Sie wusste genau, dass er damit das Charity-Konzert meinte. „Du musst nur noch Ja sagen, Violet. Komm, gib dir einen Ruck!"

Rose gab ein Interview nach dem nächsten, wiegelte jedoch alle Fragen zu Payden und Violet ab. „Kein Kommentar!"

Sie war wohl klug genug, um zu wissen, dass die Gerüchte für sie arbeiteten. Und tatsächlich schien die öffentliche Sympathie in ihre Richtung umzuschlagen. Einige Journalisten begannen sogar, sich kritisch über Kevin zu äußern, der Rose in seinem Testament angeblich so grausam übergangen habe. Als sie hörte, wie das Andenken ihres Vaters in den Dreck gezogen wurde, traf Violet eine Entscheidung, die tief aus ihrem Herzen kam. Ihre Mutter, da war Violet sich sicher, wäre ebenfalls dafür gewesen.

„Okay. Ich bin es Dad schuldig. Und den Fans. Ich werde es versuchen, ich werde einmal auftreten. Was danach kommt, weiß ich nicht. Aber ich muss zu ihnen sprechen und mich zeigen. Das ist mir jetzt auch klar.“

Paydens Augen waren feucht vor Rührung. „Ich bin so unglaublich stolz auf dich. Du bist eine Kämpferin, du schaffst das!“

„Und du bist nicht allein. Das weißt du ja“, sagte Jack mit fester Stimme.

Eine halbe Stunde später kamen Vivienne und Amy vorbei. Sie gelangten nur mit Hilfe von Security ins Haus. „Meine Güte! Die Fans werden zu Hyänen“, keuchte Vivienne und fiel ihrer Enkelin um den Hals. „Ach, Kind, es ist so schön, dass ich dich wiedersehe.“ Violet ging es nicht anders. Als sie sich voneinander gelöst hatten, stand sie Amy gegenüber, die mit den Tränen kämpfte. Sie versuchte etwas zu sagen, bekam aber zuerst keinen Ton heraus und zog Violet in ihre Arme.

„Schön, dich kennenzulernen“, flüsterte Violet.

Sie hörte, dass Amy Luft holte. „Wenn auch leider unter diesen Umständen.“ Nach einer kleinen Pause sagte sie: „Ich hätte mehr für ihn da sein sollen ... Gott, was waren wir Sturköpfe. Dich lasse ich jedenfalls nicht allein.“ Sie drückte Violet eine Armlänge von sich, ohne sie wirklich loszulassen, blinzelte die Tränen weg und umarmte sie nochmals. „Ich kann es kaum glauben. Kevin wäre so stolz auf dich.“

Amy war genauso nett wie Vivienne. Violet spürte von Anfang an, dass die Chemie zwischen ihnen stimmte. Auch Amys Mann Ray, der später hinzustieß, schloss sie gleich ins Herz. Es war offensichtlich, dass die beiden sich innig liebten.

„Dass Rose und Thelma sich nun nach alledem auch noch das erlauben, schlägt dem Fass den Boden aus", sagte Amy.

„Dann findest du das, was ich vorhabe, richtig?", wollte Violet von ihr wissen.

Amy strich sich durch das dunkle Haar, nahm ihre Hand und nickte. „Auf jeden Fall!"

„Ich hoffe nur, ich blamiere mich nicht." Schon jetzt bekam Violet Herzrasen, wenn sie daran dachte.

„Darf ich dich einmal hören?", fragte Amy.

Violet überlegte kurz, dann nickte sie, womit sie sich noch einmal selbst überraschte, und Amy klatschte begeistert in die Hände. Kurzerhand entschloss sich Violet, ihnen einen Song auf dem violettblauen Flügel vorzuspielen, den ihr ihr Vater geschenkt hatte.

„Welchen Song?", fragte Violet, als sie am Flügel saß. Jack, Vivienne, Amy, ihr Mann und Payden hielten dezent Abstand, damit sie sich nicht bedrängt fühlte.

„Vielleicht *This Night*. Jetzt im Nachhinein verstehe ich den Song, glaube ich, richtig", sagte Amy nachdenklich.

Violet wusste, was sie meinte. Der Gedanke war ihr auch schon gekommen: *This one night in september we will always remember...*

„Stimmt. Du bist ja im Juni geboren worden", warf Jack ein.

Payden schmunzelte. „Blitzmerker!"

Violet ließ sich von der Atmosphäre tragen, die in dem Raum herrschte. Die Musik vertrieb ihren Ärger und die dunklen Gedanken. Keiner sagte ein Wort, auch nicht, als sie endete. Erst ein paar Sekunden später erhob sich Amy, ging auf sie zu, nahm ihr Gesicht in die Hände und küsste sie auf die Stirn. „Danke", flüsterte sie.

Songs

Die Schlagzeilen überschlugen sich. Immer neue Gerüchte brodelten an die Oberfläche. Vor allem Payden fiel es schwer, die Füße stillzuhalten. Rose kündigte unterdessen feierlich ihr Album an, das in den nächsten Monaten erscheinen sollte.

„Ich bin sicher, dass sie noch mehr Songs von Kevin verwenden wird. Leicht umgeschrieben, aber im Kern geklaut. Außerdem klingt ihre Stimme ganz anders. Ich glaube nicht, dass sie einen Lehrer gefunden hat, der ihr Gefühl beibringen konnte. Da stimmt etwas ganz und gar nicht", fauchte Payden.

Violet klappte den Laptop zu. „Schau es dir nicht mehr an. Das zieht dich nur noch mehr runter."

Sie ging zu einem der Fenster des Wohnzimmers und spähte hinaus. Seit dem frühen Morgen waren sie im Haus von Paydens Manager Paul, der sein Tonstudio im Keller für die Proben für das Charity-Konzert zur Verfügung gestellt hatte. Die Anreise war problemlos verlaufen. Paul lebte außerhalb Londons auf dem Land und er und Carl waren sich einig gewesen, dass Violet und die Band in dieser Atmosphäre am meisten Ruhe hätten. Vivienne und Amy waren in London geblieben, um die Stellung zu halten und Kevins Crew hatte sich erst für die Nacht angekündigt, um im Schutz der Dunkelheit zu reisen.

„Glaubst du nicht, dass uns die Paparazzi gefolgt sind?", fragte Violet.

„Nein. Außerdem hat Paul alles abgeriegelt."

Inständig hoffte Violet, dass Payden recht behalten würde.

Paul trat zu ihnen und legte ihr die Hand auf die Schulter. „Keine Angst, es ist hier so sicher, wie es nur sein kann. Und irgendwo müsst ihr ja proben. Der Auftritt ist wichtig! Dadurch nehmen wir denen, die denken, ihr wollt als Duo durchstarten, gehörig Wind aus den Segeln."

„Ja, aber trotz der Sicherheitsmaßnahmen wird es bestimmt nicht lange dauern, bis die Presse weiß, wo wir sind", bemerkte Jack, der schon die ganze Zeit unruhig im Zimmer auf und ab ging.

„Eigentlich brauchen wir uns auch nicht zu verstecken", erwiderte Payden. „Aber ich hoffe trotzdem, dass sie es nicht gleich herausfinden werden. Jeder von uns hat Ruhe nötig!"

Violet nickte. Einen Moment schwiegen sie und jeder hing seinen Gedanken nach.

„Ich verstehe das nicht. Haben Rose und Thelma keine Angst, dass man ihnen das mit den Songs nachweisen könnte?", überlegte Jack dann.

„Für den Fall haben sie sich sicher schon etwas zurechtgelegt", gab Payden zurück.

Jack seufzte. „Stimmt. Jedenfalls werden sie wohl keine Ruhe geben, bis ihr am Boden seid, das steht fest." Seine Nervosität war unübersehbar.

„Kommt Jonathan eigentlich auch mit?", wollte er dann wie nebenbei wissen. Irgendwie war Violet ihm dankbar für die Ablenkung. Sie musste über seine Frage sogar schmunzeln.

„Was?" Jack zuckte die Achseln und sah sie mit unschuldiger Miene an.

Payden lachte. „Klar kommt er mit. Er würde es sich doch nicht entgehen lassen, bestimmte ... Leute zu sehen."

Jack strahlte übers ganze Gesicht und wurde rot.

Payden hatte die Proben in Pauls eigenem Tonstudio bereits hinter sich. Endlich war er auch mit seinen Songs zufrieden. Man merkte, dass er ein echter Profi war, und die Arbeit im Tonstudio gewohnt war.

„Du bist echt klasse", lobte Violet Payden, als sie und er sich ein paar Minuten nur für sich alleine nahmen. Sie hatten sich auf die Veranda verzogen. Grillen zirpten in den Abend. Jack vertrieb sich unterdessen die Zeit damit, ein paar Sounds auf einem Keyboard auszuprobieren.

„Deine Meinung bedeutet mir viel. Vor allem bin ich dankbar für *Silence*, mit dem ich nun echt zufrieden bin. Der Song hat mich einiges an Nerven und Herzblut gekostet. Dir habe ich den letzten Schliff zu verdanken."

Violet kuschelte sich an ihn. Sie saßen eng aneinandergeschmiegt auf der Hollywoodschaukel, die unter dem Vordach hing. Weites, grünes Land, durchsetzt mit Bäumen und hohen Hecken umgab das verwinkelte weiße Haus mit den grünen Fensterläden und der umlaufenden Veranda. Pauls Hunde tobten über das Gelände.

„Ich hoffe, ich kriege das alles hin. Tut mir leid", sagte sie leise.

„Was tut dir leid?", fragte Payden und strich ihr übers Haar.

„Dass ich oft jammere."

Er hielt sich eine Hand ans Ohr. „Ich höre nichts."

Sie lachte. Payden drückte sie noch ein wenig fester an sich. „Du wirst sie umhauen. Das weiß ich sicher!"

„Ich habe mit den Veranstaltern gesprochen. Violets Auftritt wird bis kurz vor der Show geheim gehalten. Es würde zu viel Aufsehen geben. Außerdem ist es besser, wenn Rose und Thelma nichts davon erfahren. Also sagt keinem etwas davon", sagte Carl am nächsten Nachmittag mit Nachdruck und blickte einen nach dem anderen an. Sie alle waren gegen Mitternacht angekommen.

„Sehr gute Idee", bemerkte Monty. Die anderen sahen es genauso. Nur Jack und Jonathan schwebten anscheinend in anderen Sphären.

„Seid ihr noch bei uns?", fragte Axel und lachte. Süß, wie die beiden erröteten, dachte Violet.

Carl wiederholte, was er eben gesagt hatte, und seufzte, während Violet und die anderen kicherten. Anschließend konzentrierten sich alle auf die Proben. Violet hatte die Noten und Texte abgetippt und für jeden ein Exemplar ausgedruckt.

„Gibt es eigentlich Neuigkeiten in den Medien? Ich hatte in den letzten Stunden keine Zeit mehr, es zu verfolgen“, bemerkte Sasha, als sie die Notenblätter ordneten und ihre Instrumente bereit machten.

„Ich glaube, die derzeitigen reichen. Und nein, es gibt nichts Neues. Zum Glück!“, gab Paul zurück.

„Konzentrieren wir uns lieber auf die Musik und machen uns zuerst an die Takes, wenn die Melodie für alle klar ist“, warf Carl ein.

Zum Glück klappten die Proben und die anschließenden Aufnahmen wie am Schnürchen. Violet staunte immer wieder darüber. Payden, Paul und Carl erklärten ihr ausführlich und in Ruhe, was sie wissen wollte. Jacks Begeisterung und seine Leidenschaft für die Musik entging niemandem und er inspirierte und unterstützte sie alle. Und dann, Stunden später, war es soweit. Der Sound für ihren ersten Song stand.

„Wir werden noch daran feilen. Aber das hört sich schon mal cool an“, lachte Monty und klatschte mit den anderen ab. „Lasst uns jetzt einen Probelauf mit Violets Stimme machen.“

Violet lächelte nervös und machte sich bereit. Obwohl das alles eine völlig fremde Welt für sie war, fühlte sie sich aufgehoben. Dennoch pochte ihr Herz heftig, als sie mit Kopfhörern vor dem Mikrofon stand. Die anderen warteten derweil hinter einer Glaswand und lächelten ihr aufmunternd zu.

„Sobald du bereit bist, nickst du uns zu.“ Carls Stimme drang vom Regieraum aus durch die Kopfhörer in ihre Ohren.

Violet nickte, holte tief Luft und versuchte ihren Herzschlag unter Kontrolle zu bringen.

„Schließ deine Augen und atme ganz ruhig“, hörte sie Paydens Stimme, der direkt neben Carl stand. Sie tat, was er sagte, räusperte sich kurz und nickte dann. Zwei Sekunden später setzte die Musik ein. Der Sound hörte sich klasse an. Jeden einzelnen Ton sog sie in sich auf. Ihr Einsatz klappte auf Anhieb. Es machte richtig Spaß. Am liebsten hätte sie gejubelt vor Glück. Der Erste, den sie sah, nachdem sie die Augen wieder geöffnet hatte, war Payden, der über das ganze Gesicht strahlte.

„Man könnte denken, du hast schon viele Male hinter dem Mikro eines Tonstudios gestanden“, lobte Paul. Die anderen applaudierten ihr, und Carl und Monty kamen zu ihr, um ihr noch ein paar Vorschläge und kleine Änderungswünsche zu geben. Violet lauschte ihnen aufmerksam und versuchte die Tipps so gut wie möglich umzusetzen. Auch das klappte.

„Ich kann dir gar nicht sagen, wie froh ich bin, dass ich sie nicht enttäuscht habe“, vertraute sie Payden und Jack an. Es war inzwischen mitten in der Nacht und Violet fühlte sich noch kein bisschen müde.

„Und genauso wenig wirst du das Publikum und alle anderen da draußen enttäuschen. Ich glaube an dich“, erwiderte Jack. Payden nickte zustimmend und schlang die Arme um sie. Sie legte das Kinn in seine Halsbeuge und sog seinen Duft ein. Die Nacht war sternenklar und mild. Wenig später trat Jonathan zu ihnen auf die Veranda und tat, als hätte er sie rein zufällig dort entdeckt. Jack errötete und verstummte verlegen und Jonathan schien es ähnlich zu gehen.

Payden nahm Violets Hand und sah sie an. „Ich glaube, wir sind müde. Oder, Vi?“

Zuerst wollte sie widersprechen, doch sein Grinsen sagte ihr, dass er es zweideutig meinte. „Sehr müde, ja", entgegnete sie daher und wünschte den beiden eine gute Nacht, um sich gleich darauf mit Payden ins Haus zu verziehen.

Im Flur zögerte Payden und sah sie eindringlich an. „Soll ich bei dir bleiben?"

Leise Musik drang vom Probenraum zu ihnen. Die anderen waren noch immer dort und probten verschiedene Songs, darunter auch einen, den Jack geschrieben hatte. Sie sahen sich einen Moment schweigend an, dann nickte Violet.

Am nächsten Morgen verkündete Carl allen Neuigkeiten von der Front. „Amy hat geplaudert. Ich kann es ihr nicht verübeln. Sie war bei den Anwälten und hat mit rechtlichen Schritten gedroht. Jetzt geht also der Vorwurf durch die Welt, dass Rose die Songs geklaut hat, und die Fans sind ziemlich verwirrt." Er klappte seinen Laptop zu und fuhr sich mit einer Hand übers Gesicht. „Sie hat mich auch schon angerufen und es erklärt. Ihr ist der Kragen geplatzt, als Rose in einem Interview gesagt hat, dass auch die Songs für das Album quasi schon fertig sind. In dem Interview hat Rose doch tatsächlich behauptet, es sei wie ein Wunder gewesen, dass die Einfälle so schnell über sie kamen. Weiter sagte sie, sie hätte ein sehr gutes Gefühl in der Hinsicht, dass jeder Song ein Hit werden könnte. Natürlich!"

Violet und die Band saßen am Frühstückstisch. Axel und Chad reichte meist ein Eiweißshake, Nicole aß ihre Eier blank und Jonathan bevorzugte Cola Light statt Kaffee.

Das mit dem Interview hatte Payden Violet schon erzählt, nachdem er davon gelesen hatte. Langsam wunderte sie in Hinsicht auf Rose und ihre Mutter nichts mehr.

„Hauptsache sie wissen noch nicht, dass Violet auftreten wird. Ich kann Amy schon verstehen. Mir kribbelt es auch dauernd in den Fingern", warf Monty ein.

Craig nickte. „Das kannst du laut sagen."

Lässig lehnte sich Sasha zurück und biss in sein Croissant. „Gibt es schon ein Statement von Rose oder Thelma zu den Vorwürfen, geklaut zu haben?"

Nicole zeigte auf ihr Handy. „Allerdings! Ich habe es erst vor zwei Minuten gelesen. Das Statement ist von Thelmas Mann. Er hat sich auf Twitter geäußert, dass die neuesten Vorwürfe lachhaft seien und die Gegenseite wohl ihre Felle davonschwimmen sehen würde."

Auch Monty hatte sein Handy gezückt. „Hier! Rose hat auf Facebook geschrieben, dass die Vorwürfe nichts als Neid und böse Gerüchte seien. Sie könne versichern, dass alles seine Richtigkeit habe. Jedoch möchte sie auf keinen Fall einen neuen Streit entfachen, genau so wenig wie Thelma. Na klar."

„Wie auch immer! Wir werden uns noch zurückhalten und im richtigen Moment klug zurückschlagen!", sagte Carl.

Violet war der Appetit inzwischen gründlich vergangen. Das Vibrieren ihres Handys riss sie aus den Gedanken. Sie warf einen schnellen Blick darauf und sah, dass es Amy war. Schnell nahm sie das Gespräch an.

„Amy? Hallo."

„Hallo, Violet. Hör mal, ich hoffe, du bist nicht sauer auf mich. Ich wollte nichts sagen, aber dann konnte ich nicht anders."

Violet ging in den Flur, damit sie in Ruhe reden konnten. Dort lehnte sie sich gegen die Wand. „Ist schon in Ordnung, Amy."

„Es ist so eine Gemeinheit. Erst die Sache mit unserer Mutter ... Es tut uns so leid für dich. Ganz liebe Grüße von Vivienne übrigens."

„Danke, Amy! Sag ihr bitte auch ganz liebe Grüße zurück. Und ja, es ist traurig und gemein, was Thelma und Rose abziehen! Ehrlich gesagt hatte ich schon damit gerechnet, dass der nächste Angriff nicht lange auf sich warten lassen würde."

„Gib nicht auf", sagte Amy eindringlich.

Violet nickte für sich. „Werde ich nicht."

„Sehr gut! Wie läuft es bei euch?", wollte Amy noch wissen.

Violet erzählte ihr von den Proben, was Kevins Schwester wieder fröhlicher stimmte.

„Ihr werdet das Richtige tun. Und ich werde ab jetzt die Füße stillhalten", versprach sie zum Abschluss.

Die beste Ablenkung für die nächsten Tage waren die weiteren Proben. Violet und Payden beschlossen in dieser Zeit die Medienberichte soweit es ging zu ignorieren. Sofern es nichts Dringendes geben würde, hielten sich alle daran ihnen gegenüber Stillschweigen zu bewahren. Es war wie eine Befreiung. Auch Jack und Jonathan waren offensichtlich glücklich und hingen die meiste Zeit über zusammen. Die beiden schienen sich wirklich immer näher zu kommen.

Wenn sie nicht im Proberaum waren, entwickelte Violet mit Payden neue Songideen oder sie gingen stundenlang draußen in dem parkähnlichen Anwesen Arm in Arm spazieren. Bis man schließlich hinter ihr Versteck kam.

Paul war der Erste, der in den Medien darüber las und Violet und Payden informierte. „Verdammt noch mal. Die wissen nicht nur wo wir sind, die wissen nun auch, dass Violet auf dem Charity-Konzert auftreten wird."

Violets und Paydens kleine Seifenblase platzte von einer Minute auf die andere. Payden eilte zu Paul. „Gibt es Fotos von hier?"

Paul schüttelte den Kopf. Alle beugten sich über ihre Laptops oder Handys, um das Internet nach Neuigkeiten abzugrasen.

Carl ließ eine Faust auf den Tisch fallen. Seine Gesichtsmuskeln zuckten. „Stimmt! Die wissen alles. Seltsam! Ich frage mich woher? Alles ist doch bombensicher abgeschottet."

„Und Amy hat mit Sicherheit nichts erzählt", warf Violet ein. Ihre Knie fühlten sich weich an. Payden legte seine Arme um sie und küsste sie beruhigend aufs Haar.

„Die andere Neuigkeit des Tages ist, dass Rose beim Konzert wahrscheinlich nicht live singen wird. Angeblich plagt sie seit kurzem eine Stimmbandentzündung", meinte Craig.

Monty versuchte ruhig zu bleiben. „Ich glaube ihr kein Wort. Wahrscheinlich hat sie ihre Stimme im

Tonstudio künstlich verstärkt und hat nun Angst, dass es auffliegt. Wie auch immer, Violet wird live singen. Das versteht sich ja von selbst."

„Allerdings. Und nun, trotz allem – wir halten uns an die Vereinbarung! Kein Kommentar, zu niemand, bis zum Konzert." Carl musterte einen nach dem anderen. Alle nickten zustimmend.

Das Konzert

Die Fans bombardierten die Homepages von Payden und Kevins Band regelrecht mit Fragen zu Violet und den Gerüchten. Rose sonnte sich derweil weiter in ihrem neuerlangten Ruhm. Ihr Song näherte sich der Spitze der Charts. Das war in der Tat ein raketenmäßiger Erfolg für sie. Die Vorwürfe kommentierten sie und Thelma nur mit einem höhnischen Lächeln. Rose konzentrierte sich lieber darauf, ihre Stimmbandentzündung öffentlich zu demonstrieren und dafür Genesungswünsche und Mitleid einzuheimsen.

„Sie weiß genau, was sie tut, und fühlt sich dabei immer sicherer. Du weißt ja, wenn man sich auf Glatteis begibt ...“, hatte Brian Violet in einem der letzten Telefonate gesagt. Auch er wollte ihr beim Konzert beistehen und sich öffentlich an ihrer Seite zeigen, wofür sie ihm sehr dankbar war. Inzwischen war die Band abgereist. Das nächste Mal würden sie sich Backstage sehen. Nur Jonathan war noch geblieben.

Vom Fenster aus beobachtete Violet Jack und ihn auf der Verandaschaukel. Sie wirkten fast unschuldig, wie zwei Kinder. Jack hatte in Jonathan einen Seelenpartner getroffen. „Das kann nur Schicksal sein. Vi, ich spüre es, endlich wird alles gut", hatte er ihr anvertraut. Sie hoffte es, nicht nur für sie beide.

Die letzte Probe vor dem Konzert war ein voller Erfolg gewesen. Dennoch ebbte die Nervosität nicht ab, wenn sie an ihren Auftritt dachte, im Gegenteil. Payden trat hinter sie und reichte ihr ein Glas Sekt.

„Noch zwei Tage! Ich habe eben mit meinen Eltern gesprochen, sie wünschen uns ganz viel Glück", sagte er.

Violet nahm das Glas, drehte sich nach ihm um und stieß mit ihm an. Nach dem ersten Schluck lehnte sie ihren Kopf an Paydens Brust.

„Dein Herz klopft ganz wild", flüsterte sie.

„Ertappt! Du bist schuld", lachte er.

Er beugte sich herunter und suchte ihre Lippen, nahm ihr das Glas ab und stellte es mit seinem auf das Tischchen neben sie.

„Ich liebe dich", hauchte er. Sein warmer Atem erfüllte sie mit einem Zittern. Sie konnte einfach nicht anders, als ihn zu küssen. Seine Hände glitten ihren Nacken entlang, dann unter ihr Haar. Violet presste sich der Länge nach an ihn. In ihr tobte ein Feuerwerk aus Gefühlen, das sie schwindlig werden ließ. Er hatte es gesagt. Sie wich zurück und hielt sich an Paydens Blick fest. Stillschweigend verharrten sie. Er brauchte nicht zu fragen, er las in ihren Augen, dass sie es auch wollte.

„Es war wunderschön", flüsterte er. Nase an Nase lagen sie nackt nebeneinander in Paydens Bett.

„Ich liebe dich auch", flüsterte sie ihm zu und lächelte. Er küsste sanft ihren Bauchnabel und wanderte dann langsam mit seinem Mund nach oben zu ihren Lippen. Noch immer erhitzte seine Wärme ihren Körper.

„Meinetwegen kann draußen die Welt untergehen. Hauptsache wir sind zusammen", sagte er leise.

Violet sah ihm tief in die Augen und tausend wundervolle Gefühle durchfluteten sie und begruben die schlechten weit darunter. „Du bist mein Fels, Payden. Danke!"

Payden sah sie ein paar Sekunden schweigend an, dann gab er zurück: „Und du meiner! Du hast mir schon gefallen, als ich dich das erste Mal gesehen habe. Kevin habe ich das nie verraten. Aber ich glaube, er wusste es."

Violet schmiegte sich an ihn und wünschte sich, diese Nacht würde nie enden. Doch der Morgen kam schneller als gedacht und mit ihm neue Rückschläge. Dieses Mal traf es auch Jack.

„Das kann nicht wahr sein! Landen, dieser fiese Arsch!", rief er außer sich und stürmte zu ihnen ins Zimmer. Erschrocken zuckten Violet und Payden zusammen. Sie kamen gerade aus der Dusche und hatte sich nur ein Handtuch umgewickelt. Doch Jack war so durcheinander, dass er gar nicht darauf achtete.

„Was ist passiert?", fragten Payden und Violet wie aus einem Mund.

„Ich könnte ... Landen hat ein Interview gegeben. Er behauptet, dass er die größte Liebe meines Lebens war, doch dass er mich verlassen musste, weil ich ein Drogenjunkie bin. Das gibt es doch nicht! Dieser ... dieser elende ..." Er ballte eine Hand zur Faust und schrie frustriert auf. Violet ging auf ihn zu und legte ihm beruhigend die Hand auf den Rücken. Jack wandte sich um, begann im Zimmer auf und ab zu laufen und schimpfte leise vor sich hin.

Dann blieb er stehen und sagte laut: "Ich habe ihn kurz auf der alten Nummer angerufen. Er hat sogar abgenommen und gesagt, dass mir das recht geschieht, und er außerdem die Kohle brauchte. Dieser Idiot hat sogar zugegeben, dass Thelma ihn ausfindig gemacht hat. Dann hat er lachend aufgelegt."

Payden presste die Zähne aufeinander. "Miststück!", flüsterte er.

Der Traum war wieder zum Albtraum geworden. Noch einmal ging Violet zu Jack. Dieses Mal ließ er sich von ihr umarmen. "Wir klären das! Ich kläre das. Versprochen!", murmelte sie.

Die Sicherheitsvorkehrungen der Ocean4-Arena in London waren enorm. Violet, Payden und Jack wurden von Carl, Paul und ein paar weiteren Betreuern, die für die Musiker abgestellt worden waren, in ihre Garderoben gebracht. Jack begleitete sie. Violet war froh, als sich die Tür hinter ihnen schloss, und sie dem Trubel für einen kurzen Moment entkam. Allerdings vermisste sie Payden schon jetzt, obwohl seine Garderobe direkt neben ihrer lag.

"Hm. Ziemlich trist", bemerkte Jack enttäuscht und blickte sich um. Viel zu sehen gab es wirklich nicht. Ein schwarzer Tisch, zwei Stühle, eine kleine Kommode mit beleuchtetem Spiegel, ein Beistelltisch mit Getränken, darunter auch Wodka, Sekt und Champagner. Jack griff nach dem Wodka und hielt ihn ihr grinsend entgegen. Anscheinend wollte er die Stimmung auflockern, denn er wusste, dass sie keinen Wodka trank.

„Wasser ist mir lieber", sagte sie und verdrehte die Augen.

Lachend stellte Jack die Flasche zurück und öffnete eine der zwei Wasserflaschen, deren Inhalt er in zwei Becher schenkte, die ebenfalls auf dem Tischchen standen. Von draußen drangen dumpfe Stimmen und Schritte zu ihnen. Vor der riesigen, bunt beleuchteten Arena war wortwörtlich die Hölle los. Violet war sicher, dass Rose und ihr Team auch bereits eingetroffen waren. Der Gedanke bereitete ihr Gänsehaut. Jack reichte ihr den Becher mit dem Wasser, den sie dankend annahm.

„Auf dich, Kevin, Payden, Skylane Avenue, Vivienne … auf alle, die dir beistehen. Und auf die höhere Gerechtigkeit!", sagte er feierlich und stieß seinen Becher gegen ihren. Violet nickte, lächelte zaghaft und atmete ein paar Mal tief durch.

„Du schaffst das, Vi!", legte Jack nach.

Wieder nickte sie, auch wenn sie sich da nicht so sicher war. Hitze- und Kältewellen überzogen abwechselnd ihren Körper. Sie suchte Jacks Blick und hielt sich an ihm fest. „Ich bin so froh, dass Jonathan zu dir steht. Wahre Liebe und Freundschaft sind das Wichtigste." Als sie das sagte, dachte sie auch an Noelle, die sie unbedingt wieder kontaktieren und treffen wollte, wenn mehr Ruhe eingekehrt war.

„Und ich bin froh, dass du Payden an der Seite hast“, gab Jack zurück.

Sie boxte ihn spielerisch gegen die Schulter. „Und dich natürlich, Jack the Ripper!“

Lächelnd zog er sie an sich. „Jetzt weiß wenigstens jeder, dass ich schwul bin. Mein Outing habe ich also hinter mir, wenn auch unfreiwillig. Jonathan macht es nichts aus, er ist sogar erleichtert. Nur nicht über die anderen Gerüchte. Die treffen natürlich auch die Band. Eben weil es bei dieser Charity nicht nur um Kevin, sondern auch gegen Drogen geht.“

„Ich weiß! Schon allein deswegen muss ich da raus!“ Sie drückte sich selbst die Daumen, dass ihre Nerven durchhalten würden.

„Ich werde am Bühnenrand stehen. Zwar im Verborgenen, aber ich bin die ganze Zeit in der Nähe. Das verspreche ich dir, Vi.“

Sie sah ihm direkt in die Augen. „Ich habe mir überlegt, dich vorzustellen.“

„Was?“ Stirnrunzelnd und sichtlich geschockt erwiderte er ihren Blick.

„Ja, denn du bist ein wichtiger Teil von mir. Außerdem will auch Jonathan etwas sagen. Das hat er mir vorhin erzählt, Jack.“

„Mir nicht“, sagte Jack perplex.

„Also?“, fragte sie.

Jack pustete seine Wangen auf. Kurzerhand gab Violet ihm einen Kuss, was ihn mit einem Schlag ausatmen ließ. „Danke“, sagte sie und blinzelte.

„He, ich hab doch noch gar nicht ja gesagt. Oh Mann. Dieser Blick ... Das ist unfair, Vi.“

Er schmollte und hob die Hände. „Okay, okay. Ich gebe mich geschlagen.“

„Wer ist hier nun der Schisser?“, sagte sie und lachte, um Jack die Nervosität zu nehmen.

„Habe ich dich je so genannt?“, fragte er gespielt beleidigt.

Sie nickte. „Einmal, und das habe ich nicht vergessen.“

Plötzlich steckte Payden seinen Kopf herein. „Störe ich?“

„Sie ist frech!“, bemerkte Jack gespielt divenhaft und zeigte auf Violet.

Nun musste sie sogar laut lachen und über Paydens Gesicht breitete sich ein Lächeln aus. Es gefiel ihm sichtlich, sie so fröhlich zu sehen.

„Alles steht soweit“, teilte er dann mit.

Violet wurde wieder ernst und bekam erneut kalte Füße. Sie fühlte sich wie auf einer Achterbahnfahrt mit Loopings.

„Vielleicht sollte ich doch noch einmal proben und ...“

Payden trat zu ihr, nahm ihre Hände und schüttelte den Kopf. „Du kannst es. Es wird super! Vertrau den Jungs, vertrau dir!“

„Das tue ich!“, flüsterte sie.

Noch drei Stunden bis zum Auftritt. Laut Axel, der ebenfalls kurz vorbeischaute, überschlugen sich die Medien bereits. Das machte Violets Lampenfieber nicht gerade besser. Die Atemtechnik, die Monty ihr zur Beruhigung einmal gezeigt hatte, half nur wenig.

„Jeder will dich sehen! Mir scheint langsam, dass die alle nur wegen Violet gekommen sind“, sagte Chad im Vorbeigehen.

Sie ging in dem kleinen Raum auf und ab, um die innere Unruhe wenigstens ein Stück weit zu vertreiben. Jack folgte ihr und Payden beobachtete sie von einem der Stühle aus. Auch ihn schien langsam das Lampenfieber zu packen. Violet hatte jegliches Zeitgefühl verloren und konzentrierte sich darauf regelmäßig zu atmen.

Plötzlich wurde die Tür aufgerissen und Monty kam herein. Sein Gesicht war tiefrot und seine Lippen zusammengepresst. Es brodelte sichtlich in ihm. Etwas Schreckliches musste passiert sein. Er stieß die Tür ins Schloss.

„Wir hatten die ganze Zeit ein schwarzes Schaf unter uns. Einen Verräter!" Seine Hände ballten sich zu Fäusten, dann wandte er sich um und hieb sie mit voller Wucht gegen die Tür.

„Was? Wer?", fragte Payden.

Monty wirbelte herum, kam zu ihnen und legte einen Arm um Jack. Ernst sah er Payden und Violet an. „Sasha!", stieß er wütend aus.

„Sasha?", rief Payden. Violet fühlte sich, als hatte man ihr in den Magen geboxt.

„Er hat für Thelma und Rose spioniert. Jetzt wird mir einiges klar! Thelma hat sich kürzlich in einem Interview verplappert. Als er das mitbekam, hat er sich aus dem Staub gemacht. Dieser hinterhältige Feigling! Zu mir sagte er, ihm ist übel, er müsse kurz weg. Dann kam auch schon die Nachricht. Anscheinend hat sie ihm versprochen, er könnte bei ihnen einsteigen. Und ich dachte, ich kenne ihn." Angewidert verzog Monty das Gesicht.

Payden schüttelte den Kopf, während Violet ins Nichts starrte. Das musste sie erst einmal sacken lassen. Irgendwie!

„Oh Mann! So ein Mist!“, stieß Jack aus.

„Es ist, wie es ist! Rose tritt in den nächsten Minuten auf. Ihr könnt es auf dem Laptop verfolgen, das Konzert wird ja im TV übertragen. Es wurde angekündigt, dass sie noch immer unter ihrer Stimmbandentzündung leidet und daher, wie wir uns schon gedacht haben, nicht live singen wird“, erzählte Monty. Dann wandte er sich direkt an Jack.

„Pass auf, Junge. Du spielst ja auch super gut Keyboard, nicht wahr?“

„Ähm, ja?“, gab Jack mit gekräuselter Stirn zurück.

„Du wirst für Sashas Solo-Part einspringen!“

Jack entgleisten sämtliche Gesichtszüge. „Ist das ein Witz, Mann?“

Monty ging einen Schritt zurück und sah ihn ernst an. „Sehe ich aus, als würde ich Witze machen?“

Obwohl sie über Sashas Verrat geschockt war, musste Violet lächeln, denn Jacks Gesichtsausdruck und die Chance, die Monty ihm da gerade anbot, waren phänomenal.

„Also gut! Klar! Bin dabei!“, erwiderte er völlig überrumpelt. Dann fiel er einem nach dem anderen in die Arme und tanzte johlend durch den Raum. Da konnte sogar Monty wieder lachen.

„Stopp! Moment mal, Junge! Da ist noch etwas.“ Monty winkte ihn zu sich. Jack konnte sich nur schwer beruhigen. Er legte einen Arm um Monty. „Kommt jetzt der Haken?“

„Ich hoffe nicht. Also, du sollst Violet zwei Minuten lang allein auf dem Piano begleiten. Wir sind da, hinter euch, im Schatten. Ausgeblendet sozusagen. Wir steigen aber danach mit ein. Nach dem Song wird Violet zu den Leuten sprechen, wie abgemacht. Und du solltest auch etwas sagen, wegen der Sache mit Landen.“

Monty blickte sie alle der Reihe nach fragend an.

Jack zögerte, dann sagte er. „Okay! Das kriege ich hin. Glaube ich!“

„Nein, he! Du weißt es, verdammt!“, gab Monty zurück und klopfte ihm fest auf die Schultern.

„Ja, ich ... ich weiß es! ... Ja! Verdammt! Wir zeigen es ihnen.“ Jack stieß eine Faust in die Luft und nickte Richtung Violet, die einen neuen Schub Lampenfieber in sich aufsteigen spürte.

„Ihr werdet das klasse machen!“, warf Payden ein und küsste sie auf die Wange und boxte Jack leicht gegen den rechten Arm.

„So, ich muss jetzt zurück zu den anderen“, sagte Monty und drückte die Daumen. „Ich glaube an euch alle drei!“, rief er ihnen im Hinausgehen noch zu.

Nachdem er weg war, eilten Payden, Jack und Violet an den Laptop, um Roses Performance zu beobachten.

„Das Sasha ein Verräter ist ... unglaublich!“, flüsterte Payden.

Auch Violet konnte es immer noch nicht glauben. Doch es blieb kaum Zeit, diese sensationelle Nachricht zu besprechen, denn Roses Auftritt stand kurz bevor. Zunächst wurden einige Interviewausschnitte gezeigt, in denen Thelma hoch erhobenen Hauptes alle Vorwürfe, die ihrer Tochter gemacht wurden, abschmetterte.

„Alles Schall und Rauch. Sie wird heute Nacht in Gedenken an Kevin singen“, sagte sie, als sie an den Reportern vor dem Stadion vorbeiging. Ihr Mann und Rose zeigten nur einen Daumen nach oben und beantworteten keine Fragen.

„Diese Schlangen“, flüsterte Payden.

Violet schwieg. Es tat weh zu sehen, wie ihr Vater auch nach seinem Tod noch von ihnen benutzt wurde.

Dann richtete sich die Kamera auf die große, hell beleuchtete Bühne. Rose trug ein silbernes, enges Kleid zu schwarzen High-Heels, in denen sie selbstbewusst auf die Bühne stakste. Ihr polanger unechter blonder Pferdeschwanz wippte hin und her. Überschwänglich winkte sie der tobenden Menge und warf ihnen und der Band, die sie begleiten würde, Kusshände zu. Strahlend lächelte sie in die Kameras. Auch Thelma und ihr Mann wurden klatschend eingeblendet und küssten sich, sobald sie es bemerkten. Dennoch konnte Violet sehen, wie angespannt sie waren. Die Musik begann, das Publikum kreischte. Rose war als vielversprechender neuer Stern am Musikhimmel angekündigt worden. Offensichtlich genoss sie das Bad der Aufmerksamkeit, die ihr die Menschenmenge entgegenbrachte, in vollen Zügen. Sie tanzte und bewegte die Lippen zu der Stimme, die aus dem Lautsprecher drang. Diese war zwar gefällig und nett anzuhören, doch für Violet klang sie irgendwie künstlich. Einige der Leute vor der Bühne streckten die Hände nach oben und sangen Teile des melancholischen, poppigen Songs mit. Gegen Ende kam auch Roses Vater auf die

Bühne und spielte ein kurzes Solo auf seiner Gitarre. Die Fans schrien nach einer Zugabe.

„Dankeschön! Ich liebe euch!", rief Rose, wobei ihre Stimme fest und stark klang. Die Resonanz gab ihr merklich noch mehr Aufwind. „Übrigens möchte ich bekanntgeben, dass ich einen beträchtlichen Teil aus den Gewinnen meiner Single spenden werde!" Das Publikum brach in lauten Jubel aus.

„Die weiß genau was sie will", zischte Payden.

Jemand aus Paydens Team unterbrach ihn. „Pay, kommst du? Du bist bald dran. Die haben dich vorgeschoben. Angeblich, weil eine andere Band abgesagt hat."

„Bin unterwegs!", gab Payden zurück und wandte sich an Violet. „Es wird langsam ernst."

„Du wirst klasse sein. Das weiß ich schon jetzt!", flüsterte sie und küsste ihn. Am liebsten hätte sie seine Lippen viel länger auf ihren gespürt, sich an ihn geschmiegt und mit ihm irgendwo in der Natur auf einer grünen Wiese gelegen.

„Du auch! Ich liebe dich, Kleines!"

Nachdem Payden gegangen war, drängten Jack und Violet sich wieder vor dem Laptop zusammen, um seine Show zu verfolgen.

„Oh Mann!" Jack schüttelte den Kopf, denn es gab nicht nur Freudenschreie, als Payden auf die Bühne kam. Anscheinend hatte Rose mit ihrem Auftritt einige Leute auf ihre Seite gebracht, die ihren Unmut nun mit Buhrufen bekundeten. Doch Payden war Profi genug. Er überging es souverän, winkte der Menge zu und stellte sich in die Mitte der Bühne, die von blaugrünen Neonlichtern geflutet wurde. Auf der riesigen Leinwand im Hintergrund wurde ein Video abgespielt, das das Meer und die Bewegung der Gezeiten zeigte.

„Dieser Song ist für meine wahren Fans! Ein riesiges Dankeschön an euch! Bleibt euch immer selber treu und vertraut auf eure innere Stimme. So, wie ich es tue!"

Er machte eine kurze Pause, suchte die Kamera und blickte direkt hinein. Seine Augen waren ein Meer aus tausend Sternen, die ihr entgegenfunkelten. „Dieser Song ist für dich, Violet! Bleib wie du bist!"

Ihr Herz machte einen Satz. Jack lehnte sich an sie. „Wie schön!", sagte er und seufzte.

Die Menge tobte, weitere Buhrufe wurden weitgehend verschluckt. Die Musik setzte ein und Payden begann mit seiner unvergleichlichen Stimme den Konzertsaal zu füllen. Sein Lied handelte von Treue und wahrer Freundschaft. „Das ist großartig", schwärmte Jack, während Violet mit den Tränen kämpfte. Das war es wirklich, dachte sie.

Zwischendurch schwenkte eine Kamera auf Thelma, die im Publikum saß. Ihre Mimik war nahezu versteinert. Violet spürte, dass ihr Herz zu flattern begann, als Paydens Auftritt endete. Alles was sie wollte, war zu ihm, so schnell wie möglich. Doch sie wusste, sie musste sich gedulden und versuchen, soweit es ging Ruhe zu bewahren.

„Der Song war so cool. Da war alles drin! Der Junge ist verdammt gut!" Jack klatschte und erhob sich.

„Das ist er!", sagte Violet, während Jack sie hoch riss und herumwirbelte.

„Und du wirst sie aus den Schuhen hauen, Vi!"

Eine halbe Stunde später war es so weit. Einige der Sänger und Sängerinnen hielten eine kleine Rede, entweder vor oder nach ihrem Auftritt. Sie erwähnten auch Kevin. Viele sagten, sie wünschten, er könnte an diesem Abend dabei sein. Wie gut Violet sie verstehen konnte!

„Er war ein guter Mensch und hat viel gespendet, ohne es an die große Glocke zu hängen", sagte eine afrikanische Sängerin zum Publikum und bekam neben tosenden Applaus auch ein paar Buhrufe zu hören, was sie allerdings wenig beeindruckte.

„Manche Leute sollten vielleicht erst einmal vor ihrer eigenen Tür kehren, bevor sie hier die Künstler ausbuhen", bemerkte die Moderatorin und zog dabei die Brauen nach oben. Ihr Partner nickte. „Da hast du recht, Margo! Und nun nur noch ein Akt, bevor die Überraschung des Abends zu uns auf die Bühne kommen wird. Wir sind gespannt. Sie wartet bereits Backstage ... Violet Blue Sky!"

Violet stockte das Herz. Sie ließ sich zurück auf ihren Stuhl sinken und holte tief Luft. Es war, als würde sie das alles erst jetzt wirklich realisieren.

Jack beugte sie zu ihr. „Ist dir schlecht?"

Schweiß trat auf ihre Stirn. Von dem Becher Wasser, den Jack ihr reichte, nahm sie zwei Schlucke. Ihre Kehle schien wie ausgetrocknet. Sie schloss die Augen und dachte an ihre Mum.

„Ich schaffe das, ich schaffe das, ich schaffe das", flüsterte sie, öffnete die Augen wieder und hielt sich an Jacks Blick fest. Er nickte ihr zu. „Ja, du schaffst das, Violet Blue Sky!"

Die Bühne und das Publikum erschienen ihr wie ein Meer aus tausend Farben, aus dem sich ihr unzählige Hände entgegenstreckten. Sie hörte die Menge ihren Namen rufen, dazwischen gab es immer wieder Buhrufe, Jubelschreie, Pfiffe. Monty begleitete sie zum Klavier, wo Jack bereits im Schatten verborgen auf sie wartete. Die beiden Moderatoren des Abends gingen hinter ihnen.

„Wir sind alle bei dir. Sei einfach du selbst, dann kann nichts schiefgehen, Violet", sprach Monty ihr gut zu. Sie musste ihn kurz umarmen, bevor er sie alleine ließ. Die Moderatoren, Margo Tanner und Ethan Wilkenson, nahmen sie in die Mitte.

„Hier ist sie! Violet Blue Sky. Die Tochter unserer Legende, die leider viel zu früh von uns gehen musste! Unglaublich! Herzlich willkommen." Die Moderatorin rief die Worte mit Begeisterung ins Mikrofon und deutete Wangenküsschen an. Wahrscheinlich wollte sie das leichte Makeup, das Violet trug, nicht ruinieren. Margo trug ein rotes, knöchellanges Pailettenkleid, das in dem purpurroten Licht glitzerte. Violet selbst hatte sich für enge, hellblaue Jeans und weiße Sneakers entschieden. Sie brauchte unbedingt Kleidung, in der sie sich wohlfühlte. Über einem weißen Shirt trug sie eine kurze Jeansjacke, dazu eine silberne Kette mit Herzanhänger, die ihr Melody vor Jahren geschenkt hatte.

„So eine hübsche junge Dame. Kevin war mit Sicherheit sehr stolz auf dich. Wie fühlt es sich an, nun in seine Fußstapfen treten zu dürfen?", übernahm Ethan.

Violet räusperte sich. „Mein Leben ist nicht mehr das Gleiche, das steht fest."

„Ja! Es muss aufregend sein für jemanden, der die ganze Zeit im Schatten seines großen Vaters ausharren musste", erwiderte Margo.

Ihre Worte trafen Violet, was wohl auch beabsichtigt gewesen war. Margo lächelte, ihre Augen blitzten jedoch. Offensichtlich spielte sie auf die Gerüchte an, dass Violet nur darauf gewartet hatte, endlich berühmt zu werden.

Violet wandte sich um. Hinter sich konnte sie nur Silhouetten entdecken.

„Und heute stellst du uns deinen ersten großen Song vor. Wir sind auf jeden Fall gespannt", sagte Ethan, doch seine Stimme klang reserviert. Er schien nicht so recht zu wissen, was er von ihr halten sollte.

Violet ließ die Blicke über das Meer aus Köpfen hinweggleiten. Neue Buhrufe erfüllten den Saal. Sie spürte genau, sie musste etwas sagen. Jetzt!

„Im Schatten meines Vaters? Nein, darin sehe ich mich nicht." Sie holte Luft und wunderte sich, wie deutlich und klar ihre Stimme klang. „Mein ganzes Leben habe ich mich gefragt, wer mein Vater überhaupt ist. Und egal, was andere denken, ich weiß, dass meine Mutter nur das Beste für mich wollte und sich ihre Entscheidung nicht leichtgemacht hat."

Sie machte eine kurze Pause und realisierte, wie still es plötzlich geworden war. Die Moderatoren starrten sie mit unergründlichen Blicken an. Violet versuchte sich davon nicht noch mehr irritieren zu lassen.

„Und Dad ... auch er hat mich geliebt. Das haben mir die Menschen gezeigt, die ihm nahe gewesen sind und die ihn wirklich geliebt haben. So wie er war. So viele kleine Dinge, die ich in den letzten Tagen entdeckt habe, beweisen mir, dass sie recht haben. Ein Teil von ihm ist noch da, in seinem Haus, bei seinen Freunden, und in mir. In seiner Musik. Sie wird ewig weiterleben. Ich bin so dankbar dafür.“

Die Leute schrien und johlten und Violet konnte nicht heraushören, ob es wohlwollende Rufe waren oder nicht. Nochmals holte sie Luft und versuchte noch deutlicher zu sprechen.

„Wenn ich meinen Vater singen höre und die Augen schließe, ist es mir, als wäre er neben mir. Es geht nicht darum, in seine Fußstapfen treten zu wollen. Ich bin kein Star, nur eine normale junge Frau, die hier für ihre Eltern sprechen möchte. Denn die Gerüchte tun weh. Das haben sie nicht verdient. Weder Kevin noch meine Mutter sind Lügner.“

„Dann singst du heute also nicht für uns?“, fragte Ethan und es klang beinahe angriffslustig. Margo räusperte sich und runzelte die Stirn.

„Doch, das tut sie!“, hörte man Monty aus dem Hintergrund rufen.

„Ich habe es ihnen versprochen“, sagte Violet.

„Ist das der einzige Grund?“, wollte Ethan wissen.

Violet blickte ihn direkt an. „Das, und weil Dad mich in einem Traum darum gebeten hat. Allerdings habe ich keine Ahnung, ob es klappen wird. Ich stehe mir oft selbst im Weg. Das war bisher meistens so, wenn ich vor anderen singen sollte. Bei der Band, Jack, Payden und Granny Vivienne klappt es jedoch immer besser. Musik ist Liebe, Gefühl, das Schönste, das es gibt. Ich glaube, ich bin im Grunde wie jeder andere Mensch, ich brauche Sicherheit."

Ethan lächelte und es wirkte zum ersten Mal, seit sie auf dieser Bühne standen, wohlwollend.

„Sind denn auch Songs mit Payden geplant, deiner neuen Liebe?", wollte Margo wissen.

„Nein! Payden macht sein eigenes Ding. Ich habe nicht vor, eine Karriere wie Dad zu machen. Ja, ich liebe die Musik, wollte sie immer studieren, später vielleicht Musiklehrerin werden. Ich werde sehen, wohin mein Weg mich diesbezüglich noch führt. Was nun für mich zählt ist, dass Mum und Dad ihren Frieden finden dürfen und dass die dunklen Gerüchte um sie aufhören."

„Verstehe! Jack, ein Freund Violets, ist übrigens auch hier", warf Margo ein und zeigte Richtung Piano. Ein Lichtkegel holte ihn aus der Dunkelheit. Verdutzt erhob sich Jack. Wieder tobte die Menge.

„Oh Mann!", hörte Violet Jack in sein Mikrofon sagen.

„Jack ist mein bester Freund. Und ich danke ihm von Herzen, dass er heute bei mir ist, trotz der Gerüchte", sagte Violet und ging auf Jack zu. „Und ich kann euch allen versichern, dass diese Gerüchte frei erfunden sind!"

Jack sah sie dankbar an und verkündete laut und deutlich: „Danke, Landen, für deine Rache! Ich habe dich wirklich einmal geliebt. Aber so täuscht man sich und nun bin ich schlauer."

Violet umarmte ihn fest. „Ich musste das sagen. War spontan. Ich liebe dich, Vi", flüsterte er.

„Ich dich auch", gab sie leise zurück und löste sich langsam von ihm. Er setzte sich wieder ans Klavier und ließ sie nicht aus den Augen.

„Du kannst ruhig noch mehr erzählen, Jack", schlug Ethan vor.

Jack schüttelte den Kopf. „Es ist alles gesagt. Jetzt fühle ich mich besser!"

„Nun! Wir hoffen, dass wir bald noch mehr erfahren. Leider drängt die Zeit. Wir sind gespannt, Violet, ob du deine Blockade hier überwinden kannst", fasste Margo schließlich zusammen und klang dabei leicht spöttisch. Sie winkte sie wieder nach vorne. Violet merkte, dass die Moderatorin ihr nicht glaubte. Ethan jedoch nickte ihr zu, als wollte er ihr Mut machen. Als Violet auf ihrem vereinbarten Platz stand, zogen er und Margo sich zurück. Ein Helfer hatte inzwischen einen Ständer mit Mikrofon dort aufgestellt. Die Bühne wurde heller. Violet nahm das Mikrofon aus der Halterung und blickte sich noch einmal nach Jack um. Der zwinkerte ihr zu und zeigte einen Daumen nach oben. Es kitzelte in ihrem Bauch.

Ich bin nicht allein, die Band ist da, Jack ist da, Payden, sicher irgendwie auch Mum und Dad, dachte sie. Jack begann zu spielen und alles wurde still.

„Stell dir vor, wir wären alleine. Es gibt hier nur dich, die Band und Payden", hatte Jack ihr geraten, kurz bevor sie nach draußen gegangen waren. Violet schloss die Augen. Sie wollte die Musik spüren. *Sing*, sagte sie sich, öffnete die Lippen, verpasste jedoch ihren Einsatz. Die eindeutigen Buhrufe und Pfiffe brachten sie restlos aus dem Takt. Sie öffnete die Augen wieder und blickte zu Jack. Die alte Hilflosigkeit erfasste sie mit voller Wucht. Jack ließ die Finger von den Tasten gleiten, stand auf und kam zu ihr. Mit einer Hand strich er ihr über einen Arm.

„Es ist der Druck. Alles ist gut! Atme tief durch", sagte er ruhig.

„Moment!", rief Monty, als die Moderatoren wieder auf die Bühne traten. Tatsächlich hielten sie inne. Monty eilte zu ihnen und redete auf sie ein. Was er sagte, konnte Violet nicht verstehen.

„Es tut mir leid ... ich ...", sprach sie verlegen ins Mikrofon. Plötzlich tauchte Paydens Bild auf den seitlichen Leinwänden auf. Er stand im Backstage-Bereich und zu Violets Überraschung war er nicht allein. Brian, Vivienne und Amy hatten sich zu ihm gesellt.

„Wir haben dich sehr lieb, Violet! Dein Vater und deine Mutter sind mit Sicherheit stolz auf dich. Du brauchst dich nicht noch mehr zu rechtfertigen. Es ist in Ordnung, mehr als in Ordnung. Wir glauben an dich! Keiner kann uns das nehmen." Vivienne warf ihr eine Kusshand zu. Amy und Brian zeigten ihre gedrückten Daumen. Violet schluckte die aufsteigenden Tränen hinunter und warf der Leinwand eine Kusshand zu.

„Wir kennen die Wahrheit und wir kennen dich. Ich liebe dich, Violet! So sehr!", rief Payden. Seine sanfte Stimme war wie ein Netz, das sie auffing.

„Ich dich auch", formte sie mit den Lippen und erinnerte sich an seine Wärme. Monty trat zu ihr, drückte ihr einen Kuss auf die Stirn und flüsterte: „Du musst nicht. Keiner ist dir böse, wenn du jetzt gehst."

„Danke", gab sie leise zurück. Sie wusste, er meinte es ehrlich. Dennoch würde es ihn sicher enttäuschen, wenn sie es nicht wenigstens versuchen würde. Das Publikum war still geworden und schien den Atem anzuhalten. Violet spürte, wie alle Augen auf ihr lagen. Wieder stellte sie sich vor, ihre Mutter und Kevin wären hier. Sie nickte für sich und gab Jack ein Zeichen. Er lächelte, kehrte auf seinen Platz zurück und begann zu spielen, gefühlvoller als je zuvor.

Violet bekam eine Gänsehaut. Die Melodie war wie eine innige Umarmung. Ihr Mund öffnete sich. Dieses Mal flossen die Worte, sanft wie das Plätschern eines Gebirgsbaches, über ihre Lippen. Sie konnte es selbst kaum glauben. Es funktionierte! Euphorie und ein riesiges Glücksgefühl erfüllten sie. Von Sekunde zu Sekunde machte es mehr Spaß. Das Publikum begann zu jubeln, was ihr zusätzlichen Mut gab. Es war ein unbeschreibliches Gefühl, als die Band in den Song mit einstieg und ihre Stimme zusammen mit Jack begleitete. Nur einmal musste Violet mitten im Refrain unterbrechen, da sie die Gefühle schier überrollten. Die Leute schienen ihr zu verzeihen, denn sie jubelten noch lauter. Tränen rannen ihr über die Wangen, sie schaffte es nicht länger, sie zurückzuhalten. Nach dem Song schrie das Publikum nach einer Zugabe. Es war unglaublich.

Jack kam auf sie zugerannt und umarmte sie stürmisch. „Das war Hammer, Vi!", rief er. Das Moderatorenteam trat zu ihr. Ethans Gesichtsausdruck zeigte ihr, dass er ehrlich beeindruckt war. Seine Kollegin war sprachlos. Violet fühlte, wie ihr der Atem stockte. Sie wandte sich zu den Bandmitgliedern, die sichtlich stolz auf sie waren. Monty strahlte über das ganze Gesicht. „Wie fühlst du dich jetzt? WOW! Mir fehlen tatsächlich die Worte. Was für eine Stimme, was für ein Gefühl!", sagte Ethan begeistert ins Mikrofon. Jonathan drängte sich dazwischen, ergriff ihre rechte Hand und hob ihren Arm. Er lachte und jubelte zusammen mit der Menge um die Wette. Dann ging er weiter zu Jack. Stürmisch drückte er ihm einen Kuss auf den Mund, was das Publikum endgültig zum Ausrasten brachte. Der Überfall seines Freundes ließ Jack kurz erstarren. Dann aber lachte er und küsste Jonathan zurück.

„Das war wirklich … sensationell", sagte Margo, die offensichtlich ihre Stimme wiedergefunden hatte. „Entschuldige!", murmelte sie dann leise in Violets Richtung. Die lächelte ihr zu. Monty und die anderen drückten Violet nacheinander und winkten ihren Fans zu, die nun wohl auch Violets waren. Die Atmosphäre war voller Magie, die in jede Faser ihres Körpers und ihrer Seele drang.

Backstage empfingen sie Payden, Vivienne und Amy mit einer festen Umarmung und Glückwünschen. Violet fühlte sich wie in einem Traum.

„Du bist eine Kämpferin! Ich wusste es immer!", sagte Payden und küsste sie. Es war ihnen egal, ob es jemand mit der Kamera einfing oder nicht. Amy und Vivienne lachten und weinten vor Rührung. Dann brachte Payden sie zu ihrer kleinen Umkleide.

„Da drin wartet eine Überraschung auf dich", flüsterte er ihr in ein Ohr.

„Was ist es?", fragte Violet.

Payden schmunzelte. „Wenn ich das verrate, ist es ja keine Überraschung mehr. Ich hole dich in zwanzig Minuten wieder hier ab. Viel Spaß!“

„Danke. Aber ...“ Und weg war er. Violet sah ihm nach, wie er um die nächste Ecke verschwand. Vorsichtig öffnete sie die Tür und schnappte nach Luft, als sie ihren Überraschungsgast sah. „Bist du es wirklich?“

„Wer sonst? Ich bin jedenfalls kein Klon“, lachte Noelle.

Violet trat ein und schloss schnell die Tür hinter sich. Dann fielen sich die beiden jungen Frauen in die Arme. „War ein ganz schöner Kampf, sich hierher durchzuschlagen. Hätte mich aber auch gewundert, wenn es anders gewesen wäre. Payden war meine Rettung. Er hat mich doch tatsächlich erkannt und hierher gebracht. Meine Güte, du warst fantastisch, Vi!“

„Danke! Ich freue mich so, dass du da bist. Es ist so schön, dich zu sehen. Meine Güte, damit habe ich nicht gerechnet!“, stieß Violet aus.

„Es ist noch schöner, dich zu sehen, Vi.“ Noelle drückte sie sanft eine Armlänge von sich. „Du hast es allen gezeigt. Vor allem dieser Thelma und ihrer Tochter. Ich habe gehört, sie sollen außer sich sein vor Wut.“

„Ich wollte keinen Streit“, sagte Violet bedrückt.

„Du bist ein Star, Violet! Zu recht! Und ein wunderbarer Mensch, mit Seele und Herz. Was wirst du nun machen? Für was du dich auch entscheidest, schreibe bitte weiter Songs und sing sie.“

Violet lachte. „Das werde ich. Es hat mir so viel gegeben, den Leuten damit eine Freude zu machen. Aber ich weiß nicht, ob ich das nochmal kann.“

„Doch, bestimmt! Das ist deine Berufung, als wärst du genau dafür geboren. Nein, ich glaube, das bist du sogar“, schwärmte Noelle.

„Erzähl mir von Betty“, wechselte Violet das Thema.

Noelle winkte ab. „Ach, da gibt es nicht viele Neuigkeiten. Nun wird sie wohl noch mehr Profit aus dir schlagen wollen, fürchte ich. Ich habe kaum noch Kontakt zu ihr, weil ich eine neue Stelle gefunden habe.“

„Das ist so klasse. Verrätst du mir wo?“

„Klar. In einem coolen Laden in Kensington. Cocktails mixen, mehr Verantwortung. Es ist super dort. Du, Jack und Payden müsst unbedingt mal vorbeikommen.“

Violet lächelte ihr zu. „Auf jeden Fall! … Ich bin froh, so eine Freundin wie dich zu haben, Noelle. Ich hatte nur Angst, dass dich die Medien auch mit Schmutz bewerfen, wenn ich zu engen Kontakt zu dir halte. Daher …“

Noelle begann über das ganze Gesicht zu strahlen. „Jetzt mach dir bloß nicht auch noch Sorgen um mich. Ich freu mich auch, dass wir befreundet sind, Vi. Aber nicht, weil du jetzt berühmt bist. Obwohl es schon cool ist. Nun bekomme ich sicher ein Autogramm von Payden persönlich und vielleicht auch noch von der Band.“ Sie zwinkerte und Violet schmunzelte. "Bleib auf jeden Fall wie du bist! Nur mit noch mehr Selbstbewusstsein. Du kannst es dir leisten“, ergänzte Noelle und sah Violet eindringlich an.

Ein Licht am Ende des Tunnels

Der Weg zurück zu Paydens Wagen verlief ruhig. Er hatte ihn in einer extra abgeschotteten Tiefgarage, die zur Arena gehörte, geparkt. Der Bereich galt als ziemlich sicher. Ein paar Securityleute begleiteten sie, nachdem sie sich von Noelle getrennt hatte. Auch die Band hatte sie herzlich verabschiedet und alle freuten sich auf weitere Treffen und Proben. Vor allem Monty konnte es kaum erwarten. Jack war bei Jonathan geblieben und von Sasha hatten sie nichts mehr gehört.

Vivienne und Amy warteten bereits am Wagen. Sie berichteten, dass sich die Presse förmlich überschlug. Rose und Thelma waren für ein Statement nicht mehr zu haben gewesen. Ihre wütenden Gesichter, die eine Kamera nach dem Auftritt eingefangen hatte, sprachen allerdings Bände.

„Deine Stimme ist unvergleichlich. Genau wie du", flüsterte Vivienne.

„Dass ich den Leuten so viel geben konnte, das ist wirklich ein wunderschönes Gefühl. Vor allem freue ich mich für Jack. Er war grandios. Und dann auch noch der Kuss von Jonathan! Jacks Blick dabei werde ich nie vergessen. Und was noch besser ist, die Band will ihn behalten. So etwas hat Jack sich immer gewünscht. Er hat es so verdient", sprudelte es aus Violet heraus. Sie fühlte sich, als würde sie platzen, wenn sie ihren Gefühlen nicht Ausdruck verlieh. Dann wandte sie sich Payden zu und konnte nicht verhindern, dass ihre Stimme tränenerstickt klang.

„Was ich dir noch sagen wollte, Payden: Du warst auch grandios. Nicht nur auf der Bühne", flüsterte sie ihm zu, was ihn sichtlich verlegen machte.

„Es ist einfach schön, dass es dich gibt, Violet", sagte Amy. Vivienne vergoss ein paar Tränen. „Mein Engel."

„Wo wollt ihr nun hin? Kevins ...ich meine, dein Haus ist eine einzige Belagerungsstätte. Mehr als zuvor", erzählte Amy.

Payden antwortete für Violet. „Brian hat uns eingeladen, ein paar Tage bei ihm zu verbringen, bis sich alles wieder beruhigt hat. Wir haben vorhin kurz mit ihm telefoniert. Er war total geflasht von Violets Auftritt. Nach dem Besuch auf der Ranch wollte ich mit Vi meine Eltern besuchen. Ich hoffe, ihr könnt sie so lange entbehren?"

„Danach komme ich zurück", versprach Violet an Vivienne gewandt, die sie in die Arme schloss.

„Ich freue mich schon auf dich."

„Ich mich auf dich, Granny", flüsterte Violet.

Die Sicherheitsleute gaben schließlich grünes Licht für die Fahrt. Auch wenn sich Violet auf die Zeit mit Payden freute, fiel es ihr schwer, sich schon wieder von ihrer Großmutter verabschieden zu müssen.

Die Nacht war sternenklar. Brians Ranch war nur noch ein paar Meilen entfernt. Violet und Payden genossen die Ruhe. Im Radio lief Kevins Song *Call*. Unweigerlich musste Violet an Matteo denken. Sie sah zu Payden hinüber, der ihren Blick erwiderte.

„Was geht dir durch den Kopf?", fragte er.

„Matteo. Er denkt bestimmt noch immer, Dad hätte ihn in diesem Song für seinen Rückfall verantwortlich gemacht. Ich hätte das klarstellen können. So ein Mist! Warum habe ich nicht daran gedacht?"

Payden beruhigte sie. „Das kannst du doch noch immer tun, Vi. Es ist nie zu spät. Übrigens hat Monty mir gesagt, dass Matteo sich doch noch an die Medien gewandt und erzählt hat, dass er das mit dir natürlich gewusst und sich so sehr auf dich gefreut hat."

„Wirklich?", fragte Violet glücklich.

Payden lächelte und nickte. In den nächsten Minuten schwiegen sie und hingen wieder ihren Gedanken nach.

„Es war schön dort oben auf der Bühne. Nicht wahr?", fragte Payden dann in die Stille hinein.

„Ja, war es. Irgendwie hatte ich plötzlich das Gefühl, dass Mum und Dad auch da waren. Ich wollte euch nicht enttäuschen, und sie auch nicht. Und das Leuchten in Amys und Viviennes Augen werde ich nie vergessen. Und den Applaus! Musik hat die Macht, Brücken zwischen den Menschen zu schlagen und sie sich lebendig fühlen zu lassen. Sie hat mir schon so oft geholfen."

„Das ist wahr!", erwiderte Payden leise, fast ehrfurchtsvoll, während er auf eine Straße bog, die durch ein Waldstück führte. Violet ließ ihr Fenster halb herunterfahren und genoss den Fahrtwind, der in den Innenraum drang. Die Stimme ihres Vaters begleitete sie auf ihrem Weg. Sie schenkte Payden ein inniges Lächeln, das er erwiderte. Fest drückte er ihre Hand und alles schien gut zu werden. Doch dann begann der Wagen leicht zu schlingern.

„Was ist denn jetzt los?", fragte Payden. Er ließ ihre Hand los und trat auf die Bremse. „Verdammt, sie reagiert nicht!", rief er.

Violet hielt den Atem an und klammerte sich an ihren Sitz. Was passierte da gerade?, fragte sie sich. Das Schlingern wurde schlimmer. Alles ging blitzschnell. Die Dunkelheit schien sie regelrecht zu verschlucken. Sekunden später drang ein lautes Klirren und Krachen in ihre Ohren. Es war das letzte, das Violet wahrnahm.

Helles Licht blendete sie, als sie ihre Augen öffnete. Nur langsam schärfte sich ihr Blick. Sie lag inmitten eines Parks, auf einer flauschigen, roten Decke. Es roch nach den Blumen, die in großen Beeten wuchsen. Die Sonne schien, es war nicht zu kalt, nicht zu warm. Nachdenklich setzte sie sich auf und ließ die Blicke schweifen. Niemand sonst war hier. Mit einem Mal kehrten die Erinnerungen an den Unfall zurück.

„Payden!", stieß sie aus. Panik erfüllte sie. Sie erhob sich, um nach ihm suchen. Wie war sie hierhergekommen? Wer hatte sie gefunden? Ging es ihm gut, so wie ihr? Die Fragen überschlugen sich in ihrem Kopf. Mit den Händen betastete sie ihren Körper. Sie spürte keinerlei Schmerzen. Plötzlich hörte sie eine zarte, weibliche Stimme hinter sich. „Keine Angst."

Violet stockte der Atem. Diese Stimme kannte sie doch. Wie in Zeitlupe wandte sie sich um. Tatsächlich! Auf einer Decke, nur wenige Meter entfernt, sah sie sie. Und sie war nicht allein.

„Mum?" Eine aufkommender, sanfter Wind verschluckte ihre Worte. Ihre Mutter ruhte ein paar Meter von ihr entfernt auf der Decke und sah zu dem Mann hinüber, der neben ihr lag. Er trug Hut und Sonnenbrille zu seinen engen Jeans und der schwarzen Lederjacke. Dennoch wusste Violet sofort, dass es Kevin war. Die Blätter der Bäume des Parks waren herbstlich verfärbt, in der Luft lag ein würziger Duft. Zärtlich streichelte Kevin Melodys leicht gewölbten Bauch und zeigte in den Himmel. Violet folgte den Blicken der beiden, während sie langsam auf sie zuging, unfähig etwas zu sagen. Der Himmel über ihr hatte einen violetblauen Schimmer angenommen. Eine neue Windböe durchfuhr Violets Haar und trug die Worte ihrer Eltern zu ihr.

„Was hältst du von Violet Blue?", fragte Kevin und sah ihre Mutter an. Seine Augen leuchteten.

Träumerisch erwiderte Melody: „Ja! Violet Blue Sky. Das klingt wunderschön, richtig magisch." Sie sah Kevin tief in die Augen.

In diesem Moment kam ein junger Mann mit halb offenem weißen Hemd und Jeans zu ihnen und ließ sich vor ihnen ins Gras nieder. Auch er trug eine Sonnenbrille. Lachend schlang er seine Arme um Kevins angezogene Beine und gab ihm einen Kuss. Es war Matteo, stellte Violet erstaunt fest.

„Na, Lieblingsmenschen, was gibt es Neues? Was für ein herrlicher Novembertag. Ihr seht so aus, als hättet ihr gerade eine Erleuchtung gehabt."

Kevin lachte und zeigte nach oben. „Der Himmel hat uns ihren Namen gesagt." Danach rollte er sich zur Seite und küsste Melodys Bauch. „Violet Blue Sky!", verriet sie leise. In ihrer Stimme lag Ehrfurcht.

Ein Lächeln umspielte Matteos Mundwinkel. „Violet Blue Sky!" Er ließ Kevin los und schien die Worte mit seinen Händen zu formen. „Ein wunderschöner Name!"

Violet hatte gar nicht bemerkt, dass sie inzwischen stehengeblieben war. Aufziehende Nebelschwaden, die durch den Park krochen, schoben sich zwischen sie, ihre Eltern und Matteo. Wo waren sie so schnell hergekommen? Plötzlich stieg eine Ahnung in ihr auf.

„Nein!", rief Violet. Sie wollte weitergehen, doch ihre Füße bewegten sich nicht. Sie keuchte und streckte die Arme aus. Langsam verschluckte der Nebel Matteo und ihre Eltern.

„Violet!" Die Stimme ihrer Mutter drang in ihre Ohren und ließ sie herumfahren. Melody stand direkt hinter ihr. Ihr sanfter Blick beruhigte sie.

„Mum!" Violet starrte sie an und fiel ihr dann um den Hals. „Du bist noch da, du bist noch da." Sie fühlte sich an wie früher. Ihr Haar roch nach Erdbeeren und Vanille.

„Träume ich? Oder bin ich ... tot?", hörte sie sich fragen und wich eine halbe Armlänge zurück.

„Keines von beidem, mein Engel."

Violet traute sich kaum die Blicke von ihrer Mutter zu wenden, aus Angst, sie könnte wieder verschwinden.

„Wo sind Dad und Matteo hin?"

„Matteo ist zu Hause. Und dein Dad ist hier. Bei mir. Er kommt gleich", flüsterte Melody und strich ihr zärtlich übers Haar. Violet umarmte sie nochmals. „Ich hab dich so vermisst, Mum."

„Du weißt, wir werden uns zu gegebener Zeit wiedersehen. Wir sind so stolz auf dich. Bleib weiterhin bei dir und werde wieder gesund. Kämpfe!", flüsterte ihre Mutter in ihr Haar und löste sich sanft von ihr.

Kevin trat aus dem Nebel zu ihr.

„Dad!", hauchte Violet. Er sah sie direkt an. Lächelnd nahm er ihre Hände in seine. Es war unglaublich, ihm so nah zu sein, ihn zu berühren, in seine Augen zu sehen, mit ihm sprechen zu können.

„Du hast noch so viel Schönes und Wichtiges vor dir, meine kleine, große Violet, meine wundervolle Tochter."

„Dad!", wiederholte Violet mit erstickter Stimme. Er ließ ihre Hände los und sie fiel ihm in die Arme. Sanft strich er über ihren Rücken. Violet spürte seine Wärme, seine ganze Liebe. Schließlich schlossen Kevin und sie Melody, die dicht neben ihnen stand, in die Umarmung mit ein. Violet wollte sich nicht bewegen, keinen Millimeter. Sie wollte bei ihren Eltern bleiben.

„Wir sind nie wirklich getrennt. Denk immer daran." Melody sagte es leise, aber bestimmt.

Kevin nickte an ihrer Wange. „Deine Mum hat recht. Wir sind immer bei dir. Und bitte sag Amy, meiner

Mutter, Brian und auch Matteo und der Crew, dass ich sie liebe."

„Mache ich!", versprach Violet.

Die Zeit schien sich ins Unendliche zu dehnen. Wieder kam Violet Payden in den Sinn. Sie musste ihn finden! Auch wenn es ihr schwer fiel, löste sie sich aus der Umarmung ihrer Eltern. Sie brauchte nichts zu erklären, denn sie schienen ihre Gedanken lesen zu können.

Kevin legte eine Hand auf ihre Schulter. „Payden kämpft, wie du. Mach dir keine Sorgen, Liebes."

„Dann werde ich ihn wiedersehen. Er lebt doch, nicht wahr?" Sie traute es sich kaum zu fragen.

„Er ist sehr stark. Er weiß, dass ich stolz auf ihn bin", antwortete Kevin und fügte hinzu: „Du machst uns sehr glücklich. Nicht nur mit deiner Stimme, Violet Blue Sky."

Melody nickte. Violet ging zwischen ihnen über die Wiese. Sie wusste nicht wie lange, es war auch egal. Sie war dankbar für diese Augenblicke, die sie in ihrem Herzen einschloss. Für immer!

Nach einer Weile erreichten sie einen nebligen Tunnel, an dessen Ende ein helles Licht strahlte. Ihre Eltern drückten noch einmal ihre Hand, flüsterten ihr zu, dass sie sie lieb hatten und verschwanden dann im hellen Licht der sonnigen Wiese. Trotzdem wusste sie, dass sie sie nicht alleine gelassen hatten.

Es war Zeit zurückzugehen. Dorthin, wo Payden und die anderen auf sie warteten. Also trat sie in den Tunnel. Das Licht wurde heller und heller, je näher sie seinem Augang kam, bis sie die Augen zusammen-

kneifen musste. Von irgendwoher hörte sie Viviennes
Stimme: „Sie kommt zurück! Sie wacht auf."

Mit einem Mal fand sich Violet auf einem weichen
Untergrund wieder und blinzelte den Schleier weg,
der sich über ihre Pupillen gelegt hatte. Sie lag in einem Bett, das in einem weißen Raum stand. Es roch
nach Desinfektionsmittel. Vivienne und Amy hatten
die Hände vor den Mund gelegt, Tränen standen in
ihren Augen. Ein älterer Mann mit Dreitagebart und
grau meliertem Haar drängte sich sanft an ihnen vorbei. Es war unverkennbar ein Arzt. Violet wollte etwas
sagen, aber ihre Lippen schienen verklebt und sie
fühlte sich wie nach einem Marathon. Der Arzt setzte
eine Schnabeltasse mit ein wenig Wasser an ihrem
Mund an. Violet nahm zwei Schlucke, wonach es ihr
etwas besser ging.

„Wie geht es Ihnen, Miss Violet? Keine Angst. Sie
sind im Krankenhaus. Sehen Sie mich deutlich?" Die
Stimme des Arztes klang ruhig, aber besorgt.

Violet nickte und streckte eine Hand in Richtung ihrer Großmutter. Amy kam auf die andere Seite des
Bettes und strich mit einer Hand über ihren Oberarm.
„Gott sei Dank ... Hast du starke Schmerzen?", flüsterte
sie.

„Nein, nur müde", flüsterte Violet.

„Wir werden gleich noch ein paar Untersuchungen
machen. Nicht schlimm", erklärte ihr der Arzt und
lächelte. Danach wandte er sich zu Vivienne und Amy.
„Fünf Minuten. In Ordnung? Es kann gut sein, dass sie
verwirrt ist."

„In Ordnung", erwiderte Amy.

Eine Krankenschwester schaute nach der Infusionsflasche, an die Violet angeschlossen war und ließ sie allein.

„Payden. Wie geht es ihm?", flüsterte Violet und musterte ihre Großmutter, die ihren Blick auf Amy richtete. Die rückte einen Stuhl ans Bett, setzte sich und nahm Violets andere Hand. Angst erfüllte Violet, ihr Herz begann zu rasen.

„Du lagst ein paar Tage im Koma", erklärte Amy.

Violet ließ die Blicke erschrocken zwischen ihr und Vivienne hin und her wandern. Was war mit Payden? „Es wird alles wieder gut, Violet. Du musstest operiert werden. Genau wie Payden. Er hatte wie du innere Blutungen, die aber zum Glück gestoppt werden konnten. Er ... er liegt noch im Koma", erzählte Amy weiter.

Violet schnappte nach Luft. „Aber ... er wird doch ... er wird wieder ...", kam ihr keuchend über die Lippen.

„Die Ärzte sind sehr optimistisch", erklärte Vivienne und versuchte sichtlich ihre Tränen zu unterdrücken.

„Kann ich zu ihm? Wo ist er?", musste Violet erfahren.

Amy strich ihr über einen Arm. „Alle lebenserhaltenten Funktionen sind stabil, daher wurde er auf Normalstation verlegt, das heißt in ein Privatzimmer. Dort ist es deutlich ruhiger. Seine Eltern sind sehr oft bei ihm. Alle sind in Gedanken bei euch. Brian, die Jungs der Band, deine Freundin Noelle, Jack natürlich, und auch Matteo."

„Ich will zu Payden. Bitte!" Violet begann am ganzen Körper zu zittern.

„Bestimmt kannst du das bald. Du musst Geduld haben, Liebes", flüsterte Vivienne.

Amy nickte. „Du bist noch sehr schwach." Auch wenn Violet wusste, dass sie recht hatten, wäre sie am liebsten gleich aus dem Bett gesprungen und zu Payden geeilt. Als die beiden gehen mussten, da die Untersuchungen anstanden, erinnerte sich Violet wieder an den Traum mit ihren Eltern und ein warmes Gefühl vertrieb die Angst ein Stück weit. Sie wusste, dass es mehr war als nur ein Traum. Die Worte ihrer Mutter hallten in ihr nach, als sie sie nach Payden gefragt hatte: „Er kämpft wie du, Liebes. Mach dir keine Sorgen." Danach hatte Kevin gesagt, sie würden sich bald wiedersehen. Ja, dachte Violet. Es musste so sein. Es musste!

Rückkehr

Paydens Eltern hielten sie lange umarmt. Auch Noelle, Jack und Monty waren inzwischen bei ihr gewesen und hatten sie mit Umarmungen und strahlender Freude, sie wieder soweit wohlauf zu sehen, überschüttet.

„Natürlich darfst du zu ihm, wenn du stark genug dafür bist. Du musst auf die Ärzte hören. Dein Kreislauf ist noch sehr instabil. Gott sei Dank haben deine Untersuchungen sonst nur Positives ergeben", sagte Paydens Mutter mit brüchiger, aber liebevoller Stimme. „Wir haben viel gebetet. Nicht nur für Payden. Die Ärzte sagen, dass er die Operation sehr gut überstanden hat. Gott sei Dank. Wir sind zuversichtlich, dass auch er bald aufwacht und alles gut wird. Das musst du auch sein." Sie wischte sich eine Träne aus dem Augenwinkel, als eine Krankenschwester durch die Tür trat und eine weitere Vase mit Sonnenblumen ins Zimmer brachte. Sie lachte. „Langsam weiß ich nicht mehr, wo ich sie hinstellen soll."

Violet, die ebenfalls in einem Privatzimmer untergebracht war, liebte das Blumenmeer, das sie umgab. Ein
Strauß mit weißen Lilien war von Matteo, was sie
besonders freute.

„Die sind wunderschön. Von wem sind sie?", wollte
sie wissen.

Die Schwester mit den roten Haaren und unzähligen
Sommersprossen auf ihrer kleinen Nase zuckte mit
den Schultern. „Ich weiß nur, dass sie ein Bote abgegeben hat. Aber Moment, da steckt ein Brief drin. Soll
ich ihn herausnehmen?"

„Ja, bitte", sagte Violet.

Die Schwester reichte ihr das weiße Kuvert, auf dem
in großen geschwungenen Lettern ihr Name stand.
Violets Finger zitterten, weshalb Paydens Vater ihr
half, den Brief aus dem Kuvert zu ziehen. Sie riss erstaunt die Augen auf, als sie den kurzen Text überflog.
Ihr Blick hob sich.

„Von Rose", flüsterte sie.

„Von *der* Rose?", fragte Paydens Mutter ebenso erstaunt. Violet nickte und las laut vor:

Hallo Violet,

aus den Medien weiß ich, dass es Dir besser
geht. Das erleichtert mich. Das Gleiche hoffe ich
für Payden. Ich bin sicher, Du wirst diese Zeilen
Deinen engsten Vertrauten, also auch Vivienne
und Payden, zeigen, und damit bin ich natürlich
einverstanden. Ich muss Dir nun einfach schreiben, denn es gibt so manches, das schwer auf
mir lastet. Und bevor Du es aus der Presse er-
fährst, schreibe ich es Dir und das nicht nur,
weil dieser Journalist, Roger Greenleave, es auf-

gedeckt hat. Er hat mich kontaktiert und mich
um eine Stellungsnahme gebeten. Die ganze Geschichte wird in den nächsten Tagen durch die
Presse gehen. Doch ich hoffe, Du wirst mir glauben, dass ich es Dir auch so gesagt hätte. Ich
könnte aber verstehen, wenn Du das nicht tust.
Ja, ich habe die Songs geklaut. Ich habe meiner
Mutter gleich gesagt, dass man das nachweisen
könnte. Dennoch habe ich mitgemacht. Das war
nicht richtig und ich werde das geplante Album
nicht herausbringen. Ich wäre jedoch nie so weit
gegangen Dir und Payden den Tod zu wünschen.
Von Roger Greenleave weiß ich nun, dass Mutter
Paydens Wagen hat manipulieren lassen. Sie
wollte den Unfall also. Der Typ, den sie dafür en-
gagiert hat, hat sich betrunken und verplappert,
inzwischen auch gestanden. Auch, dass Landen
die Gerüchte über Jack in die Welt gesetzt hat,
geht auf ihre Kappe. Sie hat ihn sehr gut dafür
bezahlt. Was soll ich sagen? Ich schäme mich
maßlos. Auch für die Geschichte mit dem Arzt.
Wir beide werden keine Freundinnen mehr werden, aber Du hast die Wahrheit verdient. Dein
Auftritt war wirklich grandios und ich glaube,
ich verstehe Dich nun besser. Ich werde mich
erst einmal zurückziehen und dann sehen, wie
es weitergeht. Mutter hat kein Einsehen und
macht mir Vorwürfe. Als hätte ich sie dazu gezwungen! Ich werde auch ohne sie eines Tages
ganz groß werden.

Alles Gute, Rose

Als sie geendet hatte, hielt Violet den Atem an. Sie war
wie erstarrt. Der Brief rutschte ihr aus den Fingern.

Paydens Eltern zogen Stühle ans Bett und setzten sich. Sie waren kreidebleich geworden.

„Sie wollte, dass wir sterben“, flüsterte Violet. Sie hatte Thelma viel zugetraut, das jedoch nicht.

„Das ist unglaublich“, stammelte Paydens Dad und schüttelte den Kopf.

Auch Vivienne und Amy, die noch einmal vorbeikamen, schien die Nachricht den Boden unter den Füßen wegzuziehen. Und Jack, der sie besuchte, als alle anderen schon weg waren, wurde bleich wie die Wand, als er Roses Zeilen las.

„Oh Mann“, flüsterte er und setzte sich samt Gitarre, die er bei sich trug, auf die Kante ihres Bettes. Violet hatte ihn via Handy gebeten, sie mitzubringen, denn sie hatte die Idee gehabt, Payden darauf etwas vorzuspielen. Vielleicht würde er durch die Musik aus seinem Koma finden.

„Das mit Landen überrascht mich nicht, aber der Rest ... Meine Güte. Gegen Thelma ist er ja geradezu harmlos. Nicht auszudenken, wenn du und Payden ...“ Für einen Moment schloss er die Augen und drückte ihre Hände. „Ich hoffe so sehr, dass es Payden bald besser geht. Übrigens hast du neben mir eine neue Familie, die ständig wächst. Deine Fans. Du würdest es nicht glauben, was allein vor dem Krankenhaus los ist!“

Violet lächelte bewegt. „Trotz allem bin ich froh über Roses Brief“, sagte sie dann nachdenklich.

Jack nickte. „Ja! Sie zeigt wenigstens Rückgrat damit.“

„Wie geht es dir denn? Und Jonathan?“, wollte Violet dann von ihm wissen.

„Er ist traumhaft. Und stell dir vor, ich könnte sogar in der Band bleiben! Aber komm, das ist jetzt doch absolut nebensächlich.“

„Ist es nicht!“, widersprach Violet. „Ich freue mich riesig für dich, für euch.“

Jacks Augen begannen zu glänzen. „Auf der Bühne zu stehen, mit so tollen Musikern und mit dir, vor diesem gigantischen Publikum, das ist einfach der Wahnsinn. Das Strahlen in deinen Augen werde ich nie vergessen, Vi. Der ganze Abend war wie ein Traum. Und das danach ... Thelma sollte beten, dass sie mir nie begegnen wird.“

„Payden wollte mich nur beschützen. Und nun das“, flüsterte sie. Jack erhob sich und nahm sie vorsichtig in die Arme.

„Alles wird gut, Vi. Alles wird gut“, hauchte er in ihr Haar. Ihre Tränen fielen auf seine Hände.

Die Neuigkeiten, die Roger Greenleave in einem umfassenden, detaillierten Artikel veröffentlichte, verbreiteten sich wie ein Lauffeuer. Inzwischen waren Thelma, ihr Mann und auch Rose untergetaucht. Thelma twitterte lediglich, dass sie alles erklären könnte, worauf viele, allen voran die Staatsanwaltschaft, schon sehr gespannt waren. Rose hingegen gab sich in einem eigens online gestellten Video auf ihrer Homepage kleinlaut und geläutert und beteuerte unter Tränen, nichts von den Plänen bezüglich des Unfalls gewusst zu haben und sich vorerst ganz aus dem Musikgeschäft zurückzuziehen. Kaum jemand schien ihr noch glauben zu wollen. Violet wartete unterdessen darauf, Payden wiederzusehen. Es war wie Geburtstag und Weihnachten zusammen, als die Ärzte endlich grünes Licht dafür gaben.

Das Sonnenlicht, das durch die Lamellen der Jalousien drang, fiel auf Paydens hübsches, aber bleiches Gesicht. Auch in seinem Zimmer standen Unmengen von Blumen. Leise beugte sich Violet über ihn und hauchte ihm einen Kuss auf die kühlen Lippen. In ihrer Wimper verfing sich eine Träne, die über ihre Wange rollte und die kleine Narbe auf Paydens Stirn benetzte. Es war befremdlich, ihn an so viele Schläuche und Geräte angeschlossen zu sehen. Sie zog einen Stuhl heran, setzte sich und legte ihre Hände auf seine.

„Ich vermisse dich so sehr. Komm zurück zu mir. Ich möchte noch so viel mit dir erleben, Payden", flüsterte sie. Sie küsste seine Hände und wischte sich eine neue Träne von der Wange. „Du bist das Beste, das mir je passiert ist. Mein Herz, danke für alles. Ich liebe dich. So sehr! Bis ans Ende des Universums und noch viel weiter."

Als sie zurück in ihr Zimmer kam, warteten bereits Brian und Monty mit einer riesigen Packung Pralinen und lieben Grüßen von allen auf sie. Violet freute sich über ihren Besuch, auch, weil sie eine Bitte an sie hatte.

„Was willst du jetzt tun?", fragte Brian. „Die Medien lechzen geradezu nach deiner Rache."

„Ich wollte nie etwas anderes als Gerechtigkeit. Und ich glaube daran, dass alles so kommt, wie es soll. Jedenfalls möchte ich keinen Hass schüren. Daher würde ich gerne ein paar Zeilen auf eurer und Dads

Homepage veröffentlichen", erzählte Violet den beiden.

„Die auch deine ist. Du bist ein Teil von uns, Vi", erinnerte sie Monty und boxte ihr leicht und spielerisch gegen den Oberarm.

„Du weißt nicht, was mir das bedeutet", sagte sie bewegt.

„Und auch, wenn ich persönlich Thelma gerne zum Mond schießen möchte, du hast recht. Was möchtest du denn schreiben? Ich werde es sehr gerne weiterleiten", gab er zurück.

Violet hatte sich schon etwas überlegt. Sie nahm einen Zettel aus ihrer Nachttischschublade, auf dem sie einen Brief an die Fans entworfen hatte.

Hi ihr Lieben,

ich danke euch allen für die guten Wünsche und eure Anteilnahme. Das bedeutet mir sehr viel. Nun hoffe ich nichts mehr, als dass Payden wieder gesund wird. Die Ärzte sind zuversichtlich, und ich auch. Seit ich ihn kenne, war er immer für mich da, ein starker Freund an meiner Seite, den ich nie wieder missen möchte.
Um eines möchte ich euch bitten: Ich glaube, Rose hat eingesehen, was sie falsch gemacht hat. Daher, sät Liebe statt Hass. Denkt daran: Liebe ist das Schönste und mächtiger als alles andere! Sie ist wie ein Song, dessen Melodie eine Brücke schlagen kann über all die Dunkelheit, die es gibt.

In Liebe, Eure Violet

„Das ist gut, sehr gut!", sagte Brian. „Das machen wir so. Versprochen! Noch heute."

Violet reichte ihm den Zettel und lächelte. „Danke!"

Auch in den folgenden Tagen besuchte sie Payden, so oft sie konnte und spielte ihm auf der Gitarre vor. Sie hatte sogar einen neuen Song für ihn geschrieben.

Come back to me,

I want to see your blue eyes again.

Your love fills the room,

your soul touched mine, in every way, every time.

I know I can't live without you.

Es waren einfache Worte, doch sie drückten ihre tiefsten Gefühle aus, die sie Payden schenkte, als sie auch an diesem Tag an seinem Krankenbett saß und das Lied sang. Kurz darauf war die Besuchszeit zu Ende und sie kehrte tief bewegt in ihr Zimmer zurück.

Dort erwartete sie eine große Überraschung. In einem Stuhl neben ihrem Bett saß Matteo und wartete auf sie! Sie erkannte ihn sofort von den Fotos und aus ihrem Traum. Außer, dass ein paar seiner dunklen Strähnchen leicht ergraut waren, hatte er sich nicht verändert. Wortlos kam er auf sie zu, Tränen in den Augen, breitete die Arme aus und sah sie an. Ebenso wortlos ließ sie sich in seine Umarmung fallen. Sie konnte nicht fassen, dass er gekommen war.

„Mein Gott!", flüsterte er.

„Schön, dass du hier bist. Danke." Violet hatte Mühe, die Worte herauszubringen.

Er trat einen Schritt zurück und betrachtete wieder ihr Gesicht. „Unsere Violet Blue Sky. Du bist noch hübscher als auf den Fotos und Videos, die ich inzwischen von dir gesehen habe. Und du hast seine Augen und Melodys Gesichtszüge." Seine Lippen zitterten, er musste mehrmals schlucken und nahm sie nochmals in die Arme. Sie hatten sich so viel zu erzählen. Die ganze Zeit über hielt Matteo ihre Hände, als sie sich an dem kleinen Tisch in ihrem Zimmer gegenübersaßen. Er war wirklich ein zarter, sanfter Mensch, strahlte aber auch Kraft aus.

„Er hat es sich wirklich so gewünscht. Und ich auch! Wir, eine kleine Familie. Ich werde ihn nie vergessen. Ich habe ihm damals gesagt, er sei verbohrt. Aber das war ich auch. Weißt du, wie oft ich alles rückgängig machen wollte, wieder mit ihm zusammen sein wollte? Mein Stolz ließ es all die Jahre nicht zu."

„Er hat auch nie aufgehört, dich zu lieben", sagte Violet leise.

Matteo schluckte schwer und nach einer Pause erzählte er: „Ich konnte deine Mutter verstehen. Es hat so wehgetan, als ich gemerkt habe, dass unser Traum zerbrach. Es machte sie genauso traurig. Sie hätte dich nie ganz hergegeben. Das wussten wir von Anfang an. Und es wäre okay gewesen. Sie war jederzeit willkommen, auch wenn ich natürlich wusste, dass sie in deinen Vater verliebt war."

Violet nickte. „Ja, das war sie wirklich." Dann erzählte sie ihm von dem Traum, den sie während ihres Komas gehabt hatte und dass ihr Vater ihn sogar in seinem Testament bedacht hatte. Wohl als kleines Zeichen, dass er ihn nie vergessen würde und nicht um sich eine Entschuldigung zu erkaufen. Das sah Matteo genauso. Tränen glitzerten in seinen Augen, während er ihr zuhörte.

„Ich glaube, dass dein Traum nicht nur ein Traum war", sagte er danach ernst und Violet dankte ihm dafür. Denn genau das hatte sie auch gedacht. Kurz darauf verabschiedeten sie sich voneinander. Matteo musste zurück nach Hause. Er versprach jedoch, den Kontakt zu halten und kurz nach Weihnachten wiederzukommen. Violet freute sich darauf. Matteo war ein wundervoller Mensch. Kein Wunder, dass ihr Vater sich in ihn verliebt hatte.

Am nächsten Tag war sie wieder in Paydens Zimmer. Nichts und niemand konnte sie davon abhalten, so viel Zeit wie möglich mit ihm zu verbringen. Sie spielte ihm ihren Song vor und legte all ihre Gefühle in ihre Stimme. Gerade, als sie zum Ende des Lieds kam, bemerkte sie, dass Paydens Lider leicht zuckten. Sofort legte sie die Gitarre weg und rückte näher an sein Bett heran.

„Payden", flüsterte sie. Beinahe blieb ihr das Herz stehen vor Aufregung. Leicht drückte er ihre Hand, die sie in seine legte. Sie hätte jubeln wollen, als er seine Augen ein Stück öffnete und sie ansah.

„Du bist zurück!", sagte sie leise. Ihre Stimme und ihr Herz überschlugen sich.

„Violet", flüsterte er.

„Ja, ich bin es, ich bin hier! Keine Angst. Alles wird gut!" Dann korrigierte sie sich: „Alles ist gut!"

„Der Wetterbericht wird wohl recht behalten. Es wird weiße Weihnachten geben“, sagte Violet, schob den weißen Seidenvorhang vor einem der Fenster ihres Zimmers in Kevins Haus halb zurück und warf einen kurzen Blick hinaus. Weiche, große Flocken schwebten vom nächtlichen Firmament. „Ich bin zu Hause“, flüsterte Violet. Dann drehte sie sich zu Payden um, der an ihrem Klavier saß. Sie waren erst kürzlich aus ihrer Reha zurückgekehrt, an die sie zwei Wochen Hope Island angehängt hatten. Die Presse hatte es zwar erwähnt, aber sie sonst in Ruhe gelassen. Nun war der Winter in England eingezogen.

In drei Tagen war Weihnachten, das sie zusammen mit Vivienne, Brian, Jack, Noelle, Amy, deren Mann und Paydens Eltern feiern wollten. Auch freute sie sich schon sehr darauf Matteo nach den Feiertagen wiederzusehen. Kevin und Melody würden in Gedanken und in ihren Herzen ebenfalls bei ihnen sein. Unterdessen liefen die Ermittlungen gegen Thelma weiter, die zusammen mit ihrem Mann noch immer auf der Flucht war. Ein Journalist vermutete sie in Mexiko. Doch alles, was zählte war, dass es Payden wieder gut ging. Seine Augen strahlten.

„Ich bin froh, dass die Medien Rose soweit in Ruhe lassen“, sagte sie zu ihm.

Er stand auf, kam zu ihr herüber und zog sie in seine Arme. „Hast du noch was von ihr gehört? Ich meine, hat sie sich vielleicht noch einmal in irgendeiner Form bei dir gemeldet?

„Ich habe nur gehört, dass sie im Ausland sein soll, um zur Ruhe zu kommen. Das wünsche ich ihr auch", erwiderte Violet.

„Hauptsache, sie lässt uns in Ruhe." Er strich ihr eine Haarsträhne aus der Stirn und flüsterte. „Du hast echt Größe bewiesen. Dafür lieben dich die Leute da draußen noch mehr. Weil du so ein großes Herz hast und verzeihen kannst. Hörst du sie?"

Immer wieder drangen die Rufe der Menschen, die sich vor dem Haus versammelt hatten, zu ihnen. Sie hatten kleine Lichterketten aufgehängt und Willkommensschilder geschrieben, was sie beide sehr rührte.

„Ja! Und es macht mir keine Angst mehr. Im Gegenteil. Es ist schön. Alles ist schön, seit ..." Sie sah ihm tief in die Augen. „Seit du wieder bei mir bist."

„Dito, Violet." Er beugte sich ein Stückchen nach vorne, bis sich ihre Lippen zärtlich berührten. Violet genoss das Zittern, das ihren Körper dabei durchfuhr. Sie schlang die Arme um seinen Hals und küsste ihn zurück, dankbar für jeden Augenblick, den sie mit Payden verbringen durfte und bereit für all die, die noch vor ihnen lagen.

„Ich würde ihnen gerne etwas zurückgeben und für sie singen. Dads und meinen Weihnachtssong *Sparkling Christmas Vibes*, den ich auf Hope Island fertig geschliffen habe", sagte Violet leise, nachdem sie sich voneinander gelöst hatten. Sie ging zurück zum Fenster, von dem aus man auf den Gehweg und die Straße sehen konnte, schob den Vorhang ganz zurück und öffnete es. Payden umarmte sie von hinten.

„Ein wundervoller Gedanke. Ich begleite dich sehr gern. Und nicht nur dabei", flüsterte er ihr ins Ohr.

Violet drehte den Kopf zur Seite. „Danke, Payden. Du weißt nicht, wieviel mir das bedeutet", sagte sie und küsste ihn sanft.

Die ersten lauten Freudenschreie ertönten. Violet und Payden winkten den Menschen, die jubelnd zurückgrüßten. Danach ging Payden zum Flügel hinüber. Violet atmete tief durch. Der Duft nach Schnee lag in der Luft, die durch das Fenster ins Zimmer drang. Violet schloss die Augen. Die Schatten der letzten Zeit waren verschwunden. Und als Payden zu spielen begann, war sie sich sicher, dass sie dieses Mal keine Blockade hindern würde, zu singen. Alles stimmte!

Ende